MIRA®

Jillian Hunter

Sündige Geheimnisse eines Lords

Roman

Aus dem Amerikanischen von
Birgit Schwarz

MIRA®

MIRA® TASCHENBUCH
Band 25596
1. Auflage: Juni 2012

MIRA® TASCHENBÜCHER
erscheinen in der Harlequin Enterprises GmbH,
Valentinskamp 24, 20354 Hamburg
Geschäftsführer: Thomas Beckmann

Konzeption/Reihengestaltung: fredebold&partner gmbh, Köln
Umschlaggestaltung: pecher und soiron, Köln
Redaktion: Bettina Lahrs
Titelabbildung: Harlequin Enterprises S.A., Schweiz
Satz: GGP Media GmbH, Pößneck
Druck und Bindearbeiten: CPI – Ebner & Spiegel, Ulm
Printed in Germany
Dieses Buch wurde auf FSC®-zertifiziertem Papier gedruckt.
ISBN 978-3-86278-323-6

1. KAPITEL

England, 1814

Der kürzlich verstorbene Dominic Breckland, Viscount Stratfield, kam in einem Meer aus weiblicher Unterwäsche wieder zu Bewusstsein. Mit dem ganzen Körper kämpfte er gegen den Sog aus Spitzenunterkleidern und weißen Seidenstrümpfen an. Seine muskulösen Arme verfingen sich in den Schnüren und Taillenbändern von Korsetts aus steifem Leinen, die nach Lavendel dufteten, und seine kräftigen Schenkel waren von einem Paar reizender französischer Unterhosen aus feinem Baumwollbatist umwickelt. Wie einer verwundeten Kreatur der Nacht war es ihm gelungen, der Gefangennahme zu entgehen und an dem Ort Asyl zu suchen, an dem ihn seine Verfolger zuallerletzt suchen würden.

Von einem primitiven Überlebensinstinkt angetrieben, war er auf die knorrige Eiche vor dem Herrenhaus geklettert und hatte seinen verletzten, blutenden, einen Meter achtzig großen Körper über das Fensterbrett gehievt. In der Hoffnung, seinen Verfolger überlistet zu haben, war er schließlich zusammengebrochen – in einer offenen Reisetruhe, die mit sehr persönlichen weiblichen Kleidungsstücken und frivolen Accessoires angefüllt war.

Trotz seiner Erschöpfung wusste er die Ironie seiner Lage durchaus zu würdigen.

Zumindest für den Augenblick war es ihm gelungen, seinem Verfolger zu entrinnen. Doch nach und nach durchtränkte sein Herzblut die Musselinunterröcke und zartrosa Strümpfe einer ihm unbekannten Frau. Schmerz brannte in seinem Oberkörper. Er biss die Zähne zusammen und zog eine hauchdünne, mit seidenen blauen Vergissmeinnichten bestickte Chemise aus feinem Batist von seinem Ellbogen. Amüsiert untersuchte er das Kleidungsstück im Mondlicht, auch wenn ihm durch die Schmerzen langsam etwas schwindelig wurde.

Wenn er schon zum zweiten Mal innerhalb eines Monats sterben musste, konnte er auch mit einer erregenden erotischen Fantasie seinen Abschied nehmen. „Nun“, murmelte er, „was für eine Art von Frau bist du überhaupt? Verrucht oder einfach nur modisch? Habe ich die Wahl? Dann entscheide ich mich für verrucht.“

Unglücklicherweise war er nicht in der Lage, mit dem jungfräulichen Kleidungsstück ein überzeugend erregendes Bild vor seinem inneren Auge heraufzubeschwören. Die Besitzerin konnte allem Anschein nach ein durchaus ansehnliches Paar Brüste ihr Eigen nennen, obwohl Dominic in seinem derzeitigen Zustand zugegebenermaßen nicht zu einer objektiven Einschätzung fähig war.

Gütiger Himmel – die arme Frau würde vermutlich einen Herzanfall erleiden, wenn sie seine Leiche unter ihren spitzenbesetzten Unterhosen fand. Es schien ihm, als hätte dieses knarrende alte Herrenhaus früher einmal ihm gehört, irgendwann in den undeutlichen Nebeln der Vergangenheit, und er versuchte sich daran zu erinnern, wer es ihm abgekauft hatte. Zu seiner Enttäuschung versagte seine Erinnerung ihm den Dienst, und hinter seinen geschlossenen Lidern tanzten ungreifbare Bilder vorbei wie Motten in der Dunkelheit.

War es nicht ein Schiffskapitän im Ruhestand gewesen? Sir Hickory oder Humpty? Irgendjemand mit Frau und Kind. An ihre Namen konnte Dominic sich im Augenblick nicht erinnern. Während er langsam verblutete, hoffte er, dass man ihm diese Unhöflichkeit nachsehen würde.

„Humpty Dumpty fiel von der Mauer“, murmelte er. „Aber wer, zum Teufel, war seine Frau?“ Wenn er sich schon in der Unterwäsche dieser Frau wälzte, sollte er wenigstens ihren Namen kennen.

So mancher hätte vielleicht darauf hingewiesen, dass es nicht allzu überraschend gewesen wäre, wenn man Dominic tot in einer Truhe voller Unterröcke gefunden hätte – zumal er als Schurke bekannt gewesen war, der die englische Gesellschaft nur allzu gerne brüskierte. Seine engsten Freunde hätten sich sogar leicht dazu entschließen können, ihn mit einem Leichentuch aus Frauenwäsche zu begraben, um damit liebevoll an seine vergangenen Sünden zu erinnern.

Andererseits jedoch war Dominic bereits vor fast einem Monat offiziell „beerdigt" worden. Wenige hatten um ihn getrauert, und viele hatten ihn verflucht. Abgesehen von den hartnäckigen Gerüchten, dass sein Geist angeblich an den seltsamsten Orten auftauchte und dort die unartigsten Dinge tat, erwartete niemand ernsthaft, ihn je wiederzusehen.

Weder seine Dienstboten noch seine weit verstreuten Bekannten.

Er vertraute nur einem einzigen Menschen. Dem Mann, der ihm geholfen hatte, sein eigenes Begräbnis zu organisieren.

Die spätabendliche Stille des Landhauses wurde von polternden Schritten gestört, dann von einem Scheppern, als jemand einen Eimer umtrat, und einer wütenden Männerstimme, die von der Vorderseite des Hauses zu kommen schien.

„Mach mal jemand das verdammte Tor auf!", rief der Gärtner unten in der Auffahrt. „Die Kutsche kommt gerade über die Brücke!"

„Das verdammte Tor ist seit einer Stunde offen!", antwortete der Stallknecht.

„Ich bekomme Gesellschaft", stellte Dominic mit einem sarkastischen Seufzer fest und warf sich die bestickte Chemise über die Schulter. „Ich vermute, ich sollte mich zurechtmachen – wenn ich schon Besuch empfangen werde."

Er sah aus wie ein Nachtmahr, den die Hölle ausgespuckt hatte, und trotz seiner Schwäche war er sich dessen bewusst.

Sein Körper war abgemagert. Die Höhlen unter seinen Wangenknochen ließen sein maskulines Gesicht gefährlich und hager aussehen. Die frischen zickzackförmigen Narben auf Brust und linker Schulter, die von den Bemühungen des Chirurgen herrührten, waren während seiner Baumbesteigung aufgeplatzt. Er nahm einen tiefen Atemzug, der sich anfühlte, als würden ihm Krallen in die Lunge geschlagen, dann tastete er mit seinem unverletzten Arm nach der Fensterbank und zog sich für ein paar Augenblicke voller Pein hoch.

Seine grauen Augen weiteten sich anerkennend, als er seine Umgebung einer Musterung unterzog.

„Na, wenn das nicht praktisch ist", sagte er und biss die Zähne zusammen, als ihn ein heftiger Schmerz durchströmte. „Ein Zimmer mit Aussicht."

Sein eigenes Anwesen lag jenseits der mondbeschienenen Straße auf einer bewaldeten Anhöhe. Warmes Kerzenlicht schien aus dem Fenster des Schlafzimmers, in dem er vor vier Wochen brutal „erstochen" worden war. Sein Onkel, Colonel Sir Edgar Williams, hatte das Haus bereits in Besitz genommen, und wenn Dominic ein Fernglas gehabt hätte, hätte er vielleicht die schemenhafte Figur erkennen können, die hinter den Vorhängen stand.

Die Silhouette, die ihn zu verhöhnen schien, gehörte einer Frau, stellte er mit gleichgültigem Zynismus fest. Daran hatte er keinen Zweifel. Aber ob es dieselbe Dame war, die mit ihm das Bett geteilt hatte, als er kaltblütig niedergestochen worden war, konnte er nicht sagen. Und inzwischen war es auch unwichtig. Jene Liebesaffäre gehörte der Vergangenheit an und war gemeinsam mit seiner früheren Identität gestorben. Seine Gefühle für seine ehemalige Mätresse waren genauso tot, wie er es ihrer Meinung nach war.

Der Hufschlag von näher kommenden Pferden und das Geräusch von Kutschenrädern auf der Auffahrt unterbrachen seine düsteren Überlegungen. Er betete zu Gott, dass die Besitzerin dieser Truhe, wer auch immer sie sein mochte, nicht beschließen würde, in dieser Nacht ihr Ankleidezimmer zu untersuchen. Denn soweit er das beurteilen konnte – und zufälligerweise war er ein Kenner weiblicher Unterwäsche –, würde die zierlich gebaute Besitzerin dieser Kleidungsstücke mit Sicherheit ganz unziemlich kreischen, wenn sie einen Geist inmitten ihrer Leibwäsche fand.

Aus den stickigen Tiefen der schwerfälligen Kutsche konnte Lady Chloe Boscastle ausmachen, dass eines ihrer Unterkleider wie ein unanständiges Banner aus ihrem Schlafzimmerfenster hing. In ungläubigem Erstaunen lehnte sie sich vor. Der größte Teil ihrer persönlichen Besitztümer war erst an diesem Morgen aus London angekommen. Sie und das Dienstmädchen hatten kaum angefangen, alles auszupacken, geschweige denn, etwas davon in ihrem Fenster zur Schau zu stellen.

Möglichst unauffällig versuchte sie, die Vorhänge der Kutschenfenster zu schließen, und hoffte, dass ihre Mitreisenden diesen peinlichen Anblick nicht bemerken würden. Es war nicht so, als hätte ein derartiger Fauxpas von Chloe zu diesem Zeitpunkt irgendjemanden überrascht. Sie hatte das unrühmliche Etikett einer Unruhestifterin mitgebracht, als sie aus London gekommen war, und es wurde schon beinahe von ihr erwartet, dass sie ihr besorgniserregendes Benehmen fortsetzte. Es lag ihr fern, die wachsende Zahl ihrer Kritiker zu enttäuschen.

Das verirrte Kleidungsstück – Himmel, es sah aus wie ihre Lieblingschemise! – konnte nur bedeuten, dass ihr Bruder Devon, dieser Taugenichts, ihr einen Besuch abgestattet hatte, während sie zu einem ländlichen Ball in einem riesigen Saal voller Spinnweben gekarrt worden war.

Was hatte der Schurke dieses Mal wohl nur aus ihrer Kammer entwendet, fragte sie sich beunruhigt. Er hatte bereits einen

Großteil ihres Schmucks versetzt, um seine Schulden zu bezahlen. Aber sicherlich war er nicht so weit gesunken, ihre Unterwäsche zu stehlen …

Ein amüsanterer Gedanke ließ sie hochfahren. War es vielleicht möglich, dass Devon als Frau verkleidet durch die Landschaft zog? Oder hatte er eine weibliche Verbündete gefunden, die ihm Unterschlupf gewährte? Eigentlich sollte er sich bei einem älteren Verwandten im Nachbardorf verstecken. Chloe wurde klar, dass ihr Bruder, der aufgrund einer bloßen Dummheit über Nacht zu einer Art heldenhaftem Gesetzlosen geworden war, ein wenig verzweifelt sein musste. Sie war selbst eine Boscastle und somit sehr liberal eingestellt, aber es gab dennoch Grenzen, was sich schickte und was nicht. Devon schien jenen Grenzen gefährlich nahe zu kommen, näher, als selbst ein verantwortungsloser Boscastle sich für gewöhnlich wagte.

Sie wandte sich vom Fenster ab, als das antike Gefährt sich mühsam durch die rostigen Eisentore des bescheidenen Anwesens quälte, wobei es genügend Lärm machte, um Tote zu wecken. Ein vorsichtiger Blick auf die erfreulich nichtssagenden Gesichter ihrer Tante und ihres Onkels, die in ihren Augen ebenfalls als Antiquitäten galten, beruhigte sie. Offensichtlich hatten sie den verruchten Gegenstand im Schlafzimmerfenster ihrer verruchten Nichte nicht bemerkt.

„Wie ich eben sagte“, fuhr Onkel Humphrey zu ihrer Tante gewandt fort, „der Kater benahm sich lediglich wie ein Kater, Gwennie. Er hat die tote Maus nicht mit der Absicht zum Stuhl des Pastors gezerrt, dich in eine peinliche Situation zu bringen. Sie sollte ein Geschenk sein.“

Tante Gwendolyn schauderte damenhaft. Ihr Busen hob und senkte sich wogend. „Ich kann dir nicht sagen, wie sehr ich mich geschämt habe. Es geschah genau in dem Augenblick, als der arme Pastor von den neuesten Streichen des Geistes von Stratfield erzählte.“

„Nicht schon wieder dieser verteufelte Geist, Gwennie. Nicht vor Chloe.“

Dabei hörte ihre Nichte ohnehin nur mit einem Ohr zu. Sie war mehr an ihrem eigenen Schicksal interessiert als an den imaginären Taten eines Toten. Ihr entfuhr ein Seufzer der Erleichterung, als die Kutsche die Auffahrt entlangfuhr und holpernd zum Stehen kam. Niemand würde ihr glauben, dass sie die Chemise zum Trocknen aus dem Fenster gehängt hatte – ihr unschickliches Benehmen war in diesem langweiligen Provinznest eine Quelle lüsternen Interesses und freundlicher Besorgnis zugleich. Zu allem Überfluss hatten Chloes Verwandte vom Lande die gesamte Gemeinde dazu ermutigt, sie zu reformieren, anstatt sie zu meiden. Sie war ständig von übereifrigen Moralisten umgeben, Menschen mit guten Absichten, die über die Sünde, die sie begangen hatte, Bescheid wussten.

Als sie in einem Park dabei erwischt worden war, wie sie Lord Brentford geküsst hatte, war sie von ihrem Bruder, dem Marquess of Sedgecroft, umgehend in das Haus ihres Onkels, Sir Humphrey Dewhurst, verbannt worden. Es war für eine gesellige junge Frau die schlimmste Strafe, die man sich nur vorstellen konnte. Chloe hätte den Rest des Jahres möglicherweise bereits abgeschrieben, wenn sie nicht am heutigen Abend den charmantesten Mann von ganz Chistlebury auf dem Ball kennengelernt hätte. Ihre Taille war immer noch warm an der Stelle, wo er sie gehalten hatte – viel länger, als es sich ziemte, aber doch nicht lange genug, dass die Leute, die sie beobachtet hatten, es als Annäherungsversuch hätten verstehen können. Es schien also, als gäbe es doch noch Hoffnung für sie. Möglicherweise würde ihr Exil sogar ein wenig Aufregung mit sich bringen. Die Kuppler des Dorfes hatten ermutigend zugesehen, als sie und Lord St. John auf der Tanzfläche miteinander kokettiert hatten.

Sie sprang geradezu aus der Kutsche, ignorierte das verärgerte Zischen ihrer Tante und stürzte schnurstracks auf das Haus zu. Schon auf den Steinstufen vor dem Haus schlüpfte sie aus ihren hochhackigen, bestickten Tanzschuhen. Im Grunde war es kein echtes Herrenhaus, sondern eher ein ausgebautes steinernes Bauernhaus mit einem Teich voller lärmender Enten unter ihrem Fenster. Sie vermisste den Gestank, das Gedränge und die Gefahren Londons ebenso wie den Klatsch und die täglichen amüsanten Zusammenkünfte. Auch ihre Freunde fehlten ihr sehr, obwohl die meisten sie bereits vergessen hatten, so beschäftigt waren sie mit all den Vergnügungen, Festen und prunkvollen gesellschaftlichen Anlässen.

„Chloe!“ Ihre winzige Tante stürzte sich auf sie wie Attila der Hunne, wobei ihre Rosshaarunterröcke gegen den Türrahmen schlugen. „Ich habe gesehen, dass dein Schlafzimmerfenster offen stand, als wir heute Abend aufgebrochen sind“, sagte sie und drückte eine von bläulichen Adern überzogene Hand aufs Herz, während sie wieder zu Atem kam.

Chloe wandte sich um und traf den Blick der rot gelockten jungen Frau, die in der Eingangshalle stand. Es war ihre Cousine Pamela, die aufgrund eines verknacksten Knöchels den Ball verpasst hatte und jetzt hinter Tante Gwendolyns Rücken seltsame, unverständliche Handzeichen machte.

„Es war nicht das Schlafzimmerfenster“, erwiderte Chloe langsam. Sie versuchte verzweifelt, Pamelas Gesten zu deuten. „Es war das Fenster des Ankleidezimmers, und …“

„Ich habe es geöffnet, um das Ankleidezimmer einmal gut durchzulüften“, fuhr Pamela fort und signalisierte Chloe, dass sie ruhig sein sollte. „Es roch ein wenig stark nach Puder und Parfüm.“

Tante Gwendolyn war zu sehr damit beschäftigt, ihre zierliche Figur aus einer mit Fuchspelz besetzten Pelerine zu befreien, um die heimliche Pantomime zu bemerken. „Nun, sorge dafür, dass es sicher verschlossen ist, bevor wir uns zurückziehen. Auf dem Ball heute Abend gab es kein anderes Gesprächsthema als die neuesten Eskapaden des Geistes von Stratfield."

Pamela machte große Augen und vergaß allem Anschein nach vollkommen, dass sie Chloe eigentlich hatte helfen wollen. „Oh, und was hat unser böser Geist nun schon wieder getrieben?"

Tante Gwendolyn machte eine dramatische Pause und fasste mit einer Hand nach den Onyxknöpfen an ihrer Kehle. Es gab keine Frau in der Gemeinde, die Leben und Sterben des schrecklich aufregenden und fürchterlich verruchten Viscount Stratfield nicht voller Spannung verfolgt hatte, vielleicht mit Ausnahme von Chloe, die ja eben erst angekommen war.

Angefangen bei seinen Heldentaten im Krieg bis hin zu seiner brutalen Ermordung im Bett vor beinahe einem Monat, hatte es nur wenig im Leben des Viscounts gegeben, was das Interesse der Dorfbewohner nicht geweckt hätte. Sein Mörder war nicht gefasst worden, aber in der Dorfschenke wurden immer noch Wetten darauf angenommen, dass ein erzürnter Ehemann Rache genommen hatte.

Natürlich war zum Zeitpunkt seines Todes eine Frau an seiner Seite gewesen. Den Gerüchten nach war sie allerdings nicht nur an seiner Seite gewesen, sondern hatte nackt unter ihm gelegen, als er erstochen worden war. Und es war ihre dramatische Erzahlung von dem Verbrechen, das ein maskierter Eindringling begangen hatte, die das schläfrige Dorf bis in seine Grundfesten erschüttert hatte.

Tante Gwendolyn sprach mit sehr leiser und etwas sensationslüsterner Stimme, als ihr Gemahl das Haus betrat. „Der gut aussehende Teufel hat Miss Beryl Waterbridge verführt, als sie letzte Nacht beim Abendgebet kniete."

Onkel Humphrey blieb in der Eingangshalle stehen und zwinkerte Chloe mit seinen braunen Augen belustigt zu. „Ich habe nichts Derartiges getan. Ich war den ganzen gestrigen Abend hier in diesem Haus und habe mit meiner lieben Nichte Karten gespielt. Ist das nicht richtig, Chloe? Gibst du mir ein Alibi?“

Chloe schälte sich aus ihrem leichten rosa Wollmantel. Sie fragte sich geistesabwesend, wann sie wohl den gut aussehenden Justin Linton, Lord St. John, wiedersehen würde. Als sie sich verabschiedet hatten, hatte er geschworen, nicht ohne sie leben zu können. Chloe hatte über diesen schwärmerischen Unsinn nur gelacht. „Ich kann für dich bürgen, Onkel Humphrey“, versicherte sie beherzt und grinste ihm über die Schulter zu. „Ich habe nicht bemerkt, dass du auch nur einen einzigen Menschen verführt hast.“

Im Garderobenspiegel betrachtete sie ihre Reflexion und versuchte, sich so zu sehen, wie Justin es an diesem Abend getan haben musste. Er hatte zwar zugegebenermaßen zweimal mit ihr getanzt, aber Chloe konnte nicht umhin, sich zu fragen, ob seine Aufmerksamkeit nicht vielleicht doch zu irgendeiner anderen jungen Frau gewandert sein könnte, deren Haar heller war als Chloes, die eine etwas lieblichere Stimme hatte und zurückhaltender war.

Sie musterte sich mit gerunzelter Stirn. Konnte das ihr fataler Fehler sein? Ihre Unfähigkeit, so … sittsam zu sein wie andere junge Damen? Tragischerweise schien dies eine Eigenschaft zu sein, die in ihrer Familie lag, und Chloe war sich nicht sicher, ob sie daran etwas ändern wollte, selbst wenn sie es gekonnt hätte. Sie nahm an, dass sie wenigstens hätte versuchen sollen, den allgemeinen Erwartungen zu entsprechen, damit sie anziehender wirkte. Ihre Schwester Emma hatte ihr stets dazu geraten, aber in ihrem tiefsten Herzen wünschte sie sich eigentlich, auch von ihrer schlechtesten Seite geliebt zu werden.

„Und durch ihre Schreie wurde ihr Vater alarmiert, der sich bei dem Versuch, sie zu retten, einen Zeh brach“, beendete

Tante Gwendolyn ihre Geschichte und machte eine Pause, um nach ihrer Erzählung wieder zu Atem zu kommen. „Beryl fiel siebenmal in Ohnmacht, bevor sie gestehen konnte, was der Geist ihr angetan hatte."

Chloe, die immer noch in den Spiegel gesehen hatte, fuhr herum. Ihre Aufmerksamkeit war geweckt worden. „Woher weißt du, dass die Frau nicht geträumt hat? Hat ihr Vater den Geist überhaupt gesehen?"

Tante Gwendolyn starrte sie mit milder Verachtung an. „Ihre Lippen kribbelten von den geisterhaften Küssen, Chloe. Und nein, natürlich sah Beryls Vater den Geist nicht. Ich vermute, er hatte solche Schmerzen im Zeh, dass es ihm auch einerlei gewesen wäre, wenn er ihn gesehen hätte."

„Nun, was hat der Geist ihr denn angetan?"

„Eine anständige Frau kann solch verdorbene Dinge nicht wiederholen, Chloe."

Chloe lächelte, während sie dem Dienstmädchen ihre parfümierten Handschuhe reichte. „Das ist das Problem an diesem Dorf. In eurem Leben mangelt es derart an Aufregung, dass ihr euch sogar Geister ausdenkt, die schlafende Frauen verführen. Wenn einer von euch ein bisschen Mumm hätte, jemand auch nur das winzigste bisschen Wagemut besäße, hätte er eine echte Affäre, und dann …"

„Das reicht jetzt wirklich, Chloe", sagte Gwendolyn, und ihr freundliches Gesicht wurde ganz rosa. „Ich glaube, dass deine Waghalsigkeit dir diesen ganzen Ärger überhaupt erst eingebrockt hat und sie einzig und allein der Grund dafür ist, warum deine verständlicherweise verzweifelten Brüder dich hierhergeschickt haben, um …"

„Vor Langeweile zu sterben, nachdem all meine geistigen Fähigkeiten aus Mangel an Betätigung verdorrt sind", beendete Chloe den Satz mit einem gutmütigen Seufzer. „Nun, allem Anschein nach geht der Plan auf. Gestern habe ich mich selbst dabei ertappt, wie ich mit den Enten im Teich geredet habe. Meine einzige Hoffnung auf Rettung besteht darin, selbst tot im Bett aufgefunden zu werden, nachdem ich – wenn ich wenigstens etwas Glück habe – von dem Geist von Stratfield geschändet wurde."

Ihre Tante stöhnte bekümmert. Onkel Humphrey tätschelte geistesabwesend ihre Hand, während er so tat, als werfe er Chloe einen missbilligenden Blick zu. In Wirklichkeit bewunderte er ihre freimütigen Meinungsäußerungen und genoss ihre Gesellschaft außerordentlich, wie er Chloe gegenüber unter vier Augen zugegeben hatte. Er behauptete, dass sie wahre Wunder dabei gewirkt hatte, seine Tochter Pamela aus ihrem einsamen Schneckenhaus zu locken. Er wusste die Unberechenbarkeit, die Chloe in das Haus gebracht hatte, zu schätzen, oder zumindest sagte er das. Und Chloe lachte sogar über seine Witze, Gott schütze sie. Ihr lieber Onkel war ihr ein treuer Verbündeter.

„Vielleicht solltest du zu Bett gehen, Chloe", sagte Tante Gwendolyn mit zittriger Stimme. „Delia kann dir eine Tasse heiße Schokolade bringen, wenn du möchtest."

Chloe ging mit der Haltung der Heldin einer griechischen Tragödie auf die Treppe zu. „Ich nehme nicht an, dass ich stattdessen eine Tasse Sherry bekommen könnte?"

Pamela folgte ihr hinkend. „Ich sterbe vor Neugier darauf, noch einen Blick in die beiden Reisetruhen werfen zu können, die heute für dich angekommen sind. Ich habe noch nie in meinem Leben so viel Seide und Spitze auf einmal gesehen", flüsterte sie aufgeregt.

„Oh." Chloe hielt inne und blickte die Treppe hoch. „Vermutlich werde ich das alles in Chistlebury nicht brauchen, aber ich bin froh, dass meine Unterwäsche wenigstens dir etwas Freude verschafft. Mit meinen Unterhosen und eurem Geist sollte das ein Jahr voller Skandale für euer Dorf werden."

In einvernehmlichem Schweigen gingen sie die knarrende alte Eichentreppe hinauf, bis Pamela, anscheinend durch den Einfluss ihrer Cousine zu verkommenen Gedanken inspiriert, das Wort ergriff. „Ich schätze, dass jede Menge Frauen dafür beten, dass dieser Geist bei ihnen spukt. Dass er sie heute Nacht heimsucht, um sich mit ihnen sein jenseitiges Vergnügen zu machen."

„Sein jenseitiges Vergnügen?" Chloe lachte herzlich darüber und ging den schmalen Gang entlang zu ihrem Zimmer. „Himmel, was für ein Gedanke."

Was Chloe anging, so glaubte sie nicht an Geister. Zumindest hatte sie das bis letzte Woche nicht getan, als sie aus ihrem Schlafzimmer geblickt und eine einsame männliche Gestalt gesehen hatte, die mitten in der Nacht am Rande des verlassenen Anwesens von Stratfield stand.

War es Stratfields ruheloser Geist gewesen oder sein menschlicher Cousin, der das Anwesen geerbt hatte? Seltsamerweise hatte die Erscheinung bei ihr eher ein Gefühl der Traurigkeit verursacht als Angst. Dieser Geist hatte eine melancholische Ausstrahlung, wenn er denn wirklich ein Geist war. Zu dem Zeitpunkt war der Viscount gerade etwas über zwei Wochen tot gewesen. Während ihrer ersten Tage in Sussex war Chloe dem Mann aus Fleisch und Blut ein einziges Mal begegnet, diese Erfahrung hätte man durchaus als beunruhigend bezeichnen können.

Sie war auf dem Heimweg vom Apotheker, wo sie eine Besorgung für ihre Tante gemacht hatte, in einen starken Regenschauer geraten. Der Lakai, der sie begleitet hatte, war nach Hause gerannt, um einen Regenschirm zu holen.

Stratfield war auf seinem Hengst über das Feld galoppiert wie Sir Galahad auf dem Weg in eine Schlacht. Obwohl sie in einer Familie voller Männer aufgewachsen war, die alle ausgezeichnete Sportler waren, und obwohl sie selbst eine hervorragende Reiterin war, hatte sein Anblick Chloe doch so beeindruckt, dass sie bis zu den Knöcheln in eine schlammige Pfütze gestiegen war, um diese männliche Erscheinung besser sehen zu können. Unglücklicherweise schien sie ihn nicht annähernd so stark zu beeindrucken.

Bevor sie auch nur ihren Mantel hatte ausschütteln können, hatte er sein Pferd schon herumgerissen, um sie mit offenkundiger Missbilligung in seinen kalten eisengrauen Augen zu umkreisen. Chloe fand keine Worte, was für sie äußerst ungewöhnlich war. Allem Anschein nach war er nicht so leicht zu beeindrucken wie sie.

Der gleichmäßige Regenfall bildete einen Schleier zwischen ihnen und ließ ihn wie einen Mann wirken, der nicht ganz von dieser Welt war.

All die interessanten Kanten und Flächen seines männlichen Gesichtes hatten sich zu einem belustigten Grinsen geformt, als er ihren durchnässten Zustand begutachtet hatte. Er sah nicht perfekt aus, aber irgendwie bezwingend. Sein Gesicht war wahrscheinlich das unvergesslichste, das Chloe je gesehen hatte, mit diesem Grübchen im Kinn und jenen vernichtenden dunklen Augenbrauen unter der amüsiert gerunzelten Stirn.

„Nun, kommen Sie hinauf.“ Er hatte seine lederbehandschuhte Hand ausgestreckt. Das war keine Frage, sondern ein Befehl. Er war nicht direkt unhöflich, aber eben auch nicht gerade der Held in strahlender Rüstung. Chloe hatte das Gefühl, als schenke er ihr nur widerwillig seine Aufmerksamkeit, als hätte sie ihn mitten in einer wichtigen Mission aufgehalten und als schätze er diese Unterbrechung nicht.

Sie blickte angewidert auf ihre schlammigen Stiefeletten hinunter und erinnerte sich wehmütig an all die Gesellschaften und Soireen, die sie in London zurückgelassen hatte.

„Beeilen Sie sich“, fuhr er fort und wischte sich mit der Hand über die nasse Wange.

„Aber ich weiß nicht …“

„Steigen Sie auf, bevor wir beide nass bis auf die Knochen sind, junge Dame. Wir sind hier auf dem Land und nicht bei Hof.“

Chloe war wütend, aber das Lächeln, das in seinen Augen lag, nahm seinem Befehl die Schärfe. Dadurch, dass sie gemeinsam mit fünf frechen Brüdern aufgewachsen war, hatte sie aufgehört, übertrieben empfindlich zu sein. Frösche, Spucke, geschmacklose Witze – Chloe und ihre ältere Schwester Emma waren schon früh dagegen abgehärtet worden, leicht beleidigt zu sein.

Dennoch sollte man wenigstens etwas Anstand wahren, ob es nun regnete oder nicht, selbst wenn man die junge Tochter eines Marquess war, die sich kurz vor ihrem gesellschaftlichen Ruin befand. Außerdem war dieser Sir Galahad so von sich selbst überzeugt, dass es ihm ganz guttun würde, daran erinnert zu werden, was gute Manieren waren.

„Sagen Sie mir wenigstens Ihren Namen, Sir“, forderte sie ihn auf. Der Regen kühlte die unerklärliche Hitze, die ihr in die Wangen stieg.

Er lehnte sich über den Sattelknauf vor, die Lippen zu einem dünnen Lächeln verzogen. „Ich bin der Besitzer des Landes, in dem Sie gerade versinken und das Sie im Übrigen unerlaubt betreten haben. Während eines Gewitters. In einem hübschen Seidenkleid. Steigen Sie nun auf oder nicht, jetzt, wo wir das geklärt hätten?“

„Nun, wie kann ich da schon ablehnen?“, murmelte sie.

Trotz dieser Worte zögerte sie immer noch und blickte sein Gesicht durch den Vorhang aus kalten Regentropfen genauer an. Er schien sie kaum richtig wahrzunehmen und wirkte sehr von sich selbst eingenommen, sein Haar war kurz, schwarz und nach hinten gekämmt. Aus seinen eisengrauen Augen betrachtete er sie mit gleichgültigem Spott, der langsam Ungeduld wich. Sie blickte zu der Steinmauer hinüber, die das Feld umgrenzte. Ihr Lakai war noch nirgends zu sehen.

„Ja oder nein?", fragte er knapp.

„Ja, aber geben Sie mir eine Chance ..."

... den Schlamm von den Stiefeletten zu schütteln, wollte sie sagen, aber offensichtlich störte der ihn gar nicht. Ungeduldig zog er sie mit einem Arm hinter sich auf sein gut ausgebildetes Pferd. Chloe nahm den Duft von Galahads nassem Wollmantel und eine angenehme Spur von holzigem Parfüm wahr, dazu die unleugbare Wärme seines Ellbogens unter ihrer Brust. Ihr fiel auch auf, wie sein Körper sich versteifte und er sich dann mit einer lässigen Arroganz zurücklehnte, die ihr Herz schneller schlagen ließ. Alles in allem war er ein ziemlich überwältigendes Exemplar der Gattung Mann. Sie musste das Verlangen unterdrücken, sich gegen seinen harten, muskulösen Körper zu pressen.

Mit ziemlich hoffnungsvoller Beklommenheit starrte sie seinen Hinterkopf an. Hatte sie wie schon unzählige Male zuvor einen Fehler begangen? Ihre impulsive Art war von Anfang an daran schuld gewesen, dass sie in diese ereignislose gesellschaftliche Einöde verbannt worden war. Aber Galahad war ein Nachbar. Zudem ein Aristokrat, wenn sie sich richtig an das erinnerte, was ihre Tante beiläufig über Viscount Stratfield erzählt hatte.

Oder war es eine Warnung gewesen? Chloe hatte seinen Namen bereits gehört, bevor sie nach Sussex geschickt worden war. Sein jüngerer Bruder Samuel war im vergangenen Jahr zusammen mit Chloes Bruder Brandon in die Dienste der East India Company getreten – auf der Suche nach Abenteuer und verführt von der Aussicht auf den Gewinn, der ihnen auf den Rekrutierungsplakaten versprochen worden war.

Doch stattdessen waren sie Seite an Seite bei einer Erkundungstour in Nepal von rebellischen Gurkhas getötet worden.

Sie erinnerte sich daran, wie ihre beiden älteren Brüder mit einer Bewunderung von Viscount Stratfield gesprochen hatten, die sie Männern ihres eigenen Standes nur selten entgegenbrachten. Allem Anschein nach hatte der Viscount eine entscheidende Rolle dabei gespielt, den Gedenkgottesdienst für die beiden jungen Freunde zu arrangieren.

Auf jeden Fall hatte Chloe keine Angst, dass ihr Retter irgendetwas Unverschämtes tun könnte – so wie beispielsweise auf dem Pferd über sie herzufallen oder sie in die Sklaverei zu verschleppen –, bis er sein Pferd zum Galopp antrieb und es in die entgegengesetzte Richtung des ihr bekannten Reitwegs lenkte.

„Entschuldigung …“, begann sie zu protestieren, bevor ihr die Luft aus den Lungen gedrückt wurde.

Der Wald raste wie ein graubrauner Fleck an ihr vorüber. Unter den donnernden Hufen des Pferdes lockerten sich Stücke aus dem feuchten Torfboden und schleuderten durch den Regen. Es ging über eine aufgeweichte Wiese und durch einen dunklen, feuchten Tunnel aus nassem Geißblatt, der gegen sie peitschte, als sie vorbeipreschten. Sie konnte ihre Umgebung nicht einordnen, aber diese Route ähnelte dem Weg nach Hause nicht im Geringsten.

Sie schlang ihre Arme um Galahads Taille und schrie ihn an, während ihr Körper gegen seinen gedrückt wurde, sodass sie spürte, wie sich die Muskeln in seinem Oberkörper anspannten. Bildete sie sich das nur ein, oder gefiel es ihm, wie sie sich in Todesangst an ihn klammerte? „Entschuldigen Sie! Ich glaube, Sie reiten in die falsche Richtung!“

Er grunzte oder machte einen ähnlich abschätzigen Laut, der andeutete, dass sie ein schwachköpfiges Weib war, weil sie es wagte, seinen Orientierungssinn infrage zu stellen. Chloe wurde schwindelig, als sie sich vorstellte, von diesem dunklen, grüblerischen Fremden entführt zu werden. In die tiefsten Verstecke einer verborgenen Burg geschleppt zu werden, um dort als seine Gefangene seinen perversen Gelüsten zu dienen.

Würde er sie nackt in seinem Bett halten und mit grausamer Fürsorglichkeit des Nachts mit russischen Luchsfellen zudecken, nachdem er sie bis zur Bewusstlosigkeit geschändet hatte? Würde er sie mit Perlen und Süßigkeiten und starkem Brandy umschmeicheln, bis sie wieder bei Sinnen war? Oder, was, seiner teuflischen Reitgeschwindigkeit nach zu urteilen, wahrscheinlicher war, würden sie beide zu Tode stürzen, bevor irgendwelche derartigen Verrücktheiten vonstattengehen konnten?

Chloe dachte gerade über diese letzte, unangenehme Möglichkeit nach, als sie auf wundersame Weise auf ein freies Feld kamen, nachdem sie zuerst noch durch einen Haselnusshain geflogen waren.

Sie starrte auf die trostlose Landschaft, und das Herz schlug ihr bis zum Hals. „Mein Haus", stellte sie überrascht fest.

„Stellen Sie sich das nur vor", sagte er gedehnt und drehte den Kopf leicht herum. Dabei blickte er in einer Art und Weise auf sie herab, die ihr zeigte, dass er doch nicht so sehr mit seinen eigenen Angelegenheiten beschäftigt war, um nicht zu bemerken, wie fest sie sich an ihn klammerte.

Das braun-weiße Fachwerkhaus, das unter dem hochtrabenden Namen „Dewhurst Manor" bekannt war, hielt dem Regen stand, wie es das bereits zwei Jahrhunderte lang getan hatte. Chloe bildete sich ein, ihre Tante sehen zu können, wie sie durch die Spitzengardinen spähte und sich fragte, was wohl aus ihrer rastlosen Nichte geworden war. Wahrscheinlich würde Chloe eine ordentliche Standpauke bekommen, weil sie das Angebot angenommen hatte, mit einem Nachbarn zu reiten, statt bis zu den Knien durch den Schlamm zu waten. Der bedauernswerte Lakai würde sicherlich eine Ohrfeige bekommen.

„Sie hätten mir auch sagen können, dass Sie eine Abkürzung nehmen", murmelte sie, während sie ihre beinah erstarrten

Arme von dem starken Männerkörper löste, den sie unverfroren als Regenschutz missbraucht hatte.

Er blickte sich nicht noch einmal um. Aber sie konnte das spöttische Lächeln in seiner Stimme hören, als er ihr antwortete. „Ich sehe keinen Grund dafür, das Offensichtliche zu erklären."

„Natürlich nicht", brummelte sie. Eine Erklärung hätte höfliche Konversation bedeutet. Was für ein griesgrämiger Mann. Es war ihr peinlich, dass sie überhaupt an die Möglichkeit einer Entführung gedacht hatte. Wahrscheinlich besaß er überhaupt kein ordentliches Haus, zumindest nicht in Chistlebury. Vielleicht lebte er in einer Höhle. Er wirkte ohnehin eher wie ein Drache als wie ein Ritter. Sie vermutete, dass es zu viel verlangt war, zu hoffen, dass er sie den ganzen Weg bis zur Tür geleiten würde. Andererseits wäre ihre Tante, wenn Chloe mit Galahad im Schlepptau auf der Schwelle erschien, wahrscheinlich in Ohnmacht gefallen.

„Nun", sagte sie und überspielte ihre Gereiztheit mit einem höflichen Lächeln, „es war sehr anständig von Ihnen, sich so viel Zeit von Ihren ..." Von seinen was, fragte sie sich. Davon, wie ein Lehnsherr in alten Zeiten auf der Suche nach Jungfern umherzureiten, die vom Regen überrascht worden waren? „... von Ihren Verpflichtungen genommen haben, um mich zu retten."

Er stieg schweigend ab und half ihr vom Pferd herunter. Ohne jede ersichtliche Anstrengung hob er sie hoch. Als sie seinen Körper streifte, bemerkte Chloe, wie ihre vom Regen kühle Haut sich erwärmte. Er war kräftig gebaut, und seine Berührung war erstaunlich sanft, obgleich sie seine Ungeduld deutlich spüren konnte.

Wenn seine Gedanken auch hundert Meilen weit entfernt schienen, war er offensichtlich doch Mann genug, um zur Kenntnis zu nehmen, dass sie unterschiedlichen Geschlechtern angehörten. Er warf ihr einen äußerst irritierenden, herablassenden Blick zu. „Ich würde Ihnen empfehlen, mein Land künftig nicht mehr zu betreten."

„Das habe ich wohl kaum mit Absicht getan", entgegnete Chloe. „Wissen Sie, ich bin gerade erst aus London hierhergekommen …"

„Das hörte ich bereits."

Sie trat beiseite, weil er sich wieder seinem Pferd zuwandte. „Sie haben von mir gehört?", fragte sie erstaunt. Unter normalen Umständen hätte Chloe sich möglicherweise ein bisschen geschmeichelt gefühlt, dass ein Mann, dem sie noch nie begegnet war, sich die Mühe gemacht hatte, etwas über sie in Erfahrung zu bringen.

Langsam drehte er sich zu ihr um und blickte sie von oben bis unten an, als hätte er das Verlangen, dies zu tun, die ganze Zeit unterdrückt. Sein Gesicht war hager, die Züge wurden von einer Anspannung überschattet, die Chloe beinahe mit Händen greifen konnte. Sie hielt regelrecht die Luft an bei der mühsam beherrschten Intensität seines Blickes, bei dem männlichen Interesse, das er sie zuvor nicht hatte sehen lassen. Hatte sie sich vorhin wirklich gefragt, ob er sie als Frau wahrgenommen hatte? Nun, jetzt würde sie das nicht mehr anzweifeln. Noch nie in ihrem Leben hatte sie sich unter den Blicken eines Mannes so verführt und begehrenswert gefühlt wie unter seiner kurzen, glühenden Betrachtung. Erst als er mit seinen grauen Augen ihrem Blick begegnete, flackerte ein wenig Humor darin auf.

„Ja", bestätigte er. „Ich habe sogar einiges über Sie gehört."

„Warum sollten Sie irgendein Interesse an mir haben?", fragte sie ihn leise.

Er zögerte. Sie standen im Schatten der Silberweiden, die das Herrenhaus umrahmten. Chloe konnte hören, wie der Regen auf die silbrigen Blätter prasselte, heruntertropfte und sie in feuchte Dunkelheit hüllte. Sie spürte, dass er kurz davor war, ihr etwas zu sagen, ein Geheimnis, vielleicht sogar den Grund, warum er so geistesabwesend und unhöflich wirkte. Seine besorgten grauen Augen erweichten ihr Herz. War er traurig, litt er vielleicht unter einer tödlichen Krankheit?

In der Hoffnung, sein Vertrauen zu gewinnen, trat sie näher zu ihm hin. Sie hatte sich schon immer zu verirrten Tieren und verirrten Menschen hingezogen gefühlt. Aber jetzt spürte sie noch eine andere Anziehungskraft, eine gefährliche Neugier, eine magnetische Wärme. War er zuvor noch so kühl gewesen, schien er nun eine wahre Brutstätte düsterer Emotionen zu sein.

„Warum?“, fragte sie noch einmal.

Sie hätte überrascht sein sollen, als er sie in seine Arme zog und küsste. Es erstaunte sie jedoch mehr, dass sie nicht im Regen zerfloss. Sie war wie betäubt von der schweren Süße des Brandys in seinem Atem. In der Art, wie er mit seinen Lippen Besitz von ihr ergriff, lagen Kraft und Arroganz und beinahe so etwas wie Verzweiflung. An den süßen Schauer dieses Kusses würde sie sich ihr ganzes Leben lang erinnern. Sie rang nach Luft.

„Warum?“, flüsterte er und hielt sie fest, als wäre sie ein Rettungsanker, der ihn bei Verstand hielt. Er gönnte ihr nur eine winzige Atempause, bevor er seine Zunge erneut in die zarte Höhle ihres Mundes tauchte.

Jeglicher vernünftige Gedanke schien unmöglich, als er mit den Händen über ihren Rücken strich, den Bogen ihrer Wirbelsäule und die Umrisse ihres Pos durch ihren Mantel hindurch liebkoste. Bei ihren früheren Tändeleien hatte sie stets das Gefühl gehabt, die Kontrolle zu besitzen, selbst Herrin ihres Schicksals zu sein. Nun hatte sie die Kontrolle verloren. Die gefährliche Härte seines Körpers stützte und schwächte sie zugleich.

Wie aus weiter Ferne hörte sie sein leises Stöhnen. Nie zuvor war sie so geküsst worden – oder so berührt worden. Ein Regentropfen fiel auf ihre Wange und lief ihren Hals hinunter. Er leckte ihn auf, und die Berührung seiner Zunge ließ ihren Körper erschauern.

„Sie sollten nicht alleine ausgehen“, sagte er und küsste sie noch einmal. Seine sinnliche, raue Stimme ließ sie beinahe auf die Knie sinken. Das Herz schlug ihr bis zum Hals, und der Puls dröhnte in ihren Ohren.

„Warum nicht?“, flüsterte sie neckend. Sie wollte ihm nicht zeigen, wie sehr sie mit sich rang, um nicht noch weiterzugehen.

Mit einem Lächeln zog er sich von ihr zurück. „Dies ist ein kleines Dorf.“ Seine Stimme klang nun wieder unbeteiligt. Vielleicht hatte sie sich die Hitze zwischen ihnen nur eingebildet. Bevor sie sich auch nur bewegen konnte, war er bereits aufgestiegen und hatte sein Pferd in die entgegengesetzte Richtung gelenkt. „Und doch gibt es auch hier Gefahren, die eine hübsche junge Frau, die Schwierigkeiten anzuziehen scheint, besser meiden sollte. Halten Sie sich künftig von meinem Land fern.“

Schwierigkeiten anziehen? Gefahren, die man meiden sollte? Sie fragte sich, was das heißen sollte. Chloe, Tochter eines verstorbenen Marquess und Schwester des jetzigen Titelinhabers, eines sehr einflussreichen Mannes, war durch seine rüde Abweisung zu verblüfft, um nachzufragen. Durchnässt und beleidigt blieb sie im Regen stehen und blickte ihm nach, wie er davongaloppierte, als wäre er ein Teil des wütenden Sturmes. Sie zögerte ungläubig, erhitzt und verwirrt durch seinen Kuss und seinen rätselhaften Rat.

Woher wusste er über sie Bescheid? Und was sollte sie mit seiner melodramatischen Warnung anfangen? Die einzigen Gefahren, die Chloe bis zu diesem Zeitpunkt im Dorf bemerkt hatte, waren ein Pastor, der gerne Klatschgeschichten verbreitete, und eine lästige Tante. Gütiger Himmel, hielt er sie etwa für ein Porzellanpüppchen?

Zweifelsohne war Dominic Breckland der unhöflichste und

attraktivste Mann, dem sie je begegnet war. Offensichtlich interessierte es ihn nicht im Geringsten, was sie dachte. Es schien ihm gleichgültig zu sein, dass sie ihren Brüdern von seinem Benehmen erzählen könnte – doch die hätten ihn vermutlich ohnehin in Schutz genommen und Chloe die Schuld an dem Vorfall gegeben.

Chloe blieb im Regen stehen, bis er außer Sichtweite war. Sie spürte die Kälte nicht mehr. Wenn überhaupt, war ihr außerordentlich heiß, vielleicht, weil sie so wütend war. Plötzlich wurde ihr klar, dass sie sich nie auch nur erträumt hatte, dass ein Mann wie Lord Stratfield überhaupt existierte, und sie wünschte sich, sie hätte es nie herausgefunden.

Sie war sogar so verstimmt, dass sie beschloss, dass die einzige Lösung darin bestand, ihren arroganten Retter vollkommen zu vergessen, was zufällig genau das war, wozu ihre bestürzte Tante ihr wenige Minuten später riet.

„Ich glaubte, meinen eigenen Augen nicht trauen zu können, Chloe Boscastle! Ich konnte es einfach nicht glauben, als ich dich auf einem Pferd mit Lord Stratfield gesehen habe. Mit den Armen um seine Taille!“

Chloe lief ans Fenster, um hinauszublicken. „Ich bin versehentlich auf sein Land geraten. Er hat mich nach Hause gebracht.“

„Nun, das ist für sich genommen schon ein Wunder. Es heißt, der Mann verführt jede Frau, der er begegnet.“

„Hat er dich je verführt, Tante Gwendolyn?“

„Sei nicht unverschämt. Stratfield ist ein Nachbar und ein Mann von Rang, und als solchen respektiere ich ihn. Aber das bedeutet nicht, dass ich es gutheiße, wenn er sich auf seinem Anwesen eine Mätresse hält.“

„Hast du sie je kennengelernt?“, fragte Chloe neugierig und wandte sich vom Fenster ab, das nur einen enttäuschenden Ausblick auf eine ganz und gar reiterlose Landschaft bot.

„Das habe ich natürlich nicht, Chloe."

Tante Gwendolyn zupfte die Vorhänge wieder zurecht. Sie wirkte empört über die Frage. „Pastor Grimsby hat sie einige Male gesehen. Sie stand an den Fenstern von Stratfield Hall, Chloe."

Chloe biss sich belustigt auf die Lippe. „Vielleicht hat der Viscount gerade Besuch von einer Schwester oder Tante."

Tante Gwendolyns Gesicht war unter dem Puder rot geworden. „Ich glaube kaum, dass er sich mit einer weiblichen Verwandten so verhalten hätte, wie es der Pastor beschrieben hat."

„Hält er mitten in der Nacht wüste Orgien ab?" Chloe konnte der Versuchung nicht widerstehen, ihre Tante mit dieser Frage zu necken.

„Ich habe nicht die geringste Ahnung", stammelte ihre Tante entrüstet. „Und ich will es auch gar nicht wissen", fügte sie hinzu, „und das solltest du auch nicht. Die Tatsache, dass ich spüre, dass auf Stratfield Hall etwas nicht in Ordnung ist, sollte uns Warnung genug sein, Chloe. Bei diesem Mann stimmt etwas nicht, lass dir das gesagt sein!"

Und vielleicht hätte Chloe auf sie hören sollen, anstatt zu lachen. Drei Wochen später war der Viscount in seinem Bett erstochen worden.

2. KAPITEL

Die Neuigkeit erschütterte das winzige Dörfchen Chistlebury bis in seine Grundfesten. Chloe, die anscheinend eine Unverträglichkeit gegen saubere Landluft entwickelt hatte, litt an einer unangenehmen Bronchitis und konnte der Bestattung nicht beiwohnen. In Wirklichkeit war Dominic für sie schon vor seinem Tod zu einem Geist geworden, der ständig durch ihre Gedanken spukte. Sie hatte von jenem Kuss im Regen geträumt und sich vorgestellt, wie sie ihn wieder küsste – wenn sie sich nicht gerade schwor, ihn bei ihrer nächsten Begegnung zu brüskieren.

Nach der Beerdigung hatte sie zwei volle Tage lang in ihrem Bett geweint und aus Gründen, die sie sich selbst nicht erklären konnte, um ihren unhöflichen, aber attraktiven Retter getrauert. Sogar einen Eid hatte sie abgelegt, dass sie und ihre Familie eines Tages seinen Mörder finden würden. Ihre älteren Brüder – Grayson, Heath und Drake – hatten eine kurze Reise unternommen, um dem Verstorbenen ihren Respekt zu erweisen. Niemand schien die geringste Ahnung zu haben, wer Stratfield ermordet hatte. Sein Onkel Edgar war die weite Strecke von Wales herbeigereist, um Nachforschungen anzustellen und die praktischen Belange zu regeln.

Doch der Pastor hatte durchblicken lassen, dass Stratfield in seiner Zeit im Krieg möglicherweise ein wenig Spionage betrieben hatte und dass vielleicht ein alter Feind zurückgekehrt war, um ihn zu ermorden. Außerdem hatte die Anziehungskraft, die einige verheiratete Frauen angeblich auf ihn ausgeübt hatten, ihn auch nicht gerade beliebter gemacht. Er war ein Mann gewesen, der getan hatte, was er wollte, und offensichtlich hatte er es damit niemandem recht gemacht außer sich selbst. Kein Wunder, dass er nicht von vielen betrauert wurde.

Er war tot, und Chloe blieb keine andere Wahl, als ihn zu vergessen. Ohnehin wäre es nicht klug gewesen, ihn in seinen Avancen zu ermutigen. Er war ein Mann, der auf der dunklen Seite des Lebens gelebt hatte. Soweit sie es beurteilen konnte, hatte er möglicherweise sogar irgendetwas getan, um den Tod zu verdienen. Nach allem, was sie wusste, wäre er womöglich ihr Untergang gewesen. Und doch hoffte sie aus verschiedenen Gründen, dass sein Mörder gefasst wurde.

Pamelas hohe Stimme brachte sie zurück in die weniger interessante Gegenwart. „Er kam, kurz nachdem ihr gegangen wart, hierher", flüsterte sie, als die beiden Chloes Schlafkammer betraten.

„Wer kam hierher?", fragte Chloe verdutzt, mit den Gedanken noch bei Stratfield.

„Dein Bruder natürlich."

Ein paar kurze Augenblicke lang hatte Chloe tatsächlich geglaubt, Pamela hätte den Geist von Stratfield gemeint. Aber so, wie die Dinge standen, konnte sie sich nicht den Luxus erlauben, sich um die Toten zu sorgen. Die Lebenden waren es, die sie quälten. Genauer gesagt, die Lebenden in Gestalt ihres Bruders Devon, der seit letztem Monat ein Flüchtling vor dem Gesetz war.

Auf dem Heimweg von einer Spielhalle in Chelsea hatten Devon und zwei seiner von sich selbst überzeugten Freunde eine Kutsche aufgehalten. Darin befand sich ihrer Meinung nach eine junge Kurtisane, die den ganzen Abend über ihre Avancen genossen und zugleich ihre Taschen geleert hatte.

Die Kutsche hatte hingegen einem älteren Bankier gehört. Es waren Schüsse gefallen, ein Lakai war verwundet worden, und Devon war untergetaucht, während sein Bruder, der Marquess, alles in Bewegung setzte, um die Wogen zu glätten, die die Taten des unbesonnenen Jünglings geschlagen hatten.

Chloe knöpfte ihr blaues Musselinkleid auf, sank mit einem

unwillkürlichen Schaudern auf das Bett hinunter und starrte eine der vollgestopften Ledertruhen an, die während des Tages angekommen waren. Sie hatten die andere Truhe aus Platzmangel in ihr Ankleidezimmer geschoben. Ihre Schwester Emma hatte ihr Kleider für jede Gelegenheit geschickt, ohne zu ahnen, wie ereignislos Chloes gesellschaftliches Leben geworden war.

„Ich nehme an, Devon wollte wieder Geld", sagte sie und blickte sich im Raum um. War es nur ihre Einbildung und all das Gerede über Geister, die sie so nervös und wachsam gemacht hatten? Oder machte sie sich Sorgen, weil es schien, als wäre ihre Familie dabei auseinanderzufallen? Außer Grayson, der glücklich mit seiner klugen Frau Jane verheiratet war, schienen all ihre Geschwister rastlos zu sein. Vielleicht sollte sie sich auf ihren neuen Bewunderer konzentrieren, Lord St. John. Er hatte ganz wundervolle braune Augen und ein spitzbübisches Lächeln, auch wenn er ein wenig oberflächlich wirkte. Warum konnte sie sich nicht mit einem jungen Mann wie ihm zufriedengeben?

„Dein Bruder ist wieder durchs Fenster hereingekommen, während ich gerade dabei war, deine Kleider zu sortieren", flüsterte Pamela. „Der gut aussehende Teufel besitzt nicht das kleinste bisschen Anstand, Chloe."

„Anstand?" Chloe hielt den Atem an und hob eine Hand an den Mund. „Ich habe die Chemise völlig vergessen, die Devon ins Fenster gehängt hat!"

Pamela sah verwirrt aus. „Was für eine Chemise? Was soll Devon denn mit einer Chemise?"

„Ich konnte sie von der Kutsche aus sehen. Ich schätze, es macht jetzt auch nichts mehr. Vermutlich hält mein Bruder sich für sehr witzig", sagte sie wütend. „Erinnere mich bitte daran, sie zu entfernen, bevor ich zu Bett gehe. Ich muss diese Truhe sowieso noch ins Ankleidezimmer schieben."

„Willst du nicht einmal hineinsehen?", fragte Pamela enttäuscht.

„Nicht um ..." Chloe stand langsam vom Bett auf, während ihr Blick zur Tür des Ankleidezimmers wanderte. Dabei glitt ihr Kleid bis zu ihrer Taille herunter, und sie musste zittern. Ob sie vielleicht eine weitere Erkältung bekam? Eben war ihr ein ganz seltsamer Schauer den Rücken heruntergelaufen. „Was war das für ein Geräusch?"

Pamela blickte über die Schulter. „Was für ein Geräusch?"

„Es klang ganz so wie das Stöhnen eines Mannes", erwiderte Chloe ruhig.

„Ein – ach, das. Das ist wahrscheinlich das quietschende alte Tor zur Auffahrt. Seit Lord Stratfield ermordet wurde, lässt Mama es nachts abschließen, auch wenn ich mir nicht sicher bin, ob das seinen Geist oder seinen Mörder draußen halten soll. Ein Geist würde wohl kaum das Tor benutzen, oder? Oh, sieh dir das an!"

Pamela war auf die Knie gefallen und durchwühlte glücklich eine Truhe voller parfümierter Fächer, Schuhe und Schals mit Fransen. Ihre Augen leuchteten auf, als sie ein französisches Korsett aus elfenbeinfarbener Seide mit Fischbeinstäbchen fand, das seiner Trägerin eine umwerfende Figur versprach.

Chloe konnte nicht umhin, über die schockierte Begeisterung im Ausdruck ihrer Cousine zu lachen. Manchmal tat es ihr gut, die Dinge aus Pamelas unkomplizierter Perspektive zu sehen. „Es ist den ganzen weiten Weg aus Paris hierhergekommen."

„Kein Wunder, dass es dort eine Revolution gab."

„Warum probierst du es nicht an?", schlug Chloe vor. „Ich werde in der näheren Zukunft ohnehin nicht viel Verwendung dafür haben."

„Ich?" Pamela stellte sich vor den eichengerahmten Standspiegel und hielt das Korsett vor ihre bescheidenen Kurven.

„Kannst du dir das tatsächlich an mir vorstellen?"

Chloe schlüpfte aus ihrem Kleid und streckte sich in Chemise, kurzem Korsett und Strümpfen auf dem Bett aus. „Wenn ich das heute Abend angehabt hätte, hätte Lord St. John vielleicht auf der Stelle um meine Hand angehalten." Dieser Gedanke hätte sie glücklicher machen sollen, als er es tat.

„Er wäre wohl eher über dich hergefallen", berichtigte Pamela sie trübsinnig. „Du solltest dich vermutlich geehrt fühlen. Justin scheint zu glauben, dass er ein wenig zu gut für die jungen Damen in Chistlebury ist."

„Warum trägst du das Korsett nicht unter deinem Sonntagskleid?" Chloe stützte sich auf einen Ellbogen. Sie musste wirklich verzweifelt sein, wenn ihre einzige Ablenkung darin bestand, ihre Cousine zu modischen Extravaganzen zu überreden. „Himmel, Pamela, ich glaube, du musst es ein wenig tiefer tragen. Du sollst damit doch nicht die Größe deines Kinns hervorheben!"

„Tiefer? Aber wie soll man denn seinen ... hm ... Busen hineinkriegen?"

„Es sieht kompliziert aus, aber der Schnitt ist wirklich schmeichelhaft für die Figur." Chloe setzte sich langsam auf und erschauerte erneut ohne Grund. Es war wieder typisch für sie, genau jetzt krank zu werden, wo Justin erwähnt hatte, dass möglicherweise Ende der Woche eine Bootspartie stattfinden würde. „Als ich es zum ersten Mal anzog, hat meine Zofe mich so eingeschnürt, dass meine eine Hälfte drin war und die andere draußen. Ich sah aus wie eine dieser Amazonen, die sich eine Brust abgeschnitten haben, um besser mit dem Bogen schießen zu können."

Pamela wurde über und über rot. „Ich habe keine Ahnung, wovon du sprichst, Chloe Boscastle, aber ich habe den Verdacht, dass du dich über mich lustig machst."

„Das tue ich nicht, ehrlich."

Die beiden jungen Frauen schwiegen und seufzten, weil Tante Gwendolyn vom unteren Ende der Treppe nach Pamela rief.

„Nun“, sagte Pamela, „das war's für mich für heute Abend.“ Sie warf Chloe das Korsett zu. „Und ich habe noch nie von Amazonen gehört, aber wenn sie mit ihren Brüsten auf ihre Verehrer schießen, ist das vielleicht auch besser so.“

Sie rauschte mit einem solchen Lachanfall aus dem Zimmer, dass die Bienenwachskerzen auf der Kommode ausgingen. Die Flammen erstarben mit geisterhaft flackernden Rauchschwaden.

Chloe glitt vom Bett und starrte in die rauchigen Schatten des dunklen Raumes. Ihr war kalt, und sie fühlte sich sehr verlassen. Sie atmete den Duft des geschmolzenen Wachses ein. Bestimmt hatte sie sich mit irgendeinem schrecklichen Leiden angesteckt.

In der Stille erklang ein weiteres, klagendes Stöhnen, und dieses Mal gab es keinen Zweifel: Das Geräusch kam aus dem Inneren ihres eigenen Ankleidezimmers.

Chloe war eine junge Dame, die in der Stadt aufgewachsen war. Sie hatte nicht die geringste Ahnung davon, wie man auf einem ländlichen Anwesen mit praktischen Dingen umging. Es interessierte sie auch nicht. Aber eines war ihr klar, trotz ihrer vollkommenen Ahnungslosigkeit in Bezug auf das Landleben: Das klagende Geräusch, das gerade eben von hinter der Tür ihres Ankleidezimmers ertönt war, war nichts, was ein rostiges Tor verursachen konnte.

Dominic kam wieder zu Bewusstsein und stöhnte vor Schmerz protestierend auf. Die Frauenstimme war bis in die Tiefen seines Deliriums vorgedrungen und hatte ihn an eine Zeit erinnert, als er die einfachen Freuden des Lebens genossen hatte. Als er der Berührung einer Frau vertraut hatte. Er fragte sich, wo er die Stimme schon einmal gehört hatte, und dachte kurz darüber nach, wo, zur Hölle, er war, bevor seine Erinnerung wieder zurückkehrte. Gütiger Himmel, er war mit etwas bedeckt, das er vage als Frauenwäsche ausmachen konnte.

Er versuchte, sich vom Boden der Truhe hochzuziehen. Seine würdelose Position erinnerte ihn daran, wie er erst vor ein paar Wochen in einem Sarg posiert und sich tot gestellt hatte. Das einzig Offensichtliche war in diesem Augenblick jedoch die Tatsache, dass er fiebrig und irrational war. Es gab keine andere mögliche Erklärung für die Worte, die in seinen Gedanken widerhallten.

„Als ich es zum ersten Mal anzog, hat meine Zofe mich so eingeschnürt, dass meine eine Hälfte drin war und die andere draußen. Ich sah aus wie eine dieser Amazonen, die sich eine Brust abgeschnitten haben, um besser mit dem Bogen schießen zu können."

Er runzelte die Stirn und kämpfte gegen die Anziehungskraft dieser Stimme an, bevor er sich in einem Wirbel parfümierter Unterröcke auf die Beine zog. Einen Augenblick lang stand er bebend und orientierungslos da und starrte die Tür an. Voller bitterer Ironie wurde ihm bewusst, dass die lebensgefährlichen Wunden, die sein Mörder ihm vor einem Monat beigebracht hatte, tatsächlich noch seinen Tod bedeuten könnten.

Jetzt erinnerte er sich wieder. Er war früher am Abend von dem Mann gejagt worden, den er als Wildhüter beschäftigt hatte. Der treue Ire hatte nur die Privatsphäre seines neuen Arbeitgebers geschützt, ohne zu bemerken, dass er seinen eigentlichen Herrn mit der Waffe bedrohte. Ja, Dominic gab zu, dass es dumm gewesen war, sich so nah an sein Haus zu wagen, denn er wollte noch nicht erkannt werden. Die Welt hielt ihn für tot. Sollte sie doch – jedenfalls vorerst.

Er hatte die Kraft aufgebracht, über einen Baum in diese Kammer zu klettern, um sich zu verstecken. Das schien allerdings kein kluger Schachzug gewesen zu sein. Sobald er wieder zu Kräften gekommen war, würde er sich an dem Mann rächen, der seinen Tod geplant hatte.

Doch nun musste er zunächst einmal gesund werden, Pläne schmieden und mit der Frau fertigwerden, deren seltsame Bemerkung ihn wieder zu Bewusstsein gebracht hatte. Ihre Stimme weckte irgendeine erfreuliche und zugleich flüchtige Erinnerung. Der Duft nach teurer Seife, eine weiche, weibliche Gestalt und … Er war verwirrt. Woher wusste er, wie sie duftete und sich anfühlte?

Sie hatte mit einer anderen Person gesprochen. Er hatte keine Ahnung, mit wie vielen Leuten er rechnen musste. Für den Fall, dass seine geisterhafte Gegenwart als Ablenkung nicht genügte, war er widerwillig bereit, sich auf physische Gewalt zu verlassen.

Er überprüfte die Pistole in seinem Hosenbund, eine schöne Waffe mit Einlegearbeiten aus Elfenbein, dann trat er an die Tür und stellte sich auf eine dramatische Szene ein.

Es belustigte ihn stets aufs Neue, wie schreckhaft die Menschen darauf reagierten, wenn sie mit einem Toten konfrontiert wurden.

Chloe hörte Leid in dem unterdrückten Stöhnen, eine Bitte um Hilfe, die sie nicht ignorieren konnte. Sie stellte sich einen Mann vor, der Schmerzen hatte, der möglicherweise drauf und dran war, an einer tödlichen Wunde zu verbluten. Ein Mann, der verwirrt und verwundet war und Zuflucht in ihrer Kammer gesucht hatte. Sie dachte keinen Augenblick daran, dass sie sich möglicherweise selbst in Gefahr brachte, wenn sie ihm half. Die Heldin in ihr antwortete dem Ruf.

Sie zog ihr chinesisches Negligé über und rauschte, ohne zu zögern, zum Ankleidezimmer … vollkommen davon überzeugt, dass der Mann, der in der Dunkelheit gestöhnt hatte, ihr eigener waghalsiger Bruder Devon war.

3. KAPITEL

Die Tür öffnete sich, noch bevor Dominic den Türknauf drehen konnte. Er benötigte einige Sekunden, um das Gesicht der Frau genau zu erfassen. Es war herzförmig und hübsch, die feinen Züge drückten vollkommenen Unglauben aus. Das Seltsamste aber war, dass sie mit einer leisen, besorgten Stimme gesprochen hatte. Sie hatte einen Männernamen geflüstert, als sie die Tür geöffnet hatte. Die Besorgnis in ihren mitternachtsblauen Augen war schnell Entsetzen gewichen.

Hatte sie erwartet, ihren Liebhaber auf der anderen Seite der Tür zu finden anstatt des Geistes von Stratfield? Die Schmetterlinge, die auf ihr Seidennegligé gestickt waren, verschwammen vor seinen Augen.

Es war unmöglich zu sagen, wer von ihnen einen größeren Schrecken bekommen hatte, die Frau oder er selbst.

Er kannte sie, oder etwa nicht? Er spürte ein Prickeln des Wiedererkennens, bevor sein Selbsterhaltungstrieb die Oberhand gewann. Nun, da sie erkannte, dass er nicht der Mann war, den sie erwartet hatte, reagierte sie, wie jede normale Frau es an ihrer Stelle getan hätte.

Sie wandte sich voller Schrecken um, um zu fliehen.

Er hätte darauf gewettet, dass sie anfangen würde zu schreien, bevor sie die äußere Tür erreichte. Es war reine Folter, seinen misshandelten Körper zum Handeln zu zwingen. Sogar das Atmen schmerzte ihn. Aber selbst wenn er schon hundert Mal tot gewesen wäre, wäre er immer noch in der Lage gewesen, eine so zierliche Frau zu überwältigen.

Er umfing ihre Taille und war von der Stärke ihres Widerstandes überrascht. Sie warf ihr gesamtes Gewicht gegen ihn. Seine Schulter brannte wie die Hölle, seine Schmerzen waren durch die Bewegung stärker geworden, doch er hatte seit einem

Monat keine Frau mehr gehalten, und seine angeborenen Instinkte reagierten mit Freude und nicht mit Schmerz. Wenn Dominic auf dem Boden mit einer Frau rang, stand ihr normalerweise die Erfahrung ihres Lebens bevor.

Eine derart angenehme Betätigung stand allerdings vollkommen außer Frage.

Sie war wesentlich kleiner als er, aber ihre Entschlossenheit war der seinen mehr als gewachsen. Seine Finger verfingen sich in ihrem schwarzen Haar, als er die Hand hob, um ihr den Mund zuzuhalten. Es half keinem von ihnen, dass sie nur spärlich bekleidet war und ihr Po sich in seine Lende drückte. Ihre verführerischen Rundungen wollten ihn vergessen machen, was er zu tun hatte. Er wusste, was sie von ihm denken musste. Er verspürte ein flüchtiges, starkes Verlangen, als ihr Negligé aufging. Wie leicht er sie hätte nehmen können. Wie verletzlich sie war, trotz all ihres Kampfgeistes.

Plötzlich wusste er auch, wer sie war: die Frau im Regen mit den blauen Augen. Er erinnerte sich an den Tag, als er ihr begegnet war, daran, wie wütend er gewesen war, weil sie seine Pläne durchkreuzt hatte. Es war derselbe Tag gewesen, an dem er herausgefunden hatte, dass jemand ihn töten wollte. Der Tag, an dem man auf ihn geschossen hatte, während er im Wald spazieren gegangen war. Er war auf der Jagd nach dem verhinderten Mörder gewesen, als diese junge Frau ihn aufgehalten und ihn dazu verleitet hatte, ein paar Augenblicke lang zu vergessen, wie hässlich das Leben für ihn geworden war.

Er vermutete, dass er schon seit Wochen verfolgt worden war. Warum? Vielleicht, weil er kurz davorstand, zu enthüllen, dass der Tod von Samuel Breckland und Brandon Boscastle im vergangenen Jahr keineswegs durch einen Hinterhalt der Gurkhas verursacht worden war.

Vielleicht, weil er Beweise dafür gesammelt hatte, dass der Mord an den beiden jungen Soldaten von ihrem eigenen Befehlshaber arrangiert worden war. Dominic hatte unmittelbar davorgestanden, etwas herauszufinden. Da war er sich ziemlich sicher. Genau wie der Mann, der Samuel und Brandon getötet hatte.

Hätte eine junge Frau, die so frivol und schön war wie Chloe Boscastle, ihn im Regen geküsst, wenn sie gewusst hätte, dass sein Leben in Gefahr war? Nein. Keinen Augenblick lang. Und er hätte auch nicht gewollt, dass sie es tat. So begehrenswert er sie auch fand, wagte er es doch nicht, sie zu gefährden.

Das Beste, was er zu dem Zeitpunkt hatte tun können, alles, was er ihr zu bieten hatte, war, sie aus einer Pfütze zu retten und sich einen Kuss zu stehlen.

Beinahe musste er bei dem Gedanken an die Ironie der Situation laut lachen. Er war mehr als unhöflich und abgelenkt gewesen und hatte der Tochter eines Marquess im Exil nicht die Aufmerksamkeit geschenkt, die sie gewohnt war. Zu einem anderen Zeitpunkt hätte er vielleicht ausgiebig mit ihr kokettiert und sie formell nach Hause eskortiert. Vielleicht hätte er seinen Charme bei ihr spielen lassen, um herauszufinden, ob dieser faszinierende Kuss sich zu etwas noch Interessanterem entwickeln könnte.

Nun, er würde diese mangelnde Aufmerksamkeit jetzt auf jeden Fall wiedergutmachen. Er würde sogar mehr Zeit mit ihr verbringen als mit jeder anderen Frau, der er je begegnet war, ob es ihr gefiel oder nicht, dachte er, während er die zappelnde Chloe zum Bett trug.

Chloe erhaschte einen erschreckenden Blick auf ihre schattenhaften Umrisse in dem Standspiegel auf der anderen Seite des Raumes. Sie war fast dankbar für die Dunkelheit, die einen gnädigen Schleier über die Ereignisse breitete. Schließlich war Chloe so darauf eingestellt gewesen, ihren Bruder in ihrem Ankleidezimmer versteckt zu finden, dass sie nicht gewusst hatte, wie sie reagieren sollte. Jetzt blieb ihr keine Wahl. Hilfe konnte sie nicht erwarten, sie war allein auf sich gestellt, wenn sie den Eindringling besiegen wollte.

Ein Griff wie ein stählerner Gürtel drückte ihr den Atem aus der Lunge. Sie starrte auf den muskulösen Unterarm, der sie wie eine grausame Schraubzwinge festhielt. Die andere Hand des Mannes bedeckte ihren ganzen Mund und erstickte ihre wütenden Schreie.

Seine Kraft ängstigte sie, und der Schrecken steckte ihr in den Gliedern, aber sie war fest entschlossen, es ihm möglichst schwer zu machen, sie zu überwältigen. Trotzdem erkannte sie, dass er vermied, ihr wehzutun. Er hätte sie mühelos entzweireißen können. In ihrer Kindheit hatte sie oft genug mit ihren Brüdern gekämpft, um seine Stärke richtig einschätzen zu können. Sie hatte keine Ahnung, was er von ihr wollte, aber keine der Möglichkeiten, die ihr einfielen, gefiel ihr.

Die Pistole in seinem Hosenbund, die gegen ihr Kreuz gedrückt wurde, fühlte sich kalt und Unheil verkündend an. Sie begann, sich erneut panisch zu wehren, als er sie zum Bett schleppte.

„Hören Sie auf", knurrte er ihr ins Ohr. „Sie tun mir weh."

Sie tat *ihm* weh, wiederholte sie in Gedanken indigniert, dann schlug sie ihm mit dem Hinterkopf noch einmal kräftig gegen die Schulter. Das war ein Fehler. Er umfasste ihre Taille noch fester, bis ihr keine Wahl blieb, als jeden Widerstand aufzugeben und zuzulassen, dass er sie auf ihr eigenes Bett legte. Sobald er sich mit einem unbarmherzigen Gesichtsausdruck über sie beugte, senkte sie den Blick und bereitete sich auf das Schlimmste vor. Als dann einige Minuten verstrichen, ohne dass etwas geschah, fand sie langsam den Mut, zu ihm aufzublicken.

Ihre Blicke trafen sich in einvernehmlicher Wiedererkennung, seine grauen Augen glitzerten voller Ironie, gemischt mit etwas, was möglicherweise sogar Schmerz hätte sein können.

Es war der Geist von Stratfield, erkannte sie mit einer Mischung aus Erleichterung und Angst. Der Schrecken des Dorfes. Die Freude der einsamen Damen von Chistlebury. Der Mann, dessen Kuss sie in ihren geheimsten Träumen verfolgt und erregt hatte. Der, um den sie und die Hälfte der Damen von Chistlebury heimlich getrauert hatten. Ihr Galahad mit den schwermütigen grauen Augen. Aber er wirkte so anders.

Er war genauso wenig tot wie sie. Sie konnte spüren, wie erhitzt er war, vermutlich hatte er Fieber. Sein Atem ging flach und ungleichmäßig. Es war eine Tatsache, dass der arrogante Mann, der ganz Chistlebury in Atem hielt, grauenhaft aussah, ja, auch geisterhaft, und er musste zehn Pfund abgenommen haben seit dem Tag, an dem sie ihn zuletzt gesehen hatte. Seine Haut hatte inzwischen eine ungesunde, aschgraue Farbe. Kurze Bartstoppeln verliehen seinen kantigen Gesichtszügen etwas Mageres, Gefährliches.

Sein Ausdruck war hart und unversöhnlich. Obwohl sie seine Identität kannte und wusste, dass er ein Mann von Rang und ein Nachbar war, beruhigte sie das nicht. Diese Inkarnation Dominic Brecklands sah aus wie ein Mann, der am Rande der Verzweiflung stand. Ein Mann, der zu allem fähig war.

„Erinnern Sie sich an mich?“, flüsterte er schroff.

Sie nickte, und ihr wurde bewusst, dass sie immer noch bebte. Auch seine heisere, raue Stimme war kein bisschen beruhigend.

„Sie – Sie haben mich aus dem Regen gerettet. Ja, ich erinnere mich.“

„Ich habe Sie gerettet. Aus dem Regen.“

Er hielt einen Herzschlag lang inne. Seine grauen Augen verengten sich, und er blickte sich in dem Raum um, als wollte er seine Umgebung abschätzen. Chloe war sich seiner so intensiv bewusst, seines männlichen Körpers, dass sie sich fühlte, als würde sie auf eine merkwürdige Weise mit ihm verschmelzen. Und als er wieder zu ihr sprach, war sie so überrascht, dass sie die ironische Belustigung in seiner Stimme beinahe nicht bemerkt hätte.

„Jetzt scheinen Sie an der Reihe zu sein."

Sie biss sich auf die Lippen. „Womit an der Reihe?"

„Mich zu retten."

„Zu ..." Bevor sie zu Ende sprechen konnte, verlor er das Bewusstsein und fiel schwer auf ihren angespannten Körper, sein dunkles Gesicht an ihres geschmiegt wie das Antlitz eines Liebhabers in der Nacht. Starr vor Schreck lag Chloe unter ihm und fragte sich mit seltsam unbeteiligter Angst, was wohl mit ihrem Ruf geschehen würde, wenn man sie mit dem Geist von Stratfield im Bett erwischte.

Lange Zeit lag sie reglos in dieser merkwürdigen Stellung da und hoffte und befürchtete gleichermaßen, dass sie unter einem Toten gefangen war. Als sich ihre Nerven endlich so weit beruhigt hatten, dass sie wieder vernünftig denken und handeln konnte, stellte sie fest, dass er noch lebte. Zumindest konnte sie seinen Atem in ihrem Haar spüren. Sie versuchte, ihre Hand unter seinem Hüftknochen wegzuziehen. Aus seiner Kehle drang ein tiefes, warnendes Grollen.

Seine Finger waren immer noch in ihrem Haar vergraben. Von seinem Gewicht wurde sie in die Kissen gedrückt. Selbst wenn er halb tot war, konnte sie doch die Kraft spüren, die in dem muskulösen Oberkörper und den Beinen schlummerte, die sie gefangen hielten.

„Bitte gehen Sie jetzt von mir herunter", flüsterte sie und schluckte den Kloß herunter, der sich in ihrem Hals bildete.

Vorsichtig drückte sie gegen seine Schulter, erreichte damit aber lediglich, dass er sich mit einem unterdrückten Schmerzensschrei aufrichtete. Mitleid spülte ihre Angst fort. Er fiel zurück und rollte sich auf die Seite, wobei er seinen linken Arm schützend festhielt.

Ungläubig starrte sie ihre Hand an, blickte dann hinauf zu seinem zerknitterten Leinenhemd und wieder hinunter auf den dunkelroten Blutfleck, der sich unter ihm auf dem Bett gesammelt hatte.

„Ach du lieber Himmel“, sagte sie. Der Anblick hatte sie so erschreckt, dass sie vergaß, in welcher Gefahr sie schwebte. „Sie sind verletzt. Ich hole Hilfe ...“ Ja, Hilfe. Irgendeine Ausrede, um zu fliehen, damit sie darüber nachdenken konnte, wie sie mit der Situation umgehen sollte. Ihm helfen, um sich vielleicht selbst zu retten. Mit etwas Glück würde er aus dem Fenster springen, bevor sie zurückkehrte.

„Wagen Sie es nicht.“

Er griff nach dem Ärmel ihres Negligés, zog sie grob zurück und knurrte: „Sagen Sie niemandem ein Wort davon, dass ich hier bin. Oder dass Sie mich überhaupt gesehen haben.“

Ihr schwindelte ein wenig. Seine bedrohliche Stimme ließ sie schaudern, und sie war sich seines Atems, der in ihrem Nacken brannte, ebenso bewusst wie des harten, unnachgiebigen Körpers, der sie gefangen hielt. War dies derselbe Mann, der sie im Regen geküsst hatte? Der sie geneckt, sanft gequält und in ihr die Sehnsucht geweckt hatte, ihm erneut zu begegnen? „Aber – warum muss es ein Geheimnis bleiben, dass ich Sie gesehen habe?“

„Weil ich tot bin, meine Liebe, und ich noch kein Verlangen habe, wieder unter die Lebenden zu gehen.“

Sie nahm einen tiefen Atemzug. Er klang grauenvoll ruhig, bedächtig, sogar vernünftig, obwohl sein Verhalten es nicht war. „Nun, ich habe kein Verlangen danach, Sie hier zu haben, ob Sie nun tot sind oder nicht“, brach es aus ihr heraus. „Was machen Sie in meinem Zimmer?“

Er zögerte, bevor er sachlich antwortete: „Ich wurde bis hierher gejagt. Durch den Wald.“

„Gejagt?“ Es ergab für sie keinen Sinn. Er galt als tot, und niemand konnte wissen, dass er den hinterhältigen Angriff überlebt hatte. Plötzlich wurde ihr bewusst, dass viel mehr hinter seinem Mord steckte, als irgendjemand in Chistlebury geahnt hatte. Und jetzt war auch sie in sein tödliches Geheimnis verstrickt.

Dominic erkannte die Verwirrung in ihrem Gesicht. Wo, zum Teufel, war er hier nur hineingeraten? Warum von allen Menschen ausgerechnet sie?

Nachdenklich schob er sie gegen das geschnitzte Rosenholzkopfteil des Bettes. Gott, was für ein Durcheinander. Jetzt, wo sie wusste, dass er lebte, war er dazu gezwungen, ihr zu vertrauen, eine Komplikation, die seine Pläne ruinieren konnte. Wenn sie ein Mann gewesen wäre, hätte er sie bedenkenlos zum Schweigen gebracht – und das auf keine sehr schöne Art und Weise.

Aber ausgerechnet Lady Chloe Boscastle, die junge, wilde Schwester von Heath. Eine Frau, die mehr Klugheit und Schönheit besaß, als gut für sie war. Die Dame schien den familientypischen Hang zu Leidenschaft und Skandalen geerbt zu haben. Heath würde ihn zweifelsohne mit den Händen in Stücke reißen, wenn Dominic ihr Schaden zufügte, obwohl er Heath in der Vergangenheit stets zu seinen Freunden gezählt hatte. Als ihre beiden jüngeren Brüder Brandon und Samuel zusammen in Nepal getötet worden waren, hatte Dominic sogar angefangen, mit Heath einen Briefwechsel zu führen, in dem sie über ihren gemeinsamen Verdacht den Hinterhalt betreffend diskutiert hatten. Heath war eindeutig ein Mann, dem man vertrauen konnte, den man jedoch keinesfalls zum Feind haben sollte.

Im Augenblick war es allerdings wesentlich wichtiger, ob er der Schwester von Heath vertrauen konnte. Konnte die junge Dame mit der hübschen Figur ein Geheimnis für sich behalten?

Konnte sie möglicherweise sogar seine Verbündete werden? Er betrachtete sie schweigend. Plötzlich fiel ihm das aufreizende französische Korsett auf, das zwischen ihnen auf dem Bett lag.

Ein trügerisches Machwerk, das dazu diente, eine reizvolle Figur zu verschönern, die seiner hastigen Einschätzung nach kaum solcher Hilfsmittel bedurfte. Diese Ablenkung kam zu einem denkbar ungünstigen Zeitpunkt. Warum, zum Teufel, trug eine so anständige junge Dame etwas Derartiges? fragte er sich fasziniert. Er war froh, von seinen vorherigen düsteren Gedanken abgelenkt zu werden.

„Das hier gehört Ihnen?", fragte er ruhig.

Sie zögerte, und eine dunkle Locke fiel ihr ins Gesicht. Er fragte sich, ob sie errötete. Ihm war schon heiß genug, ohne dass er sich vorstellte, wie sie wohl in dieser provokanten Aufmachung aussehen würde.

„Ich fragte, ob das hier Ihnen gehört."

„Was – oh, nun, es wurde mir geschickt."

„Und Sie haben es getragen?"

„Hm. Ich glaube, ein Mal vielleicht. Oder vielleicht auch nicht."

Er hob den Blick und suchte in ihrem Gesicht nach etwas, das er nicht dort erwartet hatte. Was hatte er aus dem Ankleidezimmer mit angehört? War die kleine Schwester von Heath in eine Liebesaffäre verstrickt? So oder so, es war ihm vollkommen gleichgültig. Selbst wenn er sich vor nicht allzu langer Zeit möglicherweise selbst gern in den Wettstreit um ihre Zuneigung gestürzt hätte.

Seine eigenen stürmischen Affären und Eroberungen schienen einem anderen Leben anzugehören. In letzter Zeit hatte ihn nur noch die Rache angetrieben. Er hatte in den vergangenen Wochen nur wenig über Frauen und körperliche Freuden nachgedacht.

Die Erinnerung an solch süßen Zeitvertreib kam schlagartig

zurück. Oh ja, er war wirklich lebendig, vielleicht auch froh, für den Augenblick frei von den Gefahren und Schmerzen einer Liebesaffäre zu sein. Unter anderen Umständen hätte er es vielleicht sogar genossen, diese junge Dame mit in sein Bett zu nehmen.

Aber nicht jetzt. Sie zitterte und verspürte vermutlich schreckliche Angst vor dem, was er mit ihr vorhatte, und das war auch verständlich. Es gab nichts, was er sagen konnte, um sie zu beruhigen. In den vergangenen Wochen war Dominic bewusst geworden, dass er zu Handlungen fähig war, die ihn früher angewidert hätten. Er betete zu Gott, dass er ihr am Ende nicht wehtun würde. Es war offensichtlich, dass seine Rolle in ihrem Leben keine Bereicherung sein würde. Nicht mehr, seit der Gentleman, der er gewesen war, gestorben war.

Er hatte selbst keine Ahnung, was er tun würde. Die Welt glaubte, dass er sicher in einem Grab verscharrt war. Vielleicht hatte sein „Mörder“ auch sein Gewissen getötet.

„Wo waren Sie heute Abend?“, fragte er leise. Seine Neugier gewann die Oberhand. Wärme und weibliche Listen hatten ihn stets fasziniert. „Oder ist das auch ein Geheimnis?“, fügte er trocken hinzu.

Chloe blinzelte. Sie war davon überzeugt, dass sie den Launen eines ausgewiesenen Irren ausgeliefert war. Zum Teufel mit ihrer Cousine, warum hatte sie auch unbedingt das Korsett herausziehen und den Mann so auf allerhand seltsame Ideen bringen müssen?

Er behauptete, dass er bis hierher gejagt worden war. *Hierher?* Ausgerechnet in ihr Schlafzimmer. Erwartete er, dass sie ihm *glaubte?* Er war verwundet, aber immer noch schnell und stark. Stärker als sie. Konnte sie trotzdem vor ihm bis zur Tür und ins Untergeschoss gelangen? Wenn sie aufsprang, ihm ein Kissen ins Gesicht warf und ihm diese Truhe in den Weg trat – nun, vielleicht. Es hatte einmal funktioniert, als Heath ihr hinterhergejagt war, nachdem sie eine seiner codierten Botschaften gestohlen hatte, um sich an ihm für seine Neckereien zu rächen.

Nur leider benötigte man immer eine halbe Ewigkeit, um die verdammte Tür zum Flur aufzubekommen, da sie sich an den Scharnieren verzogen hatte. Dominic würde sie fangen, bevor sie entkommen konnte, und dann würde er wütend sein. Das Risiko war zu groß.

Seine Stimme riss sie wieder zurück in die Realität. „Ich hatte Sie etwas gefragt."

„Was?", flüsterte sie. Sie versuchte, Zeit zu schinden, in der Hoffnung, dass irgendjemand im Haus ihre Verzweiflung und die Gefahr spüren würde, in der sie sich befand. *Bitte mach, dass Pamela sich wieder hinaufschleicht, um mir beim Auspacken zu helfen …*

„Ich habe gefragt, wo Sie heute Abend waren."

Eine neue Welle der Angst erfasste sie. Was kümmerte ihn ihr Privatleben? Sie vermutete, dass er verrückt und mit Sicherheit gefährlich war. „Es war …"

Was wollte er von ihr hören? Die falsche Antwort konnte einen Wutanfall auslösen. Sollte sie zugeben, dass sie an einer Tanzveranstaltung im Ort teilgenommen hatte? Es war zwar überaus langweilig gewesen, aber vielleicht würde es ein wenig frivol klingen und ihm Anlass zu romantischen Gedanken geben. Gott behüte sie davor, ihm etwas Derartiges zu suggerieren. Es war besser, ihn denken zu lassen, dass sie schüchtern und langweilig war und nicht der wilde Teufelsbraten, um den sich ihre ganze Familie sorgte.

„Ich habe zusammen mit meiner Tante und meinem Onkel ein Konzert besucht." Da. Vielleicht würde ihn eine Halbwahrheit zufriedenstellen. Er brauchte nicht zu wissen, dass sie wie verrückt mit Lord St. John kokettiert hatte.

Er schnaubte höhnisch. Ihr fiel auf, dass er einen wunderschön geschwungenen Mund hatte, obwohl sein Ausdruck beleidigend war. „Wie überaus aufregend. Ein Konzert in Chistlebury. Und Sie haben es überstanden“, schnarrte er. Er demütigte sie noch weiter, indem er das Korsett aufhob und es zwischen ihnen baumeln ließ. „Und wozu haben Sie das hier getragen, wenn die Frage gestattet ist?“

Sie lehnte sich bequemer gegen das Kopfteil und weigerte sich, seinen Gedankengängen zu folgen. „Sie sagen, dass Sie bis hierher gejagt wurden?“

„Das sagte ich.“

Er untersuchte das aufreizende Wäschestück voller nachdenklicher Belustigung, beinahe so, als stellte er sich vor, wie sie darin aussah.

Sie befeuchtete ihre Lippen. Würde er sie dazu zwingen, das Korsett für ihn anzuziehen? „Wissen die Leute, die Sie gejagt haben, dass Sie sich in meinem Zimmer verstecken?“

„Nein.“ Er blickte auf und sah in ihre ängstlichen blauen Augen, als er leise weitersprach. „Und Sie werden es auch niemandem sagen, nicht wahr?“

Die Anspannung zerrte an ihren Nerven. Wenn er sie aufforderte, irgendwelche seltsamen Dinge vorzuführen, würde sie lieber selbst aus dem Fenster springen, beschloss sie. Nachdem sie mit fünf ungestümen Brüdern hatte fertigwerden müssen, war sie nicht eben wehrlos. „Warum sollte ich das irgendjemandem erzählen?“ Voller Entrüstung erhob sie ihre Stimme. Es lag nicht in Chloes Natur, sich klaglos in irgendetwas zu ergeben, eine weitere Eigenheit ihrer Familie, die ihr schon oft Schwierigkeiten eingehandelt hatte. „Warum sollte es mir etwas ausmachen, wenn ein Mann in mein Zimmer eindringt und mich mit roher Gewalt herumkommandiert?“

Bei ihrem Ausbruch hob er die dichten schwarzen Augenbrauen und räusperte sich. „Würde es Ihnen etwas ausmachen, ein wenig leiser zu sprechen? Ich habe nur getan, was notwendig war. Seien Sie gewarnt – ich werde das auch weiterhin tun."

„Aber … was wollen Sie von mir?"

„Dieses Haus und dieses Land gehörten einmal mir", sinnierte er. „Ihr Onkel hat es mir abgekauft. Sind Sie sich dessen bewusst?"

„Vermutlich hat er es mir erzählt. Ich erinnere mich nicht."

„Sie wissen aber, wer ich bin?", fragte er sie. Es war eher eine Feststellung als eine Frage.

Chloe sah zu, wie er die Pistole aus seinem Hosenbund nahm und sie neben sich auf das Bett legte. „Der Geist von Stratfield", sagte sie, ohne nachzudenken. Sie blickte in sein dunkles, sardonisches Gesicht hinauf. „Lord Stratfield, meine ich."

„Ah." Seine grauen Augen glitzerten voller Ironie. „Die Sage blüht und gedeiht. Sagen Sie mir – der Dorfklatsch dringt nur langsam bis in mein Grab vor –, spiele ich immer noch meine nächtlichen Streiche?"

Chloe wurde tatsächlich rot, als sie sich an die fleischlichen Sünden erinnerte, die ihre Tante und so ziemlich jeder in der Gemeinde dem Geist unterstellt hatten. Noch vor einer Stunde hatte sie sich beinahe gewünscht, dass er diese Sünden an ihr begehen würde, so sehr fehlte es in ihrem Leben an Aufregung. „Sollen wir einfach sagen, es heißt, Sie genießen ein sehr aktives Leben nach dem Tode?"

Er schenkte ihr ein bitteres Lächeln. „Wenn das nur zutreffen würde."

Einen Moment lang herrschte Stille. Chloe riskierte noch einen Blick auf die Pistole, die zwischen ihnen lag. Von unten drangen Geräusche hinauf, das Tor quietschte, und ein Pferd wieherte. Dann erklangen eine Männerstimme von der Auffahrt und ein festes Klopfen an der Vordertür.

Auch er hatte es gehört. Sein Blick schoss wieder hoch zu

Chloe. Er wirkte jetzt unverhüllt feindselig und misstrauisch. „Etwas spät für einen Besucher, nicht wahr?"

Sie konnte nur nicken und auf Rettung hoffen. Ja, es war spät, aber wenn ein aufmerksamer Dienstbote Stratfield gesehen hatte, als er in ihr Zimmer geklettert war, konnte ihr Onkel jeden Augenblick ins Zimmer stürzen, und sie wäre …

„Ruiniert", überlegte sie laut. „Oh, Sie dummer Mann. Ist Ihnen klar, was mit meinem guten Namen geschieht, wenn Sie hier entdeckt werden? Ist Ihnen bewusst, was meine Brüder mit uns beiden anstellen werden? Ich soll mich in Chistlebury benehmen."

Er nahm seine Waffe und glitt vom Bett herunter, wobei er vor Schmerz das Gesicht verzog. „Im Augenblick ist Ihr Ruf meine geringste Sorge."

„Nun, ich danke Ihnen sehr …"

Sie schnappte nach Luft, als er gegen sie strauchelte, und hob unwillkürlich die Arme, um ihn zu stützen. Der Impuls war da, bevor sie ihn unterdrücken konnte. Vielleicht wäre es besser gewesen, wenn sie ihn hätte zusammenbrechen lassen. Der körperliche Kontakt und der Schreck, seinen harten Körper an ihrem zu spüren, verwirrten sie so sehr, dass sie kaum damit umgehen konnte. Was, in Gottes Namen, sollte sie nur mit ihm anfangen?

„Sie benötigen einen Arzt, Lord Stratfield."

Das Gewicht seines muskulösen Körpers nahm ihr die Balance, und sie fielen in einer schwerfälligen Umarmung gemeinsam gegen den Bettpfosten. „Unter den gegebenen Umständen finde ich, Sie sollten mich Dominic nennen", murmelte er.

„Ich sollte Sie den Teufel nennen, Sir."

Er blickte zur Tür und zuckte zusammen. Anscheinend hatte der Überlebenskampf seine Sinne geschärft. „Jemand kommt. Verstecken Sie mich."

„Das werde ich nicht tun."

Er drückte die Pistole gegen ihre Schulter. „Ich würde nur ungern denjenigen erschießen, der das Pech hat, unsere freundschaftliche Zusammenkunft zu stören."

„Das könnten Sie nicht", flüsterte sie voller Angst.

„Glauben Sie mir", sagte er mit einem kalten Blick. „Ich könnte es. Wenn ich auch nicht wirklich tot bin, so ist es doch zumindest der zivilisierte Teil von mir."

Sie befreite ihre Arme. Ihr Mund war staubtrocken. Sie glaubte ihm. Der magere, unrasierte Mann, der sie anstarrte, erinnerte nicht im Geringsten an den eleganten Aristokraten, den sie sich als Sir Galahad vorgestellt hatte. Eine Spur von drohender Gefahr hatte die unnahbare Kultiviertheit ersetzt, die Dominic Breckland früher charakterisiert hatte, und die Verwandlung erstaunte sie.

Hatte er an dem Tag, als sie sich begegnet waren, gewusst, dass sein Leben bedroht wurde? War sie an jenem Nachmittag in mehr als nur eine schlammige Pfütze hineingestolpert? Sie erinnerte sich an seine Schroffheit und seine seltsamen Bemerkungen, und plötzlich ergab es alles einen Sinn.

Jemand hatte einen brutalen Mordanschlag auf ihn verübt. Sie konnte gut verstehen, dass er Rache nehmen wollte. Aber nicht hier und nicht, indem er sie als Werkzeug für seine Vergeltung benutzte. Und das Schlimmste daran war, dass ihre Brüder ihr nie glauben würden, dass sie sich das Ganze nicht selbst eingebrockt hatte.

Das Klopfen an ihrer Schlafzimmertür machte ihren Überlegungen ein Ende. Sie wusste nicht, ob sie bei dem zögerlichen Grummeln ihres Onkels Erleichterung oder Angst empfinden sollte. Sie wünschte dem lieben alten Mann beileibe keinen Schaden und hielt es nicht für klug, Dominics Behauptung, dass man ihn leicht zu Verzweiflungstaten treiben könnte, auf die Probe zu stellen.

„Mein Onkel", sagte sie leise und voller Anspannung.

Er biss die Zähne zusammen. „Wimmeln Sie ihn ab."

„Wie?"

„Das ist mir gleichgültig."

„Gehen Sie wieder ins Ankleidezimmer", wies sie ihn widerwillig an. „Er kommt nicht in mein Zimmer."

Er blickte sich abschätzend um. Offensichtlich traute er ihr nicht. „Ich werde lauschen und Sie beobachten."

„Dessen bin ich mir bewusst", entgegnete sie bissig.

Er warf ihr Korsett auf das Bett. „Ich bin zu allem bereit, um das hier zu Ende zu bringen."

Sie begegnete seinem Blick. Seine kalte Entschlossenheit jagte ihr einen eiskalten Schauder den Rücken hinunter. Er war ein Mann, der nichts zu verlieren hatte.

4. KAPITEL

Chloe sah zu, wie Dominics Schatten mit der Wand verschmolz, während sie zur Tür eilte, um ihrem Onkel zu antworten. Ihr Eindringling mochte nicht in Sichtweite sein, aber sie spürte die dunkle Bedrohung durch seine Gegenwart doch so sicher, als würde er jeden ihrer Schritte beobachten. Seine Worte hallten in ihren Gedanken immer noch nach. Würde er ihr oder ihrem Onkel wirklich Schaden zufügen? Es war besser, seine Gewaltbereitschaft nicht auf die Probe zu stellen.

Ihr Onkel blickte sie besorgt an, als sie die Tür einen Spalt weit öffnete. Mit etwas Glück würde seine Intuition ihm sagen, dass hier etwas sehr im Argen war. Er würde ihre Angst spüren und schnell Hilfe holen lassen.

„Chloe", sagte er geradeheraus, „ich hätte dich nicht mehr gestört, aber wir haben ein Problem, das nicht bis zum Morgen warten kann."

Sie presste ihre feuchte Handfläche gegen die Tür und betete, dass er die Panik in ihren Augen sehen würde. Sie konnte nur hoffen, dass der „Geist" von Stratfield in der Nähe des Hauses gesichtet worden war. Vielleicht würde ihre Tante um des Anstandes willen das Haus evakuieren lassen. Zweifelsohne bekäme sie einen Anfall, wenn sie erriet, dass der boshafte Spuk sich im Schlafzimmer ihrer Nichte versteckte. Bei dem Gedanken, wie Gwendolyn es mit dem mürrischen Geist aufnahm, musste Chloe beinahe lächeln.

Ihr Onkel zögerte. Er hielt den ergrauten Kopf gebeugt. „Darf ich hereinkommen?"

Hinter ihr herrschte ominöses Schweigen. Chloe stellte sich vor, wie Lord Stratfield sie mit seinen stählernen Muskeln wieder in seinen Armen gefangen hielt und die Luft aus ihrem Körper presste wie aus einem Blasebalg. Sicherlich hatte er sich nicht immer so barbarisch und brutal benommen.

„Nein." Sie schüttelte den Kopf. Ihre Stimme brach. Es war so verlockend, die Wahrheit zu sagen. Und so gefährlich für sie beide. „Ich – ich bin unbekleidet, Onkel Humphrey."

„Oh, du meine Güte", erwiderte er peinlich berührt. „Oje. Nun, es ist an der Zeit, zu Bett zu gehen, und ich hätte dich nicht mehr gestört, aber das da eben war der Magistrat, der wie ein Schmied gegen die Tür gehämmert hat. Es scheint, als wäre auf der Cooper's Bridge erst vor einer Stunde eine Kutsche überfallen worden. Dieses Mal raubte der Straßenräuber nur die Handschuhe und Strumpfbänder der Dame."

Einen Augenblick lang vergaß Chloe ihre schreckliche Situation und musterte ihren Onkel besorgt. „Du glaubst doch nicht, dass Devon ..."

„Doch, das tue ich." Er begann, auf dem fadenscheinigen Teppich des Flurs auf und ab zu gehen, und blickte in das dunkle Treppenhaus herunter, während er weitersprach. „Er zeigte mir eine Skizze, Chloe. Es war das exakte Ebenbild dieses elenden Schurken. Es scheint, als hätte er es wieder getan und ein weiteres Verbrechen begangen, während dein verteufelter Bruder Grayson noch kaum die Spuren des ersten verwischt hat."

Chloe unterdrückte einen Seufzer. Sie wusste genau, wann ihr ältester Bruder Grayson aus der Reihe der Teufel in die der Engel gewechselt war. Als er in ihrer bezaubernden Schwägerin Jane endlich jemanden gefunden hatte, der ihm gewachsen war. Nun, vielleicht würde Chloe zu einem späteren Zeitpunkt besser mit ihrer Wut und Enttäuschung über Devons Benehmen fertigwerden, falls diese neueste Missetat denn wirklich auf sein Konto ging. Vielleicht würde sie verstehen, welche Dämonen ihn zu diesen Dummheiten trieben. Aber reichte es für den Augenblick nicht, dass ein Irrer in ihrem Zimmer Zuflucht suchte? Devon würde sich einfach selbst um sich kümmern müssen. Chloe hatte genug mit ihrem eigenen persönlichen Dilemma zu tun.

„Weiß Tante Gwendolyn etwas davon?“, fragte sie, einer Eingebung folgend.

„Gütiger Himmel, nein“, erwiderte Humphrey. „Ich habe Angst, es ihr zu sagen, aber …“ Er blieb stehen, wandte sich langsam um und versuchte, ihr über die Schulter zu blicken. „Ich dachte, vielleicht ist Devon zu dir gekommen? Weißt du, Chloe, ich bin mir darüber im Klaren, dass er dich hin und wieder besucht. Nein, Liebes, schau nicht so besorgt. Ich würde es nie deiner Tante oder der Obrigkeit erzählen. Das soll unser Geheimnis bleiben.“

Noch ein Geheimnis. Genau das, was Chloe brauchte, um ihr Gewissen noch ein wenig mehr zu belasten und ihr Leben noch komplizierter zu gestalten.

„Unser Geheimnis?“ Chloe meinte, einen Luftzug in ihrem Nacken zu spüren – eine bedrohliche Erinnerung, dass Stratfield jedes Wort mit anhörte, sie nicht einmal ausatmen konnte, ohne dass er es bemerkte. „Was für ein Geheimnis, Onkel Humphrey?“, fragte sie verständnislos.

„Na, deine Besuche von Devon.“ Er warf ihr einen eigenartigen Blick zu. „Ich bin nicht böse auf dich, Chloe. Es ist verständlich, dass du deinen Bruder schützt. Aber du musst ihn warnen. Es ist gut möglich, dass dieses Haus unter Beobachtung steht. Chistlebury ist weit weg von London …“

„Das brauchst du mir ganz bestimmt nicht zu sagen.“

Ihr Onkel runzelte die Stirn. „Die hiesigen Behörden sind nie wirklich ausgelastet. Der dumme Junge wird vermutlich erschossen, bevor irgendjemand auch nur bemerkt, dass er ein junger Lord ist, der lediglich harmlosen Unfug anstellt. Handschuhe und Strumpfbänder, Chloe. Nun gut. Wenigstens kam dieses Mal niemand zu Schaden.“

Sie lehnte die Stirn gegen die Tür. Die Gewissheit, dass Stratfield auf sie wartete, machte es ihr unmöglich, sich auf die

Unterhaltung zu konzentrieren. Sicherlich beabsichtigte er nicht, die Nacht in ihrem Zimmer zu verbringen. „Devon ist nicht hier."

„Sag, ist bei dir auch alles in Ordnung, Chloe? Du siehst recht unwohl aus. Du wirst doch nicht wieder krank werden, oder?"

Die Tür zum Ankleidezimmer knarrte laut. Hatte ihr Onkel das nicht gehört? Konnte er nicht an der Angst in ihren Augen erkennen, dass jemand eine Pistole auf ihren Rücken gerichtet hatte?

„Es muss das Gerede in der Kutsche gewesen sein", erwiderte sie leise.

„Gerede? In der Kutsche? Du meinst, wegen der Katze, die eine Maus zum Stuhl des Pastors gezerrt hat? Ich habe dich nicht für so ein zimperliches Fräulein gehalten."

„Nicht die Katze", sagte sie leise und sehr betont.

„Dann – ah, ja." Missbilligend hob er die dichten weißen Augenbrauen. „Wieder dieser Unsinn über den Geist. Der arme Stratfield. Ihr Weiber habt keinen Respekt vor den Toten."

Chloes Schläfen begannen zu pochen. „Respekt?" Ihr Onkel hegte Sympathien für einen Mann, der sie direkt vor seiner Nase als Geisel hielt?

„Wie blass du geworden bist, Chloe. Hast du Angst vor Geistern? Wenn dem so ist, kann ich dir versichern, dass Stratfields Geist in diesem Haus niemanden verführen wird." Er lachte bei dem Gedanken. „Warum sollte er umherschleichen und im Tode das tun, was er auch im Leben hätte tun können? Der arme Mann hätte nur mit den Fingern zu schnipsen brauchen, um jede beliebige unserer albernen Damen aus Chistlebury haben zu können. Außer natürlich dir und meiner Pamela."

Vor Chloes Augen tanzten Pünktchen. Verführung war ihr vollkommen gleichgültig. Ob Stratfield wirklich so weit gehen würde, sie zu erschießen? Wenn sie sich schnell durch die Tür quetschte und losrannte, gelänge es ihr vielleicht, die Treppen hinunterzukommen und sich zu verstecken.

Aber dann stünde Onkel Humphrey immer noch auf dem Flur, ohne etwas von der Gefahr auf der anderen Seite der Tür zu ahnen. Er würde vielleicht versuchen, sich gegen Stratfield zu wehren.

„Wir sollten uns lieber Sorgen um Devon machen“, fügte er nüchtern hinzu. „Geh zu Bett. Wir werden uns morgen überlegen müssen, wie wir den jungen Tunichtgut wieder auf die rechte Bahn bringen.“

„Morgen“, wiederholte sie wie betäubt, als er davoneilte und auf der Treppe verschwand. Würde sie am Morgen überhaupt noch leben und in der Lage sein, eine Unterhaltung zu führen? Würde sie von dem geisterhaften Galahad entehrt werden?

Sag ihm, dass der Geist von Stratfield dich als Geisel hält. Sag es ihm, bevor es zu spät ist …

„Onkel Humphrey“, rief sie, „bitte komm …“

Ihr Onkel hörte sie nicht. Sie erkannte bereits, dass ihr Hilferuf fehlgeschlagen war, bevor sie zu Ende sprechen konnte.

Sie sah nicht, wie Dominic vorsprang, eine plötzliche Bewegung in dem Standspiegel war ihre einzige Warnung. Das Nächste, dessen sie gewahr wurde, war, wie er sie mit seinem ganzen Gewicht gegen die Tür drückte. Der Schlag hätte mit lautem Knallen durch das Haus gehallt, wenn die Tür nicht verzogen gewesen wäre.

Chloe war zwischen der Tür und Dominic eingeklemmt und konnte sich nicht mehr bewegen. Sie spürte die geballte Kraft in seinem Körper und hoffte, dass er nicht die Kontrolle verlor. Was sie anging, so blieb ihr keine andere Wahl, als vollkommen still zu stehen und zu beten, dass sie bald aufhören würde zu zittern. Er tat ihr nicht wirklich weh, aber die Schwäche, die sie durchströmte, und die Hitze seines Körpers fühlten sich beinahe an wie ein körperlicher Angriff. Sie war sich seiner Männlichkeit in überdeutlicher Weise bewusst.

Hätte sie an jenem Tag im Regen nicht die verheerende Sanftheit seines Kusses erlebt, so hätte sie die Situation anders empfunden. Sie hätte mehr Angst vor ihm gehabt. Aber vielleicht hatte sie sich seine Sanftheit auch nur eingebildet. Selbst bei der Erinnerung daran wurde ihr schwindelig. Die sinnliche Macht, die er auf sie ausgeübt hatte, war zu greifbar gewesen.

„Ist es wirklich notwendig, so dramatisch mit mir umzuspringen?“, brach es wütend aus ihr heraus.

Mit wesentlich mehr Selbstbeherrschung, als er zuvor gezeigt hatte, blickte er auf sie herunter. „Ich fürchte, solange Sie sich mir widersetzen, ist es das.“

Bei dem leichten Druck auf ihre Taille spannte sie sich an und blickte langsam und ängstlich an sich herab. Es dauerte einige Sekunden, bis ihr bewusst wurde, dass der spitze Gegenstand, den er in ihre Rippen drückte, keine Pistole war, sondern ein Federhalter. Ihr eigener Lieblingsfederhalter! Er besaß tatsächlich die Frechheit, sie mit einem Federhalter gefangen zu nehmen. Sie riss ihm nun das Schreibutensil aus der Hand.

„Was hatten Sie an meinem Schreibtisch zu suchen?“, fragte sie voller Entrüstung.

Er trat von der Tür weg und zog sie am Arm bis in die Mitte des Raumes. Sein Blick wich keinen Augenblick lang von ihrem Gesicht, als er hinter sich fasste und den Riegel vorschob. „Ich habe nach Schreibwerkzeug gesucht.“

Sie starrte ihn mit blankem Unglauben an. Er musste irgendwo in ihrem Ankleidezimmer einen Kamm gefunden haben, um sein dichtes schwarzes Haar zu ordnen, und einen sauberen Verband, um …

„Ist das mein rosa Unterrock aus Honitonspitze, den Sie da um Ihre Wunde gebunden haben?“, fragte sie empört.

Er lächelte sie schief an. „Es tut mir leid, aber ich hatte wirklich keine große Wahl. Ich konnte entweder das hier nehmen oder eines Ihrer faszinierenden Korsetts." Er ließ seinen Blick belustigt über ihren Körper wandern. „Ich befürchtete, sie würden mir nicht passen."

Seine Dreistigkeit raubte ihr den Atem.

Sie bemerkte, dass seine Pistole verschwunden war. Zumindest trug er die Waffe nicht mehr sichtbar am Leib – vermutlich sollte sie sich dadurch ein wenig getröstet fühlen. Aber dass er sich an ihrem Schreibwerkzeug und ihren Unterröcken bediente! Was würde er als Nächstes von ihr verlangen?

Er umkreiste sie. Die Dunkelheit war sein Freund. Den Toten zu spielen hatte seine persönliche Anziehungskraft nicht im Geringsten vermindert. Abgesehen von der zusammengeknüllten rosa Spitze unter seinem Hemd hätte er beinahe als Gentleman durchgehen können.

„Schreibwerkzeug", wiederholte sie. Ihr Gehirn begann langsam wieder zu funktionieren und lieferte ihr eine unangenehme Schlussfolgerung. „Für eine Lösegeldforderung?"

„Eine was?", fragte er, als könnte er seinen Ohren nicht trauen.

Sie räusperte sich. „Eine Lösegeldforderung."

Er blieb direkt hinter ihr stehen. Geistesabwesend rieb er an der rosa Spitze unter seinem Hemd, und Chloe erinnerte sich daran, wie sie von diesem Unterrock immer einen juckenden Ausschlag auf dem Po bekommen hatte. Sie konnte nur hoffen, dass er ebenso sehr litt.

„Und warum, bitte schön sollte ich eine Lösegeldforderung schreiben?", erkundigte er sich.

Die Dunkelheit und ihre leichte Bekleidung sorgten für eine Intimität, die sie unmöglich ignorieren konnte. Sie meinte zu spüren, wie der „Geist" ihr über die Schulter grinste. Er spielte mit ihr, und das auf eine Art, die sich für einen Gentleman ganz sicher nicht geziemte.

Sie richtete sich auf. „Sie sind sich bestimmt darüber im

Klaren, dass mein Bruder der Marquess of Sedgecroft ist, ein Mann, dessen Reichtum sprichwörtlich ist. Es ist nur logisch, anzunehmen, dass er für die Sicherheit seiner Schwester teuer bezahlen würde."

Er trat ein paar Schritte zurück und schob mit dem Fuß den Hocker unter dem Toilettentisch zurecht. Dann setzte er sich hin, um sie zu beobachten. „Ist das logisch?", fragte er mit einer leisen Stimme, die klang, als müsste er ein Lachen unterdrücken.

Sie blickte voller Verachtung auf seinen schattenhaften Umriss. „Trotz Ihrer schlechten Absichten sollte ich Sie warnen. Es besteht die Möglichkeit, dass mein Bruder Ihnen sagen würde, dass Sie mich behalten sollen."

„Sie behalten?", wiederholte er. „Warum, zum Teufel, sollte der Marquess so etwas tun? Warum sollte ein Bruder eine Schwester nicht zurückwollen, die ihm jedes Mal Ärger einhandelt, wenn er ihr den Rücken zukehrt?"

Chloe runzelte die Stirn. Wenn es ihr gelang, diese Nervenprobe mit Stratfield zu überstehen, würde sie dafür sorgen, dass es Grayson noch sehr leidtat, sie nach Chistlebury geschickt zu haben. „Es stimmt, dass ich meinem Bruder in der letzten Zeit nicht viel Freude bereitet habe", erwiderte sie widerstrebend.

Trotz der Dunkelheit konnte sie sehen, wie seine Augen funkelten. „Davon habe ich gehört."

Sie starrte ihn wütend an. Er saß auf dem Schemel wie ein Prinz, der es genoss, seine Untertanen zu foltern. Allein der Gedanke, dass sie sich an jenem Tag im Regen tatsächlich gewünscht hatte, dass er über sie herfallen würde, steigerte ihren Zorn. „Wie meinen Sie das?", fragte sie.

„Ich weiß, warum Sie in unser bescheidenes Dorf verbannt wurden, meine Liebe."

Er wusste es? Das war unmöglich. Grayson und Heath

hatten ihre gesellschaftliche Schande wie ein Staatsgeheimnis gehütet. Was natürlich sehr albern war, zumal ohnehin halb London darüber Bescheid wusste. Stratfield schien zwar nicht zu jenen zu gehören, die Skandalblätter lasen, aber er hätte es dennoch herausfinden können.

Sie präsentierte den üblichen Vorwand. „Ich wurde aufs Land geschickt, um meine Konstitution zu verbessern. Ich – ich bin etwas schwach auf der Brust."

Er hob die Brauen und blickte auf eine lässige Art und Weise an ihr herab, die sie erröten ließ. „Ich kann an diesem Teil Ihrer Anatomie keine Fehlbildung erkennen, wie im Übrigen auch an keinem anderen Teil von Ihnen. So betrachtet erscheinen Sie mir bei vollkommen guter Gesundheit zu sein."

„Ach, wirklich?"

„Wirklich", bestätigte er herzhaft und sinnierte dann angenehm erregt weiter. „Natürlich ist es dunkel, und dieses Negligé verhüllt mehr, als es zeigt. Ich nehme an, ich könnte eine Kerze anzünden und Sie etwas gründlicher untersuchen. Niemand soll behaupten, dass ich mir ein vorschnelles Urteil bilde."

„Ich glaube kaum, dass wir so weit gehen müssen", stotterte sie.

„Nein? Schade. Nun, soweit ich das beurteilen kann, sehen Sie jedenfalls gut aus. Im Dunkeln zumindest. Auch im Regen, wie ich mich erinnere."

Es war das seltsamste, zweischneidigste Kompliment, das Chloe je bekommen hatte, und es gab ihr das Gefühl, als hätte sie den Boden unter den Füßen verloren, bevor sie überhaupt wieder auf die Beine gekommen war. Sie war noch nie einem Mann begegnet, der die gesellschaftlichen Gepflogenheiten so dreist ignorierte wie dieser hier, außer vielleicht ihren eigenen Brüdern.

„Ich neige zufälligerweise zu Hustenanfällen", erklärte sie.

Er untersuchte einen Kratzer an seinem Handgelenk. „Und zu Kussanfällen, wie ich gehört habe. Hinter geparkten Kutschen. Ts, ts, Lady Chloe“, murmelte er.

„Woher …“ Chloe war zu atemlos, um weiterzusprechen.

Dominic ließ ihr ein paar Sekunden Zeit, bevor er hochblickte und ihr Gesicht erforschte. „Ah, sehr gut. Da habe ich Sie kalt erwischt, nicht wahr? Nun, Ihre kleinen gesellschaftlichen Sünden sind nichts im Vergleich zu meiner ereignisreichen Vergangenheit. Also hat die junge Dame eine Vorliebe für gestohlene Küsse, ja? Das werde ich mir wohl merken müssen. Für den Augenblick darf jedoch keine Frau, auch wenn sie so reizend und vorlaut ist wie Sie, mich von meinem Ziel abbringen.“

„Ach, wirklich“, erwiderte sie indigniert.

„Ich hörte, dass Sie wegen unanständigen Verhaltens im Park nach Chistlebury verbannt wurden.“ Seine Stimme klang beinah schulmeisterlich – beinah. „Mitten am Nachmittag. Was haben Sie sich nur dabei gedacht?“

Chloe vergaß ihren Ärger. Stattdessen war sie ziemlich beeindruckt. Zunächst durch seine zweifelhaften Methoden der Informationsbeschaffung. Und außerdem, weil sie ihm wichtig genug war, dass er über sie Nachforschungen angestellt hatte. Es sei denn natürlich, er war ein krimineller Wahnsinniger und würde sie am Ende töten. Dieser Gedanke weckte aufs Neue all ihre früheren Ängste.

„Woher können Sie – woher können Sie von diesem Zwischenfall gewusst haben?“, fragte sie neugierig. „Ich meine, warum sollte mein Benehmen einen Mann, den ich kaum kenne, auch nur im Geringsten interessieren?“

Er fuhr sich mit dem Zeigefinger über das Kinn. „Während ich Nachforschungen anstellte, um meinen Mörder zur Strecke zu bringen, habe ich mich mit jedem verdächtigen Vorfall und jedem Menschen in diesem Dorf befasst, auch mit Ihnen.“

„Sie können doch nicht ernsthaft glauben, dass ich irgendetwas mit dem Angriff auf Sie zu tun hatte?“

„Natürlich nicht“, gab er mit gerunzelter Stirn zu. „Aber Sie sind beide ungefähr zur selben Zeit hier angekommen.“

„Das war Zufall!“, rief sie nachdrücklich.

„Ja. Offensichtlich ein unglücklicher Zufall für Sie.“

Er musste sie nicht an die mögliche Gefahr erinnern, die ihr drohte. Seit dem Augenblick, als sie ihn gefunden hatte, hatte sie keine ruhige Sekunde mehr gehabt. Sie blickte zur Tür des Ankleidezimmers und dann vorsichtig wieder zu ihm zurück. In Gedanken begann sie, die Einzelteile zusammenzusetzen. Wie konnte sie nur hier stehen und sich so ruhig mit einer ... Leiche unterhalten? Nur ihre von Etikette besessene Schwester hätte einen eleganten Ausweg aus dieser Situation gefunden. Mit ihren eigenen impulsiven Tendenzen würde Chloe das Ganze vermutlich nur noch schlimmer machen.

„Der Mörder“, sagte sie und blickte in sein überschattetes Gesicht. „Meinten Sie ihn, als Sie sagten, dass jemand Sie bis hierher gejagt hat?“

„Ah, Sie sind genauso neugierig wie Ihr Bruder. Das sollte mich wohl nicht überraschen.“

Hinter dem Rücken wrang sie die Hände. Sie wollte ihn beim besten Willen nicht zu erneuten Drohungen veranlassen, aber ... „Sie wollen doch nicht etwa hierbleiben?“

„Ich werde nur so lange bleiben, wie es absolut notwendig ist. Höchstens ein bis zwei Tage.“

„Und Sie werden nicht ...“

Er zögerte, als hätte er halb belustigt und halb entsetzt ihre genauen Befürchtungen erkannt. „Sie missbrauchen? Ihre zerbrechlichen, zappelnden Glieder an die Bettpfosten binden und Sie mir heimlich zu Willen machen, während der Rest des Haushaltes seelenruhig vor sich hin schnarcht?“ Er hielt inne, anscheinend dachte er über die köstliche Absurdität einer solchen Situation nach. „Hmmm. Es war nicht Teil meines ursprünglichen Planes, aber man lernt, sich anzupassen. Glauben Sie, wir sollten es versuchen?“

Für einen Augenblick verschlug es Chloe die Sprache. „Das würden Sie nicht wagen“, stotterte sie schließlich.

„Nein, es sei denn, Sie haben eine Vorliebe für tote Aristokraten.“ Er schüttelte reumütig den Kopf. „Es amüsiert mich immer wieder aufs Neue, wie wollüstig ich nach meinem Tode geworden bin.“

„Sie waren ja zu Lebzeiten auch nicht eben ein Heiliger, oder?“

Er hob die breiten Schultern. „Weder ein Heiliger noch ein Sünder. Ich schätze, ich war – bin – einfach menschlich.“

„Warum gehen Sie nicht?“, fragte sie ruhig.

„Weil ich mir nicht sicher bin, dass mein Verfolger die Fährte verloren hat.“ Das war die Wahrheit. Dominics listiger Wildhüter Finley hatte ihn praktisch bis an das quietschende Tor von Dewhurst Manor gejagt. Die Ironie daran war, dass sein getreuer Diener geglaubt hatte, er verfolge den Mörder seines Herrn, und Dominic war noch nicht in der Lage, ihn aufzuklären oder seine Hilfe in Anspruch zu nehmen.

„Ihre persönlichen Probleme sind wohl kaum meine Angelegenheit.“

„Ich fürchte doch“, erklärte er mit einem düsteren Lächeln. „Außerdem werde ich Ihnen während meines Aufenthaltes hier kaum Umstände machen. Ich werde mein Hauptquartier vorübergehend in Ihrem Ankleidezimmer aufschlagen. Sie werden kaum bemerken, dass ich hier bin.“

„Das bezweifle ich von ganzem Herzen. Meinen Sie das ernst? Erwarten Sie von mir, dass ich mit Ihnen im selben Raum schlafe? *Hauptquartier* – das lasse ich mir nicht bieten. Ich werde jetzt augenblicklich meinen Onkel holen. Schießen

Sie mir in den Rücken, wenn Sie möchten."

Er stand von dem Schemel auf und trat mit einer geschmeidigen Bewegung vor sie hin, sodass sie keinen weiteren Schritt gehen konnte. „Dann werde ich wohl die Behörden verständigen müssen."

Etwas zuversichtlicher blickte sie ihn jetzt an. „Um ihnen zu erklären, dass Sie in mein Zimmer eingedrungen sind, meine Unterwäsche durchwühlt und mich angegriffen haben?"

Nachdenklich betrachtete er ihre feinen Wangenknochen und ausgeprägten Züge, die im schwachen Licht des Raumes besonders aufreizend schienen. Er fragte sich, ob es diese ausdrucksvollen Augen waren, die ihr so viele Schwierigkeiten eingebracht hatten. Sie funkelten mit einer leidenschaftlichen Eindringlichkeit, der wohl nur wenige Männer widerstehen konnten. Ihre herausfordernde Unschuld war gefährlich. Warum sie? Warum konnte er nicht in das Zimmer eines der langweiligen Fräuleins aus Chistlebury eingebrochen sein, die wie verängstigte kleine Mäuschen davonhuschten, wenn er sie nur ansah?

Er entschied sich, zu bluffen. „Ich glaube, die Behörden wären weniger an den unglaublichen Anschuldigen einer jungen Frau interessiert, die behauptet, von einem Geist besucht worden zu sein, als an Informationen über unseren hiesigen Straßenräuber."

Chloes Schläfen begannen zu pochen. Er konnte beim besten Willen nicht wissen, was ihr törichter Bruder angerichtet hatte. Seine Nachforschungen konnten nicht so detailliert gewesen sein. „Welcher Straßenräuber?", fragte sie mit ausdrucksloser Stimme. „Ich bin mir sicher, dass ich dieses Mal keine Ahnung habe, wovon Sie reden."

„Sehr gut." Er lehnte sich mit der Hüfte gegen den Toilettentisch. „Ich bin beinahe geneigt, Ihnen zu glauben. Aber ja, ich weiß alles, von dem missglückten Überfall in Chelsea bis hin zu seinem letzten Verbrechen in Chistlebury."

„Sie haben meine Unterhaltung belauscht."

„Natürlich habe ich das. Das ist zufälligerweise eine äußerst nützliche Angewohnheit. Ich nehme an, Sie sind fest entschlossen, Ihren nichtsnutzigen Bruder zu schützen?"

„Ich habe keine Ahnung, wovon Sie reden."

„Ihre Loyalität ist wirklich rührend. Ich hoffe, sie wird erwidert. Sie haben einen Männernamen gerufen, als Sie die Tür zum Ankleidezimmer geöffnet haben. Ich glaube, es war Devon. Bedauerlicherweise hatte ich bisher noch nicht das Vergnügen, den jungen Teufel kennenzulernen."

„Ich will, dass Sie jetzt sofort verschwinden."

Er ignorierte ihren Befehl und hob das ledergebundene Tagebuch auf, das er soeben auf ihrem Toilettentisch entdeckt hatte. „Selbst im Grab steht mir noch eine angemessene Summe Geld zur Verfügung. Ich nehme an, ich könnte seine Schulden mehr als einmal bezahlen und würde den Verlust nicht einmal bemerken."

Sie sprang vor, um ihm das Tagebuch aus den Händen zu reißen und es unter dem Bett zu verstecken. Glücklicherweise war es zu dunkel, als dass er ihre privaten Kritzeleien hätte lesen können, aber allein die Möglichkeit, dass dieser Schurke ihre intimsten Geheimnisse erfahren könnte, war eine Einmischung, die sie nicht tolerieren würde.

Er beobachtete sie belustigt. „Man sollte niemals Dinge intimer Art auf Papier festhalten."

„Man sollte annehmen, dass ein Tagebuch im eigenen Schlafzimmer sicher vor neugierigen Blicken ist."

Er verschränkte abwartend die Arme über der Brust. „Wenn Sie sich damit einverstanden erklären, mir zu helfen, könnte ich Ihren Bruder Devon möglicherweise von seinem mehr als dummen Kurs abbringen. Selbst wenn die Behörden sich dazu entschließen sollten, ein Auge zuzudrücken, könnte ihn immer noch eines seiner Opfer bei der Tat erschießen."

Dieselbe Befürchtung hatte auch ihr Onkel. Devon war in Gefahr, vielleicht sogar in tödlicher Gefahr. „Wollen Sie mir einen Handel anbieten?", fragte sie kühl.

Und mit noch kälterer Stimme erwiderte er: „Ja, einen Handel, wenn Sie so wollen."

5. KAPITEL

„Erpressung." Chloes Stimme tönte klar und deutlich durch die Schatten. „So würde ich das nennen."

Noch bevor Dominic darauf antworten konnte, wurde die Unterhaltung von einem *ping-ping-ping* unterbrochen, das seinen Ursprung hinter der Tür des Ankleidezimmers zu haben schien. Es war eindeutig das Geräusch von Kies, der gegen das Fenster geworfen wurde, aus dem Chloe erst vor ungefähr einer Stunde ihre Chemise hatte hängen sehen.

Mit quälender Unentschlossenheit blickte sie auf die Tür zum Ankleidezimmer. Sie konnte unmöglich so tun, als höre sie das Geräusch nicht. Die Störung konnte nur durch ihren verantwortungslosen Bruder verursacht worden sein, der auf seine nicht gerade subtile Art und Weise versuchte, ihre Aufmerksamkeit auf sich zu ziehen.

Wenn sie seine Anstrengungen ignorierte, würde der waghalsige Devon entweder das gesamte Haus aufwecken oder, noch schlimmer, sich dazu entschließen, einfach zu ihrem Fenster hineinzuklettern, um sie zu suchen. Eine neue Ladung Kies traf das Fenster.

Er würde sich Stratfield entgegenstellen. Dann gäbe es eine Katastrophe und möglicherweise Tote.

Dominic pfiff durch die Zähne. „Ich schlage vor, Sie kümmern sich um Ihren Besucher, bevor der verdammte Idiot das ganze Haus weckt."

Chloe zog das Seidennegligé enger um sich. Sie war sich nicht sicher, wie viel von ihr er im Dunkeln erkennen konnte. „Und was soll ich ihm Ihrer Meinung nach sagen?", flüsterte sie mit zusammengekniffenen Augen.

Er ergriff ihren Arm, wobei er ihr empörtes Aufstöhnen ignorierte, und schob sie zum Ankleidezimmer. „Sagen Sie ihm, die gesamte britische Armee bewacht das Haus. Oder dass er aufhören soll, Kutschen zu überfallen! Sagen Sie ihm irgendetwas, aber sorgen Sie dafür, dass er verschwindet!", murmelte er.

„Guter Ratschlag", entgegnete sie und schüttelte seinen Arm ab. „Vielleicht sollten Sie ihn selbst befolgen."

Er gab ihr einen kleinen Schubs auf das Fenster zu, das nach seinem Sprung in die Truhe immer noch offen stand. Chloe lehnte sich über das Fensterbrett. Sie war zu aufgeregt, um wirklich zu spüren, wie der kühle Nachtdunst ihr glühendes Gesicht streifte. Als ihre Chemise sich an einem Holzsplitter verfing, schreckte sie auf.

Sie konnte nicht glauben, was gerade mit ihr geschah. Allein der Gedanke, dass sie sich nach einem Abenteuer gesehnt hatte, beschämte sie. Dass sie sich halb gewünscht hatte, dass Stratfield sie an jenem Tag im Regen aus ihrem ereignislosen Leben fortreißen und ... sie sich zu Willen machen würde.

Die vermummte Gestalt im Schatten des Gartens unter ihr beugte sich gerade hinab, um noch eine Handvoll Kies aufzuheben und gegen ihr Fenster zu werfen. Als er sie sah, richtete der Mann sich auf und grinste.

„Oh nein", flüsterte sie erschrocken. Ein weiterer Akteur, um ihr Drama noch verworrener zu gestalten. Sie biss sich auf die Lippe und blickte auf den Mann hinunter, mit dem sie erst vor ein paar kurzen Stunden getanzt und auf skandalöse Weise kokettiert hatte. Sie hatte ihm nicht geglaubt, als er gesagt hatte, dass er nicht eher ruhen würde, bis er sie wiedergesehen hatte. Was für ein unheilvoller Anfang für eine Liebesaffäre!

Dominic, der unmittelbar hinter ihr auf und ab ging, ohne jedoch von außen sichtbar zu sein, hielt inne und fuhr herum. Dabei stieß er unsanft gegen sie. „Was ist los?", fragte er.

Beim arroganten Klang seiner Stimme versteifte sie sich. Trotzdem fühlte es sich erschreckend angenehm an, seinen starken Körper direkt hinter sich zu spüren. „Sie wissen doch ohnehin alles. Lassen Sie sich selbst etwas einfallen."

Er hob die äußerste Ecke des Vorhanges gerade weit genug, um in den Garten hinunterzuspähen. Dann begann er, leise zu fluchen. Chloe hob strafend eine Augenbraue, selbst wenn sie schon viel Schlimmeres gehört hatte – schließlich war sie eine Boscastle. Sie hatte sogar selbst schon Schlimmeres gesagt.

„Das ist nicht Ihr Bruder", stellte er zwischen Flüchen fest.

Chloe lächelte. Seine Verzweiflung war ihr eine Genugtuung. „Nein, das ist er nicht. Es ist Lord St. John."

„Was, zur Hölle, hat der hier verloren?", verlangte er zu wissen.

„Woher soll ich das wissen?", fragte sie mit unschuldigem Blick. „Ich habe ihn heute erst kennengelernt."

„Ach, haben Sie das?", entgegnete er eisig.

„Ja, das habe ich."

„Sie und Ihr Korsett müssen ganz schön Eindruck gemacht haben."

„Haben Sie vielleicht etwas gegen Romantik einzuwenden, Lord Stratfield?"

„In der Tat, das habe ich."

Chloe zögerte. „Nun, manche von uns glauben noch an die Liebe."

„Und manchen von uns, die in ihren Betten ermordet wurden, sollte man ihren Zynismus nachsehen."

„Sie können nicht gegen die ganze Welt Groll hegen", ermahnte sie ihn sanft.

Er blickte sie wütend an. „Warum nicht?"

„Nun, weil …"

„Ersparen Sie mir Ihren jugendlichen Idealismus, und sehen Sie zu, dass Sie Ihren unerwünschten Gast loswerden."

„Welchen?"

„Legen Sie es nicht darauf an", warnte er sie.

Mit einem versonnenen Lächeln blickte Chloe in den Garten

hinunter, was bei Dominic eine erneute Litanei von Flüchen auslöste.

„Werden Sie ihn los", erinnerte er sie mit zusammengepressten Zähnen.

„Und wie soll ich das anstellen?", fragte sie mit zuckersüßer Stimme.

„Hören Sie zunächst einmal auf, ihn wie eine Sirene anzulächeln." Er betrachtete die Silhouette ihrer schlanken Gestalt im Mondlicht und die seidenen Schmetterlinge, mit denen der Rücken ihres Negligés bestickt war. „Ich nehme an, ihn haben Sie auch geküsst", fügte er mürrisch hinzu.

Sie weigerte sich, diese beleidigende Bemerkung mit einer Antwort zu würdigen, obwohl sie genau wusste, dass die Situation wirklich verdächtig aussah. Ein gut aussehender junger Kerl, der so spät Kies gegen ihr Fenster warf. Dominic würde ihr nie glauben, dass sie ihn nicht selbst eingeladen hatte. Ihre Brüder hätten ihr das auch nicht geglaubt.

„Das ist alles nicht meine Schuld", beharrte sie.

Dominic knurrte.

„Nun, es stimmt." Über die Schulter warf sie ihm einen bösen Blick zu. „Ich habe ihn ebenso wenig hierher eingeladen wie Sie."

„Vielleicht sollten Sie Ihre Fenster verschlossen halten", sagte er verärgert. „Sagen Sie, erwarten Sie heute Nacht noch weitere Besucher? Soll ich Tee machen?"

„Nur wenn Sie nach China segeln müssen, um ihn zu holen."

Dominic blickte ihre seidenverhüllte Gestalt noch einmal lange an, bevor er fortfuhr, nervös auf und ab zu gehen. Es war wieder typisch für ihn, dass ausgerechnet eine scharfzüngige Helena von Troja herausfinden musste, dass er nicht tot war. Diese Frau bedeutete Ärger, was, soweit er sich erinnerte, eine Familieneigenschaft zu sein schien. Nun, er konnte nicht noch mehr Ärger brauchen. Und doch war er hier, mitten in einem

Mordkomplott, mit der Dorfsirene und dem Dorftrottel und seinem Mörder, der immer noch frei herumlief.

„Warum sind Sie nicht einfach in Ohnmacht gefallen, als Sie die Tür zum Ankleidezimmer geöffnet haben?“, fragte er sie. „Das hätte uns beiden eine Menge Kummer erspart.“

Sie bedeutete ihm mit einer Handbewegung, still zu sein. „Seien Sie einen Augenblick lang ruhig.“

„Was?“, entgegnete er erstaunt.

„Ich kann kein Wort von dem verstehen, was Lord St. John sagt, wenn Sie die ganze Zeit reden. Ich glaube, er muss mich gefragt haben, ob ich ihn heirate.“

Dominic erstarrte im Gehen. Ihre Selbstherrlichkeit erstaunte ihn. Offensichtlich nahm sie seine Drohung nicht sehr ernst, was, wie er vermutete, möglicherweise mit jenem Kuss im Regen zusammenhing. Er betrachtete ihre bezaubernde Figur und spürte, wie ihre kokette Stimme ihn unliebsam erregte.

Chloe lehnte sich noch weiter hinaus und lachte. „Eine Belohnung? Hmmm. Was stellen Sie sich denn vor? Und nein, natürlich habe ich Sie nicht vergessen. Was tun Sie hier?“, flüsterte sie.

„Ist das nicht offensichtlich?“, murmelte Dominic angeekelt. „Das soll eine plumpe Verführung werden. Lasst uns alle Kies an das Fenster einer Jungfrau werfen, um ihr Herz zu gewinnen. Was? Es ist kein Kies da? Dann probieren Sie es mit Enteneiern. Oder mit Billardkugeln.“

Chloe blickte ihn aus den Augenwinkeln an. „Würden Sie bitte ruhig sein?“

„Ich?“, fragte Dominic und hob eine Hand an die Brust. „Warum verlangen Sie von Romeo nicht dasselbe? Er ist derjenige, der hier Krach macht.“

„Was sagen Sie da, Chloe?“, rief Justin verwirrt hinauf. „Ich kann Sie überhaupt nicht verstehen. Warum kommen Sie nicht in den Garten hinunter, damit wir uns vernünftig unterhalten können? Ich habe Ihnen zu Ehren ein Gedicht geschrieben."

„Ein Gedicht", wiederholte Dominic und warf die Hände in die Luft. Ihm war schwindelig. Seine Schulter blutete. Und er musste danebenstehen und zuhören, wie der hiesige Schwachkopf Gedichte ausspuckte?

„Ich mag Gedichte", erwiderte Chloe leise.

„Ich nicht", verkündete Dominic schnippisch.

„Dann gehen Sie", flüsterte sie und stützte die Ellbogen auf das Fensterbrett. „Vielleicht wäre es besser, wenn Sie morgen wiederkommen, Lord St. John."

„Morgen?", wiederholte Justin enttäuscht. „Sagen Sie mir nicht, dass ich so lange warten muss, bis ich Sie wiedersehen darf! Ich glaube nicht, dass ich das ertragen kann, Lady Chloe."

„Nun, damit sind wir schon zwei", erklärte Dominic trübsinnig.

Chloe trommelte mit den Fingernägeln auf das Fensterbrett. „Drei." Dann sagte sie laut: „Oh, Lord St. John, bringen Sie mir Ihr Gedicht nach dem Frühstück. Dann werde ich bessere Laune haben."

Dominic runzelte in der dunklen Nische hinter ihr die Stirn, die Arme missbilligend über der Brust verschränkt. War dies nicht eine herrliche Situation? Er konnte die Wehmut in Chloes Stimme kaum überhören. Und selbst ein „Toter" wie er konnte kaum übersehen, wie einladend sie ihren Körper zur Schau stellte, während sie halb aus dem Fenster hing, um flüsternd mit ihrem Bewunderer zu kokettieren.

Was ihn wieder zu der Frage nach dem Korsett auf dem Bett brachte. Er war nicht im Geringsten überrascht, dass ihre Brüder sie hierher ins gesellschaftliche Exil verbannt hatten. Auch wenn wohl nicht einmal der Turm einer Burg in den italienischen Alpen abgelegen genug war, um zu verhindern, dass diese junge Dame stets aufs Neue in Schwierigkeiten geriet. Ihr Übermut und ihr familientypisches Temperament waren stärker ausgeprägt, als gut für sie war.

Allein die Tatsache, dass sie bereits das Interesse von Justin, Lord St. John, erregt hatte, der nun, da Dominic selbst tot war, Chistleburys bester Fang war, sprach für sich. Überhaupt, war St. John nicht eigentlich mit der Seymour-Erbin verlobt, einem ziemlich geistlosen Dummchen, das Schwierigkeiten hatte, einen zusammenhängenden Satz zu formulieren? Was, zum Teufel, hatte der Junge vor, indem er die schöne, verbannte Chloe hinunter in den dunklen Garten lockte?

„Ich bin den ganzen Weg bis hierher gekommen, um Sie zu sehen, Lady Chloe", drang St. Johns Stimme von unten herauf. „Können Sie sich nicht wenigstens für ein paar Minuten hinausschleichen und mit mir reden?"

„Wagen Sie es nicht, auf ein derartig unanständiges Angebot einzugehen!", ermahnte Dominic sie über die Schulter.

„Warum sollte ich das nicht tun?" Sie klang empört über seine Einmischung. „Ich gehe ja auch auf Ihres ein."

Der junge Mann im Garten unter ihnen trat erschrocken ein paar Schritte nach hinten. „Ist da noch jemand bei Ihnen im Zimmer, Lady Chloe?"

„Sagen Sie ihm, dass einer da ist", befahl Dominic ihr. „Sagen Sie ihm, Ihr Liebhaber ist ein äußerst eifersüchtiger Ausländer, der seinen Lebensunterhalt damit verdient, Duelle zu fechten."

„Würden Sie mich jetzt bitte in Ruhe lassen?", flüsterte sie wütend.

Justin starrte misstrauisch zu ihr hinauf. „Was haben Sie gesagt? Habe ich da eben eine Männerstimme gehört?"

Chloe sah bereits, wie sich all ihre Hoffnungen auf eine schöne Romanze vor ihren Augen in Luft auflösten. In der Vergangenheit hatte sie stets die falsche Sorte Mann anziehend gefunden. Dies schien eine Eigenschaft zu sein, die, wie ihre Schwägerin Jane sanft angedeutet hatte, mit ein wenig Vernunft behoben werden konnte. Chloe befürchtete insgeheim, dass sie seit dem Tod ihres Vaters und ihres jüngeren Bruders Brandon schwermütig geworden war. Manchmal hatte sie selbst kaum das Gefühl, lebendig zu sein. Sie verstand nicht, warum sie nicht ebenso einfach zufriedenzustellen war wie ihre Freundinnen.

Sie wollte ihre Familie nicht verletzen und auch ihren Ruf nicht ruinieren. Aber es gab Zeiten, in denen ihr alles einfach egal war. Brandon war Anfang des vergangenen Jahres getötet worden, und ihr Vater war knapp fünf Monate später an einem Herzanfall gestorben, als die Nachricht vom Tode seines Sohnes in seinem Landhaus angekommen war. Allein Chloe hatte sich damals als Einzige von ihren Geschwistern auch dort aufgehalten. Es war ein grauenvoller Schock gewesen, von dem Mord an Brandon zu hören und am selben Tag den Tod ihres Vaters mitzuerleben.

Chloe hatte sich noch immer nicht vollkommen erholt. Und sie glaubte nicht, dass sie sich je davon erholen könnte. Zwar hatten sie und ihr Vater nie ein besonders inniges Verhältnis zueinander gehabt: Er war ein distanzierter, harter Mann gewesen, der sich nach dem Tod seiner Frau vor acht Jahren, als Chloe zwölf gewesen war, von seinen Kindern zurückgezogen hatte.

Chloes Welt war zunehmend grau geworden, und wenn sie in Schwierigkeiten geriet, fühlte sie sich irgendwie seltsam lebendig. Auf eine eigenartige Weise war sie wie ein Geist, genau wie ihr Eindringling.

Sowohl sie als auch Dominic Breckland waren vielleicht körperlich lebendig, aber ein essenzieller Bestandteil von ihnen war beschädigt, wenn nicht zerstört worden. Chloe konnte nicht erklären, warum sie auch nur das geringste bisschen Sympathie für einen Mann hegte, der ihr ganzes Leben ruinieren konnte, während jede andere junge Dame an ihrer Stelle mit Panik reagiert hätte. Aber vielleicht lag es daran, dass sie das Leben mit ihren Brüdern gewöhnt war. Chloes Familie hatte die Konventionen schon immer missachtet.

Was genau der Grund war, warum sie an diesem Abend bei dem Dorfball so stolz darauf gewesen war, das Interesse des unbekümmerten Justin geweckt zu haben. Er war eigentlich gar nicht ihr Typ. Er kam aus einer hervorragenden Familie, trank und spielte nicht, und soweit sie es beurteilen konnte, schien an ihm rein gar nichts Gefährliches zu sein, selbst wenn er auf die dumme Idee verfallen war, an diesem Abend hierherzukommen. Aber Leidenschaftlichkeit war nicht immer etwas Schlechtes, solange man sie zu beherrschen wusste, oder etwa doch?

Ihre Brüder hatten geschworen, dafür Sorge zu tragen, dass sie sich, noch bevor das Jahr vorbei war, einen akzeptablen Gemahl aussuchte. Vielleicht gab es eine Chance, dass sie und Justin heiraten konnten, wenn er wirklich alles war, was er zu sein schien.

Und wenn der sarkastische Teufel, der ihr beinahe wie ein Alb im Nacken saß, nicht alles ruinierte.

„Das ist kein Mann, Justin“, erklärte sie mit sanfter Stimme. „Es ist nur mein Onkel Humphrey.“

Die Erwähnung des aufrichtigen Baronets reichte offensichtlich aus, um Justins Hoffnungen auf eine erfolgreiche mitternächtliche Verführung im Keim zu ersticken. Er warf Chloe ein paar Kusshände zu und verschwand prompt unter den Bäumen, während Dominic ihm zufrieden hinterherblickte.

„Was für ein Idiot.“

Chloe fuhr herum, um ihn anzusehen. „Ich hätte ihm die Chance geben sollen, mich zu retten. Ich …“

Ihr wurde plötzlich bewusst, dass er ihr nicht mehr zuhörte. Er blickte mit einer Eindringlichkeit aus dem Fenster, die sie mit Besorgnis erfüllte. Er sah jetzt wieder entschlossen und gefährlich aus.

„Was ist los?“, flüsterte sie. „Sehen Sie den Mann, der Sie verfolgt hat?“

„Machen Sie sich keine Sorgen, ich habe ihn im Wald abgehängt.“

„Machen Sie sich keine Sorgen?“

Dominic blickte sie an. Er war kurzzeitig durch ihre nicht zu leugnende Wirkung auf seine Sinne abgelenkt. Es war nicht überraschend, dass andere Männer von ihren vollen Lippen Küsse stahlen und unter ihrem Schlafzimmerfenster herumlungerten. Diese großen Augen konnten einen Mann mit Leichtigkeit auf unanständige Gedanken bringen. Er hielt es sogar für sehr wahrscheinlich, dass sie sich genau in diesem Moment mit ihrem Bewunderer im Garten vergnügt hätte, wenn er nicht da gewesen wäre.

„Mein Wildhuter hielt mich für einen Wilderer“, kehrte er zu ihrer Frage zurück, „und hat mich von meinem Anwesen gejagt.“

„Warum haben Sie sich nicht zu erkennen gegeben?“

Er lächelte. „Weil ich ein Wilderer bin, der gerade dabei ist, seinem Mörder eine Falle zu stellen. All seiner Klugheit zum Trotz hat Finley mich nicht erkannt.“

„Wenn man bedenkt, wie Sie aussehen“, erwiderte Chloe mit einer Grimasse, „überrascht mich das nicht.“

„Nun ja, wir können schließlich nicht alle verführerische Korsetts tragen und Dorfkonzerte mit unserer Anwesenheit verschönern, nicht wahr?“

Chloe starrte gedankenverloren an ihm vorbei auf die Umrisse seines massiven elisabethanischen Hauses. Er behauptete, gut informiert zu sein. Hatte er auch von dem Gerücht gehört, dass seine Mätresse in den Tagen nach seiner Beerdigung häufig zu Gast dort gewesen war? In den höheren Kreisen wurde gemunkelt, dass die Frau Dominics Cousin Edgar über die persönlichen Angelegenheiten ihres Liebhabers unterrichtet hatte. Aber natürlich glaubten die Leute immer gern das Schlimmste.

Vor allem, als die Dame spätabends dabei beobachtet wurde, wie sie das Anwesen besuchte.

„Weiß Lady Turleigh, dass Sie noch leben?“, fragte sie, ohne ihn anzublicken.

„Nein.“ Sein resignierter Tonfall verbat weitere Nachfragen.

„Es scheint grausam“, sagte sie, „der Frau, die Sie liebt, nicht zu sagen, dass Sie nicht tot sind.“

Der Blick, mit dem er sich ihr zuwandte, brachte sie zum Verstummen. Ja, sie hatte auf eine Reaktion gehofft, auf irgendeinen Anhaltspunkt für seine Gefühle, aber nicht auf die plötzliche Verletzlichkeit, die sie dort sah, das rohe Leid eines Mannes, der emotional bis auf die Knochen entblößt worden war.

„Die Liebe“, sagte er in einem leichten Tonfall, der seinen Ausdruck Lügen strafte, „ist ein grauenvolles Gefühl, das von Dichtern und Idioten, die den Kopf in den Wolken haben, vollkommen überschätzt wird.“

„Es ist gut, dass nicht jeder Ihre zynische Weltsicht teilt“, entgegnete Chloe nach kurzem Zögern.

„Die meisten Menschen hatten noch nicht das Pech, in ihrem eigenen Bett ermordet zu werden.“

„Das ist wahr“, gab sie zu, „aber daran trägt Ihre Geliebte doch nicht die Schuld, oder?“

Wieder sagte sein Schweigen mehr als tausend Worte, vielleicht sogar mehr, als Chloe wissen wollte. War die schöne Lady Turleigh an dem Mordversuch beteiligt gewesen? Nein. Der Gedanke an eine wohlerzogene Frau, die im Bett lag, während ihr Liebhaber erstochen wurde, war so widerwärtig, dass Chloe es vorzog, zu glauben, dass seine Reaktion lediglich Ausdruck seines zynischen Wesens war.

„Ihr Bruder hat gemeinsam mit meinem Bruder Brandon

gekämpft“, stellte sie fest, bemüht, das Thema zu wechseln. „Heath sagte mir, dass Sie Nachforschungen über den Angriff auf die beiden in Nepal angestellt haben.“

Dominics Gesicht verfinsterte sich noch mehr. „Ja“, erwiderte er angespannt.

„Nun, was haben Sie darüber in Erfahrung gebracht?“, fragte sie fordernd.

„Vermutlich wenig mehr, als Sie ohnehin schon wissen“, antwortete er ausweichend.

Chloe studierte neugierig sein Profil. Sie hatte sich schon immer gefragt, ob vielleicht mehr hinter Brandons Tod stecken konnte als der angebliche Angriff von rebellischen Gurkhas auf seine Truppe. Sie hatte den Verdacht, dass ihre Brüder die Wahrheit vor ihr verheimlichten. Doch als junge Frau aus einer Familie voller Männer, die über jede ihrer Bewegungen wachten, konnte sie kaum selbst nach Nepal segeln, um Nachforschungen anzustellen.

„Sie wissen etwas“, sagte sie leise.

„Ich weiß jedenfalls“, erwiderte er und trat vom Fenster weg, um sich auf den Boden zu knien, „dass ich Ihnen für einen Abend eindeutig genug gesagt habe.“

„Erzählen Sie es mir, und ich helfe Ihnen gerne.“

„Es gibt nichts zu erzählen“, sagte er knapp.

Es gab etwas, das wusste sie, ohne nachzudenken. Schon allein deswegen würde sie ihm helfen. Brandon war ihr mehr als ein Bruder gewesen. Sie hatte mit ihm zugleich auch ihren besten Freund verloren.

Aber dieser Mann war offensichtlich nicht in der Verfassung, irgendjemandem außer sich selbst zu trauen, und Chloe hätte möglicherweise sogar Mitleid mit ihm empfunden, wenn er nicht auf so abscheuliche Art und Weise die Kontrolle über ihr Leben an sich gerissen hätte. Wie er jetzt beispielsweise wieder ihre Truhe durchstöberte und ohne jeglichen Anstand in ihren intimsten Wäschestücken wühlte!

„Was glauben Sie, was Sie da tun?"

„Ich suche nach einem Negligé, das ein bisschen weniger durchsichtig ist. Ihr Mangel an Bekleidung ist eine Ablenkung, die ich in meinem momentanen angeschlagenen Zustand nicht in der Lage bin zu ignorieren."

Chloe hielt inne. Sie hätte diese Aussage möglicherweise sehr interessant gefunden, wenn sie die Zeit gehabt hätte, darüber nachzudenken. Er fand sie anziehend. Doch offensichtlich würde er sich dadurch nicht an dem hindern lassen, was er tun musste.

„Was stimmt denn mit dem Negligé nicht, das ich trage? Es ist noch nicht einmal einen Monat alt."

Er blickte verzweifelt hoch. „Seien Sie dankbar für die Finsternis heute Nacht. Wenn Ihr idiotischer Verehrer Sie richtig gesehen hätte, wäre er diesen Baum im Handumdrehen hinaufgeklettert. Ich hätte mich auch noch um ihn kümmern müssen, und ihn hätte ich nicht so nett behandelt wie Sie."

„Nett? Es ist sicherlich schrecklich, in Ihrer Gesellschaft zu sein, wenn Sie glauben, schlechte Laune zu haben." Sie kniete sich neben ihm hin, um einen ihrer Lieblingsfächer aus seinen Händen zu retten. „Und wenn Sie nicht die ganze Zeit über hinter mir geschimpft hätten, wäre ich vielleicht geistesgegenwärtig genug gewesen, um mich anständig anzukleiden."

„Wären Sie zu ihm hinuntergegangen, wenn ich nicht hier gewesen wäre, um zu schimpfen? Nein. Sie müssen mir nicht antworten. Ihre Brüder hatten zweifelsohne guten Grund, Sie zu verbannen."

Sie umklammerte den Fächer, als wollte sie ihn zerquetschen. „Ich wurde der Gesundheit meiner Lunge wegen aufs Land geschickt. Ich neige zu Hustenerkrankungen."

„Sie wurden beim Küssen erwischt. Mit einem jungen Lord, nicht wahr?"

Chloe hatte plötzlich das Gefühl, ihm vollkommen schutzlos ausgeliefert zu sein, nackt vor einem Mann zu stehen, den sie unmöglich täuschen konnte. „Ich habe keine Ahnung, woher Sie diese Informationen haben.“

„Es muss Ihnen genügen, dass ich sie habe.“

6. KAPITEL

Dominic schloss den Deckel der Truhe. Er unterdrückte ein fiebriges Zittern. Seiner Vermutung nach vergiftete eine Entzündung seinen Körper. Für kurze Zeit benötigte er Chloes Hilfe, das war richtig. Wenn die Durchführung seiner Pläne gelingen sollte, war er auf ihre Diskretion angewiesen. Hätte er eine Wahl gehabt, wen er sich für seinen Rachefeldzug als Partner wünschte, so wäre sie ganz gewiss nicht auf diese widerspenstige Schönheit im Exil gefallen.

War sie überhaupt zu Verschwiegenheit fähig?

Konnte er ihr trauen?

Es war ein Fehler gewesen, vorhin ihren Bruder zu erwähnen. Sie hatte sofort erkannt, dass er einen Verdacht hatte, und so war es ihm unmöglich gewesen, sie zu täuschen. Ja, Dominic besaß Anhaltspunkte dafür, dass Brandon und sein eigener jüngerer Bruder Opfer eines herzlosen Komplotts geworden waren. Nein, er glaubte nicht an die saubere Version des Angriffs durch rebellische Gurkhas, die von der ehrenhaften East India Company vertreten wurde. Konnte er seinen Verdacht beweisen? Noch nicht ganz.

Verdammt, was sollte er nur mit ihr anfangen?

Langsam richtete er sich auf. Dabei spürte er, dass sie ihn so aufmerksam beobachtete, als wäre er ein verwundetes Tier. Er konnte es ihr nicht verübeln. Im vergangenen Monat hatte er angefangen, mehr Ähnlichkeit mit einem Tier als mit einem Mann zu haben, er handelte nur noch nach seinen Instinkten. Er nahm ihre Hände: Ihre Finger waren so viel kleiner als die seinen, und doch waren sie warm und kräftig, als sie sich seiner Berührung widersetzte.

„Sehen Sie mich an." Der Beschützer, der er einst gewesen war, hätte ihr unschuldiges Feuer in Ehren gehalten. Der Teufel, zu dem er geworden war, wollte ihre Glut anfachen, bis sie verbrannte. „Kann ich Ihnen vertrauen?“, fragte er, und seine Finger umklammerten ihre Hand noch fester, als wollte er der Anspannung entgegenwirken, die er darin fühlte.

„Ich weiß es nicht.“

Es war eine ehrliche Antwort, die ihn mit Bedauern erfüllte. Wenn er sich nicht auf sie verlassen konnte, war alles, worauf er hoffte, verloren. Er würde einen Weg finden müssen, sich ihre Hilfe zu sichern, bis die Zeit kam, wo er seinen Mörder entlarven konnte. Vielleicht würde er sie mit in sein Versteck nehmen müssen, bis das hier durchgestanden war. Keineswegs eine angenehme Aussicht, für keinen von ihnen.

„Kann ich nicht irgendwie Ihre Freundschaft gewinnen?“, fragte er feierlich.

Sie bewahrte einen kühlen Kopf, diese blauäugige Boscastle mit ihrem schmetterlingsbestickten Negligé. „In mein Zimmer einzubrechen, mich aufs Bett zu werfen und mich zu erpressen ist kaum ein guter Anfang für eine Freundschaft.“

„Betrachten Sie es als Hilfe von Nachbar zu Nachbar.“

„Ich will, dass Sie mir sagen, was Sie über Brandon in Erfahrung gebracht haben.“

Er zögerte. Wenn er ihr sagte, was er herausgefunden hatte, könnte dies all seine Pläne gefährden. Es würde sie zugleich in größere Gefahr bringen, als sie verdient hatte. „Noch nicht. Überreden Sie mich nicht dazu, Dinge zu enthüllen, die meine Chance, ihn zu rächen, zunichtemachen könnten.“

Sie nickte. Offensichtlich verstand sie ihn besser, als ihm lieb sein konnte. „Sie haben genug gesagt. Ich weiß jetzt, dass ich Ihnen helfen will.“

„Sie können mir nur helfen, indem Sie tun, was ich von Ihnen verlange.“

„Woher weiß ich, dass ich Ihnen vertrauen kann?“

„Ich weiß nicht, ob Sie es können“, erwiderte er. Er beugte seinen Kopf zu ihrem und betrachtete ihr Gesicht in der Dunkelheit. „Kein Wunder", murmelte er.

„Kein Wunder?", flüsterte sie, als ahnte sie, wohin seine Gedanken führten.

„Kein Wunder, dass Ihr Lord das Risiko einging, Sie im Park zu küssen. Ich habe den Tag nicht vergessen, an dem wir uns begegnet sind."

Wie als Antwort sah er ein Funkeln in ihren Augen. Eine weitere Einladung benötigte er nicht.

Mit seinen Lippen erforschte er den Rand ihrer Ohren, während er ihre Taille mit den Armen umschloss. Er wartete auf eine Reaktion. Stattdessen erstarrte sie. Ihr weiblicher Duft ließ ihn beinah die Beherrschung verlieren. Vor einem Monat hatte sein Leben eine grauenhafte Wendung genommen. Jemand, der ihm nahestand, hatte ihn verraten und damit seine Fähigkeit, anderen zu vertrauen, zerstört. Und nun sah er einer Affäre mit der Schwester eines Mannes ins Auge, den er respektierte, mit einer jungen Dame, die eindeutig eine Herzensbrecherin war.

Gott behüte, dass er sie in ihrem gefährlichen Kurs noch bestärkte! Aber wie konnte es sonst enden? Chloe weckte in ihm den letzten Rest Hoffnung, wenn nicht sogar Unschuld, und ihre Vitalität und ihr Idealismus waren Eigenschaften, die er einst vielleicht mit ihr geteilt hatte. Auf ihren Lippen meinte er die wirklich wichtigen Dinge des Lebens zu schmecken, Dinge, die er für immer verloren hatte. Glaubte sie an die Liebe? An ein glückliches Ende? Wie viele gestohlene Küsse und süße, in der Dunkelheit geflüsterte Lügen, wie viele mitternächtliche Stelldicheins waren nötig, um ihr ihre Illusionen zu rauben?

Es war nicht an ihm, ihre Träume zu zerstören. Und er hatte auch kein Verlangen danach. Vielleicht würde sich herausstellen, dass sie mehr Glück hatte als er. Vielleicht würde das sprichwörtliche Glück ihrer Familie sie schützen.

„Sie küssen mich ja schon wieder", flüsterte sie.

„Ja. Ich kann nicht anders." Er spürte, wie ein Schauer sie durchfuhr.

„Ich dachte, Sie würden mich töten."

„Es sieht nicht danach aus, oder?", murmelte er dicht an ihren Lippen.

„Ich wusste, dass Sie mir nicht wehtun würden … könnten."

„Ich wünschte, es würde mir gelingen, ebenso gut über mich zu denken."

Sie drückte die Hände gegen seine Brust. Zwar wehrte sie sich nicht, aber sie gab ihm auch nicht nach. Er empfand eine schockierende Mischung aus Vergnügen und Schmerz – in diesem Moment begehrte er sie mehr als alles andere. Ihre Wärme, der leichte Seifenduft ihrer Haut. Ihn verlangte es geradezu schmerzlich danach, ihre Essenz in sich aufzusaugen. Sie war wie ein Balsam, ein Zufluchtsort, weit mehr als eine rein erotische Verlockung. Chloe bot ihm sanften Trost in einer Welt voller Dunkelheit und Verrat und erinnerte ihn daran, wie sein Leben einst gewesen war. Das Leben, das er wieder zurückwollte.

Er vertiefte den Kuss und raubte ihr jede Möglichkeit, sich zu wehren – oder auch nur zu atmen. Dies war eindeutig nicht ihr erster leidenschaftlicher Kuss, aber sie war auch keine Kurtisane, und er hätte ebenso gut einem der Schmetterlinge auf ihrem Negligé hinterherjagen können wie auf eine gemeinsame Zukunft mit ihr zu hoffen. Doch ihr Körper war so warm und nachgiebig, so üppig und einladend, dass Dominic sich nach intimeren Berührungen sehnte. Er wollte ihr die Kleider abstreifen und ihre nackte Haut an der seinen spüren. Er wollte sie anflehen, die Seine zu werden, seine Bedürfnisse zu stillen. Es war beinahe zu viel für ihn.

Seit fast einem Monat hatte er sich nicht mehr erlaubt, irgendetwas außer reinem Hass zu empfinden. Das Seidennegligé, das sie trug, betonte ihre Brüste und ihren Po auf so provozierende Art und Weise, dass allein ihre sinnlichen Reize ihn von den Toten hätten erwecken können.

Aus dem Augenwinkel bemerkte er draußen eine Bewegung. Es hätte ein Schatten sein können, eine Katze auf einem Baum, irgendetwas. Aber er würde kein Risiko eingehen. Er fasste sie an den Ellbogen, zog sie direkt auf den Boden herunter und hielt sie zwischen seinen Beinen fest.

Chloe riss den Kopf erschrocken zurück. „Was haben Sie jetzt vor?", fragte sie fordernd.

„Das Fenster. Ich will nicht, dass irgendjemand uns sieht."

Sie regte sich und zog ihr Negligé um sich, das aufgesprungen war und die seidige Haut ihrer Oberschenkel entblößt hatte. Sein Körper krampfte sich in schier unerträglicher Anspannung zusammen, er musste mehrmals tief durchatmen, um seine Erregung zu unterdrücken. Seit Wochen hatte er keine Frau mehr berührt, und diese hier weckte in ihm ein körperliches Verlangen, bei dem er sich nicht sicher war, ob er es zügeln konnte.

Er wusste nicht, was er von ihr oder von sich selbst halten sollte. Kaum konnte er vor sich selbst zugeben, dass er sich nach dem Kuss so heiß und zittrig fühlte wie ein liebeshungriger Jüngling. Aber verdammt, sie hatte recht. Sein gesamter Körper fühlte sich krank und schwach an. In den letzten paar Tagen hatte er sich bis an seine Grenzen getrieben und nachts nicht geschlafen, um beobachten zu können, was in seinem Haus vor sich ging.

Wenn Chloe Boscastle ebenso klug wie schön war, war er möglicherweise der einen Gefahr nur entronnen, um sich in einer noch prekäreren Situation wiederzufinden.

Chloe hatte Angst, sich zu bewegen, da sie sich selbst nicht sicher war, was gerade geschehen war oder wie sie darauf reagieren sollte. Wenn er sie geküsst hatte, um ihr zu beweisen, wie unerfahren sie war, so hatte sie nichts dagegen einzuwenden. Ihre

Lippen prickelten von der verbotenen Berührung durch seinen Mund, und sie war sich nicht ganz sicher, warum sie weniger Angst hatte als zuvor. Zwischen ihr und diesem Mann war eine unerklärliche Nähe. Sie entschied, dass es mehr damit zu tun hatte, dass sie zur unfreiwilligen Verbündeten in seinem Racheplan geworden war, als mit romantischen Gefühlen. Wie konnte sie jemanden hassen, der Brandons Tod rächen wollte?

Sie waren Wärter und Gefangene – gemeinsam in einem Ankleidezimmer, dessen Boden mit modischer Damenunterwäsche bedeckt war. Nur eine Boscastle konnte sich in einer solchen Situation wiederfinden. Natürlich war es abscheulich, dass sie ihm erlaubt hatte, sie erneut zu küssen, aber tief in ihrem Inneren sah sie in ihm immer noch den Mann, der sie aus dem Regen gerettet hatte.

Es war gefährlich, ihn zu unterschätzen – oder die Anziehungskraft, die er auf sie ausübte. War er Sir Galahad oder ein verbitterter Geist? Chloe konnte nicht einmal entscheiden, ob es überhaupt einen Unterschied machte. Beide waren eine Bedrohung für sie.

Die unnachgiebigen Kanten seines Gesichtes halfen nicht, ihre Nerven zu beruhigen. Die harte Entschlossenheit war wieder in seine Gesichtszüge zurückgekehrt, auch wenn seine Augen fiebrig glühten, als er sie wieder zurück auf den Boden legte, gebettet auf einen Stapel Musselinunterröcke.

Unterröcke! Sie benötigten beide einige unbehagliche Augenblicke, um wieder zu so etwas Ähnlichem wie Vernunft zu kommen. Um so zu tun, als säßen sie so normal wie überhaupt möglich in einem Salon, statt sich zusammen auf den Boden eines Ankleidezimmers zu kauern. Chloe zog ihr Negligé enger um ihren zitternden Körper und räusperte sich. „Was sollen wir jetzt tun?"

Er lehnte seine gesunde Schulter gegen die Truhe zurück und blickte zum Fenster hinauf. „Ich bin mir nicht vollkommen sicher." Er schrak zusammen, weil er spürte, wie sie sich über ihn kniete und ihre zierlichen Finger auf seine Brust legte. „He, was, glauben Sie, tun Sie da?"

„Wie wagen Sie es, mich so etwas zu fragen", erwiderte sie sanft. „Vor allem, nachdem Sie sich so benommen haben."

Fluchend beugte er sich vor, als sie ihm das Hemd aufknöpfte und ihre Finger sanft auf das entzündete, wunde Fleisch seiner Brust legte. „Das tut zufällig weh, nur falls Sie es noch nicht erraten haben. Außerdem erinnere ich mich nicht daran, Ihnen die Erlaubnis gegeben zu haben, mich zu entkleiden."

„Ich habe Ihnen auch nie die Erlaubnis gegeben, in mein Zimmer einzubrechen oder mich zu küssen, aber das schien Sie trotzdem nicht daran zu hindern."

Sie zog eine Grimasse und biss die Zähne zusammen, während sie mit geschickten Fingern seinen behelfsmäßigen Verband lockerte und der Unterrock gehorsam von seinem Oberkörper abfiel. Die bösen Stichwunden, die sich auf seiner Brust und der linken Schulter befanden, hätten ihn töten sollen. Sein Angreifer hatte offensichtlich auf sein Herz gezielt.

Wem hatte er Leid zugefügt, um so eine hasserfüllte Gewalttat zu provozieren? Es war kein Wunder, dass er geschworen hatte, denjenigen zu finden, der ihm das angetan hatte.

„Kein schöner Anblick, nicht wahr?", fragte er sie.

„Ihr Chirurg hat mit diesen Stichen ausgezeichnete Arbeit geleistet", stellte sie taktvoll fest und dachte insgeheim, dass er nur dank eines ausgezeichneten Schutzengels überlebt haben konnte. „Ich bezweifle jedoch, dass er es gutheißen würde, wie Sie seine Arbeit mit all Ihren Aktivitäten ruinieren."

„Es hat Stunden gedauert."

„Ich glaube trotzdem, dass Sie erneute medizinische Betreuung benötigen. Diese Wunde ist dabei, sich zu entzünden. Sehen Sie sich diese geschwollenen roten Stellen an."

„Nein. Kein Arzt."

„Was soll ich tun, wenn Sie unter meinen Händen sterben?“, fragte sie verzweifelt.

„Werfen Sie mich von mir aus zum Fenster hinaus. Wenn ich tot bin, ist es egal.“

„Ist Ihnen schon einmal der Gedanke gekommen, was mit mir geschieht, wenn herauskommt, dass ich eine Leiche in meinem Zimmer verstecke?“

„Oder dass Sie diese Leiche geküsst haben? Aber *das* Geheimnis nehmen wir mit ins Grab.“

„Wagen Sie es nicht, sich über mich lustig zu machen, Stratfield. Ich werde im Nu mit irgendeinem zahnlosen alten Landjunker verheiratet, wenn ich diesen Sommer noch in weitere Schwierigkeiten gerate.“

„Ein Schicksal, das schlimmer ist als der Tod. Lady Chloe Boscastle, verdammt zu einem Leben auf dem Lande. Denken Sie doch nur an all die Krähen und Kühe, die Sie bezirzen könnten.“

„Ich glaube, ich verstehe langsam, warum jemand sich Ihren Tod gewünscht hat“, erklärte sie düster.

„Ernsthaft, meine Liebe, ist es nicht ein wenig spät, um sich über so etwas Unwichtiges wie Ihren Ruf Gedanken zu machen? Ich hatte schließlich nichts mit Ihrem Exil zu tun.“

Chloe nahm einen tiefen Atemzug, um sich zu beruhigen. „Wenn Sie in diesem Zimmer gefunden werden, wird sich mein nächstes Exil in Tasmanien befinden.“

„Lady Chloe unter all diesen schrecklichen Strafgefangenen? Gütiger Himmel, das können wir nicht zulassen.“

„Ist ein Strafgefangener schlimmer als eine Leiche?“

„Ich nehme an, das kommt auf die Leiche an.“ Er hielt inne. Chloe vermutete, dass er sich zusammenriss, um zu verbergen, wie elend er sich mittlerweile fühlte. „Darf ich Ihre Sorge so verstehen, dass Sie wirklich vorhaben, sich zu bessern?“

Sie hielt seinem herausfordernden Blick stand. „Ja. Ich werde mich bessern, sofern Sie nicht alles ruinieren.“

Er legte den rechten Arm hinter seinen Hals und fluchte laut über den Schmerz, den diese beiläufige Bewegung verursachte. „Ich bin neugierig. Wie war ich im Vergleich zu Ihrem Liebhaber im Park?“

Chloe konnte den Schmerz in seiner Stimme nicht ignorieren. Ob es ihm gefiel oder nicht, dieser Mann benötigte ärztlichen Beistand, und sie hatte beim besten Willen keine Ahnung, wie sie heimlich einen Arzt hier heraufschmuggeln sollte.

„Ich weiß nicht, wie Sie im Vergleich abschneiden“, sagte sie. „Es geht Sie auch nichts an.“

Sein Grinsen war geradezu teuflisch für einen Mann, der solche Schmerzen litt. „Dann kann es kein großartiger Kuss gewesen sein. Ich kann nur annehmen, dass meiner besser war.“

In Chloes Gedanken gab es keinen Vergleich. Lord Brentfords Kuss war unbeherrscht gewesen und zu einem schlechten Zeitpunkt gekommen. Nichts daran hätte den Körper einer jungen Frau vor Hitze erschauern lassen oder wie Champagner in ihrem Inneren geprickelt, obwohl das Ganze ihr zu dem Zeitpunkt wie das wagemutigste, riskanteste Unterfangen auf der Welt erschienen war.

Und sie war auf frischer Tat ertappt worden. Was würden ihre leiderprobten Geschwister nur sagen, wenn sie sie jetzt sehen könnten?

Sie richtete sich auf. Nun, da etwas Distanz zwischen ihnen lag, fühlte sie sich sicherer. Ihr fiel auf, dass er nicht versuchte, sie aufzuhalten. Schwächte ihn der Schmerz? Chloe musste sich fragen, ob diese ganze frivole Unterhaltung nur dazu dienen sollte, von seinen Beschwerden abzulenken.

„Ihr Kuss“, sagte sie leise und musterte ihn dabei, als sei er ein wildes Tier, vor dem sie auf der Hut sein musste, „war sehr, sehr viel schlechter. Geradezu grauenvoll.“

Demütigenderweise lachte er sie aus. „Natürlich war er das nicht. Erinnern Sie sich noch an seinen Namen?“

„An wessen Namen?“

„Sie haben ihn bereits vergessen.“

„Wann beabsichtigen Sie zu gehen?“, fragte sie und verdrehte ihre Hände hinter dem Rücken, um sich davon abzuhalten, ihn zu erwürgen.

„In ein oder zwei Tagen.“

„Ein oder zwei Tage!“, platzte es aus ihr heraus. Sie kreischte beinahe vor Schreck.

Er runzelte die Stirn. „Wenn es keine allgemein bekannte Tatsache ist, dass Sie im Schlaf schreien, würde ich vorschlagen, dass Sie etwas leiser sprechen. Könnte ich mir für die Nacht eine Decke leihen? Um des Anstands willen werde ich hier drinnen schlafen.“

„Um des Anstands willen“, wiederholte sie gedehnt. Als gäbe es im Leben dieses Mannes auch nur das geringste bisschen Anstand. Nun, glücklicherweise war sie mit Boscastle-Jungen groß geworden, ansonsten wäre sie möglicherweise in Ohnmacht gefallen und hätte sich nie wieder erholt.

„Beabsichtigen Sie, auf dem Boden zu schlafen?“, fragte sie.

„Sofern Sie mir nicht anbieten, Ihr Bett zu teilen.“

„Ich würde nicht einmal eine Kiste mit Ihnen teilen.“

„Darum habe ich Sie auch nicht gebeten.“

Chloe betrachtete seinen reglosen Umriss. Sie war sich nicht sicher, was sie tun sollte. „Sie sollten Ihre Schulter neu verbinden.“

„Wenn Sie mir helfen wollen, hören Sie auf, mich wie eine alte Jungfer zu umsorgen, und lassen Sie mich in Frieden.“ Er tastete den Boden hinter sich mit seinem gesunden Arm ab. Chloe vermutete, dass das halsstarrige Monstrum ihr nicht zeigen wollte, welche Schmerzen es hatte. „Ich nehme nicht an, dass Ihr übermütiger Bruder bei seinen Besuchen hier Brandy getrunken hat?“

„Ich betreibe keine Herberge für ungehobelte Kerle, Sir.“

„Was, zum Teufel, ist das?“ Er verlor langsam die Selbstbeherrschung und runzelte die Stirn, als er ein Messingteleskop unter seinem Hintern hervorzog. „Gehört das hier Ihnen?“

„Es gehört dem Cousin meines Onkels. Ich habe es mir ausgeliehen.“ Sie hoffte, dass er die schuldbewusste Verlegenheit in ihren Augen nicht sah. In Wirklichkeit hatten Pamela und sie das Teleskop hierhergeschmuggelt, um den Wald zu beobachten und zu sehen, ob Devon kam.

Und um sich damit zu amüsieren, auf Stratfields Anwesen nach seinem berüchtigten Geist zu suchen.

„Sie haben sich ein Teleskop ausgeliehen“, wiederholte er ungläubig. „Warum?“

„Um, nun ja, Vögel zu beobachten.“

„Um Vögel zu beobachten?“

„Das sagte ich.“

Er knirschte mit den Zähnen. „Gehen Sie einfach ins Bett. Ziehen Sie sich die Decke über den Kopf. Bitte. Lassen Sie mich in meinem Elend alleine. Wenn ich morgen früh tot bin, haben Sie meine Erlaubnis, zu schreien und eine Ohnmacht vorzutäuschen. Wenn ich nicht tot bin und Sie irgendjemandem davon erzählen – nun, ich glaube, Sie wissen, was dann passiert, nicht wahr?“

Chloe ging nicht auf seine Drohung ein. Irgendwann innerhalb der letzten zwanzig Minuten hatte die Situation eine drastische Wendung genommen. Ihm war die Kontrolle entglitten. Jetzt hatte sie die Oberhand. Sie konnte aus dem Zimmer schlendern und Hilfe holen. Oder ihren Erpresser sogar mit Strümpfen fesseln und ihn nach Herzenslust demütigen.

Seine Augen fielen zu. Er sah sehr schlecht aus. Sie ging rückwärts von ihm weg und hob die Hand an den Türknauf. Was für ein arroganter Rohling. Ein armes, verwundetes Tier, das vor Elend schrie. Ob es ihm nun bewusst war oder nicht, sie war nicht mehr seine Gefangene. Er war jetzt in ihrer Gewalt.

7. KAPITEL

Chloe starrte die wandernden Schatten an der Decke an, bis die Dunkelheit der Nacht der Morgendämmerung wich. Was würde geschehen, wenn sie sich weigerte, ihm zu helfen? Nicht nur ihr, sondern ihm? Das Grübeln über die verschiedenen Möglichkeiten, die allesamt beängstigend waren, hielt sie wach. Obwohl sie sich über sein Verhalten ihr gegenüber ärgerte, konnte sie einem Aristokraten, der so gelitten hatte wie er, nicht die kalte Schulter zeigen. Selbst wenn er sich selbst hineingeritten hatte.

Vor nicht allzu langer Zeit war er noch ein respektabler Vertreter der Spezies Mensch gewesen. Ihre Brüder hatten ihn gemocht. Er hatte sie aus einer schlammigen Pfütze befreit, und auch wenn er sich an jenem Nachmittag nicht wie ein echter Gentleman verhalten hatte, war sein Benehmen doch auch ganz sicher nicht das eines verzweifelten Mannes gewesen, der eine Frau mit vorgehaltener Waffe auf ein Bett werfen würde.

Sie setzte sich in eben diesem Bett auf. Kein Wunder, dass sie nicht einschlafen konnte. Er hatte auch nicht geschlafen. Das wusste sie, nachdem sie mindestens ein Dutzend Mal bei ihm hereingeschaut hatte. Jedes Mal hatte sie gehofft, er wäre verschwunden und hätte sie so davor bewahrt, weitere Entscheidungen treffen zu müssen. Der Anblick der großen, männlichen Gestalt, die auf ihrer Unterwäsche ausgebreitet dalag, verursachte jedes Mal schlagartig ein gewaltiges Flattern in ihrer Magengegend.

Ein Teil von ihr wollte nach unten rennen wie ein sittsames junges Fräulein, solange sie es konnte. Ein stärkerer Teil, der Teil von ihr, der sie immer wieder in Schwierigkeiten brachte, wollte ihn schützen.

Bis er die Augen öffnete. Sein Blick schien das Dunkel zu durchdringen. Was Chloe dabei fühlte, war weder leicht einzuordnen noch leicht zu beherrschen. Irgendetwas an der Art, wie er sie ansah, entfachte in ihrem Inneren ein Feuer, das sie zu verbrennen drohte.

Nun ging sie erneut zum Ankleidezimmer und öffnete leise die Tür. Sie bereitete sich auf das Schlimmste vor.

„Chloe." Er signalisierte ihr mit einer Handbewegung, näher zu kommen.

Sie zögerte. Dieser Aufforderung zu folgen, erschien ihr ungefähr so sicher, wie an die Seite eines verwundeten Wolfes zu treten. Sie wollte nicht seine letzte Mahlzeit werden.

„Was ist?", flüsterte sie und starrte seine nackte Brust an. Irgendwann in dieser Nacht hatte er sein Hemd ausgezogen und die Decke abgeworfen, die sie über ihn gelegt hatte.

Die rechte Seite seines Oberkörpers sah aus wie das Abbild des vollkommenen Mannes, sehnig, glatt und muskulös. Die linke Seite hingegen war von entzündeten Wunden und kaum vernarbtem Gewebe entstellt. Wie konnte ein Mensch einem anderen so etwas antun? Hatte er selbst irgendetwas Schreckliches getan, um das zu verdienen?

Er runzelte die Stirn. „Wie spät ist es?"

„Beinahe fünf. Wenn Sie hoffen, ungesehen davonzukommen, sollten Sie besser in den nächsten Minuten aufbrechen. Danny geht früh mit den Pferden hinaus, und ..."

Sie brach ab. Das leise Hufgeklapper von der Weide war auf dem schlafenden Anwesen gut zu hören. Bis zum Einbruch der Dunkelheit gab es für ihn also keine Möglichkeit mehr, ungesehen zu entkommen.

„Was soll ich jetzt mit Ihnen anstellen?", murmelte sie.

Er verzog den Mund zu einem grimmigen Lächeln, während er sich, an die Truhe gelehnt, versuchte aufzusetzen. Das Teleskop lag auf seinem Schoß. „Sie können mir frisches Wasser zur Verfügung stellen. Wenn sich später am Tag die Gelegenheit ergibt, können Sie mich rasieren und mir all die Dinge besorgen, die ich benötige. Ich habe eine Liste gemacht."

Sie blickte ihn entgeistert an. „Sie rasieren?"

„Ja, mich rasieren, richtig. Und damit meine ich nicht, dass Sie mir bei der ersten Gelegenheit die Kehle aufschlitzen. Bitte schließen Sie Ihr Negligé."

„Mein …" Beschämt und gleichzeitig von seinem Blick erhitzt, blickte sie an sich hinunter. Als sie sah, wie viel Haut sie selbst zur Schau stellte, wäre sie am liebsten im Boden versunken. Eine fast nackte Brust – der Rand einer rosigen Knospe! – war sichtbar. Dem hungrigen Funkeln seiner Augen nach zu schließen, musste sie dankbar sein, dass er außer Gefecht gesetzt war. Zumindest vermutete sie, dass es so war. Sie fühlte sich nicht mutig genug, um diese Theorie auf die Probe zu stellen.

„Nicht dass es mir etwas ausmacht", fügte er leise hinzu. „Es ist eigentlich sehr angenehm für einen Mann, morgens als Erstes so etwas zu sehen."

„Ein Gentleman hätte es nicht bemerkt."

„Nun, ist es nicht gut, dass ich diese alberne Affektiertheit im Grab zurückgelassen habe?"

„Für mich ist es ganz bestimmt nicht gut", erwiderte Chloe mit gerunzelter Stirn.

Er musterte sie aufmerksam, bevor er den Kopf wieder gegen die Truhe zurücklehnte. „Würden Sie, wenn die Zeit gekommen ist, vielleicht gerne meine Auferstehung inszenieren?"

Chloe schluckte eine scharfe Entgegnung herunter. Obwohl sie nur ein sehr bescheidenes Verständnis von Medizin hatte, ahnte sie, dass es ihm viel schlechter ging, als er zugab. Einer Eingebung folgend, kniete sie sich nieder und berührte seine Stirn. Wie sie befürchtet hatte, war seine Haut heiß. Zu heiß.

Er stöhnte und überraschte sie, indem er sein Gesicht in ihre Hand drückte. „Zarte Hände", murmelte er. „Haben Sie je in Ihrem Leben jemandem wehgetan?"

Chloe dachte an all die Gelegenheiten, bei denen sie ihre Brüder mit diesen zarten Händen angegriffen, mit ihrem Holzschwert geschlagen und mit den zierlichen Fingern unanständige Gesten vollführt hatte. „Nein“, log sie. „Nicht mit Absicht.“

Aus schwermütigen grauen Augen starrte er sie an. Sein Blick war glasig, aber immer noch so eindringlich, dass ihr Magen sich zusammenkrampfte. „Das hatte ich auch nicht vermutet. Eine Frau, die solche Hände hat wie Sie, Lady Chloe, verursacht Freude und keinen Schmerz. Ich bin froh, dass Sie sich dazu entschlossen haben, zu tun, was ich verlange.“

„Ich habe nichts dergleichen beschlossen.“ Rasch erhob Chloe sich wieder und blickte sich im Ankleidezimmer um. Aufgrund seiner Größe nahm Stratfield die Hälfte des Platzes in Beschlag. Die andere Hälfte sah aus, als hätte in der Nacht eine ausgewachsene Orgie stattgefunden. Muffs, Schals, Handschuhe und Schuhe waren kreuz und quer verstreut. Ihre Tante würde vor Schreck tot umfallen, wenn sie das sah.

Chloe war sich nicht sicher, ob sie nicht selbst demnächst tot umfallen würde. Je schneller sie ihren Geist wieder auf die Beine brachte und er verschwand, desto besser.

„Nun, gehen Sie“, wies er sie mürrisch an. „Stehen Sie nicht da rum und starren mich an.“ Dann: „Warten Sie. Sind Sie um diese Uhrzeit für gewöhnlich auf?“

„Himmel, nein. Ich schlafe bis mittags, trinke drei Tassen heiße Schokolade im Bett und beantworte ein oder zwei Stunden lang Liebesbriefe. Manchmal lasse ich mir die Haare machen oder nehme ein Rosenölbad, während meine Zofe mir die Füße massiert.“

„Das alles an einem Tag? Armes Ding. Das muss ja schrecklich anstrengend sein.“

Chloe kniff angriffslustig die Augen zusammen. „Ich glaube nicht, dass es eine gute Idee ist, ausgerechnet den Menschen zu beleidigen, der Ihr Leben in der Hand hat."

„Ausgezeichneter Ratschlag", entgegnete er und grinste sie unverschämt an. „Denken Sie daran, wenn Sie in Versuchung geraten, mich zu verraten, denn wenn Sie das tun, komme ich zu Ihnen, egal, ob Sie gerade in Rosenöl baden oder nicht. Jetzt beschäftigen Sie sich mit irgendeinem anderen frivolen Zeitvertreib, bis es sicher für Sie ist, mir die Sachen zu holen."

Chloe blickte nervös zum Fenster hinüber. „Sie glauben doch nicht, dass der Mörder es auf mich abgesehen hat, oder?"

„Mit sicher", antwortete er mit gehobener Augenbraue, „meine ich, dass ich nicht möchte, dass Sie durch ungewöhnliches Benehmen auffallen. Und Sie sollten vielleicht davon absehen, im Wald spazieren zu gehen oder mit irgendwelchen gefährlichen Männern zu reden, denen Sie vielleicht begegnen."

Warum? fragte Chloe sich wütend, als sie rückwärts aus der Tür ging. Der gefährlichste Mann, dem sie je begegnet war, versteckte sich in ihrem Schlafzimmer. Konnte eine junge Frau sich in größerer Gefahr befinden?

8. KAPITEL

Chloe starrte die opulente Auswahl an Frühstücksgerichten auf der Anrichte an. Ihre Kehle war vor Sorge wie zugeschnürt. Der Geruch geräucherter Heringe verursachte ihr eine leichte Übelkeit. Das Stückchen von dem heißen, gebutterten Toast, das sie gegessen hatte, klebte ihr wie Sägemehl am Gaumen.

Aber möglicherweise hatte Stratfield Hunger – eine mürrische Bestie zu sein regte vermutlich den Appetit an. Sie sollte ihm ein paar von den Würstchen nach oben schmuggeln. Nein. Es wäre besser, wenn sie ihn verhungern ließ und hinausjagte, wie man es mit lästigen Eindringlingen oder wilden Tieren tat. In keinem Fall sollte sie sein wahnsinniges Verhalten noch unterstützen, indem sie ihn mit gebuttertem Toast fütterte. Er durfte nicht wieder zunehmen und zu Kräften kommen.

„Liebe, liebe Chloe, du hast kaum einen Bissen gegessen", schalt ihre Tante mit einem dramatischen Seufzer. „Du musst die schrecklichen Neuigkeiten wohl bereits gehört haben. Das hat auch mir den Appetit geraubt."

Onkel Humphrey warf Chloe über die Zeitung hinweg einen Blick zu und schüttelte leicht den Kopf. Vermutlich wollte er sie beruhigen, dass die schrecklichen Neuigkeiten nichts mit Devon zu tun hatten.

„Welche Neuigkeiten?", fragte Chloe beiläufig, während sie ihre Serviette in winzige Quadrate faltete. In Chistlebury betrachtete man vermutlich einen Kamin, der in Brand geriet, als weltbewegendes Ereignis.

Ihre Tante hielt inne, um sicherzugehen, dass alle Aufmerksamkeit auf sie gerichtet war. „Der Geist von Stratfield hat in der vergangenen Nacht wieder zugeschlagen."

Chloe legte ihre misshandelte Serviette hin. Ihr Herz machte einen Satz. „Ach?"

Tante Gwendolyn nickte. „Er hat ein weiteres unschuldiges Mädchen im Schlaf verführt."

Chloe sah, wie ihr Onkel die Augen zum Himmel drehte. „Verführt ..."

„Gütiger Himmel, Gwennie", sagte Humphrey. „Erzähl ihr doch nicht so früh am Morgen solche Schauergeschichten."

Tante Gwendolyn sah etwa drei Sekunden lang beleidigt aus, dann erzählte sie weiter. „Rebecca Plumley wurde letzte Nacht in ihrem Bett vom Geist von Stratfield heimgesucht", verkündete sie.

Chloe blinzelte. „Sag, dass das nicht wahr ist."

Ihre Tante nickte. „Es gab einen Zeugen bei der Tat."

„Eine verheiratete Frau von über vierzig Jahren ist wohl kaum ein unschuldiges Mädchen", murmelte Onkel Humphrey, in seine Zeitung vertieft. „Außerdem sieht Rebecca aus wie eine Vogelscheuche. Ich hätte gedacht, dass selbst ein Geist besseren Geschmack beweisen würde."

Pamela grinste Chloe über den Rand ihrer Teetasse hinweg an. „Ich frage mich, was ihr Ehemann davon hält."

„Verständlicherweise ist er tief beschämt", erklärte Tante Gwendolyn. „Er war sogar Zeuge dieser Tat."

Humphrey senkte verzweifelt seine Zeitung. „Willst du uns damit sagen, dass Oswald tatsächlich gesehen hat, wie dieser Geist mit seiner Frau intim war?"

„Nun." Gwendolyn machte noch einmal eine Pause. „Der Geist war allem Anschein nach unsichtbar, wie es übersinnliche Wesen eben häufig sind. Aber Oswald hörte genau, wie Rebecca ‚Oh, Stratfield, Stratfield! Hör bitte damit auf, du waghalsiger Teufel! Das kitzelt so!' rief. Und dann flog die Bettdecke in die Luft, nur zu eurer Information!"

Im Raum herrschte tiefes Schweigen. Durch den Türspalt sah Chloe, wie das Dienstmädchen auf dem Flur erstarrte, den Staubwedel bewegungslos über eine Büste von Sir Francis

Drake, dem persönlichen Helden ihres Onkels, haltend.

Humphrey schüttelte verdrossen den Kopf. „Hör auf, diesen hanebüchenen Unsinn zu verbreiten, Gwennie, hörst du? Stratfield war ein ehrenhafter Mann in den besten Jahren, als er hinterrücks ermordet wurde. Ich vermute, der arme Kerl dreht sich bei dem bloßen Gedanken daran, Rebecca Plumley zu kitzeln, im Grabe um."

Von Schuldgefühlen gequält, schlug Chloe die Augen nieder. Die Wunden des Viscounts waren wirklich übel. Möglicherweise würde er sie nicht überleben, und dann würde sein Tod auch auf ihrem Gewissen lasten. Der Mann benötigte dringend Medizin und Nahrung. Er hatte sie in eine überaus heikle Situation gebracht. Und sie dumme Gans hatte sich danach gesehnt, es möge etwas Aufregendes geschehen, um ihr Exil interessanter zu gestalten! Sie starrte auf den Dampf, der aus ihrer Teetasse aufstieg, als könnte der ihr eine Antwort geben. War es wirklich möglich, dass er den Schlüssel zu Brandons Tod kannte? Sie fragte sich, was ihre Brüder an ihrer Stelle getan hätten.

Da sie alle junge Männer mit einem Hang zu waghalsigem Benehmen waren, hätten sie sich sehr wahrscheinlich Stratfields Rachefeldzug angeschlossen. Für eine junge Frau kam das allerdings sehr wahrscheinlich nicht infrage. Was hätte ihre ältere Schwester Emma getan? Dem Viscount eine sanftere Art der Vergeltung gezeigt? Darauf bestanden, dass er anklopfte, bevor er in das Schlafzimmer einer Dame einbrach?

Sie faltete die Serviette in ihrem Schoß auf, um darin die Würstchen und den Toast aufzufangen, die sie beiläufig von ihrem Teller gleiten ließ. „Hat irgendjemand eine Ahnung, wer ihn getötet haben könnte? Ich würde mir denken, dass die Behörden alles daransetzen müssten, den Mörder zu fangen."

Ihr Onkel legte die Zeitung beiseite. „Das ist das erste Mal, dass heute irgendjemand etwas Intelligentes gesagt hat."

„Und etwas Unpassendes“, fügte Tante Gwendolyn beleidigt hinzu. „Mord zu so früher Stunde.“

Niemand sagte etwas – keiner von ihnen hatte den Mut, darauf hinzuweisen, dass Ihre Ladyschaft das unpassende Thema selbst aufgebracht hatte. Stattdessen hielt Onkel Humphrey wieder die Zeitung vors Gesicht, um Chloe in deren Schutz ein tonloses „Es ist alles überaus seltsam“ zuzuwispern.

Chloe wollte nur zu gerne wissen, was er dachte, aber selbst ihr aufgeschlossener Onkel wäre entsetzt gewesen, wenn er herausfand, was sie getan hatte.

Dass sie sozusagen die Nacht mit einem Mann verbracht hatte, der offenbar bei manchen so viel Hass geweckt hatte, dass ihn jemand hatte erstechen wollen. Ein Mann, dessen Wille so stark war, dass er sich aus dem Grabe erhoben hatte, um Rache zu nehmen.

Was sollte sie von ihm halten? Das Dörfchen Chistlebury schien gespalten zu sein – in jene, die sein Gedächtnis in Ehren hielten, und jene, die ihn verabscheuten. Keine der beiden Seiten wäre überrascht, wenn herauskam, dass sein „Geist“ Lady Chloe Boscastle mitten in der Nacht besucht hatte.

Gleich und Gleich gesellt sich gern, würden sie sagen.

Und vielleicht hatten sie damit sogar recht.

Nach dem Frühstück entschuldigte Chloe sich, um das gestohlene Essen möglichst unauffällig in der chinesischen Vase im Flur zu verstecken. Dann ging sie in dem großen Park spazieren. Unwillkürlich fand sie sich unter dem Schauplatz ihres jüngsten Verbrechens wieder, ihrem eigenen Schlafzimmerfenster. Der Gedanke daran, dass Dominic sich in ihrem Zimmer versteckte, verursachte erneut Panik bei ihr. Ob er nun ihr Gefangener war oder nicht, sie musste ihn in jedem Fall loswerden.

Aber wie genau sollte sie das bewerkstelligen? Er benötigte Hilfe. Doch er hatte ihr untersagt, einen Arzt zu holen, und sie konnte kaum einen nach oben schmuggeln, ohne dass der gesamte Haushalt es bemerkte, wenn nicht sogar das ganze Dorf. Sie dachte darüber nach, ob es klug wäre, ihren Onkel um Rat zu bitten. Aber damit würde sie die Rachepläne des Viscounts gefährden und ihr Versprechen ihm gegenüber brechen. Es war besser, wenn sie ihm half, wieder auf die Beine zu kommen, und er aus ihrem Leben verschwand.

Zögernd lenkte sie ihre Schritte zum Stall. Vielleicht sollte sie zur Apotheke gehen. Aber eine skandalumwitterte junge Dame, die nach einer Salbe fragte, mit der man eine Stichwunde behandeln konnte, würde mit Sicherheit Aufmerksamkeit erregen. Sie durfte keine Zeit verlieren: Sie musste den Geist austreiben, der die Kontrolle über ihr Leben übernommen hatte.

„Guten Morgen, Lady Chloe“, sagte der Stallbursche höflich, als er sie in der Tür sah. „Möchten Sie heute früh gerne ausreiten?“

Chloe riss sich von ihren Gedanken los. Der kräftige junge Mann striegelte gerade eifrig Pamelas kastanienbraune Stute. Chloe atmete tief durch und erinnerte sich an die böse Schnittwunde, die das Tier vor ein oder zwei Wochen von einem Zusammenstoß mit dem Zaun davongetragen hatte. Das Hinterbein des Tieres war großartig verheilt.

„Was war das eigentlich für ein Zeug, das du ihr aufs Bein geschmiert hast, als sie verletzt war, Danny?“

„Eine Salbe aus Öl und Kräutern, die ich jedes Jahr bei den Zigeunern kaufe, Mylady.“

Sie musterte ihn nachdenklich. „Es scheint auf jeden Fall geholfen zu haben.“

„Es gibt nichts Besseres. Ich habe das Zeug selbst benutzt, als ich bei einem Boxkampf auf dem Jahrmarkt verletzt wurde.“ Er wischte sich die Wange mit dem sehnigen Unterarm ab und deutete mit dem Striegel auf einen Tontopf und eine grüne Flasche auf dem groben Regal über ihm an der Wand. „Ich glaube, diese Salbe und das Tonikum heilen so ziemlich alles."

Chloe betrachtete die dunkle Glasflasche fasziniert. Sie fragte sich, ob sie sich traute. Ließ Stratfield ihr eine Wahl? Glaubte dieser arrogante Kerl wirklich, nur weil er einmal dem Tod von der Schippe gesprungen war, würde er das auch weiterhin tun?

Sie wartete einige Minuten, bis Danny draußen auf die Koppel ging, bevor sie die Zigeunermittelchen nahm. Ihr Mund war staubtrocken, als sie zum Haus zurückkehrte und das versteckte Essen aus der Vase holte. Wenn jemand sie fragte, warum sie Frühstückswürstchen und ein ekelerregendes Rosmarintonikum bei sich trug, würde sie wohl sagen, dass sie ein verletztes Tier gefunden hatte und es retten wollte.

Das war schließlich nicht allzu weit von der Realität entfernt. Dominic Breckland war ebenso wild und gefährlich wie jedes ungezähmte Tier, dem sie je begegnet war.

9. KAPITEL

Ihr Herz schlug wie wild, als sie ihr Schlafzimmer betrat. Wie still es war. Die Tür zum Ankleidezimmer war geschlossen, alles genau so, wie sie es zurückgelassen hatte. War es ihm gelungen, sich davonzuschleichen? Wie viel einfacher alles doch wäre, wenn er fort war. Chloe hatte keine ruhige Minute mehr verbracht, seit sie ihn gefunden hatte. Eine Zukunft, in der er eine Rolle spielte, versprach auch nicht gerade viel Ruhe und Frieden.

Sie öffnete die Tür zum Ankleidezimmer. Seine muskulöse Gestalt lag zusammengesunken in der Ecke, einen Arm hatte er um ihre Truhe drapiert. Sie war überrascht, wie erleichtert sie war. Er betrachtete sie einige Minuten lang eindringlich aus fiebrig glänzenden Augen.

„Noch einmal guten Morgen", sagte er ruhig und neigte den Kopf. „Sind Sie bereit, mich zu rasieren?"

„Ich werde Sie wohl eher erwürgen", entgegnete Chloe entrüstet. Wie konnte er dort sitzen, sie herumkommandieren und so ruhig klingen, während sie sich solche Sorgen um sein Wohlergehen gemacht hatte? „Sie sind der lästigste Mensch, dem ich je begegnet bin."

Ein anerkennendes Funkeln erhellte seinen Blick einen Augenblick lang. „Eine Eigenschaft, die wir vermutlich teilen."

„Und für die wir zweifelsohne einen hohen Preis bezahlen müssen", fügte Chloe hinzu und faltete ihre Serviette auf. „Hier. Essen Sie etwas, während ich mir Ihre Schulter ansehe. In meinem Pompadour ist auch eine Flasche Brandy. Ergänzen Sie die Liste meiner Verbrechen um Diebstahl am Eigentum meines Onkels."

„Warum wollen Sie sich meine Schulter ansehen?"

„Ich habe etwas Pferdemedizin mitgebracht, Sie undankbarer, misstrauischer Mensch", erwiderte sie mit sehr leiser

Stimme. „Die habe ich aus dem Stall gestohlen, und niemand weiß etwas davon. Was sagen Sie dazu?“

Ziemlich kleinlaut legte er den Kopf in den Nacken und formte die Lippen zu einem verführerischen Lächeln, als sie sein Hemd aufknöpfte. „Ich weiß nicht. Wenn ich meine Mähne schüttele und ein paarmal nett wiehere, würden Sie das dann als Entschuldigung gelten lassen?“

Er konnte nicht mehr länger in ihrer Gesellschaft bleiben.

Keiner von ihnen hatte in der letzten Nacht viel geschlafen. Dominic konnte die Anzeichen von Müdigkeit in ihrem hübschen, wütenden Gesicht sehen. Er wusste, wie oft sie bei ihm hereingeschaut hatte, obwohl er stets so getan hatte, als schlafe er. Es war wirklich ein äußerst schlechter Zeitpunkt, um festzustellen, dass er immer noch in der Lage war, solch verwirrendes Verlangen und sogar Zärtlichkeit zu empfinden. Er bedauerte zutiefst, sie in seine persönliche Hölle gezogen zu haben. Jedes Mal, wenn sie sich über ihn gebeugt hatte, hatte sein nagender Hunger ihn beinah überwältigt, und er hatte sich gerade noch zurückhalten können, um sie nicht zu sich auf den Boden herunterzuziehen.

Ihr Körper würde sich auf seiner fiebrigen Haut angenehm anfühlen. Er könnte sich den erotischen Bildern hingeben, die ihn in seinen unzusammenhängenden Träumen verfolgt hatten.

Doch er konnte für sie beide auch alles zerstören, indem er dieser Versuchung nachgab. Er sehnte sich nicht nur nach körperlicher Liebe. Er genoss ihre Fürsorge und Klugheit, nicht jedoch die Schwäche, die er in ihrer Gegenwart verspürte.

„Pferdesalbe“, sinnierte er. „Ich nehme an, ich sollte für Ihren Einfallsreichtum dankbar sein.“

„Sie sollten dankbar sein, dass Sie nicht wirklich tot sind.“ Sie hielt inne und blickte zu ihm auf. „Sie müssen gehen, Stratfield.“

„Das weiß ich.“

Aus dem Flur vor der Zimmertür drang das gedämpfte Geräusch von Schritten. Chloe drückte ihm schnell die Glasflasche in die Hand. „Trinken Sie dies. Mein Onkel nimmt uns heute Abend zu einem Theaterstück im Pfarrhaus mit. Die Dienstboten ziehen sich üblicherweise zum Kartenspielen in den Salon der Haushälterin zurück, wenn sie alleine sind ..."

Sein durchdringender Blick traf sie unvorbereitet. Sie hielt verwirrt inne, als er sie unterbrach. „Sollten wir das Glück haben, uns noch einmal zu begegnen, Lady Chloe, so hoffe ich, dass es unter Umständen ist, die uns erlauben, das zu Ende zu bringen, was wir begonnen haben."

„Ich – ich habe keine Ahnung, wovon Sie reden."

Aber das stimmte nicht. Er konnte es an der verwirrten Pause erkennen, die sie gemacht hatte, daran, wie ihre Finger auf seiner Schulter erstarrt waren. Sie hatte ihre sinnlichen Begegnungen ebenso sehr genossen wie er. „Ich meine das hier", erklärte er.

Er nahm ihr Kinn in eine Hand und beugte sich vor, um sie zu küssen. Er hörte den kleinen Seufzer, der ihr entfuhr, und spürte, wie sie sich unwillkürlich vorbeugte. Sie war voller Leben und glühte vor Leidenschaft. Und er begehrte sie so sehr, dass es wahrscheinlich nur zu seinem Besten war, dass er sie nicht haben konnte. Je mehr er sich auf Chloe Boscastle einließ, umso mehr würde er die Kontrolle über sein eigenes Leben verlieren. Sie konnte das Herz eines Mannes erobern, ohne es auch nur darauf anzulegen.

Er vergrub sein Gesicht an ihrem warmen Hals und strich ihr mit der Hand über den Rücken. „Halten Sie sich vom Wald fern, Chloe. Es ist vielleicht schwer zu glauben, aber es gibt Männer, die für Sie noch schlechter sind als ich."

Die Dorfschauspieler hatten im Pfarrhaus eine Amateurproduktion von Hamlet inszeniert. Die schauspielerischen Fähigkeiten der Darsteller waren so grauenvoll, dass Chloe in ihren Handschuh beißen musste, um nicht laut zu lachen. Sie konnte sich ohnehin nicht konzentrieren. Allein der Gedanke an Hamlets Geist erinnerte sie an den Spuk in ihrem eigenen Zimmer.

Während der Szene mit den Totengräbern wurde Chloe auf ein interessiertes Raunen aufmerksam, das durch den Zuschauerraum ging. Sie wandte sich um und sah, wie ein eleganter, dunkelhaariger Herr im Mantel sich alleine vorne hinsetzte.

Colonel Sir Edgar Williams, Galahads Onkel und mutmaßlicher Erbe. Zumindest besaß er den Anstand, die ehemalige Mätresse seines Neffen nicht in der Öffentlichkeit zur Schau zu stellen, wenn sie überhaupt noch in der Gegend war. Chloe hatte in der letzten Zeit nichts mehr von ihr gehört und fragte sich sogar, ob die Frau Dominics erbitterte Unversöhnlichkeit wirklich verdient hatte. Schließlich konnte man eine Mätresse nicht unbedingt als untreu bezeichnen, wenn sie nicht wusste, dass ihr ehemaliger Liebhaber noch lebte.

„Du meine Güte“, murmelte Tante Gwendolyn und hob eine Augenbraue. „Vielleicht kann ich den Onkel des Viscounts ja dazu überreden, der Kirche etwas Geld zu spenden. Sein Neffe war all seiner anderen Fehler zum Trotz stets ein recht großzügiger Gönner.“

Während seiner Rede ließ Hamlet Yoricks Schädel versehentlich auf den Kopf des Totengräbers fallen. Der überraschte Schauspieler fluchte und rieb sich die Glatze, während die Zuschauer in lautes Gelächter ausbrachen. Sir Edgar lachte und begann zu applaudieren – bis er den Blicken von Chloe und ihrer Tante begegnete.

Er neigte den Kopf und lächelte anerkennend, bevor er seine Aufmerksamkeit wieder der Bühne zuwandte. Chloe spürte, wie ein ziemlich unangenehmes Kribbeln sie durchfuhr. Dieser brütende, unstete Blick und das Gesicht mit den ausgeprägten, fein geschnittenen Zügen …

„Das ist der Onkel des Geistes, den du da anstarrst, Chloe", flüsterte Pamela ihr hinter ihrem Fächer zu.

Chloe schrak zusammen, als ihr bewusst wurde, dass der Mann Dominic ähnlich sah, auch wenn ihm diese gewisse Vitalität fehlte. Zum einen war er schwerer gebaut als sein Neffe, und zum anderen war er um Jahre älter, mit einer altmodischen Ernsthaftigkeit und Zurückhaltung, die wohl seinem militärischen Hintergrund zuzuschreiben waren.

„Warum, glaubst du, hat er sich von der Mätresse des Geistes getrennt?", fragte Pamela, die Augen nachdenklich verengt. „Ich meine, angenommen, das hat er."

Chloes Aufmerksamkeit war plötzlich abgelenkt. Lord St. John war eben eingetroffen, und sein Erscheinen erregte bei den jungen Frauen im Zuschauerraum großes Aufsehen. Chloe unterdrückte ein Kichern, als er sie bemerkte und in vollkommener Missachtung des Stückes einige Augenblicke lang angrinste, bevor er sich hinsetzte. Auf Justins unbekümmertes Selbstbewusstsein war wirklich Verlass – wer sonst im Dorf würde es wohl wagen, die Aufführung zu stören?

„Ich weiß nicht", murmelte sie Pamela zu und wandte ihre Aufmerksamkeit wieder den Darstellern auf der Bühne zu, selbst wenn die ihr wesentlich weniger interessant erschienen als das Publikum. „Ich nehme an, er hat Besseres zu tun, als ganz Chistlebury zu schockieren, indem er die Mätresse des Geistes zu einer öffentlichen Veranstaltung mitnimmt."

„Oder sie waren gemeinsam in ein Mordkomplott verwickelt", flüsterte Pamela atemlos.

Chloe fühlte sich, als hätte man ihr kaltes Wasser ins Gesicht geschüttet. „Was hast du gesagt?"

„Nun", flüsterte Pamela und wand sich unter dem strafenden Blick ihrer Mutter, „es ist nur so ein Gedanke. Aber ich hoffe sehr, dass sie den Mörder des Viscounts bald finden. Der einzige Ort, an dem ich mich im Augenblick sicher fühle, ist im

Haus hinter verschlossenen Türen. Oder in meinem Ankleidezimmer."

Aus Angst, sich zu verraten, blickte Chloe stur geradeaus. Wenn Pamela und ihre Mutter gewusst hätten, wer in eben diesem Augenblick in ihrem Haus eingeschlossen war, hätten sie sich dort wohl kaum sicher gefühlt. Wenn sie nur eine Sekunde lang geahnt hätten, dass ihr berüchtigter Hausgast aus London beinahe von dem örtlichen Dorfgeist verführt worden wäre ...

Chloe wurde ganz heiß, als die Erinnerung an Dominics selbstsichere Zärtlichkeiten in voller Stärke zurückkam. Ihre Hand bebte, als sie ihren Fächer öffnete, um ihre brennenden Wangen zu kühlen. Das verzweifelte Verlangen in seiner Berührung hatte eine gefährliche Faszination auf sie ausgeübt. Es war jedoch zu hoffen, dass sie nie wieder gegen eine solche Versuchung würde ankämpfen müssen. Oder ihr nachgeben würde.

Er war verschwunden.

Sie spürte seine Abwesenheit ebenso intensiv und überwältigend wie seine Gegenwart. In dem Augenblick, in dem sie ihr Zimmer betrat, fühlte sie, dass er fort war. Die Luft schien immer noch von seiner männlichen Kraft erfüllt zu sein, und sie war überzeugt davon, dass sie ihn nie vergessen würde, doch er war verschwunden.

Sie zündete drei Kerzen an und trug eine davon in das dunkle Ankleidezimmer. Das Fenster stand offen, und der Wind, der die Vorhänge bauschte, roch nach Regen.

Die Kerze ging beinahe in demselben Augenblick aus, in dem sie das kleine, gefaltete Stück Papier auf dem Boden bemerkte.

Sie bückte sich, um den Zettel aufzuheben, dann richtete sie sich wieder auf, um das Fenster zu schließen. Draußen war keine Spur von ihm zu sehen. Keine geisterhafte Gestalt, die im Garten herumlungerte, um ihr zum Abschied zu winken.

Er hatte sich offensichtlich kräftig genug gefühlt, um erfolgreich zu fliehen. Nur wohin?

Vielleicht würde der Zettel ihr einen Anhaltspunkt geben. Sie nahm ihn mit in das Schlafzimmer, setzte sich auf die Bettkante und entfaltete ihn langsam im Licht der Kerze. Einen Augenblick lang traute sie ihren Augen nicht.

„Ein Code", flüsterte sie. Eine verschlüsselte Nachricht, die jenen Botschaften sehr ähnelte, die sie einst in Heaths persönlichen Dingen gefunden hatte. Wenn nicht zwei ihrer Brüder mit dem Geheimdienst zu tun gehabt hätten, hätten ihr die verschmierten Ziffern in schmalen Spalten wohl nicht das Geringste gesagt. Aber so konnte sie der Anblick einer verschlüsselten Botschaft nicht schrecken.

Lediglich die Tatsache, dass Stratfield den Zettel offensichtlich während seiner Flucht fallen gelassen hatte, erschütterte sie. Und dass es sich eindeutig um die sehr charakteristische Handschrift ihres toten Bruders Brandon handelte.

„Chloe", flüsterte eine Männerstimme hinter ihr.

Sie ließ den Zettel auf ihr Kissen fallen und unterdrückte einen Schrei, als eine dunkel gekleidete Gestalt in der Tür zum Ankleidezimmer auftauchte. Einen irrationalen Augenblick der Erleichterung lang glaubte sie, ihr Geist wäre zurückgekehrt, aber die schattenhafte Gestalt entpuppte sich bald als der vertrautere und wesentlich weniger bedrohliche Umriss ihres gesetzlosen Bruders Devon. Sie hatte den Schurken beinahe vollkommen vergessen.

„Ach, du bist es", sagte sie leise und schob das Stück Papier unter ihr Kissen. „Warum musst du dich so anschleichen?"

Er grinste sie mit funkelnden blauen Augen einnehmend an. „Ich kann meine Ankunft wohl kaum mit einer Trompetenfanfare ankündigen, oder?"

„Du wirst noch im Gefängnis landen, wenn du nicht aufhörst, den Straßenräuber zu spielen, Devon Boscastle", entgegnete sie entrüstet.

Er wirkte ehrlich verwirrt. „Was meinst du denn? Das habe ich nur ein einziges Mal getan, Chloe. Es war eine sehr dumme Idee."

Sie sprang hoch, um sich ihm entgegenzustellen. „Cooper's Bridge. Und lüg mich nicht an. Das ist nicht lustig."

„Cooper's Bridge?" Er fuhr sich mit der Hand durch sein kurzes schwarzes Haar.

„Der küssende Straßenräuber, Devon. Du musst damit aufhören."

Er stieß einen verärgerten Seufzer aus. „Das war ich nicht … Ich scheine eine Mode angefangen zu haben, Chloe. Es ist mir verdammt peinlich, wenn du es unbedingt wissen musst. Gelangweilte junge Männer überfallen Kutschen, um Küsse zu stehlen."

„Und ihr Leben zu riskieren", fügte Chloe hinzu und musterte ihn dabei genau.

„Nun, ich kann nichts für ihre Dummheit."

Sie zögerte. „Das warst du wirklich nicht?"

„Großer Gott, nein. Ob du es glaubst oder nicht, ich war ganz brav und habe dem alten Cousin Richard geholfen, Orchideen einzupflanzen. Was ist mit dir?" Er lehnte sich gegen den Toilettentisch und blickte sie reumütig an. „Du lechzt nach ein wenig Aufregung, nicht wahr?"

Sie wich seinem scharfen Blick aus. „Du hast ja keine Ahnung." Und er hätte ihr auch nicht geglaubt, wenn sie ihm genau erzählt hätte, wie viel markerschütternde Aufregung sie seit seinem letzten Besuch durchlebt hatte. Sollte sie es ihm sagen?

„Du hast einen Mann kennengelernt", mutmaßte er zugleich belustigt und besorgt.

Sie blickte ein wenig zu schnell auf, um nicht schuldbewusst zu wirken. „Das war ein Liebesbrief, den du da gelesen hast, nicht wahr? Gütiger Himmel, Chloe, verliebe dich nicht in so einen Bauerntölpel. Unser Exil wird nicht mehr lange dauern."

„Das hoffe ich allerdings auch", stimmte sie zu. Sie zögerte einen Augenblick. „Devon, niemand wird je etwas darüber erfahren, aber du warst immer ehrlich zu mir. Glaubst du, Brandon hatte vielleicht etwas mit dem Geheimdienst zu tun, nachdem er England verlassen hatte?"

„In der ehrenvollen East India Company? Ich bezweifle es. Andererseits ..." Er begegnete ihrem Blick. „Es sollte kein Geheimnis sein, nicht vor dir, nicht jetzt, wo er tot ist. Ich glaube, er hat in Portugal ein paar Botschaften für Heath überbracht. Stell dir das vor, den Krieg zu überleben, nur um dann von Fanatikern umgebracht zu werden! Es scheint nicht richtig, oder?"

Chloe schüttelte den Kopf. Sie fühlte sich hin und her gerissen. Einerseits wollte sie sich ihm anvertrauen, andererseits fühlte sie sich an das Versprechen gebunden, das sie einem Mann gegeben hatte, den sie kaum kannte. Sollte sie ihr Wort Dominic gegenüber brechen? Schließlich konnte man sie kaum an einen Eid binden, den sie abgelegt hatte, während er sie aufs Bett geworfen und praktisch als Geisel gehalten hatte. Aber ... ein Versprechen war ein Versprechen, und wenn das die einzige Möglichkeit war, zu erfahren, was wirklich mit Brandon geschehen war, dann musste es so sein.

Außerdem würde Devon möglicherweise vom Schlimmsten ausgehen. Er würde vielleicht glauben, dass Chloe hoffnungslos kompromittiert worden war. Mit seinem männlichen Beschützerinstinkt würde er Dominic verfolgen, und dann wäre der Teufel los. Chloe würde sich inmitten eines neuen Sturmes wiederfinden. Egal, wie sie sich entschied, Auseinandersetzungen und Tadel hatte sie in jedem Fall zu erwarten.

Sie blickte auf. „Ich vermute, du bist gekommen, um dir mehr Geld zu holen."

Er hob die Augenbrauen. „Eigentlich bin ich gekommen,

weil ich mir Sorgen um dich gemacht habe. Der alte Richard ist recht großzügig, aber ich weiß nicht, wie lange ich noch bei Vernunft bleibe, wenn ich weiterhin ununterbrochen Pflanzen umtopfen muss."

„Warum machst du dir Sorgen um mich?"

„Nur so ein Gefühl, Chloe. Na gut. Ich weiß, dass es sich dämlich anhört, aber ich hatte einen albernen Traum, in dem du in Gefahr warst." Er legte die Hände auf ihre Schultern. „Das bist du doch nicht, oder? Ich meine, du beabsichtigst nicht, mit einem neuen blöden Kavallerieoffizier durchzubrennen? Grayson und Heath reißen mir den Kopf ab, wenn ich so etwas zulasse."

Chloe spürte, wie ein kalter Schauer sie durchlief. Sie hatte Devon noch nie angelogen. Er hatte einen sechsten Sinn, was manche Dinge anging, und sie täuschte ihn nur ungern. Jetzt, wo Brandon tot war, war Dev der beste Freund, den sie hatte. Trotzdem war sie noch nicht dazu bereit, ihr Geheimnis mit ihm zu teilen. Sie musste sich erst selbst über einiges klar werden.

„Ich habe wirklich einen Mann kennengelernt, wenn du es wissen musst." Sie lächelte in sein besorgtes, gut aussehendes Gesicht hinauf. „Es ist Justin Linton, und, ja, er hat Steinchen gegen mein Fenster geworfen und mir zu Ehren schreckliche Gedichte geschrieben. Aber er ist lustig, Devon. Ich glaube, sogar die Alten könnten ihn gutheißen."

Die Alten waren ihre Geschwister Grayson, Heath und Emma, die im Grunde betrachtet gar nicht so viel älter waren, aber in den Augen von Chloe, Devon und Brandon immer die Familientyrannen gewesen waren. Drake hatte sich irgendwo zwischen den Tyrannen und den Unruhestiftern befunden.

„Solange er deine Zustimmung findet", sagte Devon sanft, „kann er nicht gar so schlimm sein, Chloe. Obwohl ich sagen muss, dass ich eine Abneigung gegen diesen Lord Dingsbums entwickelt habe, den du im Park geküsst hast."

Chloe verschränkte unwillkürlich die Arme über der Brust. „Nun ja, ich mag ihn im Augenblick selbst nicht besonders. Sieh nur, wo diese Indiskretion mich hingeführt hat."

Das Geräusch von Stimmen auf der Treppe lenkte sie ab. Devon gab seiner Schwester einen Kuss auf die Stirn, bevor er zurück ins Ankleidezimmer ging.

„Dieser ganze Mantel-und-Degen-Blödsinn, Devon", flüsterte sie ihm im Gehen zu. „Ich bin froh, wenn Grayson Bescheid sagt, dass du keine Angst mehr vor den Behörden zu haben brauchst."

Er grinste, bevor er aus ihrem Sichtfeld verschwand. „Zur Hölle mit den Behörden. Ich verstecke mich vielmehr vor Tante Gwendolyn. Die Frau wird mich zu Tode predigen, wenn sie mich erwischt."

10. KAPITEL

Dominic fiel in dem Augenblick auf, dass er den Brief verloren hatte, in dem er den von Farnen überwucherten Hang an der Grenze zum Wald erreichte. Er konnte nicht glauben, dass er so achtlos gewesen war. Das war wirklich bedenklich. Er konnte es sich nicht leisten, weich oder unbesonnen zu werden, nur weil eine junge Frau ihn abgelenkt hatte. In verstimmtem Schweigen ging er unter den dunklen Bäumen entlang.

Selbst als er den Park hinter seinem eigenen Haus erreicht hatte, dachte er noch an Chloe, obwohl er sich darauf hätte konzentrieren sollen, nicht gesehen zu werden. Er war immer ein starker, selbstbeherrschter Mann gewesen, der sich nicht besonders viel aus den Vergnügungen machte, denen man in seiner Schicht üblicherweise nachging, und er war nicht sonderlich stolz auf seine Eroberungen. Ja, er wusste, wie man die Aufmerksamkeit einer Frau auf sich lenkte. Unglücklicherweise hatte er mit Lady Turleigh nicht die allerbeste Wahl getroffen. Sie hatte nicht einmal gewartet, bis er unter der Erde war, bevor sie ihr Bett mit einem anderen Mann gewärmt hatte.

Er konnte ihr nicht verzeihen. Sie war Teil des Lebens, das er vergessen wollte.

Es kümmerte ihn nicht, ob er ungerecht war oder ob sie Angst gehabt hatte – oder ob seine Abscheu gegen sie unvernünftig war. Er konnte ihr keinen Vorwurf daraus machen, dass sie ihre eigenen Interessen wahrte. Aber musste sie sich deswegen ausgerechnet mit seinem Cousin einlassen? Bei dem Gedanken drehte sich Dominic der Magen um – er war mit ihr fertig. Dass sie das Dorf verlassen hatte, war das Letzte, was er gehört hatte, und es war ihm weiß Gott egal, ob sie je zurückkehrte.

Chloe Boscastle stellte ein vollkommen anderes Problem

dar. Unendlich viel angenehmer und verwirrender. Sie hatte nicht nur seinen männlichen Appetit geweckt, sondern auch sein Bedürfnis nach Gesellschaft und Verständnis, nach intelligenten und anregenden Gesprächen. Diese blauäugige Dame schien all seine Erwartungen erfüllen zu können – und bot dazu noch eine sehr aufreizende Verpackung.

Er runzelte die Stirn, als er sich daran erinnerte, wie wenig er über ihre Familie wusste. In der feinen Gesellschaft hatten Gerüchte kursiert, dass eine der Töchter der Boscastles – er nahm an, es handelte sich dabei um Chloe – bei seinem Tod mit ihrem Vater alleine gewesen war. Es hieß, Royden Boscastle habe in seiner Familie ein so strenges Regiment geführt, dass seine Kinder in aller Öffentlichkeit rebellierten. Vielleicht erklärte das, warum die jüngste Tochter ein wenig wild geraten war. Die vielen Mätressen, die ihr Vater gehabt hatte, waren vermutlich nicht der richtige Einfluss gewesen oder hatten die Mutter nicht ersetzen können, die Chloe verloren hatte.

Natürlich konnte er sie nur aus der Ferne begehren und musste so wieder und wieder enttäuscht werden. Aber mit etwas Glück würden sich ihre Wege nie wieder kreuzen. Bis Dominic seine Rache vollbracht hatte, was ihn durchaus noch das Leben kosten konnte, würde Lady Chloe längst verheiratet sein und sich außerhalb seiner Reichweite befinden. Zum Glück für sie.

Er glitt leise den dunklen Flur des ungenutzten Flügels von Stratfield Hall entlang, ein lebender Geist, der in seinem eigenen Haus spukte. Wer hätte daran gedacht, in den Geheimgängen desselben Hauses nach ihm zu suchen, in dem er ermordet worden war? Er genoss die bittere Ironie, die darin lag, ebenso wie die Tatsache, dass das ganze Dorf ihm herrlich boshafte Taten zuschrieb. Die Gerüchte könnten seinen Plänen sogar noch recht dienlich sein.

Wenn er mit seiner eigenen Dummheit nicht alles zerstörte.

Er hätte diese verdammte Nachricht nicht zurücklassen dürfen. Er wusste sehr genau, wann sie ihm aus der Tasche gefallen sein musste. Als die bezaubernde Chloe ihn zur Hälfte entkleidet und ihn auf eine Art und Weise mit ihren geschickten weißen Händen berührt hatte, dass ihm vor Lust der Atem gestockt hatte. Wie sehr er sich danach gesehnt hatte, sie würde seinen Körper weiter erforschen!

Und jetzt hielt sie einen Brief in ebenjenen damenhaften Händen, der möglicherweise all seine Pläne zerstören konnte, oder auch nicht, je nachdem, was darin stand. Würde sie ihn irgendjemandem zeigen?

Würde sie sein Geheimnis wahren?

Oder würde sie den Zettel wegwerfen, weil sie das Ganze für unverständlichen Blödsinn hielt? Er fragte sich, ob die Schwester von Lieutenant Colonel Lord Heath Boscastle die verschlüsselte Botschaft als solche erkennen würde. Er war sich selbst nicht sicher, wie wichtig sie vielleicht sein könnte oder wer sie geschrieben hatte. Alles, was er wirklich wusste, war, dass sie in Samuels Armeejacke eingenäht gewesen war. Sein Bruder hätte sich nicht so viel Mühe gegeben, den Brief zu verstecken, wenn er bedeutungslos gewesen wäre.

Er ließ seine Hand über die Wand gleiten und drückte den Hebel, der hinter einem rauen Stein neben dem Kamin verborgen war. Ein dunkler, leerer und wenig verlockender Gang tat sich vor ihm auf. Dazu war er also geworden: zu einer Kreatur der Dunkelheit, die umherschleichen und sich verstecken musste, während sein Feind an seinem Tisch schlemmte, seine Mätresse beschlief und plante, sein Vermögen auszugeben.

Er trat in den Gang und wartete, bis seine Augen sich an die Dunkelheit und seine Nase sich an die schale, abgestandene Luft gewöhnt hatten. Unwillkürlich fasste er nach seiner Pistole, falls in der Dunkelheit irgendwelche unangenehmen Überraschungen auf ihn warteten. Seit dem „Mord“ war er so schreckhaft geworden wie eine Jungfrau. Die Pistole verlieh ihm ein gewisses Maß an Sicherheit.

Seine Finger fanden aber nicht den glatten Ebenholzgriff der Pistole, sondern die unerträglich weiche Chemise einer Frau.

Das Unterkleid war aus dem Fenster gefallen, als Dominic sich verstohlen davongemacht hatte. Da er seiner charmanten, wenn auch unwilligen Gastgeberin keine Unannehmlichkeiten bereiten wollte, hatte er sich die Chemise einfach in den Hosenbund gestopft, bevor er das Anwesen verlassen hatte. Die Frau würde sicherlich auch ohne seine Hilfe oft genug in Schwierigkeiten geraten.

Er untersuchte den feinen Stoff. Ein Schatz, den er in seine Höhle bringen konnte. Er lächelte sanft. Nicht dass er etwas benötigte, um sich an Chloe zu erinnern. Sein Körper schien wie ein einziges schmerzhaftes Denkmal an sein Verlangen nach ihr.

Es schien, als wäre er nicht ganz so tot, wie er gehofft hatte.

Er begann, die grauenvoll schiefen Steintreppen hinunterzugehen, die zu einem Tunnel unter dem Haus führten. Zahllose Stunden hatte er damit verbracht, dort zu sitzen und bei Kerzenschein die verschlüsselte Nachricht zu studieren, die das Einzige war, was ihm von seinem Bruder geblieben war.

Sie musste einfach wichtig sein. Dominic hatte verzweifelt versucht, den Code zu entschlüsseln, nachdem er bei seinen Erkundigungen nicht einen Schritt weiter gekommen war.

Samuels Diener hatte Dominic in seinem Verdacht bestärkt. Durch andere britische Soldaten hatte der ihm die heimliche Nachricht zukommen lassen, dass sein Herr sich vor seinem Tod in Nepal im Stillen mit anderen Männern getroffen hatte.

In der Hoffnung, mehr zu erfahren, hatte Dominic persönlich mit dem Vertreter der britischen Verwaltung in Nepal korrespondiert, später sogar auch noch mit General Ochterlony. Er war einige Male nach London gereist, um sich mit den Direktoren der East India Company zu treffen und jene aufzusuchen, die Kontakt zu Lord Moira – dem britischen Oberbefehlshaber in Indien – hatten.

Sie alle konnten ihm nicht weiterhelfen und gaben ihm nur den offiziellen Bericht zu lesen: Sein Bruder und Brandon Boscastle hatten kriegerische Gurkhas in die Hügel verfolgt, waren dort in einen Hinterhalt geraten und dann in einen unzugänglichen Abgrund gestürzt, wo sie wilden Tieren und den Naturgewalten zum Opfer gefallen waren.

Zu diesem Zeitpunkt war in Dominic bereits ein schrecklicher Verdacht gekeimt: Sein eigener Onkel, der zugleich Samuels Befehlshaber war, hatte den Hinterhalt in Nepal arrangiert. Dominic wusste nicht genau, wann oder wie er angefangen hatte, die Wahrheit zu vermuten. Aber er erinnerte sich, dass seine verstorbene Mutter Edgar nie gemocht und ihren Ehemann mehr als einmal gewarnt hatte, dass ihm nicht zu trauen war.

Die Tatsache, dass Colonel Sir Edgar Williams zum Zeitpunkt des Hinterhalts offiziell in Kathmandu zu tun gehabt hatte, bewies seine Unschuld nicht. Es gab immer abtrünnige Söldner in jenem Teil der Welt, wenn man nur genug Geld zur Verfügung hatte.

Ein Geräusch hinter ihm riss Dominic aus seinen Gedanken. Es war ein leises Heulen, das nicht ganz menschlich klang. Er fasste nach seiner Pistole, dann hielt er inne.

Das schwere Etwas, das gegen sein Bein stieß, stellte keine Bedrohung dar. Ebenso wenig wie die kalte Schnauze, die seine Hand streifte. Er wandte sich rasch um und fiel in widerwilliger Willkommensfreude auf die Knie.

„Ares“, sagte er. Sein Lieblingshund saß in freudiger Erwartung eines Spazierganges im Wald vor ihm, und seine Augen glänzten in der Dunkelheit.

„Du solltest nicht hier sein“, stellte Dominic rau fest. „Ich kann mich wirklich nicht um dich kümmern. Hier ist nicht genug Platz für dich.“

Doch er konnte auch nicht das Risiko eingehen, den Hund jetzt, mitten in der Nacht, zurück ins Haus zu bringen. Sir Edgar las gerne bis spät in die Nacht.

„Ares", sagte er verärgert. „Was soll ich nur mit dir anfangen?"

Er richtete sich auf und wandte sich wieder der Treppe zu. Der Hund folgte ihm, als wäre bereits alles entschieden.

Dominic hatte seine Gedanken bereits einem komplizierteren Problem zugewandt. Er musste den Brief wieder in seinen Besitz bringen, egal, welches Risiko er eingehen musste, um ihn zurückzubekommen.

Und, was möglicherweise noch gefährlicher war, er musste Chloe Boscastles Zimmer noch einmal einen Besuch abstatten.

Keine vierzig Minuten später stand er in ihrer Schlafkammer, und der Brief steckte zusammengefaltet in seiner Tasche. Chloe hatte den schnellen Diebstahl verschlafen. Er beobachtete sie von der Tür zum Ankleidezimmer aus und ermahnte sich selbst, zu verschwinden, solange es ihm noch möglich war.

Doch die Verlockung, sie zu berühren, war zu groß. Zwar hatte Dominic sich selbst versprochen, dass er nichts tun würde, außer den Brief zu holen und wieder zu verschwinden, bevor sie aufwachte. Aber als er einen letzten Blick riskierte, war er wie versteinert. Er trat durch die Tür.

Natürlich war sie nicht wie die klassische schlafende Jungfrau ordentlich auf dem Bett arrangiert. Stattdessen lag sie quer über dem Bett, und ihre wirren schwarzen Locken umrahmten das Gesicht mit der gerunzelten Stirn. Sie hatte eines ihrer Kissen auf den Boden getreten, als hätte sie im Schlaf gegen irgendjemanden oder irgendetwas angekämpft.

Die Bettdecke war um ihre schlanken weißen Beine gewickelt. Er nahm einen tiefen Atemzug. Es bewegte ihn, wie verletzlich sie aussah, wie sie nicht einmal im Schlaf ihren Frieden fand. Er war sich nicht sicher, wie es einem Mann gelingen sollte, ihren ruhelosen Geist zu bändigen. Vielleicht war es besser, ihn einfach zu genießen.

Sein Blick folgte der Linie ihres angewinkelten Knies bis zu der Höhlung zwischen ihren Beinen. Ihr Leinennachthemd bot ihr kaum Schutz vor seinen hungrigen Blicken.

Er trat näher an das Bett. Zwischen ihren Oberschenkeln konnte er den Schatten dunkler Locken sehen. Sein Inneres verkrampfte sich bei dem Anblick. Er brauchte sie so sehr, verzehrte sich danach, sich in ihrer zarten Wärme zu vergraben.

Während er auf der Bettkante saß, lauschte er ihrem ebenmäßigen Atem. Wovon träumte sie? Einen Augenblick später fuhr er sanft mit dem Zeigefinger über ihre Stirn, als wollte er den finsteren Ausdruck von ihrem Gesicht vertreiben. Sie regte sich und streckte sich zu ihm hin. Er starrte ihren weißen Hals an, ihre üppigen Brüste, ihren entspannten, arglos einladenden Körper.

Mit dem Finger fuhr er über ihr Schlüsselbein, neckte die dunklen Knospen ihrer Brüste, bis sie hart wurden. Sie reagierte auf seine leiseste Berührung. Tief in seinem Inneren spürte er ein gefährliches Verlangen. Sie musste nicht einen Muskel bewegen, um ihn zu erregen. Auch so sehnte er sich mit aller Macht nach ihr.

Er lehnte sich vor und presste sein Gesicht gegen ihren Hals. Das war ein Fehler. Ihr Duft raubte ihm den letzten Rest Beherrschung. Sie machte ein kleines Geräusch in der Kehle und drehte sich zu ihm hin. Er schluckte und trug einen innerlichen Kampf aus, den er bereits verloren hatte.

Das, was er für sie empfand, konnte er nicht besiegen. Sie hatte das, was von seinem Herzen übrig war, erobert, und sein Körper sehnte sich so sehr nach ihr, dass er es kaum ertragen konnte. Sein Gesicht verdunkelte sich in einem Lächeln voller Selbstironie. Der Geist von Stratfield Hall würde seinem Ruf gerecht werden.

11. KAPITEL

Chloe träumte in jener Nacht, dass ein Mann ihr Gesicht mit federleichten Berührungen streichelte. Bei seinen Liebkosungen zitterte sie vor Verlangen, als Antwort flüsterte er ihren Namen. Sie stöhnte und kämpfte gegen die Macht seiner Stimme an, kämpfte darum, unschuldig weiterzuschlafen. Seine langen Finger fuhren über ihre Schultern, umkreisten ihre Brüste und neckten die Knospen durch ihr Nachthemd hindurch.

Ihr Körper reagierte mit einer Welle unkontrollierbarer Lust auf diesen kundigen Verführer. Ohne die Hemmungen ihres wachen Ichs drückte sie sich schamlos gegen ihn. In der Dunkelheit des Traumes konnte sie sein Gesicht nicht erkennen. Nur seine Hitze und seinen Hunger konnte sie spüren.

Sie wollte ihn um mehr anflehen, ihn bitten, sie auf andere Arten zu berühren. Ihr träumendes Ich konnte ihn ohnehin nicht daran hindern. Sie konnte nur auf die Macht reagieren, die er auf sie ausübte, auf die Bedürfnisse, die er in ihr geweckt hatte. Ihre Sinne antworteten, ohne zu zögern, auf seine unausgesprochenen Forderungen.

„Du hast den Körper einer Göttin, Chloe", flüsterte seine weit entfernte Stimme, bevor er ihren Hals küsste. „Ich könnte dich anbeten. Ich könnte dir Freuden zeigen, die du nie vergessen wirst."

Ihr Traum-Ich wusste, dass er recht hatte. Als seine Hand ihren Bauch hinunterglitt und sich in den warmen Falten vergrub, spürte sie, wie ein Verlangen von ihr Besitz ergriff, das so übermächtig war, dass sie beinahe geweint hätte. Ihr Körper weinte. In der Höhlung zwischen ihren Schenkeln stieg feuchte Hitze empor und durchflutete sie mit Begierde. Eine schwindelerregende Freude durchströmte sie bis in ihr tiefstes Innerstes. Sie brauchte Erlösung, eine Atempause von der schmerzenden, sie aufzehrenden Sehnsucht in ihrem Inneren.

Seine eleganten Finger hatten die geheime Stelle gefunden, die noch niemand je berührt hatte. Das gleichmäßige Streicheln ließ sie bis in die Fußsohlen pulsieren. Wäre die dünne Hülle ihres Nachthemdes nicht gewesen, so hätte sie vollkommen entblößt und bereit vor ihm gelegen. Es war der erotischste Traum, den sie je in ihrem Leben gehabt hatte. Das Blut in ihren Adern schien dicker zu werden, als er sie zu einem gewaltigen Höhepunkt brachte. Erfüllung durchströmte sie von Kopf bis Fuß, und sie hob die Hüften. Ihr Herz raste, als die pure Freude in ihrem Bauch pulsierte.

Sie zitterte. Obwohl sie vollkommen hilflos war, genoss sie zugleich jede Sekunde. *Dominic.* Sein dunkles Bild verfolgte sie bis in ihre Träume. Sie versuchte, seinen Namen zu sagen, ihn zu fragen, warum er zurückgekehrt war. Sie wollte ihm sagen, dass sie seinen Onkel heute bei dem Theaterstück gesehen hatte und dass er ihr nicht gefiel. Es musste ihr gelingen, Dominic zu warnen, ihn zu halten. Auf geradezu schmerzhafte Weise sehnte sie sich danach, seine Kraft zu spüren, von ihm eine Erklärung dafür zu verlangen, warum er ihren Schlaf gestört hatte.

Ein Gefühl von Kälte löste plötzlich die Wärme ab, die sie so genossen hatte. Widerwillig öffnete sie die Augen und wartete, bis das Pulsieren in ihrem Bauch langsam nachließ. Eine sinnliche Müdigkeit erfüllte ihre Glieder und quälte sie.

Ihr Traum war ihr so real erschienen, und doch war sie alleine. Ihr fröstelte, und mit einem Schlag war sie hellwach – hatte Devon die Tür zum Ankleidezimmer offen gelassen? Hatte sie nicht darauf geachtet, sie für die Nacht sicher zu verschließen?

Sie setzte sich auf und unterdrückte einen Schauder, als sie vom Bett glitt.

„Wer ist da?“, flüsterte sie. „Dominic, Sie Teufel, sind Sie das etwa?“

Keine Antwort. Eine schnelle Suche ergab, dass das Ankleidezimmer leer und das Fenster verschlossen war, sogar die Vorhänge waren vorgezogen. Mit einem besorgten Stirnrunzeln kehrte sie zu ihrem Bett zurück und zog das Kissen an sich, als wollte sie so die verführerische Wärme wieder zurückrufen.

Der Brief war verschwunden. Eine einzige weiße Rose nahm seinen Platz unter dem Kissen ein. Ihre Blütenblätter waren leicht zerdrückt und dufteten.

Sie starrte auf das Bett herunter. Ihr Herz schlug ihr bis zum Hals. Das konnte nicht wahr sein. Der abscheuliche Kerl konnte nicht wiedergekommen sein, um den Brief zu stehlen, während sie geschlafen hatte. Er konnte nicht wirklich hier gewesen sein und sie so schamlos berührt haben.

„Oh", flüsterte sie. Ihr war jetzt wieder heiß, wenn auch aus ganz anderem Grund. „Das würde er nicht wagen."

Er hatte es gewagt. Hastig durchsuchte sie den Raum, das Ankleidezimmer und den Fußboden. Sie fühlte sich, als wäre sie immer noch im Traum.

„Und das Teleskop ist auch verschwunden", murmelte sie, als sie das Fenster aufriss, um auf den dünnen Streifen Wald zu blicken, der die beiden Häuser voneinander trennte. „Ich weiß, dass Sie irgendwo da draußen sind und wahrscheinlich gerade über mich lachen, Stratfield, Sie – Sie herzloser Geist. Ist dies der Dank dafür, dass ich Ihnen geholfen habe?"

Mit dem wenig angenehmen Gefühl, sich zur Närrin gemacht zu haben, ging sie zurück zu der Tür zu ihrem Schlafzimmer. Und ihr Traum? Wie viel davon war wahr gewesen und wie viel Fantasie? Wie viel von ihrer Erregung hatte sie dem verruchten Dominic Breckland zuzuschreiben – und wie viel ihren eigenen geheimen Wünschen?

Nun, hier war ein weiterer Skandal.

Der Geist von Stratfield hatte wieder zugeschlagen, und Lady Chloe Boscastle war sein jüngstes Opfer.

Dominic kraulte die Ohren des Hundes. Sein leises, zufriedenes Lachen hallte von den Wänden des dunklen Tunnels wider. „Nun, das war ziemlich knapp, aber wir haben unseren Brief wieder. Ich werde nicht noch einmal so unachtsam sein.“

Wenn unachtsam überhaupt das richtige Wort dafür war. Besessen erschien eine passendere Beschreibung für sein Benehmen zu sein. Besessen von Rachegelüsten. Besessen von dem Gedanken, das wiederzubekommen, was ihm gehörte.

Und plötzlich auch besessen von einer schönen jungen Frau, die aus gutem Grund vermutlich nichts mit ihm zu tun haben wollte. Warum sonst hatte er an ihrem Bett gekniet und sich mit jenen verstohlenen Berührungen gequält? Was für ein dummes Risiko er eingegangen war. Aber er brauchte nur seine Hände anzusehen. Er zitterte immer noch, weil er sie berührt hatte.

Sie hätte aufwachen können – die Augen öffnen und schreien, bis das ganze Haus wach war. Oder, wie er sich zweifelsohne gewünscht hatte, sie hätte sich in alles fügen können, was er mit ihr tun wollte. Zumindest in seiner verzweifelten Fantasie hätte sie ihn vielleicht sogar gebeten, ihr alles zu geben, was er wollte.

Sie war offensichtlich neugierig, was die körperliche Liebe anging, und er wäre liebend gerne ihr Lehrmeister geworden. Aber sie war ebenso eindeutig kein hohlköpfiges Mädchen, das keinen eigenen Gedanken zustande brachte.

Sie hatte den Brief unter ihrem Kissen versteckt. Hatte sie die Bedeutung des Schriftstückes erraten? Er bezweifelte es. Und doch glaubte er auch nicht daran, dass sie den Zettel als sentimentale Erinnerung an ihre Begegnung in ihrer Nähe aufbewahrt hatte.

Als intelligenter Mensch war er von ihrer schnellen Auffassungsgabe und ihrem scharfen Verstand fasziniert. Und sein Körper fand sie ganz und gar faszinierend, wenn auch aus wesentlich niedrigeren Motiven.

Er hob das Messingteleskop, das er aus ihrem Zimmer mitgenommen hatte, um ihr Fenster zu beobachten. Er wurde einige Minuten später für seine Mühe belohnt, als sie in ihrem weißen Musselinnachthemd am Fenster erschien. Natürlich konnte sie ihn nicht sehen, da er sich wie ein Fuchs zwischen den Farnen versteckt hatte. Sie verfluchte ihn vermutlich gerade, aber er hoffte, dass sie es nicht mit allzu lauter Stimme tat.

„Hat Ihnen Ihre Rose gefallen?", fragte er das ferne Bild lachend.

Wie zur Antwort warf sie einen unidentifizierbaren, blassen Gegenstand aus dem Fenster. Er konnte nur erahnen, dass es die Blume war, die er seelenruhig gegen den verschlüsselten Brief eingetauscht hatte.

Er blickte sich um. Ein Licht hatte in einem Fenster seines Anwesens aufgeflackert. In seinem eigenen Schlafzimmerfenster. Er sah den Umriss seines Onkels hinter den Vorhängen, so wie eine bittere Erinnerung daran, dass er es sich nicht leisten konnte, vor Chloes Zimmer herumzustreunen wie ein brünstiges Tier.

Er senkte das Teleskop, und sein Lächeln verblasste. „Nun, noch einmal gute Nacht, Chloe", sagte er leise und wehmütig. „Ich muss noch etwas spuken … und du, meine Liebe, wirst mich später bestimmt in meinen Träumen heimsuchen."

Chloe zündete auf dem Nachttisch eine Kerze an und ließ sich auf Hände und Knie herunter, um unter das Bett zu fassen. Erleichtert ertastete sie ihr Tagebuch unter der losen Diele, unter der sie es versteckt hatte.

Sie zog den dünnen Band heraus und trug ihn zu ihrem Bett. Auf der letzten Seite befand sich ihr neuester Eintrag. Eine genaue Kopie des verschlüsselten Briefes, um dessentwillen Dominic sich noch einmal in ihr Zimmer geschlichen hatte.

Offensichtlich war er ihm wertvoll genug erschienen, um das Risiko einzugehen, ihn wiederzubeschaffen. Sie gratulierte sich selbst dazu, dass sie so klug gewesen war, eine Kopie davon anzufertigen. Und dass sie ihren Bruder Heath gezwungen hatte, ihr einiges über die Kunst der Code-Entschlüsselung beizubringen.

Es war an der Zeit, ihr Wissen auf die Probe zu stellen und an dem Schriftstück zu arbeiten, das vielleicht Brandons letzte Nachricht war. Sie hatte Dominic schließlich nicht geholfen, ohne eine Gegenleistung dafür zu erwarten.

12. KAPITEL

Als Chloe am nächsten Morgen zum Frühstück heruntergging, war der ganze Haushalt in hellem Aufruhr. Onkel Humphrey rannte durch die Eingangshalle und hatte seinen Spazierstock unter den braunen Umhang geklemmt. Sein Haar war ungekämmt, und sein Halstuch saß so schief, als hätte er es in aller Eile umgebunden. Er warf Chloe einen angsterfüllten Blick zu, als er sie am Fuß der Treppe bemerkte.

„Hol deinen Mantel, und flieh mit mir, solange du noch kannst, meine Liebe“, flüsterte er dramatisch. „Der Wahnsinn ist über uns gekommen, und ich möchte unter allen Umständen vermeiden, davon erfasst zu werden.“

„Was für ein Wahnsinn?“, fragte Chloe, aber ihre Stimme wurde von dem lauten Gewirr weiblicher Stimmen aus dem Salon und von dem Gebell der Hunde übertönt, die draußen auf Humphrey warteten.

Pamela erschien in der Tür zum Salon. Ihr sommersprossiges Gesicht war gerötet, ihre Augen blitzten. „Oh, Chloe, endlich bist du hier. Das Treffen hat bereits angefangen.“

„Das Treffen“, wiederholte Chloe verwirrt. Pamela trat auf sie zu, um sie in den Salon zu ziehen. „Was für ein Treffen?“

„Meine Mutter hat die Damen von Chistlebury einberufen, um über unsere große Krise zu beratschlagen.“

Hinter ihren Schläfen verspürte Chloe plötzlich die unangenehme Spannung von beginnenden Kopfschmerzen. Sie war ärgerlich und müde, weil sie bis vier Uhr morgens erfolglos versucht hatte, Brandons Brief zu entschlüsseln. Außerdem wusste sie nach wie vor nicht, ob Dominic sie in der Nacht wirklich berührt hatte oder ob all die verruchten Dinge, die er mit ihr angestellt hatte, nur ihrer Fantasie entsprungen waren.

Sie konnte sich nicht entscheiden, was schlimmer wäre. Ganz

sicher wusste sie hingegen, dass sie nicht in der Stimmung war, sich hinzusetzen und über die Verfehlungen des Geistes von Stratfield zu diskutieren. Die Frau des Pastors erhob sich und führte Chloe zu dem überfüllten Sofa, auf dem eine Matrone mit ihren beiden unverheirateten Töchtern saß und angeregt über diese beängstigende Bedrohung für den weiblichen Teil der Gemeinde sprach. Pamela quetschte sich neben sie.

Ein tiefes Schweigen fiel über den Salon. Die gesammelte Aufmerksamkeit richtete sich in einer Mischung aus verständnisvoller Neugier und prüder Missbilligung auf Chloe. Beinahe so, als hätte sie durch ihren Ruf diesen Skandal über das zu Tode gelangweilte Dorf gebracht. Sie räusperte sich und begegnete den Blicken mit einem arglosen Lächeln.

Plötzlich begannen die Frauen wieder zu sprechen.

Sie legte den Kopf auf die Rückenlehne des Sofas und unterdrückte ein Gähnen. Die Ziffern aus Brandons kryptischer Botschaft tanzten vor ihren brennenden Augenlidern. Warum hatte er es für notwendig gehalten, in Nepal verschlüsselte Nachrichten zu schreiben? Waren die Agenten Napoleons bis zu jenem fernen Außenposten gesandt worden, um die britischen Interessen zu durchkreuzen?

Erschrocken öffnete sie die Augen, als die Frau neben ihr sie am Arm schüttelte. „Er muss gebannt werden. Sind Sie nicht auch meiner Meinung, Lady Chloe?"

„Was haben Sie gesagt?"

Die Frau blickte sie besorgt an. „Es ist unsere Pflicht, ihn zu bannen."

„Was mit wem zu machen?"

„Ihn zu bannen. Ihm seine Ruhe wiederzugeben. Seine arme Seele sucht offensichtlich eine Frau, die ihm hilft, seinen Frieden zu finden."

Chloes Meinung nach hatte die „arme Seele" in der vergangenen Nacht etwas anderes bei einer gewissen Frau gesucht, und sie zu bannen mochte vielleicht die Antwort darauf sein, vermutlich aber eher nicht.

„Wie, glauben Sie, sollten wir das anstellen?“, fragte sie, während sie schon überlegte, wie sie sich am besten aus der Sache stehlen konnte.

Bevor die Matrone antworten konnte, entstand ein Aufruhr in dem Raum. Ein Neuankömmling war eingetreten, eine auffallende Zigeunerin mit einem scharlachroten Rock, einem grünen Tuch mit Fransen und zahlreichen protzigen Silberarmreifen an beiden Handgelenken. Ihre funkelnden braunen Augen, die in dem hageren Gesicht über einer kleinen Hakennase saßen, blickten mit belustigter Verachtung auf ihr Publikum.

Tante Gwendolyn schob einen Chippendale-Stuhl in die Mitte des überfüllten Raumes, damit ihr verehrter Gast Hof halten konnte. „Sagen Sie es uns, Madame Dara“, forderte sie die Zigeunerin auf und legte ihre Hände auf die Rückenlehne des Stuhles. „Sagen Sie uns, wer sein nächstes Opfer sein wird.“

„Madame“ Dara, die vermutlich allerhöchstens neunzehn Jahre alt war, umkreiste den Stuhl mit lässiger Anmut. Sie erkannte ein verzücktes Publikum, wenn sie es sah.

„Bringen Sie mir etwas zu trinken.“

Die Pfarrersfrau sprang von ihrem Stuhl auf, um ihr eine Tasse Tee einzuschenken. Sie reichte Pamela die Tasse samt Untertasse, die sie ihrerseits an die Frau neben sich weitergab, die sie wiederum mit einer Ehrfurcht, die man vielleicht dem Heiligen Gral entgegengebracht hätte, Gwendolyn reichte.

Madame Dara nahm den Tee und setzte sich. Die anderen Frauen im Raum sahen in fasziniertem Schweigen zu, wie sie trank, als hätte selbst diese einfache Handlung tiefste Bedeutung für ihre Zukunft.

Chloes Augenlider waren schwer vor Müdigkeit. Am liebsten wäre sie wieder hinaufgegangen, um an Brandons Brief weiterzuarbeiten, nur hatte sie in den letzten beiden Tagen nicht viel geschlafen. Langsam machte sich bei ihr bemerkbar, wie sehr sie die Geschehnisse der letzten Zeit belasteten.

„*Du* wirst es sein.“

Sie hörte, wie alle anderen den Atem anhielten, und blickte neugierig auf. Erschrocken stellte sie fest, dass die Zigeunerin direkt auf das Sofa zeigte, auf dem sie selbst saß. Das Herz schlug ihr bis zum Hals. Die Zigeunerin konnte auf keinen Fall davon wissen. Sie hatte einfach nur geraten, vermutlich wegen der Klatschgeschichten, die sie über Chloes skandalöse Vergangenheit gehört haben musste. Wie ungerecht!

„Jetzt warten Sie mal einen Augenblick“, sagte sie errötend. „Nur weil ich für Sie eine Fremde bin, ist das noch kein Grund, anzunehmen ...“

Sie bekam keine Gelegenheit, den Satz zu beenden. Das Gerede im Raum wuchs zu einem wahren Orkan von schrillen, erschrockenen Stimmen an, als ein Dutzend Frauen ihr Mitgefühl mit dem auserwählten Opfer zum Ausdruck brachte.

„Das ist wirklich ungerecht“, verkündete Chloe verlegen.

Tante Gwendolyn drehte sich mit einem so entsetzten Blick zu ihr um, dass Chloe Schuldgefühle bekam. Kannte die Zigeunerin möglicherweise die Wahrheit? Nein. Das war unmöglich. Chloe als die Auserwählte des Geistes zu nennen war ...

„Ein Fehler“, stotterte Tante Gwendolyn. „Das muss ein Fehler sein. Nicht mein unschuldiges kleines Lämmchen.“

Chloe blinzelte und drehte den Kopf, um die junge Frau neben sich anzusehen. Pamela? Die Zigeunerin hatte überhaupt nicht auf Chloe gezeigt, sondern auf ihre Cousine, die wie ein Kobold grinste, weil sie für diese unerwartete Ehre auserkoren worden war.

„Ich werde mich mit aller Kraft dagegen wehren“, kündigte Tante Gwendolyn kampferisch an und hob die Faust gen Himmel. „Der Geist von Stratfield wird meine Tochter auf jeden Fall nicht bekommen!“

Der Geist von Stratfield hatte möglicherweise selbst etwas zu diesem Thema zu sagen, dachte Chloe bei sich. Aber aufgrund der Tatsache, dass sie zum ersten Mal seit Langem nicht mehr im Mittelpunkt des Skandals – sei er nun echt oder eingebildet – stand, beschloss sie, den Mund zu halten und ein wenig ihre Unauffälligkeit zu genießen.

Es wäre zur Abwechslung einmal ganz schön, ignoriert zu werden. Es würde ihr vielleicht sogar ein wenig Freiheit verschaffen. Natürlich würde Dominic es nicht zu schätzen wissen, wenn ihm wieder diese lächerliche Aufmerksamkeit zuteilwurde. Andererseits hätte er sich nicht in die Schlafzimmer von Frauen schleichen und sich im Schlaf mit ihnen vergnügen sollen, wenn er nicht wollte, dass sein Geist gebannt wurde. Wirklich, jemand musste ihn aufhalten. Er war auf jeden Fall wollüstiger, als er zugab.

Dennoch, er hatte sich seinen Brief wiedergeholt, und Chloe hielt es für unwahrscheinlich, dass sie noch einmal die Gelegenheit bekommen würde, ihn so zu schelten, wie sie es gerne getan hätte. Wenn man die Gefahr bedachte, die ihn umgab, dann war es wohl das Beste so.

Sie sah ihn noch am selben Abend.

Eigentlich hatte sie vorgehabt, Brandons Brief zu studieren. Sie war sich sicher, kurz vor einer Entdeckung zu stehen, die Licht in das Geheimnis um den Tod ihres Bruders bringen würde. Vielleicht würde die Wahrheit ihr ein Gefühl von Frieden und Anerkennung geben.

Sie hatte beabsichtigt, zu Hause ein leichtes Abendessen einzunehmen. Aber ihr Onkel war Sir Edgar Williams begegnet, als er kurz vor Einbruch der Dämmerung mit den Hunden im Wald spazieren gegangen war.

Sir Edgar hatte Onkel Humphrey und seine Familie am selben Tag zum Abendessen eingeladen. Onkel Humphrey erklärte seiner Frau, dass er erst hatte ablehnen wollen, dies aber kaum möglich war, zumal Sir Edgar nun ihr nächster Nachbar war.

„Natürlich können wir nicht ablehnen“, sagte Tante Gwendolyn mit einem listigen Funkeln in den Augen. „Es ist schließlich unsere Pflicht.“

Onkel Humphrey hatte mit Chloe einen erschrockenen Blick ausgetauscht. „Unsere Pflicht?“, fragte er vorsichtig.

Gwendolyn stand zum Fenster gewandt da, ihre Stimme vibrierte dramatisch und bedeutungsschwer. „Wenn Stratfield Pamela als sein nächstes Opfer ausersehen hat, müssen wir alles in unserer Macht Stehende tun, um das zu verhindern. Wer wird noch um unsere Tochter werben, nachdem ein Geist sie sich zu eigen gemacht hat, Humphrey?“

Er blickte wieder zu Chloe. „Dieselben Männer, die ihr vorher auch nicht den Hof gemacht haben, nehme ich an.“

Aber Tante Gwendolyn ließ sich nicht abbringen. Der Pastor und die Zigeunerin hatten sie davon überzeugt, dass drastische Schritte notwendig waren, um Pamelas Tugend zu schützen. Was das potenzielle Opfer anging, so gelang es Pamela kaum, ihre Freude darüber zu verbergen, dass der berüchtigte Geist sie auserwählt hatte. Sie fragte sogar, ob sie sich für diese Gelegenheit eines von Chloes Nachthemden ausleihen durfte.

Zum Dinner hatten sich alle vier umgekleidet. Gwendolyn bestand darauf, dass sie in der Kutsche vorfahren mussten, obwohl Humphrey darauf hinwies, dass sie von der Türschwelle aus praktisch in Stratfields See spucken konnten.

„Das ist primitiv, Humphrey“, erklärte Gwendolyn, die behandschuhten Hände im Schoß gefaltet.

„Es ist nicht primitiv, Gwennie. Es dauert länger, bis wir in die verdammte Kutsche ein- und wieder ausgestiegen sind, als wenn wir bis zur Tür laufen.“

„Sir Edgar soll uns nicht für unzivilisiert halten“, entgegnete sie unbeeindruckt und auf der Kutsche beharrend.

Während der kurzen Fahrt ertappte Chloe sich selbst dabei, wie sie auf die mondbeschienenen Bäume starrte. Sie hielt es für wahrscheinlich, dass Stratfield irgendwo im Wald ein Versteck gefunden hatte. Ging es ihm gut? Hatte die Zigeunermedizin ihm geholfen? Von wo aus konnte er sein eigenes Haus beobachten, ohne dabei gesehen zu werden? Sie konnte sich nicht vorstellen, wie es ihm gelungen war, ganz ohne fremde Hilfe sein eigenes Begräbnis zu arrangieren.

Vielleicht hatte er einen unterirdischen Schmugglertunnel oder eine Höhle gefunden, um sich zu verstecken. Heath hatte ihr einmal erzählt, dass einige unterirdische Gänge in Sussex wieder geöffnet worden waren, um sie für den Fall zu verwenden, dass Napoleon die Küste angriff.

Die Kutsche fuhr klappernd um die Silberbuchen herum, in deren Schatten Dominic sie geküsst hatte. Die Erinnerung an seine behandschuhten Hände auf ihrem Gesicht, daran, wie er mit seinem Mund von ihren Lippen Besitz ergriffen hatte, entfachte ein verstörendes Feuer tief in ihrem Inneren. Er war wirklich ein gefährlicher Mann, und das auf mehr als eine Art, obwohl sie nun wusste, was ihn dazu gemacht hatte. Vielleicht war er für sie so gefährlich, weil sie Mitgefühl für ihn empfinden konnte.

Sie erinnerte sich daran, gedacht zu haben, wie traurig er damals im Wald gewirkt hatte, und sie begann zu verstehen, warum. Es gab einen guten Grund für seine Melancholie. Zweifelsohne wäre es besser gewesen, wenn sie ihn nie wiedergesehen hätte. Doch wenn die Gefahr, in der er schwebte, auch Brandon in irgendeiner Weise betraf, dann sollte sie auch darin verwickelt werden.

Aber musste dieses Verlangen wirklich ein Teil des Ganzen sein? Sicherlich konnte sie ihm helfen, ohne sich näher mit ihm einzulassen. Fern von Dominic beschloss sie, dass sie es konnte.

Und doch wusste sie tief in ihrem Inneren, dass sie Glück hatte, der Versuchung nicht mehr ausgesetzt zu sein.

Sie schrak auf, als Pamela sie mit einem Knuff aus ihren Gedanken riss. „Warum siehst du so grimmig aus, Chloe?“, flüsterte sie mit einem schelmischen Grinsen. „Sie haben doch gesagt, dass ich das Opferlamm sein soll und nicht du.“

„Du siehst allerdings gar nicht grimmig aus“, sagte Chloe.

Pamela grinste noch breiter. „Gib es zu“, flüsterte sie. „Du bist ein bisschen neugierig darauf, wie es wäre, von dem Geist von Stratfield verführt zu werden.“

„Natürlich bin ich das nicht“, entgegnete Chloe. Weil sie es bereits wusste. Dieses schändliche Privileg war ihr erst kürzlich zuteilgeworden, und sie würde das wohl nicht so schnell wieder vergessen.

Die Kutsche hatte bereits das hohe, mit wildem Wein überwucherte Torhaus des Anwesens passiert. Während Chloe noch ihr graues Seidenkleid glatt strich, brachte der Kutscher die Pferde auf der mit Kies bedeckten Auffahrt vor dem eleganten spätelisabethanischen Haus zum Stehen.

Das alte Steinhaus mit seinen Mauertürmchen und Giebeln wirkte ebenso stolz und stark wie der Mann, dem es gehörte. Chloe meinte beinahe, Stratfield hinter den hohen Erkerfenstern der großen Galerie sehen zu können, wie er zufrieden auf sein Anwesen herunterblickte. Ja, selbst ein Geist hätte bei dem Anblick der Schwäne, die majestätisch auf dem mondbeschienenen See in dem tiefer liegenden Garten umherglitten, Ruhe finden können.

Ein Pferdeknecht und zwei Lakaien kamen von der Steintreppe vor dem Eingang herbei, um ihnen zu helfen. Chloe spürte, wie ein seltsames Gefühl sie beschlich und sie Gänsehaut bekam. Beobachtete sie jemand?

Sie blickte schnell auf, während Tante Gwendolyn ihren

Ehemann gerade daran erinnerte, dass er das Essen nicht wie ein Wolf herunterschlingen sollte. Ein großer schwarzhaariger Mann mit breiten Schultern und der aufrechten, selbstbewussten Haltung eines Berufssoldaten kam auf sie zu.

In der Dunkelheit sah er seinem Neffen Dominic ähnlich genug, um Chloe den Atem zu rauben. Er wirkte gebieterisch und hatte dieselben nachdenklichen Augen und die gleichen fein geschnittenen Züge. Seine Stimme war jedoch anders, nicht ganz so tief und mit dem melodischen Klang seiner walisischen Heimat. Er schenkte seinen Gästen ein einladendes Lächeln.

„Wie freundlich von Ihnen, so kurzfristig zu kommen", begrüßte er sie und legte Humphrey eine Hand auf die Schulter. „Und wie glücklich wir Männer uns doch schätzen können, dass drei schöne Frauen unseren Tisch schmücken werden."

Sir Edgar lächelte Tante Gwendolyn und Pamela besonders freundlich an. Pamela erklärte ihm, dass sie sich den Knöchel verstaucht hatte und üblicherweise nicht so ungeschickt war, wie sie gerade erschien.

Zuletzt fiel sein Blick auf Chloe und verweilte dort eine ganze Weile. Sie erwiderte Sir Edgars Lächeln. Es war ein höflicher Reflex, den man ihr von der Wiege an eingetrichtert hatte. Nein, der Mann war nicht so überwältigend wie Dominic, außerdem um einige Jahre älter. In seinen Augen lag eine berechnende Klugheit, als wären jedes seiner Worte und jede Tat wohlüberlegt. Seine Haut war vom auswärtigen Dienst braun gebrannt und sein Gesicht eckiger als das seines Neffen. Seine Manieren und Kleider erschienen tadellos, von seinem liebenswürdigen Willkommensgruß bis hin zu dem schneeweißen Halstuch und den glänzenden Stiefeln, die laut auf den Stufen klapperten.

„Lady Chloe", sagte er mit funkelnden dunklen Augen, „ich habe Ihre Familie stets bewundert. Erlauben Sie mir, Ihnen mein Beileid zum Tod des jungen Lord Brandon auszusprechen. Ich war in Kathmandu, als der barbarische Hinterhalt auf seine Truppe stattfand, aber ich bete dafür, dass Sie und Ihre Familie Trost in der Tatsache finden, dass die Schuldigen für ihr Verbrechen bezahlt haben."

Chloe starrte ihn in benommenem Schweigen an. Ihr Herz schien einen Schlag auszusetzen, einen schrecklichen Augenblick lang war ihr die Kehle so eng, dass sie kaum sprechen konnte. „Ich verstehe nicht. Sie – Sie waren mit Brandon in Nepal?"

Betroffen musterte er sie. „Meine liebe junge Dame, wie dumm von mir, anzunehmen, dass Sie das wussten. Ihr Bruder und mein Neffe Samuel dienten im Regiment der Company unter meinem Befehl. Ich hatte sie zahllose Male vor den Gefahren gewarnt, die einem drohen, wenn man die einsamen Pfade der Einheimischen patrouilliert, aber die mutigen jungen Teufelskerle waren wie wild darauf versessen, ihre Tapferkeit unter Beweis zu stellen. Während ich geschäftlich unterwegs war, beschlossen sie, die Helden zu spielen."

„Das wusste ich nicht", murmelte sie. „Ich hatte keine Ahnung." Es war nicht tröstlich, das zu wissen. Ganz im Gegenteil, sie empfand es sogar als ziemlich beunruhigend.

Sir Edgar führte sie in das abgeschirmte Vestibül. Als Chloe ihre Fassung wiedergefunden hatte, bemerkte sie, wie ihre Tante die dorischen Säulen untersuchte, als erwarte sie, dass jeden Augenblick der Geist von Stratfield mit den Worten „Überraschung! Ich bin es, der Hausgeist!" dahinter hervorspringen könnte.

Das Komische daran war, dass auch Chloe Stratfields Anwesenheit spüren konnte. Zumindest glaubte sie das. Da er kein echter Geist war, wusste sie nicht so recht, was sie davon halten sollte. Die Gefühle, die er in ihr auslöste, waren oft widersprüchlich und meist zu peinlich, als dass sie genauer darüber nachdenken wollte. Es war einfacher, anzunehmen, dass sie Angst vor ihm hatte, als zuzugeben, dass etwas viel Komplizierteres ihre Nerven zum Flattern brachte – etwas Verbotenes und irgendwie auch Köstliches.

Ja, seine Präsenz war in diesem Haus auf überwältigende Art und Weise spürbar: in der dunklen Eichenvertäfelung ebenso wie auf der Musikantengalerie oberhalb des Speisesaales. Chloe erwartete beinahe, dass seine kraftvolle Gestalt jeden Augenblick dramatisch auf der dunklen Eichentreppe erschien und allen befahl …

„Ich war schon einige Male hier“, flüsterte Onkel Humphrey ihr über die Schulter zu. „Stratfield hat mich eingeladen, mit seinen Freunden jagen zu gehen und Karten zu spielen. Er war nicht so schlimm, wie alle glauben wollen, Chloe. Ganz bestimmt war er auch nicht der Lebemann, für den alle ihn halten. Dieses ganze Gerede über seinen Geist …“

„Du glaubst nicht daran?“, flüsterte sie.

„Natürlich nicht. Ich erinnere mich daran, wie die Leute früher getuschelt haben, dass in diesem Haus ein Priester spuken soll, der in einem Geheimgang gelandet ist und nicht mehr herausfand. Wenn hier jemand schlafende Frauen verführt, ist es vermutlich der Geist eines lüsternen alten Pfarrers.“

Chloe drehte sich in der Halle um, in der sie standen. „Ein Geheimgang?“

„Ja. Erinnere dich an deinen Geschichtsunterricht, Chloe. Die Familie des Viscounts war ursprünglich römisch-katholisch. Die religiöse Verfolgung hat viele dazu getrieben, ihren wahren Glauben bis zum heutigen Tage zu verheimlichen.“

Chloes Haut begann zu prickeln. „War Stratfield katholisch?“

„Das glaube ich nicht. Ich erinnere mich nur daran, dass er einmal beiläufig die Geschichte seiner Familie erwähnte.“

Diese Entdeckung erschreckte Chloe, ohne dass sie wusste,

warum. Was für eine Bedeutung hatte es schon, wenn Dominic einer Familie von Rebellen entstammte? Sie tat das auch. Aber es gefiel ihr, etwas mehr über ihn zu erfahren.

Sie aßen gegrillten Fasan mit Kräutern, Kartoffeln mit Petersilienbutter und Apfelküchlein mit Sahne. Ein Streichquartett aus dem Dorf spielte mittelalterliche Melodien auf der langen Galerie über ihnen. Sir Edgar hätte als Gastgeber nicht aufmerksamer sein können. Und doch fühlte Chloe sich nach wie vor unbehaglich. Edgar war beinahe zu höflich, schien sich in Dominics Rolle zu wohl zu fühlen. Und Brandon hatte unter ihm gedient. Sie wollte mehr über ihren Bruder erfahren, aber irgendein unbestimmtes Gefühl hielt sie davon ab.

Ihre Gedanken begannen abzuschweifen. Onkel Humphrey und Sir Edgar spekulierten gerade über die Zukunft der französischen Aristokratie. Sie stellte sich vor, wie Dominic in Abendkleidung am anderen Ende des massiven Tisches saß. Seine gebieterische Persönlichkeit passte zur dunklen Eleganz des Hauses.

Sie stellte sich vor, wie er einen silbernen Kelch in den langen Fingern hielt und sein spöttisches Lächeln aufblitzen ließ. Beinahe konnte sie spüren, wie er sie mit seinen nachdenklichen grauen Augen auf diese untertriebene, unverschämte Art musterte. Sie nahm einen tiefen Schluck Wein. Hatte er es wirklich gewagt, sie im Schlaf zu verführen? Als wäre es nicht unverschämt genug von ihm gewesen, sich Brandons Brief zurückzuholen.

Ihre verruchten Gedanken über Dominic wärmten Chloes Blut. Sie hätte ihm zu gerne ein letztes Mal gesagt, was für ein unverschämter Schurke er war. Die Vorstellung, dass er sie liebkost hatte, während sie schlief, ließ sie erröten. Welche Frechheit, sie so zu missbrauchen, sie dazu zu bringen, so auf ihn zu reagieren. Wenn …

„Geht es Ihnen gut, Lady Chloe?“ Sir Edgars melodische

Stimme unterbrach ihre Fantasien. „Sie wirken erhitzt. Vielleicht ist es nicht angemessen, dass wir bei Tisch über die Schreckensherrschaft der Guillotine diskutieren."

Chloe fand keine Worte. Unglücklicherweise nutzte Tante Gwendolyn die peinliche Stille, um zu mutmaßen: „Vielleicht fühlt sie sich ebenso unwohl wie ich, Sir Edgar."

„Unwohl?", wiederholte Sir Edgar und warf Chloe einen neugierigen Blick zu.

„In diesem Haus spukt es", erklärte Tante Gwendolyn und schnaubte. „Spüren Sie das nicht?"

Sir Edgar wirkte ein wenig peinlich berührt. „Ich kann nicht behaupten, dass ich nachts irgendwelches Kettengerassel oder unmenschliches Stöhnen gehört hätte. Vielleicht benötigen die Damen ein wenig körperliche Ertüchtigung, um diese düsteren Gedanken zu vertreiben. Bestimmt könnte ein Spaziergang durch die große Galerie oder den Wintergarten Sie beruhigen, während Sir Humphrey und ich uns in der Bibliothek einen Brandy genehmigen."

„Das ist eine ausgezeichnete Idee", sagte Tante Gwendolyn, und daran, wie schnell sie die Gelegenheit ergriff, hätte Chloe erkennen müssen, dass sie etwas im Schilde führte. „Kommt, Mädchen, ein bisschen Bewegung wird uns nach diesem ausgezeichneten Abendessen guttun."

Sir Edgar erhob sich, um die drei Frauen zur Tür zu eskortieren. Aber gerade als sie gehen wollten, ermahnte er sie: „Noch eine Warnung, verehrte Damen. Während ich nicht glaube, dass Sie dem Geist meines Neffen begegnen werden, besteht doch die entfernte Möglichkeit, dass Sie seinem Hund über den Weg laufen könnten."

„Seinem Hund?", fragte Pamela überrascht. „Was meinen Sie nur?"

Er lachte leise. „Seinen überaus lästigen Jagdhund. Er gräbt seit Wochen den Garten um und rennt frei im Wald umher. Ich habe dem Wildhüter gesagt, dass wir ihn erschießen sollten, aber er hat sich gesträubt, bis das elende Tier vor ein oder zwei Tagen auf einmal verschwunden ist. Es wäre mir sehr unangenehm, wenn es vor meinen Gästen plötzlich wiederauftauchen sollte."

„Ich habe keine Angst vor dem Hund Seiner Lordschaft", entgegnete Tante Gwendolyn. „Das arme Tier ist vermutlich vor Trauer wie von Sinnen. Der Viscount war ein begeisterter Jäger und Reiter", fügte sie mit offensichtlicher Anerkennung hinzu. „Ganz egal, was man sonst über ihn sagt, er konnte auf jeden Fall gut mit Tieren umgehen."

„Und mit Frauen", ergänzte Pamela leise zu Chloe gewandt.

Chloe biss sich auf die Zunge, um nicht zu sagen, dass sie auf diesem Gebiet schon ihre eigenen Erfahrungen gemacht hatte. Glücklicherweise unterbrach Tante Gwendolyn sie, um ihnen eine eigene Meinung zuzuflüstern. „Ihr habt ihn gehört, Mädchen. Der Hund des Viscounts kann die Gegenwart seines Herrn spüren. Tiere fühlen so etwas, kann ich euch sagen. Dieser Geist muss ein für alle Mal gebannt werden, und wenn ich es selbst mit ihm aufnehmen muss!"

Das war zu viel für Chloe und Pamela. Sie brachen in respektloses Gelächter aus, als Gwendolyn sie über die breite Eichentreppe zu der großen Galerie hinaufscheuchte, die die Eingangshalle überblickte. In vergangenen Tagen hatte sich die Familie in dem geräumigen Gang Bewegung verschafft oder Spiele gespielt. Liebespaare waren Hand in Hand dort entlangspaziert und hatten sich bei Mondschein in den Nischen geküsst.

Pamela begann erneut zu kichern, als sie die Ahnenporträts an der Wand betrachtete. Chloe lachte auch, aber sie war insgeheim enttäuscht, dass sie kein Porträt von Dominic fand.

Es wäre sicherer gewesen, sein Porträt zu schelten, als ihm noch einmal leibhaftig gegenüberzutreten.

Der Klang von Chloes unbeschwertem Lachen drang durch die Wände hindurch bis in das düstere Versteck, in dem Dominic sich verbarg. Er konnte spüren, wie ihre Lebensenergie seine einsame, melancholische Stimmung vertrieb. Ihre verführerische Stimme lockte ihn, sein Gefängnis zu verlassen, um sie wiederzusehen. Es quälte ihn, zu wissen, dass sie hier in seinem eigenen Haus war und er sie doch nicht in die Arme schließen konnte.

Wenn er die Wahrheit sagen musste, wollte er mehr als das, viel mehr. Es war sein leidenschaftlicher Wunsch, alles über Chloe Boscastle zu erfahren, ihre Bewunderung für sich zu gewinnen und sich vor ihr als Held zu erweisen. Er wollte sein Versteck für immer verlassen und wieder zum Menschen werden.

Er begann, in dem engen, stickigen Raum auf und ab zu gehen, der ihm als selbst auferlegtes Gefängnis diente. Wie ungerecht es war, dass er ihr in der schwärzesten Zeit seines Lebens hatte begegnen müssen. Zweifelsohne hatte er sie angewidert. Selbst wenn es ihm gelang, Rache zu nehmen und das Ganze sogar zu überleben, würde er doch nie die Erlaubnis erhalten, ihr den Hof zu machen. Ihre Brüder würden ihn mit Recht einen Schurken schimpfen und ihn zum Frühstück verspeisen.

Falls er überlebte.

Er war bereit, für seine Rache zu sterben. Nichts konnte ihn aufhalten.

Ihr Gelächter hallte die Galerie entlang, und er musterte hoffnungsfroh den Spalt in der Wand. Er sehnte sich danach, sie noch ein einziges Mal zu sehen. Die halbe Nacht und den ganzen Tag hatte er sich mit der Erinnerung an ihre Küsse und ihre hitzigen Worte gequält, indem er bis ins kleinste Detail heraufbeschworen hatte, wie sie sich angefühlt und wie sie geduftet hatte. Es schien beinahe unglaublich, dass sie in sein Haus gekommen war. Sie war so nah – und doch außerhalb seiner

Reichweite. Als hätte sein Verlangen sie zu ihm hingezogen.

Und sie lachte. Sie hatte mit seinem Feind zu Abend gegessen. Tanzte den Gang hinunter, über den sein Mörder gekommen war. Sprach mit dem machthungrigen Mann, der in der Lage war, einen Menschen ebenso leichtfertig zu töten wie eine Fliege.

Dominic hatte sie nicht ausreichend gewarnt.

Sie hatte ja keine Ahnung, wie gefährlich Sir Edgar sein konnte.

„Mama, wo willst du denn hin?“, fragte Pamela erschrocken und beeilte sich, mit den schnellen Schritten ihrer Mutter mitzuhalten.

„Zum Schlafzimmer Seiner Lordschaft.“

Pamela blickte Chloe entsetzt an. „Was ist, wenn Sir Edgar uns findet und wissen will, was wir tun?“

Tante Gwendolyn blieb erstaunlich unbeeindruckt. „Wir bestehen darauf, dass wir ein Geräusch gehört haben und versehentlich in den Raum gegangen sind.“

„Wirklich, Tante Gwendolyn, ist das nicht äußerst unverschämt?“, fragte Chloe. Offenbar hatte sie die Entschlossenheit ihrer Tante unterschätzt. Vielleicht kam das Blut der Boscastles doch noch durch.

„Äußerst unverschämt“, verkündete Tante Gwendolyn, während sie die mondbeschienene Galerie entlangrauschte, „ist ein Geist, der es darauf anlegt, meine Tochter in den Ruin zu treiben.“

Chloe eilte ihr nach. Es war unmöglich, eine Boscastle aufzuhalten, die sich etwas in den Kopf gesetzt hatte, selbst wenn sie nur einer Nebenlinie entstammte. Tante Gwendolyn hatte in ihrem Ridikül ein Päckchen Salz, eine Bibel, eine Silberglocke und ein Seidentäschchen mit dem pulverisierten Fingerknochen eines französischen Heiligen mitgebracht. Zumindest hatte Madame Dara das behauptet, als sie Lady Dewhurst die krümeligen Körnchen verkauft hatte, die Chloes Meinung nach verdächtig nach Hafermehl aussahen.

„Nun kommt schon, Mädchen", flüsterte Tante Gwendolyn, sobald sie die verschlossene Schlafzimmertür erreicht hatten. „Den Informationen des Pastors zufolge ist dies der Raum, in dem Lord Stratfield ermordet wurde."

„Vielleicht sollten wir das Ganze bei Tageslicht machen", sagte Pamela, die bei der Erwähnung des grauenvollen Mordes blass geworden war.

„Unsinn", widersprach ihre Mutter. „Geister treiben ihr Unwesen bei Nacht, und wir wissen nicht, ob wir noch eine zweite Gelegenheit bekommen, ihn aufzuhalten. Wir können uns nicht darauf verlassen, dass mein Gemahl in der Kunst der Konversation geschult genug ist, um Sir Edgar noch sehr viel länger zu unterhalten."

Chloe blieb zurück, als Pamela die Tür zu dem dunklen Raum öffnete. Sie hatte kein Bedürfnis, das Zimmer zu sehen, in dem Dominic so brutal angegriffen worden war, und sich vorzustellen, wie er entsetzt und verängstigt in unvorstellbaren Qualen dort gelegen haben musste. Nachdem sie die Schmerzen gesehen hatte, die ihm seine Wunden bereiteten, konnte der Anblick sie nicht unberührt lassen.

„Kommst du nicht mit, Chloe?", flüsterte Pamela ihr zu.

„Ich werde hier draußen Wache halten", erwiderte sie. „Aber beeilt euch, ihr beiden."

Nach ein paar Minuten fühlte Chloe sich zu einem Gemälde an der Wand am anderen Ende der Galerie hingezogen. Sie wusste sofort, dass der schneidige Reiter, der in einem wehenden weinroten Umhang dargestellt war, Dominic sein musste. Die grauen Augen, die vom Porträt auf sie hinabblickten, hatten dasselbe spöttische Funkeln, an das sie sich so gut erinnerte. Dem Maler war es wirklich gelungen, die kraftvolle Ausstrahlung und die Vielschichtigkeit Dominics einzufangen.

Beinahe so, als stünde er direkt vor ihr.

„Ich sollte Ihnen eine Lektion erteilen“, flüsterte sie.

Sie hörte ein Geräusch. Es war ein leises Kratzen, aber woher kam es? Sie folgte dem Geräusch weiter die Galerie entlang bis zu einem großen, unbenutzten Kamin, der von zwei italienischen Marmorsäulen eingerahmt wurde.

„Eine Maus“, sagte sie und spähte etwas enttäuscht in die staubige Leere. „Vermutlich nur eine Maus.“

Sie ging von dem Kamin weg zu einem der hohen, gekippten Fenster, die auf das Anwesen hinaufblickten. Das Mondlicht spiegelte sich in der schwarzen Oberfläche des Sees. Ihren Geist sah sie nirgends.

„Wo sind Sie, Dominic?“, fragte sie kaum hörbar und drückte eine Hand gegen das Bleiglasfenster.

„Näher, als Sie denken.“

Sie wirbelte herum. Eine Gestalt in einem dunklen Umhang kam rasch auf sie zu. Das Herz schlug ihr bis zum Hals. Noch bevor sie etwas sagen konnte, hatte eine schwarz behandschuhte Hand sanft ihren Mund bedeckt, und sie wurde in die dunkle, gähnende Öffnung neben dem Kamin gezogen.

Die Säule glitt mit einer Staubwolke zurück an ihren Platz, und warme Dunkelheit umhüllte Chloe. Sie spürte, wie Dominic sie fest an seine Brust zog. Seine muskulösen Schenkel schoben sie nach hinten in die stickige Leere. Sie konnte ihn nicht erkennen, aber sie fühlte ihn am ganzen Körper. Seine Arme schützten sie vor Gefahren, die sie erahnen, aber nicht benennen konnte. Seine Lippen streiften zärtlich ihre erhitzte Wange.

„Oh, mein Gott, Dominic. Sie sind wahnsinnig …“

„Sagen Sie nichts“, flüsterte er an ihrem Hals.

Sie öffnete den Mund, um dagegen zu protestieren, dass sie

zwischen einer unverputzten Wand und seinem stahlharten Körper eingeklemmt war. Er drückte einen behandschuhten Finger auf ihre Lippen und vereitelte so ihre unausgesprochene Beschwerde. Dann legte er seine große Hand sanft um ihr Kinn. Chloe erschauderte und schloss die Augen angesichts des abscheulich aufregenden Erlebnisses, auf so liebevolle Weise und doch so schamlos verführt zu werden.

Mit seinen in kühles Leder gekleideten Händen glitt er über ihre Schultern, streichelte ihren Rücken und umfasste schließlich ihre Pobacken. Das Gefühl war zugleich intim und unpersönlich, seine Bewegungen schienen so ruhig und selbstbewusst, als ob er selbstverständlich das Recht dazu hätte. Seit ihrer letzten Begegnung hatte er an Kraft gewonnen, besaß wieder vollkommene Kontrolle über seinen Körper und war sich seiner Macht ganz und gar bewusst. Die Dunkelheit steigerte ihr Gefühl von Verletzlichkeit und damit seinen Vorteil. Sie konnte die angespannten Muskeln seiner Brust spüren und einiges darunter. Seine Schenkel waren gegen die ihren gepresst.

„Ich habe an Sie gedacht, Chloe. Daran, wie viel Freude es mir bereitet hat, Sie zu küssen."

„Ich weiß nicht, wie man hier drin überhaupt nachdenken kann", flüsterte sie. „Es ist so dunkel."

„Es ist schön, Sie wiederzusehen." Sie spürte, wie sein Herz schneller klopfte. „Es wäre auch schön, Sie zu küssen."

Das Versprechen in seiner Stimme raubte ihr den Atem. Noch bevor sie antworten konnte, hatte er den Mund auf den ihren gedrückt. Er ließ seine Zunge in ihren Mund gleiten, während er sie mit einer Hand näher an sich zog. Sein Körper spannte sich an, und ihm entfuhr ein tiefes Stöhnen. Das Einzige, woran sie denken konnte, war: *Er lebt. Die Pferdemedizin hat ihn nicht umgebracht, und er küsst mich wieder.*

In der Dunkelheit, hier in seinem Zuhause, hatte Dominic alle Trümpfe in der Hand und würde sicherlich nicht zögern, sie auch auszuspielen. Sie war jetzt in seiner Gewalt, sozusagen in *seinem* Ankleidezimmer. Er konnte mit ihr machen, was er wollte – sie tagelang an diesem geheimen Ort festhalten –, und niemand würde erraten, wo sie war. Die Möglichkeiten faszinierten sie. Was würde er tun? Sein gekonnter Kuss verwirrte sie und weckte in ihrem Inneren ein tiefes Verlangen. Ihr ganzer Körper pulsierte.

Sie war bei Weitem nicht so verängstigt, wie es eine anständige junge Dame in solch einer unaussprechlichen Situation hätte sein sollen. Während sie sich Halt suchend an der Wand abstützte, spannte sie sich unwillkürlich an, als sie seine unverkennbare Erregung an ihrem Bauch spürte. „Sollen wir jetzt wirklich hier herumstehen und uns in der Dunkelheit berühren?", flüsterte sie. „Sie könnten mir wenigstens einen Stuhl bringen." Bevor sie ihm vor die Füße fiel.

„Sie wollen doch nicht etwa meine Gastfreundschaft kritisieren?"

„Dies ist ein wahrhaft grauenvolles Versteck. Was, wenn ich es doch tue?"

Er zwirbelte eine ihrer glänzenden schwarzen Locken um seinen Zeigefinger. „Dann müsste ich Sie bestrafen."

„Hmm. Mich bestrafen?"

„Oh ja." Er zog sanft an der Haarlocke. „An der Kellerwand sind ein paar ganz brauchbare Handschellen. Sie sind vielleicht ein bisschen rostig und sicherlich nicht so hübsch wie die Diamanten und das Goldfiligran, das üblicherweise Ihre zierlichen Handgelenke schmückt."

Handschellen. Im Keller. Der Schurke drohte ihr ausgerechnet damit, sie an die Wand zu ketten. Das war also der Dank dafür, dass sie ihm geholfen hatte. Und was, fragte sie sich, würde er tun, wenn er sie erst in Ketten gelegt hatte? Prompt errötete Chloe angesichts der erotischen Bilder, die ihr bei dem Gedanken durch den Kopf gingen, zu seinem Vergnügen gefesselt und hilflos zu sein, seine Sklavin zu werden.

„Verdammt, Stratfield“, sagte sie wütend. „Ich würde Sie schlagen, wenn ich Sie richtig sehen könnte.“

„Ich bin genau hier, Chloe. Ich könnte kaum noch näher bei Ihnen stehen.“

Und so war es auch. Die Hitze seines Körpers übertrug sich auf sie. Sein lautes Herzklopfen schien ihres widerzuspiegeln.

„Können Sie mich nicht spüren?“, fragte er, während er mit der Fingerspitze die Linie ihres Halses nachfuhr, den zarten Rand ihres linken Ohrs.

„Jeden Zoll.“ Die Atemlosigkeit ihrer Stimme konnte er wohl kaum überhören. Was hatte Shakespeare noch darüber geschrieben, dass der Prinz der Dunkelheit ein Gentleman war? „Die Priester haben doch niemanden in Ketten gelegt, oder?“

„Nein“, erwiderte er fröhlich. „Aber die Schmuggler, die zwei Jahrhunderte später hier waren, schon. Ich werde Ihnen nicht das Skelett in Ketten zeigen, das ich während meiner ersten Tage im Verborgenen gefunden habe.“

„Ich bin Ihnen unendlich dankbar.“

Er lachte, und sein warmer Atem auf ihrer Schulter ließ sie erschaudern. „Der arme Teufel trägt ein Schild um den Hals, auf dem ‚Befreit mich auf eigene Gefahr‘ steht.“

„Und was soll das bedeuten?“, fragte Chloe, plötzlich dankbar, dass Dominics schützende Arme so nah waren.

„Ich habe keine Ahnung.“

„Vielleicht bedeutet es, dass dann sein Geist entfesselt wird, um sich an seinen Feinden zu rächen“, sagte sie ruhig. „Vielleicht ist er sogar einer Ihrer Vorfahren.“

„Ich bezweifle es. Der Knochenbaron scheint vielmehr ein Feind des Mannes gewesen zu sein, der zu diesem Zeitpunkt die Herrschaft über das Verlies hatte.“

„Nun, vielleicht sind Sie und der Knochenbaron verwandte Seelen, wenn schon keine Blutsverwandten.“

Er lächelte sie an. „Vielleicht. Soll ich ihn freilassen?“

„Nur auf eigene Gefahr und bitte nicht, während ich dabei bin.“ Sie hielt inne. „Was geschieht nun mit mir?“, flüsterte sie. Ihre Worte klangen klar und deutlich durch den gruftähnlichen Raum.

In seiner körperlosen Stimme schwang eine teuflische Belustigung mit, die in ihr den Wunsch weckte, ihn zu ohrfeigen. „Was möchten Sie denn, Chloe? Ich werde mich als Gastgeber bemühen, all Ihre Wünsche zu erfüllen.“

13. KAPITEL

Sich einen Monat lang im Dunkeln zu verstecken, konnte die Gedanken eines Mannes verwirren. Ohne menschlichen Kontakt, ohne die Berührung einer Frau und ohne Licht – wer würde da nicht ein klein wenig wahnsinnig werden?

Chloe war der geheime Traum jeden Mannes. Sie war schön und leidenschaftlich, ein Preis, für den es sich zu kämpfen lohnte. Und entweder ängstigten sie seine Drohungen zu Tode, was er bezweifelte, oder es gelang ihr nicht, ihre Gefühle ihm gegenüber zu unterdrücken. Warum sonst hatte sie ihn noch nicht verraten, wo sie doch reichlich Gelegenheit dazu gehabt hatte, sein Geheimnis zu lüften und ihre Familie um Rat zu bitten? War es möglich, dass es ihm gelungen war, ihr ungestümes Herz für sich zu gewinnen?

„Ich bin sehr erfreut, Sie zu sehen, Chloe Boscastle“, sagte er. Er küsste ihre verführerischen Lippen, bevor er sanft in ihren köstlichen Hals biss. Sie war wie ein Bankett für seine ausgehungerten Sinne. Beim besten Willen konnte er nicht so tun, als wäre ihm ihre Gegenwart gleichgültig. Seine Reaktion auf sie war eine Urkraft und ließ sich nicht bezähmen.

„Hier drin gibt es keine Luft, Dominic“, flüsterte sie. Sie leistete keinen erkennbaren Widerstand, hatte ihm aber auch keine Erlaubnis dazu gegeben, so über sie herzufallen. „Wie ertragen Sie das nur?“

In der Dunkelheit fingen seine Sinne zu schnell Feuer. Es war die verletzliche Zartheit ihres Bauches und ihrer runden Brüste, die gegen ihn gedrückt waren, der leichte Duft von Seife auf ihrer Haut. Er wollte sie von Kopf bis Fuß verzehren, sie entkleiden und ihren samtigen Körper nach Herzenslust anbeten.

„Sind Sie etwa hierhergekommen, um mich zu quälen?“, fragte er sanft.

Natürlich kannte er die Antwort. Zu einer so unversöhnlichen Tat war Chloe nicht fähig. Sie ahnte nicht, welchen Folterqualen er in ihrer Gegenwart ausgesetzt war – so nah und doch so unerreichbar. Auch wenn sie seine Pläne durchkreuzt hatte, war es ungerecht, ihr vorzuwerfen, dass sie das absichtlich getan hätte. Sie mochte so undiszipliniert sein wie ihre Brüder und ebenso einfach in Schwierigkeiten geraten, aber er bezweifelte, dass sie auch nur eine grausame Faser im Körper hatte.

„Als wäre ich so hinterhältig wie Sie, Dominic." Sie klang so gekränkt, dass er sie beinahe noch einmal geküsst hätte, um sich für die Beleidigung zu entschuldigen. „Ich hatte keine Ahnung, dass Sie sich in Ihrem eigenen Haus verstecken", fügte sie leise hinzu.

„Und das wird auch niemand erfahren", erwiderte er. „Aber wenn mich schon jemand finden musste, bin ich sehr froh, dass Sie es waren."

„Warum?", fragte sie. Er vermutete, dass sie ihn neckte.

„Sie wissen ganz genau, warum", erwiderte er rau.

„Sagen Sie es mir, Dominic." Sie umfasste seinen Nacken mit einer Hand und zog ihn zu sich. „Ich will es wirklich wissen."

Brodelnde Hitze pulsierte durch seine Adern. Was sie ihm antat, ohne sich auch nur Mühe zu geben. Wozu sie mit ein wenig Erfahrung erst fähig sein würde! „Gott, Chloe, Sie sind wirklich ein Plagegeist."

„Bin ich das?" Er hörte, wie ihr Atem schneller ging, und das Geräusch ließ ihn so ungeduldig und hungrig wie ein Raubtier werden, das kurz davorstand, seine Beute zur Strecke zu bringen. Sie begehrte ihn auch. Er war mit diesem unerträglichen Verlangen nicht alleine.

Er küsste sie wieder. Natürlich hatte er mehr als nur ein wenig die Beherrschung verloren, das war ihm klar. Aus Erfahrung wusste er auch, dass sie sich in der Dunkelheit desorientiert fühlen musste und vermutlich Angst hatte, sich zu bewegen, bis sie sich halbwegs hier zurechtgefunden hatte. Es hatte Tage gedauert, bis er den Schatten vertraut hatte, bis er sich die ungewohnte Umgebung eingeprägt hatte und zu einem „wahren“ Geist geworden war. Wer konnte ihm einen Vorwurf daraus machen, wenn er ihre Anwesenheit ausnutzte? Er sehnte sich so verzweifelt nach Gesellschaft, nach dem Gefühl, zu *leben,* nach einer warmen, liebevollen Frau, dass er kaum mehr einen klaren Gedanken fassen konnte.

Es war ein Tribut an ihre Familie, dass er sie nicht einfach auf der Stelle verführte, bis ihr die Sinne schwanden, und sie beide einen Pfad besinnungsloser Lust herunterleitete. Gütiger Himmel, wie er sich wünschte, sich in ihr zu versenken! Die zufällige Berührung ihrer üppigen Brüste gegen seinen Oberkörper war die köstlichste Qual, die er je gekannt hatte. Der weiche Druck ihres Bauches gegen seine Hüfte weckte in ihm ein schmerzhaftes Verlangen. Ohne die geringste Anstrengung hatte sie ihn zu ihrem willigen Sklaven gemacht. Ihr Zauber war mächtig, es war die uralte Alchimie weiblicher Magie.

Er wollte sie nackt zu seinen Füßen sehen, wollte, dass ihre blauen Augen bewundernd und einladend zu ihm aufblickten. Vermutlich hätte er seinen Vorteil ausnutzen können. Allerdings durfte er sie keinesfalls zu lange hierbehalten, diesen Funken Licht in seiner dunklen, hässlichen Welt. Und wenn er nicht bald aufhörte, würde er sich auf die Knie werfen und um ihre Zuneigung betteln. Er zog sie näher an sich, drückte ihren kurvigen Körper gegen seine harten Muskeln.

Er hatte das Schicksal herausgefordert, indem er sie in sein Versteck gebracht hatte. Für sie bedeutete er nur Gefahr. Und egal, wie verdorben und wahnsinnig Dominic zu seiner schlechtesten Zeit geworden war, er hätte sich doch lieber selbst zerstört, als Chloe noch tiefer in seine persönliche Hölle zu ziehen. Dies war nicht ihr Krieg. Sie sollte der Lohn am Ende sein.

„Verdammt, Chloe“, sagte er vollkommen verzweifelt.

„Warum mussten Sie hierherkommen?"

Sie nahm einen tiefen Atemzug. Nun schien sie sich ihrer selbst wieder sicherer zu sein, ihr Überlebensinstinkt war beruhigend stark. Sie war ganz sicher kein empfindliches Gewächshauspflänzchen, das beim ersten Frost verwelkte. „Wie können Sie bloß hoffen, in diesem Haus unentdeckt zu bleiben?", fragte sie sachlich.

„Haben Sie irgendeine Ahnung, in welche Gefahr Sie sich damit gebracht haben, hierherzukommen?"

„Sind Sie wahnsinnig, Dominic? Werde ich von einem Verrückten verführt?"

„Das ist gut möglich."

„Sich in Ihrem eigenen Haus zu verstecken …"

„Lassen Sie doch diese Fragerei."

„Dann küssen Sie mich nicht."

„Tun Sie, was ich Ihnen sage, Chloe."

„Nicht, bis ich weiß, warum."

„Sie wissen bereits viel zu viel. Und ich werde Sie küssen, sooft ich möchte."

„Sie werden mich erst um Erlaubnis fragen …"

Wie zur Antwort nahm er ihr Kinn in die Hände und gab ihr einen weiteren langen, verführerischen Kuss. Chloe führte mit Schultern und Hüften eine Art Tanz auf, als wäre sie sich nicht sicher, ob sie näher zu ihm hin wollte oder versuchen sollte zu fliehen. Oh, wie dieser Mann küsste – ihr lief ein köstlich verbotener Schauer über den Rücken. Ihre Lippen prickelten, als er mit der Zunge langsam die Umrisse ihres Mundes nachzeichnete und dann sanft in ihr Ohrläppchen biss. Dominic hielt ihr Gesicht, als wäre es aus dem zerbrechlichsten, edelsten Glas, während er mit den Daumen sanft ihre Wangenknochen streichelte.

Aber die Gefühle, die er in ihr weckte, waren alles andere als zerbrechlich oder sanft. Der Sturm von Empfindungen brach so wild und unvorhersehbar aus ihr hervor wie ein Gewitter, das in ihrem Inneren wütete. Intuitiv schien er zu wissen, wie er sie dazu brachte, sich bebend zu unterwerfen. Er senkte die linke Hand und begann, neckend und lustvoll mit der Handfläche über eine ihrer Brüste zu reiben. Was für ein sündiges Gefühl! Sie spürte, wie ihre Knie nachzugeben drohten. Die Knospen ihrer Brüste schmerzten und drückten sich hart gegen ihr Musselinmieder, sie war wie betäubt vor Benommenheit und Freude. Schwach und zittrig fühlte sie sich, vor Hitze, vor Kälte, vor rohem Verlangen. Unwillkürlich schloss sie die Finger fester um seinen kräftigen Hals.

„Wagen Sie es nicht, mich noch einmal so zu berühren", flüsterte sie schwach.

Er hielt inne und kniff die Augen zusammen. Er erinnerte sie an einen Wolf, der seine Beute ein letztes Mal taxierte.

Sie atmete noch einmal durch. „Zumindest nicht, bevor Sie mir mehr über das erzählt haben, was Sie tun."

In der Dunkelheit klang seine Stimme noch tiefer, er schien Geheimnisse anzudeuten, die Chloe vielleicht gar nicht erfahren wollte. „Und wenn ich Ihre Neugier befriedige, darf ich Sie dann berühren, Chloe?"

„Vielleicht." Sie zögerte. Großer Gott, was hatte sie da eben nur gesagt? Sie setzte ihre Tugend aufs Spiel, nur um an Informationen zu kommen. „Aber nur ein bisschen."

Er nahm ihre Hand. Sie stellte erschrocken fest, dass er ihr nichts dergleichen versprach. „Seien Sie vorsichtig, wenn Sie die Treppe hinuntergehen. Es macht Ihnen doch nichts aus, wenn ich meinen Arm um Sie lege, um Sie zu führen, oder? Das Holz ist hier teilweise verfault. Wir müssen in jedem Fall verhindern, dass Sie fallen und sich die zarte Haut aufschürfen."

Beim Klang seiner tiefen, besorgten Stimme bekam sie Gänsehaut im Nacken. Verhindern, dass sie fiel, also wirklich! Und sie um Erlaubnis zu bitten, nach allem, was er zuvor getan hatte.

Immer tiefer hinunter führte ihr dunkler Lord sie in sein unterirdisches Reich, in die geheimen Gänge tief unter seinem Haus. Wie viel tiefer konnte eine Dame noch fallen? Sie konnte schon beinahe die Flammen des Hades unter ihren Füßen spüren, als ihr böser Prinz sie durch sein unterirdisches Reich führte.

Würde das ihr Ende sein? Oder würde sie zu ihrem Leben als relativ anständige junge Dame zurückkehren?

Dominic würde nicht zulassen, dass ihr irgendein Leid geschah. Chloe glaubte fest daran, sonst wäre sie nicht mit ihm gegangen.

Aber würde sie als dieselbe weltfremde junge Frau zurückkehren, die sie vor ihrem Abstieg in Dominics Hauptquartier gewesen war?

Sie war sich über die Antwort nicht sicher.

Er führte sie hinunter in einen dunklen Kreidetunnel, in dem er eine einzelne Kerze hatte brennen lassen. Angeekelt rümpfte sie die Nase, als sie die bröckelnden Mörtelhaufen und die alten Brandyfässer sah, die in dem engen Gang herumlagen.

Ein verstohlenes Kratzen in der Wand ließ sie zusammenzucken. „Gütiger Himmel, was war das?"

Er lächelte entschuldigend. „Kein Grund zur Besorgnis. Nur die Ratten."

Sie duckte sich vor einem fauligen Balken und murmelte „Ratten", als wäre ihr eben erst bewusst geworden, dass er sein Quartier mit verschiedenstem Ungeziefer teilte, von dem eine junge Dame üblicherweise hoffte, es nie in ihrem Leben zu Gesicht zu bekommen. Aber anstelle des erwarteten Grauens lagen in ihrer Stimme nur Mitleid und eine Art ruhiges Verständnis, das ihn beinah überwältigte. „Oh, Stratfield, Sie armer Teufel. Wie kommen Sie nur damit zurecht?"

Sie war ein unberechenbares kleines Ding, diese Chloe Boscastle. Nicht leicht abzuschrecken. Die Art, die nach einem bösen Sturz sofort wieder aufs Pferd sprang. Er vermutete, dass es etwas damit zu tun hatte, dass sie in einer unbekümmerten, herrschaftlichen Familie aufgewachsen war. „Wie ich zurechtkomme?“, sinnierte er. „Nun, mein Lakai findet es ein wenig schwierig, mich im Dunkeln zu rasieren, und manchmal finde ich keine zusammenpassenden Manschettenknöpfe, aber ansonsten habe ich es recht komfortabel.“

„Aber wie einsam es für Sie sein muss! Worüber denken Sie nur in all den stillen Stunden nach?“

Er betrachtete ihr Gesicht und bemerkte, wie das Kerzenlicht ihre Züge vergoldete, sodass sie noch zarter und verführerischer aussah, wenn das überhaupt möglich war. „Am Anfang kreisten all meine Gedanken nur um mörderische Rache. Ich träumte davon, auf verschiedene Arten Vergeltung zu üben, die so barbarisch waren, dass ich sie nicht aussprechen möchte.“

Sie begegnete seinem Blick. „Wenn man bedenkt, was Ihnen angetan wurde, sind solche Gedanken verständlich.“

„Vielleicht. In letzter Zeit habe ich jedoch festgestellt, dass es mir zunehmend schwerfällt, mich daran zu erinnern, dass ich nur für die Rache lebe. Ich ertappe mich selbst dabei, wie meine Gedanken zu anderen Dingen abschweifen.“

„Oh. Wie … faszinierend.“

„Meinen Sie?“ Er beugte sein Gesicht nah an ihres und atmete ihren bezaubernden Duft ein. Er war schwach vor Verlangen, sehnte sich verzweifelt nach ihr. Sicherlich ahnte sie, dass diese „anderen Dinge“ sich allein darum drehten, wie er sie hier herunterbringen könnte, um sie bei Kerzenlicht langsam zu entkleiden und in jeder Position zu lieben, die es gab.

„Wollen Sie es mir nicht sagen?“, flüsterte sie. Ihr Atem streifte seine Wange wie eine Liebkosung.

Er biss die Zähne zusammen. Ihre Stimme forderte ihn heraus, entzündete seine ohnehin schon glühenden Sinne. Mit brennenden Augen zog er langsam die Handschuhe aus, legte die Hand um ihren Nacken und zog sie an sich.

Sein Mund berührte ihren, seine Zunge drang zwischen ihre Lippen. Er legte die andere Hand um ihre Taille. Sie stöhnte so leise, dass er vor Verlangen hätte weinen können.

„An Sie", sagte er, und das Geständnis kam direkt aus seiner Seele. „Ich denke an Sie … daran, was ich mit Ihnen machen möchte. Ich denke daran, Sie auf tausend verschiedene Arten zu berühren, und …"

Sie küsste ihn, zwang ihn auf verführerische Weise dazu, zu schweigen. Seine Welt blieb stehen. Er ließ seine freie Hand langsam über ihren Bauch bis hinauf zu ihren schwellenden Brüsten wandern. Sie entspannte sich, gab sich ihm hin. Und doch wurde ihr Kuss zugleich fordernder. Von ihrem Wagemut fasziniert, ließ er sie gewähren.

Unterwerfung. Verführung. Es war ihm einerlei, solange er sie nur ganz für sich alleine hatte. Sein Atem ging schneller, als sie ihre Brüste gegen seine Handfläche drückte. Er gefiel ihr. Und sie versengte ihn bis auf die Knochen. Ihr geschmeidiger Körper lockte ihn, weckte all seine gefährlichen Instinkte.

Er rieb mit dem Daumen über ihre Brustspitze und schmeckte ihrem warmen Atem auf seinen Lippen nach. Ohne nachzudenken, legte er die zweite Hand um ihre andere Brust, wog das köstliche Gewicht in seinen Fingern. Die dünne Seide ihres Kleides bot ihr kaum Schutz vor seiner Begierde.

„Dies", sagte er mit rauer Stimme, „ist es, woran ich in der Dunkelheit denke. An Sie."

„Doch nicht die ganze Zeit?"

„Lange genug, um mich nicht beherrschen zu können …"

Bevor er wusste, wie ihm geschah, berührte er sie überall, streichelte mit den Fingern ihren Bauch, liebkoste das seidenverhüllte Delta zwischen ihren Schenkeln. Auch dort war sie warm, und es fiel ihm nur zu leicht, sich vorzustellen, wie sie seine Männlichkeit mit purer Hitze umhüllen würde.

Welch süße Qual! Sie passten so gut zusammen. Er küsste sie tiefer, leidenschaftlicher und presste sie gegen die Wand hinter ihnen. Ihr Kleid verfing sich an dem rauen Mörtel. Mit einem sanften Ruck befreite sie es und begegnete dann seinem Blick.

Sie erstarrte. Ihre Lippen waren feucht und glänzten im Kerzenlicht. Sie musste das glühende Verlangen in seinen Augen gesehen haben. Er versuchte nicht, es zu verbergen. Die Dringlichkeit seines Begehrens brannte in ihm wie ein Fieber. Er spürte, wie sie zitterte. War sie gekränkt? Ängstlich? Spürte sie, dass er kurz davor war, ihr das Kleid vom Leib zu reißen?

Ihr Lächeln löste die unerträgliche Anspannung. Er stöhnte beinahe laut auf, als sie ihre geschwollenen Lippen mit der Zunge befeuchtete. „Sie können nicht die ganze Zeit nur über mich nachdenken. Was machen Sie hier sonst noch?"

„Manchmal lese ich", erwiderte er. „Oder ich übe Fechten. Mein Onkel unterrichtete früher einmal Angelos Technik in Venedig. Er brachte mir alles bei, was ich über das Fechten weiß."

Sie rieb sich die Unterarme und spähte in den düsteren Tunnel. „Wohin führt der Gang?"

Er zögerte. Bis hierher hatte er ihr vertraut. Wenn sie ihn verriet, war es gleichgültig, wie viel sie noch wusste. Er mochte Chloe vorübergehend in seiner Gewalt haben, aber am Ende konnte sie mit ein paar schlecht gewählten Worten seinen Untergang herbeiführen.

„Er führt über eine Reihe von unterirdischen Tunneln, die ein Schmugglerring in den Hügel des Anwesens gegraben hat, zu der verlassenen Mühle außerhalb des Dorfes. Der Mühlbach wurde früher dafür benutzt, Schmuggelware zum Meer zu transportieren. Für meine Bedürfnisse finde ich dort eine angemessene – wenn auch etwas kalte – Möglichkeit, nachts zu baden."

„Und niemand hat Sie dabei gesehen?"

Er warf ihr einen ironischen Blick zu. „Nicht bis zu der

Nacht, in der ich gezwungen war, in Ihrem Zimmer Zuflucht zu suchen. Ich wusste, dass es riskant ist, in die Wälder zu gehen, aber ich habe mich verzweifelt nach etwas Freiheit gesehnt."

„Wie lange hoffen Sie, in diesem Haus unentdeckt zu bleiben?", fragte sie sich laut.

„Unendlich lang, wenn Sie mein Geheimnis für sich behalten."

„Aber Sir Edgar gehört zur Familie, er ist ein gut ausgebildeter Soldat. Warum bitten Sie ihn nicht um Hilfe? Oder ist er einer jener steifen Kerle, die darauf bestehen, alles besonders korrekt zu machen? Er muss Beziehungen haben, oder zumindest …"

Er sah das Entsetzen in ihren Augen, als sie seinem verächtlichen Blick begegnete und verstand, warum ihr Vorschlag unmöglich war. Unwillkürlich trat sie einen Schritt von ihm weg. „Er?", fragte sie ungläubig. „Ihr eigener Onkel? Sie können nicht wirklich glauben, dass er etwas mit dem Angriff auf Sie zu tun hatte."

„Ich glaube es nicht. Ich weiß es."

„Aber warum? Sind Sie sich sicher?"

Er wollte nicht ihre wenigen gemeinsamen Augenblicke verderben. „Ich vertraue Ihnen, Chloe. Jetzt müssen Sie mir vertrauen. Ich habe in jener Nacht seine Stimme gehört, bevor er auf mich einstach. Er trug eine Maske, aber ich kenne ihn bereits mein ganzes Leben."

„Und da Samuel tot ist", sagte sie leise, „geht Ihr Erbe an ihn."

Seine Augen verdunkelten sich vor Trauer. „Ja."

„Und Brandon – oh, mein Gott, Dominic. Hatte er etwas mit dem Tod meines Bruders zu tun?"

„Kommen Sie, Chloe. Dies ist nicht der richtige Zeitpunkt für solche Gespräche. Ja, ich glaube, er ließ Samuel und Brandon ermorden, weil sie gesehen haben, wie er Geheimnisse an die

Franzosen verkaufte. Erlauben Sie mir, Ihnen mein Privatgemach zu zeigen."

„Ihr Onkel", wiederholte sie tonlos. „Ich kann es einfach nicht glauben, Dominic."

Er strich Spinnweben aus ihrem Haar, nahm ihre Hand und umschloss sie schützend mit seinen großen Fingern. Sie war so gefasst, dass er sich Sorgen machte. Er hätte ihr die Wahrheit gerne erspart, wenn das möglich gewesen wäre. Er erinnerte sich nur zu gut daran, wie entsetzt und verwirrt er selbst gewesen war, daran, wie das Gefühl, verraten worden zu sein, ihn schlicht überwältigt hatte.

„Großer Gott", murmelte sie nach langem Schweigen.

„Was ist?"

„Ich wurde nach Chistlebury geschickt, um nach meiner Verfehlung eine Lektion zu lernen. Ich glaube kaum, dass meine Brüder zu meiner Besserung an so etwas gedacht hatten."

Er lachte tief. „Also glauben Sie, das hier würde nicht als gesellschaftlicher Besuch durchgehen?"

„Eine junge Dame darf einem Mann nie einen Besuch abstatten, vor allem nicht abends", erwiderte Chloe. „Wenn meine Schwester Emma das sehen könnte …" Sie verstummte mit einem erschrockenen Geräusch, als ein großes, pelziges Etwas ihre Beine streifte. „Sagen Sie … das ist keine Ratte, oder?"

Dominic lachte wieder. Er war beeindruckt, dass sie nicht geschrien hatte, dass sie ihm nicht mehr Fragen über ihren Bruder stellte. „Das ist mein Hund, dessen Manieren ebenso wie die seines Herrn sehr zu wünschen übrig lassen."

„Ein Hund? Hier unten bei Ihnen?"

„Das war nicht meine Entscheidung, Chloe. Ares gefiel die Gesellschaft dort oben nicht, was verständlich ist, wenn man bedenkt, dass Sir Edgar ihn für eine gefährliche Bestie hält und gedroht hat, ihn zu erschießen."

Ängstlich starrte Chloe auf das muskulöse Tier zu ihren

Füßen herunter. „Ist er eine gefährliche Bestie?“

Er grinste sie an. „Nur wenn es nötig ist. Im Augenblick könnten wir ihn, glaube ich, eher als Anstandsdame bezeichnen.“

„Anstandsdame? Koch trifft es wohl eher. Er sieht aus, als beabsichtige er, mich als seine nächste Mahlzeit zu verspeisen.“

„Nun, ich muss sagen, dass ich ihm keinen Vorwurf machen kann. Sie sind das Appetitlichste, was wir beide seit sehr langer Zeit gesehen haben.“

„Das ist … Unsinn, Stratfield.“

„Was machen Sie in diesem Haus?“, fragte er. Seine Stimme klang plötzlich todernst. „Ich dachte, ich hätte Sie für alle Zeiten abgeschreckt. Oder zumindest, dass Sie klug genug wären, um meine Warnung ernst zu nehmen.“

„Sie haben mich nur davor gewarnt, im Wald spazieren zu gehen.“

„Und jetzt wissen Sie es besser. Edgar ist ein kaltherziger Killer, Chloe.“

Sie schüttelte den Kopf. „Ich muss zugeben, dass ich das alles nicht ganz verstehe. Wie ist es Ihnen nur gelungen, zu überleben? Wie konnten Sie Ihr eigenes Begräbnis arrangieren, ohne dass jemand Ihnen dabei geholfen hat?“

„Ich habe einen wahren Freund. Durch Gottes Gnade hat er mir, einen Tag bevor ich starb, einen unangekündigten Besuch abgestattet. Ich hoffe, ich kann Sie bald mit ihm bekannt machen.“

Über ihnen begann eine Glocke zu läuten. „Was, zum Teufel, hat das zu bedeuten?“

„Das ist Tante Gwendolyn“, erwiderte Chloe nach einer langen Pause. „Sie versucht, einen gewissen lästigen Geist zu bannen.“

Er grinste von einem Ohr bis zum anderen. „Was habe ich ihr nur getan?“

„Sie ist davon überzeugt, dass Sie meine Cousine Pamela im Schlaf verführen werden."

„Welche Cousine?"

„Hören Sie auf, so zu grinsen, Sie Dämon. Nach dem, was Sie mir letzte Nacht im Schlaf angetan haben, sollte ich eigentlich selbst dafür sorgen, dass Sie wieder zurück in Ihr Grab gehen."

Er lachte, bevor er sie die Treppe hinauf zu dem alten Gang hinter der Wand führte. „Wenn Sie geschlafen haben, können Sie ja nicht wissen, was ich getan habe. Immer mal angenommen, ich hätte überhaupt etwas getan. Vielleicht haben Sie nur von mir geträumt, Chloe."

„Vielleicht hatte ich einen Albtraum, meinen Sie."

Er räusperte sich. Wie weit hätte sie ihn gehen lassen? Er entschied, dass es gut war, dass die Schatten seinen hungrigen Blick vor ihr verbargen. Sein Verlangen nach ihr war beängstigend. „Sind wir schamlos gewesen?"

„*Sie* waren es, Sie – Inkubus."

„Und Sie arme schlafende Maid waren hilflos, während ich mich mit Ihnen vergnügte?"

„So ähnlich, Stratfield. Wagen Sie es nicht, mich nach mehr Details zu fragen."

Beim erneuten Glockengeläut wurde er wieder ernst. „Hat Edgar irgendeine Vorstellung davon, was Ihre Tante da macht?"

„Ich hoffe nicht."

„Dann halten Sie sie in Gottes Namen auf. Ich glaube nicht, dass er je einer Frau wehgetan hat, aber wir sollten das Risiko nicht eingehen, herauszufinden, wie weit er bereit ist zu gehen."

Chloe beschloss, dass sie verrückt sein musste. Sie konnte sich nur allzu gut vorstellen, wie die Spanische Inquisition, besser bekannt als die Familie Boscastle, sie über das Wie und Warum dieser unkonventionellen Romanze aushorchen würde. Heath würde sie vermutlich auf einen Stuhl in der Speisekammer fesseln, wie er es in ihrer Kindheit mehr als einmal getan hatte. Grayson würde irgendetwas Ekliges – beispielsweise eine tote Krähe – über ihrem Kopf baumeln lassen, um sie zu ängstigen und fügsam zu machen.

Emma, die holde Diktatorin, würde die Befragung durchführen und in der Hoffnung um den Stuhl schleichen, dass Chloe zusammenbrach und wichtige Informationen preisgab. Was sie aufgrund ihrer wundersamen Sturheit nie tat. „Sag uns genau, wie Viscount Stratfield, ein toter Mann, dir den Hof gemacht hat."

Und Chloe wäre gezwungen, ihr zu antworten: „Auf die übliche Weise. Erpressung. Drohungen. Indem er mein Mitleid erregte. Indem er mich bis zur besinnungslosen Glückseligkeit küsste."

Zu diesem Zeitpunkt entstünde dann ein Tumult. Drake, Devon und Heath würden in die Speisekammer stürzen, um die Geisel zu befreien. Ein wüster Kampf mit den polierten Messern und Gabeln des Butlers würde entbrennen, bis entweder die Haushälterin oder die Gouvernante auftauchte, um sich um den flegelhaften Haufen zu kümmern.

Chloe schüttelte den Kopf und lächelte über die bittersüße Erinnerung. Wie einfach war das Leben in jenen Tagen gewesen, als ihre ganze Familie noch vereint war. Wo …

„Wo warst du die ganze Zeit, Chloe?", flüsterte Pamela, weil sie bemerkte, dass Chloe in der Tür stand. „Du hast die ganze Zeremonie verpasst."

„Ich, hm, habe in der Galerie Wache gehalten. Ist es deiner Mutter gelungen, den Geist zu vertreiben?"

Pamela seufzte und ließ ihre Kerze wieder in den Wandhalter gleiten. „Nach ihrem ganzen Katzengejammer und all den Gebeten, um seine Seele Ruhe finden zu lassen, ist er vermutlich froh, dass er tot ist."

Beim Klang ihrer Stimmen fuhr Tante Gwendolyn herum

und presste ihre Bibel und die Glocke an die Brust. „Ich glaube, ich hatte Erfolg!“, flüsterte sie triumphierend.

Chloe blickte neugierig in den leeren Raum, aber sie vermied es, das Bett anzusehen, wo Dominic verwundet worden war. Sein eigener Onkel. Bei dem Gedanken wurde ihr schlecht, und tausend Fragen gingen ihr durch den Kopf. „Woher weißt du das? Es sieht genauso aus wie vorher.“

„Nun“, erwiderte ihre Tante, „du kannst seine Gegenwart nicht mehr spüren, oder?“

„Ich habe seine Gegenwart zu keinem Zeitpunkt gespürt“, erklärte Pamela ohne den Versuch, ihre Enttäuschung zu verbergen. „Ich hatte eigentlich gehofft, wir würden den Geist wenigstens sehen, bevor wir ihn bannen.“

Ihre Mutter sah sie mit gerunzelter Stirn an. „Warum solltest du diesen lästigen Geist sehen wollen?“

„Damit wir ihn fragen können, wer ihn ermordet …“ Pamela brach mit einem furchterregenden Schrei ab, als eine massige, vierbeinige Gestalt sich zwischen Chloe und sie drängte und in den Raum sprang.

Tante Gwendolyn japste erschrocken und hielt die Bibel wie einen Schutzschild vor sich, was den Eindringling jedoch nicht im Geringsten beeindruckte.

Es war ein Hund. Genauer gesagt, Stratfields geliebter Jagdhund Ares, der, nachdem er offensichtlich Angst hatte, bei der Bibel schwingenden Frau und ihrer kreischenden Tochter nicht willkommen zu sein, bei Chloe Zuflucht suchte. Sie blickte erschrocken zu ihm hinunter.

„Was machst du hier?“, flüsterte sie und tätschelte ihm verstohlen den glänzenden braunen Kopf. Sie kannte natürlich die Antwort. Der Hund war hinausgelaufen, während Dominic damit beschäftigt gewesen war, sie zurück in den Gang zu schmuggeln. Was sollte sie nur tun?

Tante Gwendolyn senkte erleichtert die Bibel. Das Geräusch

von Schritten auf der Treppe hallte durch die Galerie. „Hör mit diesem hysterischen Gekreische auf, Pamela. Es ist nur der Hund Seiner Lordschaft."

Chloe atmete tief durch. Trotz all ihrer lästigen Eigenschaften war Tante Gwendolyn in ihrem Herzen eine wahre Tierliebhaberin. Sie mochte beim Anblick eines Bettlers auf der Straße die Nase rümpfen, aber bei einem verlassenen Kätzchen schmolz sie dahin.

Pamela beruhigte sich lange genug, um kunstvoll auf dem Bett zusammenzubrechen, nur um dann mit einem Schrei wieder aufzuspringen, als wäre ihr eben erst eingefallen, dass sie genau da lag, wo Stratfield ermordet worden war. „Wo kommt er her?", fragte sie und beäugte den Hund ängstlich.

Sir Edgars Stimme störte die Unterhaltung. Er hielt eine lange Duellpistole in der Hand und hatte Sir Humphrey und drei männliche Dienstboten im Schlepptau. „Was war das für ein schrecklicher Lärm? Was ist passiert?" Er blickte sich erst im Raum um, bevor er den Hund an Chloes Seite entdeckte.

Sie sah, wie sein Gesicht vor Wut erstarrte. „Wo ist dieses Tier hergekommen? Hat es jemanden angegriffen? Was haben Sie alle in diesem Raum zu suchen?"

Chloe fiel auf, dass seine Hand leicht zitterte, obwohl er ansonsten beherrscht wirkte. Sie erinnerte sich an Dominics Behauptung, dass Edgar den Hund töten wollte, und fühlte sich schuldig, weil Ares mit ihr hinausgekommen war. Und weil sie unwissentlich der Grund dafür war, dass Dominic möglicherweise entdeckt oder gefährdet werden könnte.

„Wir spazierten durch die Galerie und hörten in diesem Zimmer ein Geräusch", erklärte sie ruhig. „Als wir hineingegangen sind, um es zu untersuchen, haben wir den Hund entdeckt. Er hat niemandem Schaden zugefügt, Sir Edgar."

Tante Gwendolyn hob eine Augenbraue bei dieser Wahrheitsbeugung, warf Chloe jedoch zugleich einen Blick zu, den man als Zustimmung werten konnte. Es war nicht die klügste Ausrede der Welt, aber zumindest bewahrte sie die drei Frauen davor, wie sensationsgierige Geisterbeschwörer auszusehen. Und was noch wichtiger war, so sagte Chloe sich, Dominic wurde nicht einmal erwähnt.

Sir Edgar schien seine Selbstbeherrschung wiedergefunden zu haben und senkte die Pistole. „Ich hatte mich schon gefragt, wo das erbärmliche Tier sich versteckt hat. Man hätte meinen sollen, dass die Dienstboten diesen Raum überprüfen. Ich hätte ihn am Tag meiner Ankunft erschießen lassen sollen."

„Sie hätten ganz sicher nichts dergleichen tun sollen", entgegnete Tante Gwendolyn entrüstet. „Das arme Tier trauert um seinen Besitzer. Das ist ein Zeichen für Loyalität und Intelligenz."

Sir Edgar blickte belustigt zu Chloe und Pamela hinüber. Seine Manieren waren jetzt wieder perfekt. „Wie Sie meinen, Lady Dewhurst."

„Darüber hinaus", sagte Tante Gwendolyn nachdenklich, „scheint der Hund eine Zuneigung zu Chloe gefasst zu haben. Ich vermute, er versucht, mit uns zu kommunizieren."

„Kommunizieren?", wiederholte Chloe ungläubig.

Tante Gwendolyn schüttelte ungeduldig den Kopf über ihren Mangel an Verständnis. „Über den Tod seines Herrn. Ich glaube, Stratfield schickt uns eine Botschaft aus dem Jenseits."

„Dass er Chloe mag?", fragte Pamela mit Unschuldsblick.

Sir Edgar blickte hinaus auf die von Kerzen beleuchtete Galerie und murmelte: „Ich sollte dafür sorgen, dass die Dienstboten das ein für alle Mal regeln."

Vor Schreck hielt Tante Gwendolyn den Atem an. „Sie würden doch nicht etwa ein unschuldiges Tier töten? Ihr Neffe liebte diesen Hund, Sir Edgar. Es wärmte mir stets das Herz, zu sehen, wie das Tier Lord Stratfield bei seinen häufigen Ausritten folgte."

Chloe blickte den muskulösen Hund aus dem Augenwinkel an. Sie war selbst keine begeisterte Tierliebhaberin, aber sie wollte auch nicht, dass ein Tier zu Schaden kam. Wobei an der massigen Dogge nichts war, was ihr eigenes Herz wärmte. Was der Besitzer des Tieres mit ihrem Herzen machte, war eine ganz andere Sache.

Abgesehen davon konnte Chloe sich nicht sicher sein, dass der Hund Sir Edgar nicht irgendwann zu Dominics Versteck führen würde, egal, was ihre Tante über Loyalität und Intelligenz gesagt hatte. Und wenn Sir Edgar dazu fähig war, seinen eigenen Neffen abzuschlachten, war nicht abzusehen, was er tun würde, wenn er mit dem wiederauferstandenen, leibhaftigen Dominic konfrontiert wurde.

„Ich habe mir immer so sehr einen eigenen Hund gewünscht", platzte sie heraus und klang dabei so sehr wie ein dummes Mädchen, dass sie sich innerlich schüttelte.

Tante Gwendolyn starrte sie mit einer Mischung aus Unglaube und Freude an. „Hast du das, meine Liebe?"

Pamelas Augen verengten sich.

„Oh ja", bekräftigte Chloe und ging sogar so weit, die Hände ans Herz zu drücken. „Papa hatte mir kurz vor seinem Tod einen versprochen."

Was vermutlich die größte Lüge war, die sie je in ihrem Leben erzählt hatte. Chloe hatte nach einem Diamantdiadem verlangt und nicht nach einem Hund. Ares sank neben ihr auf den Boden, als füge er sich geduldig in sein Schicksal.

„Es wäre mir eine Freude, nach einem passenden Schoßhund für Sie Ausschau zu halten, Lady Chloe", verkündete Sir Edgar und lächelte leicht. Er ging einen Schritt auf Ares zu, hielt dann jedoch inne, als der Hund die Zähne fletschte. „Wie Sie sehen, ist dieses Tier unberechenbar."

„Es ist keineswegs unberechenbar", widersprach Tante Gwendolyn. „Das Tier erfüllt bereits jetzt seine Aufgabe als

Beschützer." Um ihren Standpunkt zu verdeutlichen, rauschte sie an Sir Edgar vorbei und kniete sich hin, um die Ohren des Hundes zu kraulen.

Ares ließ Tante Gwendolyn mit einem Blick vollkommener Resignation gewähren. Chloe fragte sich plötzlich, wo sie da hineingeraten war. Was sollte sie nur mit einem Jagdhund anfangen?

Oder mit einem Mörder?

Sie blickte Sir Edgar ins Gesicht und versuchte zu verstehen, was sich hinter dieser Maske voll eifriger Liebenswürdigkeit verbarg. Konnte ihr perfekter Gastgeber mit seinen guten Manieren zu einem Mord fähig sein? War es möglich, dass Dominic sich irrte? In der Nacht des Angriffs war es dunkel im Zimmer gewesen.

„Was halten Sie davon, Sir Humphrey?", fragte Edgar den anderen Mann, der in der Tür hinter Chloe wartete. „Es ist Ihre Entscheidung, ob Sie dieses Tier in Ihrem Haus aufnehmen wollen oder nicht."

„Ich konnte meiner Frau noch nie einen Wunsch abschlagen, wenn es darum ging, ein verirrtes Tier zu retten, Sir Edgar", antwortete Humphrey mit einem gutmütigen Schulterzucken. „Es wäre keine gute Idee, jetzt damit anzufangen."

Sir Edgar schüttelte niedergeschlagen den Kopf. „In Gottes Namen, dann nehmen Sie das Tier. Aber sagen Sie nicht, dass ich Sie nicht gewarnt habe, wenn es sich gegen Sie wendet."

Sir Edgar stand alleine mit Chloe auf der steinernen Eingangstreppe, während der Rest der Familie für die kurze Fahrt nach Hause in die Kutsche stieg.

„Ich danke Ihnen für das Vergnügen Ihrer Gesellschaft, Lady Chloe. Ich wünschte, ich hätte Ihnen einen unterhaltsameren Abend bieten können."

Sie zwang sich, seinem Blick zu begegnen. Er wirkte galant

und kultiviert, und doch konnte sie Misstrauen und Angst nicht unterdrücken. „Ich habe mich sehr gut unterhalten, Sir Edgar", erwiderte sie freundlich.

Und das stimmte auch. Als sie daran dachte, wie Dominic sie in der Dunkelheit geküsst und ihren Körper liebkost hatte, stieg ihr glühende Röte in die Wangen. Niemand hatte sie je auf diese Weise unterhalten. Und nun kannte sie wenigstens die Geschichte seines „Todes", wenn auch noch nicht in allen Details. Er hatte ihre Neugier befriedigt – und sie gleichzeitig unendlich erregt.

Sir Edgar lächelte. „Ich frage mich, ob wir beide es noch viel länger in Chistlebury aushalten. Ich fange langsam an, die Kriegskunst zu vermissen, und Sie gehören eindeutig nach London, Lady Chloe, wo Sie angemessen bewundert werden können."

Einen Augenblick lang fragte Chloe sich, ob er sie davor warnen wollte, zu bleiben. „Sie schmeicheln mir, Sir Edgar." Und er machte ihr Angst.

Der Gedanke, dass ein so kultivierter Mann ein Mörder sein konnte, ließ sie frösteln. Oder dass er etwas mit Brandons Tod zu tun hatte. War es wirklich möglich? Hatte Dominic einen schrecklichen Irrtum begangen? Und doch hatte irgendjemand den heimtückischen Versuch unternommen, ihn zu ermorden, und Sir Edgar gewann durch die Erbschaft viel. Chloe entschied sich, Dominics Urteil zu vertrauen. Sie wollte kein Risiko eingehen.

„Du süßes kleines Ding", gurrte Tante Gwendolyn dem riesigen Hund zu, der in wachsamer Stille auf den Stufen zu Dewhurst Manor saß. „Sieh nur, wie folgsam du bist!"

„Sieh nur, wie groß er ist", entgegnete Onkel Humphrey mürrisch. „Ich nehme nicht an, dass ich diese Woche Koteletts bekomme."

„Du hast heute Abend an Sir Edgars Tisch genug gegessen, um bis Weihnachten satt zu sein."

Sir Humphrey ignorierte die Worte seiner Frau und sah zu, wie Chloe und Pamela Arm in Arm ins Haus gingen und Ares in ihrem Schatten folgte. Er hegte eine tiefe Zuneigung zu diesen beiden jungen Frauen und war selbst überrascht, wie fest entschlossen er war, sie zu schützen. „Mir hat unser neuer Nachbar nicht zugesagt, Gwennie."

Der übliche Widerspruch, den er von seiner temperamentvollen Frau erwartete, blieb aus. „Mir ehrlich gesagt auch nicht", erwiderte sie leise. „Einem Mann, der keine Hunde mag, ist nicht zu trauen."

Dominic sah der Kutsche nach, als sie die Auffahrt hinunterfuhr. Er sehnte sich nach einem letzten Blick auf Chloes Gesicht. Ihr spöttisches Lächeln war ein Bild, das er in die Dunkelheit mitnehmen konnte. Wenn die Schatten wieder begannen, ihn zu ersticken, würde er an sie denken und daran, wie ihre Gegenwart sein höllisches Reich erhellt hatte. Er würde sich daran erinnern, wie es sich angefühlt hatte, zu lachen und wieder er selbst zu sein, seine Zurückhaltung aufzugeben und einem anderen Menschen zu vertrauen, wie er es früher mit solcher Leichtigkeit getan hatte.

Auf gewisse Weise war er froh, dass Ares mit ihr gegangen war. Der verdammte Hund war zu einem Risiko geworden – wenn auch nicht mehr als Dominics Verwicklung mit der begehrenswerten Dame, die seine tiefsten Geheimnisse erfahren hatte.

Niedergeschlagen kehrte er in sein Versteck zurück. Er konnte sehen, wie Edgar dort unten auf der Auffahrt der Kutsche nachblickte. Der vollkommene Gastgeber. Der vollkommene Soldat. Der Mann, der sein eigenes Land und seine Familie für Geld verraten und der ohne Gewissensbisse getötet hatte. Der Gedanke, wie sein Onkel Chloe angestarrt haben musste, machte Dominic schaudern.

Einen Augenblick lang blieb er im Durchgang stehen. Er musste an dem chiffrierten Brief arbeiten – er benötigte den richtigen Zugang, den er einfach nicht fand. Irgendwie passte die Nachricht in das Bild von Edgars Verrat, aber wer hatte ihn geschrieben? An wen war er adressiert gewesen?

Zögernd stieg er die Treppen hinunter in den Keller. Himmel, es war kein Wunder, dass er in diesem feuchten Loch nicht klar denken konnte! Die Dunkelheit verwirrte seine Gedanken. Er musste atmen. Er brauchte etwas kühle Nachtluft.

Beinahe eine halbe Stunde später kroch er aus dem Kreidetunnel, der in den Hügel gegraben worden war, und stieg durch eine hölzerne Falltür im Fußboden der verlassenen Mühle. Die Reise war ihm heute Nacht endlos erschienen, und er war beinahe trunken vor Erleichterung, als er in die Nacht hinaustrat.

Ein Ast brach in der Dunkelheit. Er fasste nach seiner Pistole. Zum zweiten Mal an diesem Abend hatte er Gesellschaft.

Tante Gwendolyns markerschütternder Schrei hallte durch das ganze Haus. Chloe war gerade erst zu Bett gegangen, als sie durch das Kreischen geweckt wurde. Als sie ihr Negligé gefunden hatte und zur Tür geeilt war, wobei sie natürlich zuerst über Ares stolperte, waren die Schreie bereits verstummt.

Tante Gwendolyn wirkte sogar ziemlich ruhig, als Chloe und Onkel Humphrey sie im Salon fanden.

„Mein Gott, Frau“, sagte er und setzte umständlich seine Brille auf. „Was hat das zu bedeuten? Warum stehst du hier im Mantel und weckst das ganze Haus mit deinen Schreien?“

„Ich habe ihn gesehen, Humphrey“, rief sie aufgeregt und zog ihren Mann ans Fenster. „Ich habe gesehen, wie er auf seinem Pferd durch den Wald geritten ist. Ich habe den Geist gesehen!“

Humphrey und Chloe sahen sich an. „Es war nicht der Geist, Tante Gwendolyn", sagte Chloe zögerlich. „Wenn du überhaupt jemanden gesehen hast, war es wahrscheinlich Devon."

„Devon?", fragte ihre Tante verwirrt.

„Ja, Devon", bestätigte Humphrey gereizt. „Der Tunichtgut wollte sehr wahrscheinlich hierherkommen und uns um Hilfe bitten, und du hast ihn mit deinem Gekreische verjagt."

„Es war nicht Devon", erwiderte sie. „Ich kenne den ungezogenen Teufel. Diese Erscheinung war größer als Devon, so groß, wie dieser böse Bursche vielleicht sein könnte. Außerdem ritt er Stratfields Pferd."

Onkel Humphrey schüttelte besorgt den Kopf. „Vielleicht sollte ich dich für einen Monat von hier fortbringen. Wir könnten unsere Freunde in Dorset besuchen und einige ruhige Wochen dort verbringen."

„Nein", sagte sie mit solchem Nachdruck, dass Chloe sich vom Fenster zu ihnen umdrehte. Sie hatte einen verstohlenen Blick nach draußen geworfen. „Bist du vollkommen verrückt, Humphrey? Wir können jetzt nicht fortgehen. Unsere Chloe hat sich verliebt."

Chloes Herz setzte einen Schlag aus. Verliebt? Ihr erster Gedanke war, dass ihre Tante etwas über Dominic herausgefunden hatte. Doch das war unmöglich. Gwendolyn hätte einer solchen Verbindung wohl kaum ihren Segen gegeben. Außerdem war sie nicht in ihn verliebt, oder etwa doch? Das schreckliche Elend, über das sie im einen Augenblick hemmungslos lachen und im nächsten verzweifelt weinen wollte, konnte man doch sicher nicht als Liebe bezeichnen. Verliebt. In Dominic. Ihre Brüder würden wahnsinnig werden.

Sie konnte sich vorstellen, wie sie ihre Handlungen würde erklären müssen. *Ja, ich würde den Mann, den ich liebe, gerne meiner Familie vorstellen. Er ist seit einigen Wochen tot, aber lasst euch dadurch nicht abschrecken. Es hat mich auch nicht entmutigt. Wo wir uns kennengelernt haben? Hm, in der Truhe mit meiner Unterwäsche. Wo er lebt? Nun, im Haus seiner Ahnen – zumindest in den Mauern des Hauses …*

„Ja", fuhr Tante Gwendolyn fort, „ich glaube, Chloe hat ihr Herz an unseren lieben Justin verloren, und die beiden würden ein bezauberndes Paar abgeben, selbst wenn Pamela ihn nicht mag. Ich glaube, das wäre eine Verbindung, der die gesamte Familie zustimmen könnte. Lass sie uns nicht in ihren Anfängen ersticken."

Chloe wusste nicht, ob sie erleichtert sein oder lachen sollte. „Gütiger Himmel! Ich bin nicht in Justin verliebt. Ich kenne ihn doch erst …" Nun, kürzer, als sie Dominic kannte, aber sie konnte die beiden Männer ebenso wenig vergleichen wie die Gefühle, die sie in ihr auslösten. Dominic war so viel komplizierter, so dunkel und verführerisch. Justin war der Mann, den ihr Vater sich für sie gewünscht hätte. Vor nicht allzu langer Zeit hatte sie ihn selbst noch für einen guten Fang gehalten.

Sie nahm einen tiefen Atemzug. „Ich glaube, es ist an der Zeit, dass ich euch die Wahrheit sage, Tante Gwendolyn. Devon ist heimlich hierhergekommen, damit ich ihm helfe. Ja, ich weiß, dass es falsch von mir war, eure Gastfreundschaft auszunutzen, aber er ist immerhin mein Bruder, und …"

„Er ist auch mein Neffe", unterbrach ihre Tante sie ziemlich ungeduldig. „Und ich glaube doch, dass ich den Tunichtgut ebenso sehr liebe wie du, Chloe. Ich weiß sehr genau, dass Devon heimlich in deinem Zimmer war. Sieh es als Gefälligkeit meinerseits, dass ich nichts dagegen unternommen habe."

Chloe spürte, wie ihr die Röte in die Wangen stieg. „Ich kann einfach nicht glauben, dass du es wusstest. Allem Anschein nach habe ich euch wieder enttäuscht."

„Ich verstehe durchaus, was Diskretion ist, Chloe, und ich kenne auch die Bedeutung von Loyalität gegenüber der eigenen Familie. Auch ich habe ja ein wenig Boscastle-Blut in den

Adern, wenn du dich erinnerst."

„Ja", erwiderte Chloe kleinlaut. Sie bemerkte den belustigten Blick ihres Onkels.

„Ich bin nicht dumm, Chloe", fuhr Tante Gwendolyn fort. „Und auch meine Sinne sind nicht getrübt. Ihr habt neulich nachts einen ziemlichen Lärm in deinem Zimmer veranstaltet, du und Devon. Es klang, als hättet ihr Volkstänze geübt."

Volkstänze. Chloes Gesicht brannte jetzt regelrecht. Ihre Tante konnte nur den Abend meinen, an dem sie Dominic in ihrem Ankleidezimmer gefunden hatte. Den Abend, an dem er sie aufs Bett geworfen und zu Tode geängstigt hatte. Ein Intermezzo, das Chloes Leben für immer verändert hatte.

„Es tut mir leid, wenn ich euch gestört habe", sagte Chloe nach einer unbehaglichen Pause.

Tante Gwendolyns freundliches Gesicht verdunkelte sich mit einer Mischung aus Kummer und Wut. „Ihr habt mich nicht gestört. Was mich wirklich stört, ist dieser Geist."

„Glaubst du wirklich, dass du Stratfields Geist gesehen hast, meine Liebe?", fragte ihr Ehemann vorsichtig. „Und warum sollte er vor unser Haus reiten, wenn er es war?"

„Die Antwort ist doch vollkommen offensichtlich, Humphrey", entgegnete sie. „Der Mann fleht uns an, sein Leid zu beenden."

„Tun wir das nicht alle?", murmelte er.

„Und mir", verkündete sie, „ist es heute Abend offenbar nicht gelungen, ihn erfolgreich zu bannen." Verdrossen wandte sie sich wieder Chloe und Humphrey zu. „Ich fürchte, dass ich ihn aufgebracht haben könnte, anstatt ihm seine Ruhe wiederzugeben. Er bittet mich um Hilfe, Humphrey, und ich darf ihn nicht im Stich lassen."

Dominic beobachtete die große, blonde Gestalt, die in das heruntergekommene Mühlenhaus stolzierte. „Ich hätte dir beinahe deinen hübschen Kopf weggeschossen, Adrian“, sagte er verärgert. „Was, zum Teufel, hast du um diese Uhrzeit hier zu suchen?“

Der unangekündigte Besucher war Adrian Ruxley, Viscount Wolverton, Berufssöldner, verlorener Sohn und Erbe eines Herzogtums. Mit einem schiefen Grinsen zog er seine ledernen Reithandschuhe aus und setzte sich auf den Boden vor der Falltür, aus der Dominic erst kürzlich aufgetaucht war. Durch sein kurzes blondes Haar wurden die kantigen Züge seines gebräunten Gesichtes angenehm betont. Seine haselnussbraunen Augen wirkten besorgt. „Dominic, alter Freund, jetzt machst du mir wirklich Angst. Wir hatten uns für heute Abend um neun im Wald verabredet. Ich glaube nicht, dass ich die Zeit falsch verstanden habe. Du konntest unser Treffen nicht einhalten?“

Dominic blickte düster auf. „Mein Onkel hatte Gäste zum Essen.“

„Das habe ich bemerkt. Das Anwesen hat vor teuren Kerzen nur so geleuchtet. Ich hätte mich beinahe selbst eingeladen, nur um das Gesicht des Colonels zu sehen.“ Adrian stieß über die Schulter einen leichten Pfiff aus, und das Pferd, auf dem er gekommen war, trat in den schützenden Schatten des Mühlhauses. „Es muss für dich ziemlich interessant gewesen sein, wenn du deswegen unsere Verabredung vergessen hast“, sagte er vorsichtig.

Einige Momente lang herrschte Stille. Vor Jahren schon hatten sie Freundschaft geschlossen, auf derselben Militärakademie, auf der sie auch Heath Boscastle kennengelernt hatten. Die beiden waren erst vor Kurzem – nach einer Zeit, die ihnen wie ein ganzes Leben erschienen war – wiedervereint worden. Adrian war von seinem stolzen, verbitterten Vater verstoßen worden, der ihn für das Ergebnis der heimlichen Liebesaffäre seiner jungen Frau hielt, und hatte die letzten acht Jahre seines

Lebens in selbst auferlegtem Exil verbracht. Vor drei Monaten war er auf die Bitte seines Vaters hin zurückgekehrt. Da Adrian kein Narr war, lockte ihn die Aussicht auf das väterliche Vermögen.

Als Lebemann, Rebell, Söldner und Zyniker war er eines der beliebtesten Gesprächsthemen in London – und der einzige Mann, dem Dominic vollkommen vertraute.

Er legte die Pistole hin, die er aus seinem Hosenbund genommen hatte. „Ehrlich gesagt hatte ich vergessen, dass wir uns treffen wollten."

„Nun, das ist kein Weltuntergang", erwiderte Adrian sanft. „Wenn du deinem Onkel nachspioniert hast, hätte ich nicht gewollt, dass dir wichtige Informationen entgehen. Es ist nicht mehr so wie früher, als wir uns wegen jedes Rocks überworfen haben."

„Ach nein?"

Adrians ausdrucksvolle Augen verengten sich nachdenklich. „Meinst du das ernst? Du warst bei einer Frau? Wie konntest du nur alles aufs Spiel setzen? Ich meine, ich weiß, wie verlockend es sein muss nach einem Monat der Enthaltsamkeit in einem stickigen Versteck, aber um Gottes willen – ich hoffe nur, die Dame weiß nichts."

„Sie weiß alles."

„Du verdammter, verzweifelter Narr", entgegnete Adrian erstaunt. „Nun, ich bete zu Gott, dass wir sie auszahlen oder zumindest fortschicken können, wenigstens bis das hier alles vorbei ist. Wer, in Gottes Namen, ist sie überhaupt? Eines deiner Hausmädchen?"

„Lady Chloe Boscastle." Dominic schloss die Augen und nahm einen tiefen Atemzug. An seinem Hemd befanden sich noch Spuren ihres unvergesslichen Duftes. Himmel, sein ganzer Körper pulsierte bei dem Gedanken, sie zu halten. Er fühlte sich wie irgendein wildes Tier, das sich so nach seiner

Gefährtin verzehrte, dass es am liebsten unter ihrem Fenster geheult hätte.

„Boscastle? Nicht die Schwester von Heath Boscastle?"

„Ich fürchte doch."

Adrian lachte voller überraschter Bewunderung, und seine weißen Zähne glänzten. „Du bist der einzige Mann, den ich kenne, dem es irgendwie gelungen ist, sozusagen aus dem Grab heraus eine der begehrenswertesten Damen in ganz London zu verführen. Gott steh dir bei, Dominic."

„Es war nicht Teil meines ursprünglichen Planes. Ich ... bin da hineingerutscht sozusagen."

Adrian wurde wieder ernst, als begriffe er genau, dass sein Freund ihm das Wichtigste verschwiegen hätte. „Es ist schwer, ihr zu widerstehen, oder?"

Dominic rieb sein stoppeliges Kinn. „Unmöglich. Und ich als Leiche kann auch nicht angemessen um sie werben, wie du bereits so taktvoll erwähnt hast."

„Ich nehme an, es gibt Möglichkeiten."

„Sie ist die Mühe wert."

„Lass mich noch etwas unternehmen, um den Colonel zur Strecke zu bringen."

„Du hast bereits genug getan", erwiderte Dominic langsam und blickte auf den mondbeschienenen Fluss hinaus. „Ich hätte ohne deine Hilfe nicht überleben können."

„Ich würde ihm liebend gerne mit den Händen das Herz aus dem Leib reißen, um dich zu rächen, wenn du es mir erlaubst."

Dominic blickte Adrian dankbar an. Selbst in jüngeren Jahren war Adrian schon immer der Gesetzlose gewesen und Dominic der pflichtbewusste englische Lord. Sein Freund hatte als Söldner Jahre voller Einsamkeit in Indien und auf fernen Außenposten verbracht, als sein Vater geschworen hatte, ihn zu enterben. Zweifelsohne hätte Adrian Sir Edgar ohne Weiteres umgebracht, wenn Dominic es zugelassen hätte.

„Vielleicht kommt der Tag noch."

„Lieber früher als später", erwiderte Adrian. „Es widert mich an, dich so leben zu sehen, während der Kerl die Früchte seiner Bosheit genießt."

Dominics Ausdruck änderte sich nicht. Nüchtern, eindringlich, entschlossen. Adrian hätte an seiner Stelle genau dasselbe getan, das wussten sie beide. Die bitteren Launen des Lebens hatten sie beide zu unvorstellbaren Handlungen fähig gemacht. „Ich nehme an, du hast nichts Neues über ihn in Erfahrung gebracht?"

„Nicht viel, was du noch nicht weißt. Wellington hat ihn in Coruña bei einer Beförderung übergangen. Dein lieber Onkel hat etwas voreilig mit den falschen Männern darüber gesprochen. Es scheint, als wäre sein Wechsel zur East India Company eine Rache dafür gewesen, dass seine Vorgesetzten ihn brüskiert haben. Andererseits kann ein Mann im Ausland ein ansehnliches Vermögen erbeuten, wenn er bereit ist, der regulären Armee den Rücken zuzukehren." Adrian zögerte. „Er kann nicht alleine gehandelt haben. Nicht bei den wichtigen Informationen, die er verkauft hat."

„Ich weiß, aber wer hat ihm geholfen? Wer?"

„Ich habe keine Ahnung, aber es gibt sicherlich Männer, die es herausfinden wollen. Ich werde alles in meiner Macht Stehende unternehmen, bevor ich mich mit meinem Vater treffe, obwohl ich in London nur wenige Kontaktpersonen habe. Nicht jeder heißt die Rückkehr eines Söldners willkommen. In der Zwischenzeit solltest du diese junge Dame mit Vorsicht genießen. Ich hoffe nur, dass du ihr trauen kannst."

Dominic lachte leise. „Ich habe keine andere Wahl."

Adrian lächelte reumütig. „Ich nehme nicht an, dass wir sie für ein paar Monate fortschicken können."

„Ich würde es nicht wollen, selbst wenn ich es könnte."

Chloe hatte keine Ahnung, ob die Zeremonie ihrer Tante in Dominics Schlafgemach ihn „aufgebracht" oder verscheucht hatte. Oder ob er vielleicht sogar der geisterhafte Reiter gewesen war, den Gwendolyn in der Nacht in den Wäldern gesehen hatte. Sie bezweifelte es jedoch.

Warum sollte er riskieren, dass man ihn auf einem Ausritt sah, wo er doch wollte, dass die Welt ihn für tot hielt? Es sei denn, es war Teil seines ausgefeilten Planes, um Sir Edgars Verrat aufzudecken. Irgendwie glaubte Chloe nicht, dass ein Berufssoldat wie Sir Edgar auf ein derartiges Gespenstertheater hereinfallen würde.

Andererseits, wer war der geheimnisvolle Reiter im Wald, wenn nicht Dominic? Nicht Devon. Nicht Justin, den Tante Gwendolyn erkannt hätte. Ein Freund, der den Colonel besuchte? Ein Fremder, der durch das Dorf reiste? Chloe brannte vor Enttäuschung, weil sie Dominic nicht sofort warnen konnte.

Er hätte ebenso gut wirklich tot sein können. Mit jeder Stunde, die verging, ohne dass sie etwas von ihm hörte, wuchs ihr Glaube, dass sie ihn nie wiedersehen würde. Er schien zu denken, dass sein Streben nach Rache ihn schützte.

In den folgenden Tagen dachte sie nur noch an Dominic und an seine Rachepläne. Etwa in der Kirche, während die donnernde Predigt des Pastors die Gemeinde von Chistlebury aufrüttelte. Oder wenn sie bei Kerzenschein auf ihrem Bett lag, an Brandons verschlüsselter Nachricht arbeitete und spürte, dass sie kurz vor dem Durchbruch stand. Und nicht zuletzt in dem verwilderten Rosengarten, wo sie bei dem vergeblichen Versuch, ihren Geist wenigstens dazu zu verleiten, ihr ein Zeichen zu geben, dass er in Sicherheit war, stundenlang umherwanderte.

Er blieb stumm, und wenn sie nicht gerade wütend auf ihn war, weil er keinen Kontakt zu ihr aufnahm, sorgte sie sich, dass er in Schwierigkeiten war und sie nicht erreichen konnte.

Woher sollte sie wissen, ob er nicht hilflos in seinem Tunnel lag? Es war äußerst rücksichtslos von ihm, ihr auch nicht die kleinste Nachricht zukommen zu lassen.

Mehr als einmal war sie versucht, ihren Bruder Heath, diesen Meisterspion und ein Muster an Diskretion, um Hilfe zu bitten. Nur ihr Versprechen Dominic gegenüber hinderte sie daran.

Sie wusste genau, dass für einen Mann wie ihn, dessen Vertrauen in so ziemlich jeden Menschen zerstört worden war, ein weiterer Verrat das Ende jeder Menschlichkeit bedeuten konnte, die in seinem Herzen noch überlebt hatte. Sie würde es nicht wagen, seine strengen Verhaltensregeln zu verletzen. Seine leidenschaftlich verteidigte Ehre war alles, was ihm noch geblieben war. Es war eine zweischneidige Tugend, die sie willig respektierte, auch wenn sie daran zu verzweifeln drohte.

Sie wartete dennoch auf ihn. Rastlos wachte sie mitten in der Nacht auf und brannte vor Verlangen, das er in ihr geweckt hatte, ohne es zu stillen. Es gelang ihr nie, wieder einzuschlafen, und so ging sie stets zum Fenster und durchsuchte den nebligen Wald nach einem Zeichen von ihm.

Kurz vor Einbruch der Dämmerung winkte sie sogar einoder zweimal mit ihrer Chemise zum Wald hinüber, um zu sehen, ob er antwortete.

Vier Tage später trugen ihre Bemühungen, Aufmerksamkeit auf sich zu ziehen, Früchte, wenn auch bei dem falschen Mann. Lord St. John besuchte sie an einem Spätnachmittag, als sie gerade mit Ares im Obstgarten spazieren ging.

„Halten Sie diesen Hund zurück, Chloe", sagte er, als er von hinten an sie herantrat. Er trug ein weißes Leinenhemd und Kniehosen, ein zerknitterter Umhang hing über seinen breiten Schultern. Seine Stiefel waren schmutzig und zerkratzt. „Ich kann nicht einmal so tun, als wäre ich romantisch, wenn ich Angst haben muss, dass dieses Monster mir gleich in den Hintern beißt."

Chloe lachte und zog die Hundeleine näher an sich. Sie hatte vergessen, wie jungenhaft und einfach Justin sein konnte, wie direkt er verglichen mit den Männern in London war, die versuchten, sie mit ihrem Stammbaum und ihren eleganten Kleidern zu beeindrucken, und dabei am Ende nur dastanden wie jämmerliche Narren.

„Er hat mir noch nicht ein einziges Mal in den Hintern gebissen, nur zu Ihrer Information", verkündete sie.

„Dann ist er nicht gefährlich, sondern nur dumm", erwiderte er mit funkelnden Augen. „Wenn ich Ihr Hund wäre, dann …"

Er trat auf sie zu, ihre Blicke trafen sich. Mit plötzlichem Schrecken erkannte Chloe, dass er gerade versuchte, den Mut aufzubringen, sie zu küssen. Die Vorstellung schreckte sie nicht, niemand konnte sie in dem ummauerten Garten sehen, aber Ares kauerte sich plötzlich zusammen und knurrte.

Justin japste in gespielter Angst und sprang hinter einen knorrigen Apfelbaum. „Du meine Güte! Das war nicht mein Hintern, den er da angeknurrt hat. Das war ein anderer Teil meiner Anatomie, den ich noch höher schätze."

Chloe biss sich belustigt auf die Unterlippe. „Glauben Sie, ich könnte eine neue Mode für Anstandsdamen beginnen?"

„Glauben Sie, Sie könnten ihn anbinden, damit ich ohne Kastrationsängste mit Ihnen reden kann?", fragte Justin halb im Scherz.

„Lassen Sie meine Tante nicht solche Ausdrücke hören."

Er grinste. „Ihre Tante war diejenige, die mich hinausgeschickt hat, um Sie zu suchen."

Chloe blickte überrascht zum Haus. „Das hat sie getan?"

„Meine Eltern haben Sie und Ihre Familie heute Abend zum Dinner zu uns eingeladen. Versprechen Sie mir, dass Sie die Einladung annehmen." Er nahm ihre Hand und führte die Fingerspitzen an seine Lippen. „Bitte, Chloe, bitte. Ich werde mich in den Fluss stürzen, wenn Sie nicht kommen."

Plötzlich wünschte sie sich voller Ungeduld, wieder alleine zu sein. Was stimmte nicht mit ihr? Vor nicht allzu langer Zeit hatte sie Justin noch nett gefunden. Warum verglich sie ihn ständig mit dem düsteren Liebhaber, der alles verkörperte, was sie hätte meiden sollen? Warum erschien er ihr plötzlich wie ein zu groß geratener Schuljunge und nicht wie ein Mann? Vor allem nicht wie ein dunkler, eindringlicher, irritierender Mann. „Ich muss wirklich erst meine Tante fragen …"

„Chloe!", rief ihre Tante aus dem Fenster des Salons. „Frag Justin, ob wir heute Abend um sechs oder um sieben erwartet werden."

Er lachte. „Nun, da haben Sie Ihre Antwort." Er küsste ihre Fingerknöchel, bevor er ihre Hand losließ. „Lassen Sie die Bestie heute Abend zu Hause, wenn es Ihnen nichts ausmacht. Ich beabsichtige, selbst ein wenig an Ihnen zu knabbern."

Chloe sah ihm nach, wie er aus dem Garten stolzierte und sein zerknitterter Umhang um ihn her flatterte. Sobald er das Tor erreicht hatte, hielt er inne und warf ihr eine Kusshand zu. Sie hob die Hand, um zurückzuwinken, nur um von einem tiefen, kehligen Knurren von Ares abgelenkt zu werden.

Sie lachte, als er kräftig an der Leine zog. „Hör auf, Ares. Du wirst weder Justin noch sonst jemanden auffressen. Du musst dich wirklich benehmen …"

Sie brach ab und hob langsam den Kopf. Der Hund blickte überhaupt nicht in Justins Richtung, sondern zum Wald hin. Als erkenne er jemanden, den sie nicht sehen konnte.

„Stratfield?", flüsterte sie, und ihr Puls raste. „Dominic, sind Sie da?"

Sie rannte ans andere Ende des Obstgartens. Ares sprang neben ihr her, aber sie konnte im Wald nichts erkennen, was verdächtig gewirkt hätte. Die friedlichen Schatten schienen ungestört zu sein. Sie hörte nicht einmal Laub rascheln, nur das hoffnungsvolle Hämmern ihres eigenen Herzens. Wer auch immer dort gewesen war, war verschwunden.

Ares saß folgsam an ihrer Seite.

Pamela begann vom Haus her zu rufen. „Hast du meine neuen Handschuhe gesehen, Chloe? Ich hoffe, dieser Hund von dir hat sie nicht aufgefressen!"

Sie atmete tief durch. „Zur Hölle mit Ihnen, Dominic", sagte sie in die Stille, die ihre Enttäuschung zu verhöhnen schien. „Zur Hölle mit Ihnen, Sie Teufel."

14. KAPITEL

Das Abendessen bei Justins Eltern erwies sich als unangenehme Angelegenheit. Chloe bekam ständig zu spüren, dass seine Eltern das Interesse ihres Sohnes an ihr missbilligten: Die unterschwelligen Bemerkungen machten deutlich, dass eine Dame aus London ihrer Meinung nach keineswegs Gefallen am Landleben finden konnte.

Justin versuchte, sich zu entschuldigen, indem er die beiden ins Lächerliche zog, und stahl Chloe in der Eingangshalle einen Kuss, als es Zeit war zu gehen. „Sind Sie ärgerlich auf mich, Chloe?"

Sie war nicht ärgerlich auf ihn. Dafür empfand sie einfach nicht genug für Justin, und ihre Gedanken wanderten ständig zu anderen Dingen. Wie konnte sie ihm erklären, dass sie sich in einen Mann verliebt hatte, den er im Grab vermutete? Sie konnte es selbst kaum fassen.

„Sie erscheinen in letzter Zeit so abgelenkt", sagte er.

Ihre Tante hörte diesen letzten Kommentar, als sie auf die beiden zuging, nachdem ihr Ehemann ihr in einen schweren Wollmantel geholfen hatte. „Die Mädchen haben Angst vor dem Geist."

Onkel Humphrey scheuchte seine Weiberschar hinaus. „Unsinn. Chloe steht mit beiden Beinen fest auf dem Boden. Ich wünschte, ich könnte dasselbe von meiner Frau sagen."

Chloe fühlte sich nicht im Geringsten so, als stünde sie mit beiden Beinen fest auf dem Boden. Während der gesamten Fahrt nach Hause suchte sie im Mondlicht am Wegesrand und in den blättrigen Hecken nach dem geringsten Anzeichen dafür, dass Dominic noch lebte und durch die Gegend spukte. Als ein einsamer Reiter in einem Umhang an der Weggabelung erschien, um ihnen den Weg abzuschneiden, erstarrte sie und hoffte, dass der Kutscher anhalten würde.

Der ältliche Kutscher brachte das Gefährt mit offensichtlichem Unmut zum Stehen. Einen Augenblick lang war Chloe davon überzeugt, dass der geheimnisvolle Reiter auf der Straße Dominic war. Sie suchte in den kantigen, überschatteten Gesichtszügen das Bild, das sie dort zu sehen wünschte. Erwartungsvoll lehnte sie sich zur Tür. Ihr Herz raste hoffnungsvoll, obwohl sie wusste, wie unwahrscheinlich es war, dass er auf derart dramatische Weise wiederauftauchen würde.

Die Ähnlichkeit zu Dominic war unglücklicherweise nur eine Illusion der Nacht und der Familienähnlichkeit. Ihre Hoffnung sank, sobald die Züge des Reiters deutlicher wurden. Dominics fein geschnittene Züge wurden zu denen des letzten Mannes, dem sie nachts begegnen wollte.

Dies konnte kein gutes Omen sein.

Sir Edgar patrouillierte alleine im Dunkeln. Was hatte er vor? Wonach suchte er?

Ihr Onkel artikulierte sein Missfallen durch das Fenster der Kutsche. „Mein Gott, Sir Edgar, ich hätte Sie als Straßenräuber erschießen können!“

Der Colonel nickte entschuldigend und blieb hoch aufgerichtet auf dem Pferd sitzen. „Sie müssen im Gedächtnis behalten, dass der Unhold, der meinen Neffen erschossen hat, noch nicht gefasst wurde.“

Bei näherer Betrachtung fragte Chloe sich, wie sie ihn mit Dominic hatte verwechseln können. Sie konnte nicht die geringste Spur von Leidenschaft in Edgars Augen finden, keinen Funken Wärme.

„Hoffen Sie, ihn alleine zu finden?“, fragte Tante Gwendolyn etwas distanziert. Sie hatte ihm noch nicht vergeben, dass er keine Hunde mochte.

„Die örtlichen Behörden haben sich als wenig hilfreich erwiesen, Lady Dewhurst“, erwiderte er in höflichem Tonfall. „Ihre Nachforschungen haben sie zu der Schlussfolgerung geführt, dass mein Neffe von einem Ortsfremden ermordet wurde, möglicherweise von einem verrückten Soldaten. Nachdem Gerüchte über verdächtige nächtliche Aktivitäten im Wald kursieren, haben mein Wildhüter und ich beschlossen, unsere eigenen Untersuchungen durchzuführen."

„Wie mutig von Ihnen", murmelte Chloe, die Finger in den Handschuhen verkrampft. Mutig war wohl kaum das richtige Wort. Wonach suchte er so spät in der Nacht? Oder hatte ihr Geist begonnen, seine Fallen auszulegen?

Mit einem Lächeln auf den dünnen Lippen blickte Sir Edgar auf sie hinunter. „Ich würde mir wünschen, dass mein Land ein sicherer Ort für junge Damen ist, um spazieren zu gehen und frische Luft zu schnappen."

„Und ihre Hunde auszuführen", fügte Tante Gwendolyn zuckersüß hinzu.

Er lachte, als wollte er seine Niederlage eingestehen. „Natürlich."

Eine Minute später holperte die Kutsche die Straße hinunter, vorbei an der sanften Erhebung von Stratfield Hall. Chloe starrte aus dem Fenster, als könnte sie durch die dunklen grauen Steine bis ins Innerste des Hauses sehen. Sie seufzte wehmütig, als ihre Tante und ihr Onkel begannen, sich zu streiten, und das Haus aus ihrer Sichtweite verschwand.

Dominic, wenn ich dich je wiedersehe, bringe ich dich vielleicht selbst um … Wo bist du?

Lord Devon Boscastle wartete im Salon darauf, dass alle vom Dinner zurückkehrten. Er war ein großer, beeindruckender Mann und trug einen schwarzen Kutschermantel, lange Hosen und polierte Stiefel. Sein dunkles Haar war vom Winde verweht, und seine blauen Augen funkelten vor guter Laune.

Im warmen Schein des Kaminfeuers ähnelte er ihrem Bruder

Heath zunächst so sehr, dass Chloes Herz einen Satz machte. Sie ging rückwärts zum Sofa und sank erleichtert nieder. In den letzten Tagen waren ihre Nerven so angespannt, dass sie jedes Mal, wenn sie sich umdrehte, mit dem Schlimmsten rechnete. Tante Gwendolyn und Pamela brachten ihre eigene angenehme Überraschung mit herzlichen Umarmungen und freudigem Geplapper zum Ausdruck. Frauen hatten sich in Chloes Brüder verliebt, seit diese in der Kinderstube der Boscastles ihre ersten Tage verlebt und den Kindermädchen mit ihren blauen Augen das Herz gestohlen hatten. Wem außer Devon hätte man verzeihen können, dass er aus Schabernack eine Kutsche überfallen hatte?

„Habt keine Angst, ihr alle", sagte er und warf Chloe über die Schulter ihrer Tante hinweg einen vielsagenden Blick zu. „Ich bin nur gekommen, um mich anständig zu verabschieden, bevor ich an den Busen unserer Familie zurückkehre. Ich habe meine Schuld durch das Umtopfen von Orchideen gesühnt und bin bereit, wieder auf die Welt losgelassen zu werden."

Chloe betrachtete ihn voller Zuneigung. Er schien sich wohler zu fühlen als in den letzten Monaten. „Ist in Chelsea alles aufgeklärt?" Sie bezog sich natürlich auf sein katastrophales Debüt als Straßenräuber.

Er schenkte ihr ein gequältes Lächeln. „Ja. Dafür schulde ich Gray etwas, und er wird mich das wohl nie vergessen lassen. Ich werde mein Bestes tun, um ihn davon zu überzeugen, dass es an der Zeit ist, auch dich wieder nach Hause kommen zu lassen. Wir beide haben das Landleben lange genug genossen."

Zeit, nach Hause zu gehen. Bei dem Gedanken wurde Chloe eiskalt. Erst vor Kurzem war sie noch wild darauf versessen gewesen, Chistlebury zu entfliehen. Jetzt war sie fest entschlossen, zu bleiben, egal, was sie dafür tun musste. Nichts konnte sie dazu veranlassen, Dominic mitten in seiner schwersten Zeit alleine zu lassen. Wer hätte gedacht, dass sich ihr Leben im Laufe von nur ein paar Wochen vollkommen verändern würde? Wie sich der Mittelpunkt ihres Lebens verschoben hatte. Es war noch schwerer, sich vorzustellen, was die Zukunft bringen würde und ob Dominic mit seinem düsteren Sinnen auf Rache Erfolg haben würde.

Zur gleichen Zeit am gleichen Ort wartete Dominic in ihrem Zimmer ungeduldig darauf, dass Chloe sich für den Abend zurückzog. Er hatte stundenlang mit sich gerungen, bis er es endlich aufgegeben hatte und durch das Fenster in ihr Ankleidezimmer geklettert war.

Er wusste, dass es riskant war. Adrian hätte angesichts seines irrationalen Benehmens sicherlich verzweifelt die Hände hochgeworfen. Aber Dominic war Chloe so lange ferngeblieben, wie er es ertrug. Er musste sie wiedersehen, und wenn es nur für ein paar Minuten war. Sie gab ihm Kraft – seine Gefühle für sie waren sein einziger Halt, der einzige Ausweg aus all dem Hass, der ihn zu überwältigen drohte. Er war von ihr besessen, war verrückt nach ihrer Gesellschaft, ihrem Anblick. Er wollte sie lachen hören und sie wieder in den Armen halten.

Seit Tagen hatte sie ihn mit ihren kleinen Fingerzeigen, um ihn wieder zu sich zu locken, auf die Folter gespannt. Ja, er wusste ihre Versuche, diskret zu sein, zu schätzen. Nein, er konnte ihr nicht widerstehen, wie sie mit ihrer Chemise aus dem Fenster winkte wie eine unverschämte Circe, die mit ihren Verführungskünsten einen Seemann ins Unglück stürzen wollte.

Nicht dass man ihn an ihre Existenz oder ihre Reize hätte erinnern müssen. Wenn er nicht vollkommen darin vertieft war, seinen Onkel zu beobachten, dachte er an Chloe und daran, wie sehr er sich wünschte, sie wiederzusehen. Er konnte nicht glauben, wie verzweifelt er sich nach ihr sehnte, wo sie doch nur ein paar gestohlene Stunden miteinander verbracht hatten.

Er lehnte sich gegen die Fensterbank und starrte nach

draußen. Wo, zum Teufel, war sie? Ihr Zimmer war ein Tribut an die weibliche Eitelkeit – Strümpfe, Fächer und Schuhe waren so verstreut, als hätte sie jedes einzelne Kleidungsstück, das sie besaß, anprobiert, um den perfekten Eindruck zu machen.

Aber auf wen?

Voller Missfallen hob er die schwarzen Brauen. Fehlte ihr skandalöses Korsett? Nein. Da auf dem Boden des Kleiderschrankes lag das provokante Ding, und das war ihr Glück. Wenn Chloe es für irgendeinen Mann trug, dann nur für ihn und ihn allein.

„Wo ist sie?“, murmelte er.

Vor beinahe zwei Stunden hatte er gehört, wie die Kutsche zurückgekehrt war. Er hatte sich hinter der Tür versteckt und endlos lang darauf gewartet, dass Chloe auf ihr Zimmer kam, aber irgendetwas – oder irgendjemand – hielt sie unten auf.

Er hasste es, nicht zu wissen, wo sie war. Früher am Abend hatte er gesehen, wie der Colonel von Stratfield Hall aus fortgeritten war, und fragte sich nun, ob sein Onkel sich möglicherweise mit Chloe im Salon befand. Sonst hatte er niemanden bemerkt, der sein Anwesen verlassen hatte, aber ein Besucher hätte ankommen können, bevor er über den Baum in ihr Zimmer geklettert war. Er hätte daran denken müssen, den Stall zu überprüfen. Nur hatte neben ihr nichts anderes mehr in seinen Gedanken Platz.

Ares hob den Kopf in Richtung Fenster und knurrte leise und warnend.

Mit gerunzelter Stirn zog Dominic den Vorhang zurück, als er die blonde Männergestalt erkannte, die unter dem Baum stand. „Nicht schon wieder“, sagte er angewidert.

„Chloe!“, rief Lord St. John mit einer lächerlich verführerischen Stimme hinauf. „Versuchen Sie nicht, sich vor mir zu verstecken, Sie kleine Kokette. Ich erkenne Ihren hübschen Umriss hinter dem Vorhang.“

„Wenn du einen hübschen Umriss siehst", murmelte Dominic zu sich selbst, „dann brauchst du eine gute Brille, du Idiot."

„Spielen Sie die Schüchterne, Chloe? Beim Essen waren Sie nicht so zurückhaltend, als ich Sie mit Kuchen gefüttert habe."

Dominic grunzte. Also da hatte sie den Abend verbracht und sich von diesem riesigen Einfaltspinsel füttern lassen. Er verschränkte die Arme auf der Brust, als die aufschlussreiche, einseitige Konversation weiterging.

„Ich gehe nicht eher weg, bis Sie mit mir gesprochen haben, Chloe", flüsterte Justin laut. „Ich muss wissen, dass Sie nicht böse auf mich sind, weil ich mir in der Eingangshalle einen Kuss gestohlen habe." Er hielt inne. „Auch wenn es mir so schien, als hätten Sie ihn genossen. Alle Damen in Chistlebury genießen meine Küsse."

Ein Kuss in der Eingangshalle? Dominic biss die Zähne zusammen, als er sich vorstellte, wie Chistleburys blonder Romeo die leidenschaftliche Lady Chloe in den Armen gehalten hatte. Zweifelsohne war er der einzige Mensch im Dorf, der nicht der Meinung war, dass Chloe und Justin ein reizendes Paar abgaben. Da er tot war, würde er in dieser Sache allerdings vermutlich nicht viel zu sagen haben.

Einer plötzlichen Eingebung folgend, ahmte er einen trällernden Sopran nach und zwitscherte durch die Vorhänge: „Gehen Sie nach Hause zu Ihrer Mutter, Justin. Ich hatte für einen Abend wirklich genug von Ihnen."

Verdutzt blinzelte Justin zum Fenster hoch. „Was, in Gottes Namen, ist mit Ihrer Stimme passiert, Chloe? Sie hören sich sehr eigenartig an. Werden Sie wieder krank? Glauben Sie, dass es ansteckend sein könnte?"

„Ja. Ja, ich bin krank, mein Lieber", trällerte Dominic und winkte mit den Fingern aus dem Fenster. „Ich bin mir sicher, dass es überaus ansteckend ist."

„Sie haben nicht krank gewirkt, als ich Sie geküsst habe, und außerdem ist meine Gesundheit so robust wie die eines Pferdes. Erlauben Sie mir wenigstens, einen Blick auf Sie zu werfen, bevor ich gehe."

„Oh, gütiger Himmel, nein, Justin, Sie böser Junge! Ich habe gerade mein Nachthemd angezogen. Wirklich, ich bin überhaupt nicht schicklich gekleidet."

Lord St. John drückte die Hand in einer melodramatischen Geste auf die Brust. „Ich weigere mich, diese Stelle zu verlassen, bis Sie mir einen letzten Blick gestatten." Er grinste jungenhaft. „Pamela sagte, Sie haben einige interessante Kleidungsstücke in Ihrer Truhe."

Dominic knirschte mit den Zähnen. „Wenn Sie mit Ihren Possen alle aufwecken, wird es Ihr letzter Blick sein, das schwöre ich Ihnen."

Justin stampfte in gespielter Leidenschaft mit dem Fuß auf. „Ich werde nicht gehen. Stattdessen werde ich einen großen, *bösen* Wutanfall bekommen, bis Sie klein beigeben. Außerdem mag Ihre Tante mich sowieso."

„Ich mag Sie jedenfalls nicht", flüsterte Dominic. Es war wirklich geradezu beleidigend. Fand Chloe dieses lästige Kind tatsächlich anziehend? Sie hatte den Narren geküsst?

„Was ist, Chloe? Ach, kommen Sie schon. Ich bitte Sie doch nur um einen kurzen Blick, damit ich von etwas Schönem träume. Das wird niemandem wehtun."

„Zur Hölle", sagte Dominic und schnappte sich aus einer von Chloes Truhen eine Nachtmütze mit Rüschen. Er zog sie tief in die Stirn, dann griff er nach einem rosa Schultertuch aus Seide und warf es sich um die breiten Schultern.

„Ich warte, Chloe", flüsterte Justin störrisch.

Dominic lachelte böse, steckte den Kopf wie eine Schildkröte durch die Vorhänge und verschwand ebenso schnell wieder im Zimmer. „Da. Sind Sie nun zufrieden?"

„Das war geschummelt, Chloe", beschwerte Justin sich. „Ich konnte außer einem großen rosa Fleck nichts erkennen."

„Süße Träume, Justin", murmelte Dominic und schloss die Vorhänge wieder.

Er entledigte sich der Mütze und des Tuches und wandte sich zur Tür um. Auf dem Flur vor dem Schlafzimmer waren leichte Schritte zu hören. Jemand drehte den Türknauf, und er erkannte Chloes Stimme, als sie wütend etwas über unkultivierte Landhäuser murmelte, während sie mehrmals gegen die verzogene Tür drückte.

Er stand im Ankleidezimmer und war sich seiner selbst plötzlich sehr unsicher. Wie würde sie reagieren? Mit welcher Entschuldigung konnte er seine Anwesenheit hier erklären? Die Wahrheit über sein Verlangen und seinen Hunger würde sie vielleicht ängstigen. Ihn jedenfalls ängstigten seine überwältigenden Gefühle für sie. Er konnte ihr nichts versprechen. Nicht die Zukunft, die ihre Familie sich für sie wünschte. Kein süßes Werben. Im Augenblick eigentlich überhaupt keine Zukunft.

Er hatte ihr nichts zu bieten als Schwierigkeiten.

Sobald Chloe die Tür öffnete, lief ihr ein kalter Schauer über den Rücken. Jemand war in ihrem Zimmer. Es war nicht Devon, den sie unten bei ihrem Onkel zurückgelassen hatte. Es war auch nicht der Hund, der scheinbar eine Vorliebe für ihr Bett entwickelt hatte. Die feinen Härchen in ihrem Nacken sträubten sich. Sie spürte, wie ihr Herz in freudiger Erwartung schneller schlug. Beinahe hatte sie Angst, sich Hoffnungen zu machen. Sie würde es nicht ertragen, wieder enttäuscht zu werden.

„Guten Abend, Chloe", erklang eine männliche, wohlbekannte Stimme aus den Tiefen ihres Ankleidezimmers.

Zögernd schloss sie die Tür hinter sich. Sie hatte sich selbst das Versprechen gegeben, ihn zur Hölle zu schicken, wenn sie ihn wiedersah, aber schon beim Klang seiner Stimme begann ihr Entschluss zu bröckeln. All die Stunden der Sorge, des Wartens, des Grübelns, wo er war. Und jetzt klang es, als wäre dieses Monster bei bester Gesundheit!

Es stürzten so viele widersprüchliche Gefühle auf sie ein, dass sie sich kaum beherrschen konnte. Sie wollte ihn anschreien. Sich ihm in die Arme werfen. Ihn fragen, was er in ihrem Zimmer zu suchen hatte und wo er gewesen war, während sie sich vor Sorge fast verrückt gemacht hatte.

Sie tat nichts von alledem. Es kostete sie Anstrengung genug, ihm überhaupt eine normale Antwort zu geben. Er war in Sicherheit. Er war hier. „Wie nett von Ihnen, mich zu besuchen, Lord Stratfield."

Er lächelte sie an. „Wie nett von Ihnen, es mir zu gestatten."

„Ich habe es Ihnen nicht gestattet ..." Aber das hatte sie. Was nützte es, sich etwas vorzumachen? Seit Tagen hatte sie sich nach einem Wort von dem Teufel verzehrt. Sie schlüpfte aus ihren Schuhen und schob sie unter das Bett. Hatte sie daran gedacht, ihr Tagebuch zu verstecken? Ja. Er wusste ohnehin schon genug über sie. Eine Frau musste ein paar Geheimnisse für sich behalten. Vor allem vor ihm.

Er öffnete die Tür des Ankleidezimmers mit einer arroganten, einschüchternden Pose. Langsam ließ er seinen Blick über sie gleiten, als erforsche er jedes Detail ihrer Erscheinung bis hinunter zum Saum ihres gelben Abendkleides aus Musselin. Gefiel sie ihm? Offensichtlich, dem Glänzen seiner bleigrauen Augen nach zu schließen. Ihr wurde heiß, und ihr Atem ging schneller.

„Was haben Sie so lange unten gemacht?", fragte er leise.

Sie runzelte die Stirn. Es sah ihm ähnlich, tagelang zu verschwinden und gleichzeitig zu erwarten, dass sie hier saß und am Fenster Trübsal blas. „Mein Bruder Devon war hier, um sich zu verabschieden. Allem Anschein nach ist alles vergeben und vergessen, und er wurde nach London zurückbeordert. Sie können mir nicht mehr damit drohen, ihn auffliegen zu lassen."

Er betrachtete ihr Gesicht. Zwischen ihnen standen nun keine Drohungen mehr, und das wussten sie beide. „War mein Onkel auch da?"

Furchtlos erwiderte sie seinen Blick. Sie schenkte seiner Frage kaum Beachtung, sein Anblick ließ ihr Herz schneller schlagen. Plötzlich hatte sie Angst davor, was passieren könnte, wenn sie aufhörte, wütend auf ihn zu sein, davor, wie leicht er sie alles andere vergessen machen konnte. „Warum hätte Ihr Onkel dort sein sollen?"

„Er hat das Haus früher am Abend verlassen. Alleine. Ich hatte Sorge, dass er Ihnen vielleicht einen Besuch abstatten will."

Nun schien ihr Herz einen Moment lang stillzustehen. Hatte er sich Sorgen gemacht? War er eifersüchtig? Er, der von sich behauptete, keine anständigen Gefühle zu besitzen? Er war wie ihre Brüder, die es hassten, Schwäche zu zeigen. Aber … war es möglich, dass sie zu seiner Schwäche geworden war?

„Wir sind uns vor Kurzem auf der Straße begegnet. Er hat behauptet, dass er nach Ihrem Mörder sucht."

„Ist er nicht der vollendete Kavalier?", fragte Dominic düster. „Ich will nicht, dass das Schwein sich irgendwo in der Nähe von Ihnen oder Ihrer Familie aufhält."

„Ich bin selbst nicht besonders gerne in seiner Gesellschaft", erwiderte Chloe leise. Ihre Wut verdampfte langsam. Wie konnte sie auch länger wütend sein, wenn seine Gegenwart so viel aufregendere Dinge versprach? Sie wollte ihn berühren, ihren Kopf an seine Brust legen und seinen Duft einatmen, ihn dazu bewegen, bei ihr zu bleiben.

Eine klagende Stimme, die von draußen zu ihrem Fenster hinaufdrang, rettete sie vor sich selbst. Chloe öffnete erschrocken den Mund. „Himmel, das hört sich an wie Justin."

Dominic seufzte irritiert. „Das *ist* Justin."

Sie rauschte an ihm vorbei in das Ankleidezimmer. „Was, glaubt er, tut er da?“

Mit einem boshaften Grinsen auf dem Gesicht drehte Dominic sich langsam herum. „Der Trottel wollte mich im Nachthemd sehen.“

„Was?“ Es dauerte einige Sekunden, bis sie eins und eins zusammengezählt hatte. „Sie machen wirklich nur Schwierigkeiten, Dominic Breckland, vom Anfang bis zum Ende. Ich kann einfach nicht glauben, dass Sie so etwas tun würden. Was für ein Lump Sie doch sind! Ich meine das ernst.“

Sein teuflisches Lachen brannte in ihren Ohren, als sie zum Fenster eilte und wütend die Vorhänge aufriss. „Seien Sie doch ruhig da unten“, flüsterte sie und spähte durch die Zweige.

Mit offensichtlicher Enttäuschung blickte Lord St. John zu ihr hoch. „Ich dachte, Sie hätten Ihr Nachthemd angezogen, Chloe. Das sieht aus wie das Kleid, das Sie beim Essen getragen haben. Haben Sie mich die ganze Zeit nur geneckt?“

„Sie geneckt?“ Chloe drehte den Kopf, um Dominic einen bösen Blick zuzuwerfen. Der zuckte in gespielter Verwirrung mit den Schultern. „Offensichtlich, Justin. Jeder in London weiß, wie gerne ich Leute necke.“

Justin warf geschlagen die Hände hoch. „Sie können das so oft mit mir machen, wie Sie möchten, Chloe. Ich verstehe da sehr viel Spaß.“

Sie schüttelte den Kopf. Was sollte sie nur mit diesen zwei Männern anfangen? „Nicht um diese Uhrzeit, Justin“, erklärte sie mit fester Stimme. „Ich schließe jetzt das Fenster. Bitte gehen Sie nach Hause.“

„Bravo!“, verkündete Dominic hinter ihr und applaudierte lautlos. „Das ist die richtige Einstellung. Weisen Sie ihn in seine Schranken.“

„Eigentlich weise ich *Sie* in Ihre Schranken“, entgegnete sie und wandte sich um, um ihn anzusehen.

„Meine Güte", erwiderte er mit einem spöttischen Grinsen, bevor er sie in seine Arme zog. „Ich denke doch, dass es eher andersherum sein wird."

Überrascht blickte sie zu ihm auf. Er hielt sie so fest, dass sie die Arme nicht heben konnte, dabei versuchte sie es doch noch nicht einmal ernsthaft. „Was meinen Sie?"

„Lassen Sie uns zurück ins Schlafzimmer gehen, Chloe. Ich zeige Ihnen, was ich meine."

Er trug sie zum Bett und entfernte zwischen langen, hungrigen Küssen jedes ihrer Kleidungsstücke. Ihr gelbes Kleid, ihre Unterröcke, ihre Strumpfbänder, ihre spitzenbesetzte Chemise.

Sobald er ihr den letzten Strumpf ausgezogen hatte, hielt er inne, um sie zu betrachten – als wäre sie ein Kunstwerk, das nur zu seiner Bewunderung geschaffen worden war.

Unter seinen Blicken erglühte Chloe. Ihre Brüste fühlten sich schwer und geschwollen an, die Knospen sehnten sich nach seiner Berührung. Er hatte nie eindringlicher und gefährlicher ausgesehen, nicht einmal an dem Abend, als sie ihn in ihrem Zimmer entdeckt hatte.

„Ich sollte gehen", sagte er ruhig, während er mit einer Hand ihren Oberschenkel entlang bis hinauf zur sanften Kurve ihrer Hüfte strich.

„Nein, Dominic."

Tief schaute er in ihre Augen. Ihre innere Anspannung wuchs. Sie biss sich auf die Lippe. Sein heißer Blick wanderte wieder über ihren Körper. Wie entblößt sie sich fühlte, wie verletzlich. Doch tief in ihrem Inneren fand sie eben diese Hilflosigkeit erregend.

„Wenn ich bleibe", erklärte er, „wissen wir beide, was geschehen wird. Sie werden bis zu meinem Todestag nie einem anderen Mann als mir gehören."

„Nimm mich“, flüsterte sie.

Er beugte sich über sie und nahm mit einem Kuss von ihrem Mund Besitz, der den Pakt besiegelte, den sie soeben geschlossen hatten. Es war ein verheißungsvoller und berauschender Kuss. Das herrlich schamlose Vergnügen, das sie dabei empfand, ließ sie endgültig schwach werden.

Sie war nicht mehr in der Lage, zu denken. Er beherrschte ihre Gedanken, ihre Sinne sowieso. Die geballte Muskelkraft seines Körpers. Seine männliche Anziehungskraft. In ihrem Herzen gehörte sie ihm bereits und sehnte sich danach, von ihm geliebt zu werden.

Sie richtete sich langsam auf, um seinen Kuss zu erwidern, und flüsterte an seinen Lippen: „Berühre mich überall. Nimm mich jetzt. Ich brauche dich ebenso sehr, wie du mich brauchst.“

„Tust du das?“ Seine Stimme war rau, aber seine Hände waren sanft, als er ihr Gesicht festhielt. „Brauchst du mich, Chloe?“

Er zog sie auf seinen Schoß, sodass sie rittlings auf ihm saß. „Das weißt du doch“, flüsterte sie, die Brüste an seinen Oberkörper gepresst.

Wieder küsste er sie. Er legte einen Arm um ihre Taille, um ihr Halt zu geben, sonst wäre sie auf das Bett zurückgefallen. Mit seiner freien Hand liebkoste er ihren sanft geschwungenen Rücken, die Rundungen ihres Pos. Sie reckte den Hals und schauderte vor unerträglicher Erwartung.

Unendlich behutsam strich er über die sinnliche Kurve ihrer Hüfte bis zu der glatten Vorderseite ihrer Schenkel. Sie spannte sich an, das Blut pochte in ihren Adern. Der Gedanke, dass er entdecken könnte, wie sehr sie sich nach ihm sehnte, wie bereit ihr Körper für ihn war, beschämte sie.

Als seine Finger ihre intimste Stelle fanden, war es, als würde eine Flamme sie liebkosen, so sehr erfüllten sie seine Liebkosungen mit schier unerträglicher Hitze. In diesem Augenblick hätte er alles mit ihr tun können, was er wollte.

Auch ihm ging es nicht anders. Sie konnte seine harte Männlichkeit spüren, als er die Oberschenkel bewegte, um die ihren weiter zu öffnen. Er stöhnte gegen ihr Haar gedrückt, streichelte sie noch verführerischer und ließ dann seine Finger langsam in sie gleiten.

„Süße Chloe", flüsterte er. „Du bist so zart dort drinnen. Leg deine Hände auf meine Schultern."

Sie gehorchte und spürte, wie seine eisenharten Muskeln sich unter ihren Fingern anspannten. Die schiere Freude an seiner behutsamen Berührung raubte ihr den Atem. Willenlos ergab sie sich in seine Liebkosung und bettelte stumm nach mehr. Ja, mehr. Sie wollte dies fortführen. Bis zum Ende.

„Ziehst du dich aus?", flüsterte sie.

Er lächelte und führte seinen Mund an ihre Brust. „In einem Augenblick. Ich bin gerade ein kleines bisschen beschäftigt."

Er zog ihre Brustspitze zwischen seine Zähne, und sie stöhnte, als süßes Feuer sie verbrannte. Sie beugte den Kopf nach hinten, als er begann, mit seinem heißen, nassen Mund an ihrer Brust zu saugen. Stöhnend bot sie sich ihm dar, konnte es kaum aushalten. Es war zu viel. Und doch nicht genug.

„Chloe."

Sie starrte in sein dunkles, hungriges Gesicht hinauf. „Wage es nicht, mich so zu verlassen, Dominic", flüsterte sie heiser.

„Nein", antwortete er und schüttelte den Kopf. „Das kann ich nicht."

Er ließ sie auf das Bett sinken und erhob sich. Hastig zog er sich das weiße Leinenhemd über die muskulösen Schultern, dann knöpfte er seine engen schwarzen Hosen auf. Als er sich hinabbeugte, um seine schwarzen Lederstiefel auszuziehen, betrachtete sie erstaunt seinen Körper.

Es war das erste Mal, dass sie ihn vollkommen nackt sah. Sein Körper war noch atemberaubender, als sie ihn sich vorgestellt hatte – schlank und gut geformt, mit Sehnen, die wie gemeißelt wirkten. Sie erinnerte sich von der Nacht, in der sie ihn gefunden hatte, an die formvollendete Muskulatur seiner Brust und Schultern, an seine athletische Kraft. Die heilende Wunde entstellte ihn nicht, sondern brandmarkte ihn als Kämpfer.

Aus schmalen Augen schaute er sie an. Sie wandte den Blick nicht ab, sondern sah sich an ihm satt – zeigte ihm unverhüllt ihr Verlangen und ihre Bewunderung. Nur mit Mühe gelang es ihr, nicht vor Freude zu stöhnen, als er auf sie zukam.

Sie streckte die Arme nach ihm aus. Sie musste ihn wieder spüren. Er erfasste ihre Finger, als sie die harte Fläche seines Bauches berührte. Sie sah, wie er gegen sich selbst ankämpfte. Er begehrte sie und wollte keinen Fehler machen.

Sie lehnte sich gegen die Kissen zurück und befreite sanft ihre Finger. Einladend bot sie sich ihm dar und fühlte sich in diesem Augenblick ganz Frau.

„Dominic“, flüsterte sie, „ich will das.“

Er konnte nicht genug von ihr bekommen. Der Klang ihrer betörenden Stimme. Die samtige Zartheit ihrer Haut. Die sanft geschwungenen Rundungen ihres Körpers. Er wollte es alles auf einmal erleben, in Chloes Essenz eintauchen – und sie doch zugleich langsam nehmen und jeden gemeinsamen Augenblick auskosten.

Er hatte nicht genug Zeit, sein Sehnen nach ihr zu befriedigen. Dafür würde es nie genug Zeit geben.

Natürlich durften sie das schlafende Haus nicht wecken. Doch die gebotene Vorsicht schien die prickelnde Erregung nur noch zu steigern, die Freude jeder einzelnen Berührung zu erhöhen. Sie war eine Frau, die jedes Risiko wert war, das er eingehen musste, um sie zu besitzen. Stark, schön und liebevoll.

Er streckte sich neben ihr auf dem Bett aus. Die hungrige Erwartung in ihren wundervollen, funkelnden blauen Augen verstärkte sein Verlangen nach ihr nur noch.

„Du bringst mich um den Verstand, Chloe", sagte er mit einem reumütigen Kopfschütteln.

Sie lächelte nur. „Du warst schon verrückt, als ich dich kennengelernt habe."

Er zog ihren zarten, warmen Körper in seine Arme. „Nun, jetzt bin ich vollkommen wahnsinnig."

Sie streichelte mit den Fingerspitzen über die kraftvolle Linie seiner Schulter. „Und was bin ich dann?"

Er zwang sie wieder zurück in die Kissen. „Mein." Sie war unter seinem harten, erregten Körper wie flüssiges Feuer. Weich und wild. Er wollte sie erforschen, ihre Schwäche in diesem Moment ausnutzen, um ihr Freude zu schenken, wie sie sie noch nie gekannt hatte.

„Ich ertrage das nicht länger", murmelte sie. „Du bist grausam, Dominic."

Sanft blies er über ihren angespannten Bauch. Er wollte ihr zeigen, wie grausam und zugleich liebevoll er als Liebhaber sein konnte. Natürlich war es ein Spiel mit hohem Einsatz, er wusste nicht, wie lange er es selbst noch aushalten würde. „Habe Geduld", flüsterte er neckend, bevor er den Mund an ihre zarte Haut presste. Seine Erregung wuchs, selbst wenn ihm das beinah unmöglich erschien.

Chloe zu lieben erinnerte ihn daran, wie menschlich er wirklich war. Sein Verlangen nach ihr brachte weniger seine Stärken als vielmehr seine Verletzlichkeit hervor. Wie konnte er ihr erklären, dass ihre Nähe ihm den Mut gab, in sein dunkles Gefängnis zurückzukehren, ohne sich dabei wie ein Narr anzuhören? Wäre ihm in seinen düstersten Augenblicken nicht die Erinnerung an sie geblieben, so hätte er den Verstand verloren. Konnte sie überhaupt verstehen, dass sie für ihn wie ein Gegengift für all den Hass und die Verzweiflung war, die ihn zu zerstören drohten?

Er verzehrte sich nach ihr.

Sie hatte den Körper einer Sirene, volle Brüste mit rosa Knospen und runde Hüften, die zu erotischen Fantasien einluden. Ihr Duft entflammte seine Sinne. Seife, frische Luft und moschusartige, süße Erregung. Er wollte sein Gesicht zwischen ihren Schenkeln vergraben und ihr Parfum einatmen.

„Dominic?", flüsterte sie. In ihren bezaubernden blauen Augen spiegelten sich sein Hunger und seine Verwirrung wider.

Er starrte sie an. Sie war so bereit, so begierig darauf, genommen zu werden. Und ihn verlangte es so sehr danach, sie zu lieben, dass sein Körper voller Erwartung brannte, aber er hasste den Gedanken, dass er danach nicht bei ihr bleiben konnte und es ihm verwehrt blieb, sie die ganze Nacht lang in seinen Armen zu halten. Doch er wollte sie ganz. Er sehnte sich nach einer Vertrautheit, die über die körperliche Liebe hinausging.

Tief atmete er durch und ließ seine Hand langsam zwischen ihre Schenkel gleiten. Sobald er neckend die zarte Knospe ihrer Weiblichkeit liebkoste, erbebte sie und spannte sich an. Wie eifrig sie auf seine Berührungen reagierte! Er wagte sich weiter vor. Berauscht und genießerisch schloss sie die Augen.

Er neigte den Kopf, um sie zu küssen, lächelte bei dem überraschten Stöhnen, das ihr entfuhr, als er die Finger schneller bewegte. Sie war das Süßeste, was er je geschmeckt hatte. Bei dem Gedanken, in ihren heißen Tiefen zu versinken, erschauerte er. Als sie unter seinen Fingern den Höhepunkt erreichte, sehnte er sich so verzweifelt nach der Vereinigung mit ihr, dass er glaubte, es kaum aushalten zu können. Sie war für die Leidenschaft gemacht.

„Worauf wartest du?", flüsterte sie, als die Anspannung ihren Körper verließ.

Er beugte sich zu ihr hinunter, um ihre vollen, verführerischen Lippen noch einmal zu küssen. „Willst du dich wirklich einem Mann wie mir hingeben?“, fragte er sanft.

„Nur einem Mann wie dir“, erwiderte sie, ohne zu zögern.

Er schloss die Augen. „Das ehrt mich, Chloe.“

„Ich will dir keine Komplimente machen, du Schurke. Ich will, dass du … das zu Ende führst, was du begonnen hast. Dominic, um Gottes willen, zeige ein wenig Gnade. Ich habe mich noch nie so gefühlt.“

„Gütiger Himmel, das will ich doch hoffen.“ Der Gedanke war ihm unerträglich. Wenn er sie kennengelernt hätte, bevor sein Leben zu einem Scherbenhaufen geworden war, hätte er, ohne zu zögern, bei ihren Brüdern um ihre Hand angehalten. „Chloe“, sagte er zärtlich, „du bist das Beste, was mir je passiert ist. Ich fürchte, dasselbe gilt umgekehrt nicht.“

„Das stimmt nicht“, flüsterte sie. „Und du wirst mich nicht umstimmen.“

„Gott steh mir bei“, erwiderte er leise. „Das ist auch nicht meine Absicht.“

Sie beobachtete sein Gesicht, als er ihre Beine auseinanderschob. Bereitwillig öffnete sie sich für ihn. Tief in seiner Kehle erklang ein heiseres, befriedigtes Stöhnen, er war so erregt, dass er befürchtete, zu explodieren, noch bevor er in sie eindrang.

„Ich werde versuchen, dir nicht wehzutun“, versprach er und neigte den Kopf, um sie zu küssen. Als er sich zwischen ihre Schenkel legte, fühlte sie sich wunderbar an, aber er konnte ihre Anspannung spüren. Er hatte Angst, sie zu zerreißen, so stark war sein Verlangen.

Mit einem kraftvollen Stoß drang er bis in die Tiefen ihres Körpers vor, es gab kein Zurück mehr. Alle vernünftigen Gedanken flohen aus seinem Gehirn. Sein Kuss erstickte ihr leises Stöhnen. Sobald sie begann, sich ein wenig zu entspannen, flüsterte er an ihren Lippen: „Leg deine Arme um mich. Es tut nicht immer weh. Gleich ist der Schmerz vorbei.“

„Dir tut es nicht weh, oder?“

„Großer Gott, nein. Es ist himmlisch."

Er zog sich zurück, nur um gleich darauf mit einem langsamen, kräftigen Stoß wieder zurückzukehren. Sie bewegte sich leicht und kam ihm entgegen.

„Chloe", sagte er. Die Muskeln an seinen Armen spannten sich unter seinem Gewicht an. „Du fühlst dich so gut an."

„Du … dich auch."

Das genügte, um ihm den Rest zu geben. Diese drei geflüsterten Worte. Er versteifte sich und drang ein letztes Mal in sie ein, die überwältigende Erlösung schien aus den Tiefen seines bebenden Körpers aufzusteigen. Er fühlte sich, als überflute er sie, als würde dieses Glück ewig andauern. Als alles vorbei war, sank er neben ihr hin und nahm sie in die Arme. Er hielt sie so fest, dass er befürchtete, ihr wehzutun. Sie sagte nichts. Wenn sie sich ebenso fühlte wie er, kostete es vermutlich all ihre Kraft zu atmen.

Er wusste nicht, was er sagen sollte. Er hatte zwar Besitz von ihrem Körper ergriffen, aber sie hatte sein Herz erobert.

Endlich brach Chloe das Schweigen und hob den Kopf von seiner Schulter. Das Haar um ihr Gesicht herum war feucht. Ihre blauen Augen musterten ihn streng, und er begehrte sie wieder von Neuem.

„Wann sehe ich dich wieder?"

„Ich weiß es nicht. Nicht schnell genug für mich."

Sie versuchte, sich aufzusetzen. Sie sah zerzaust und bezaubernd aus, als ihr Temperament sich Bahn brach. „Woher soll ich wissen, ob du in Schwierigkeiten steckst oder ob du überhaupt noch lebst?"

„Vielleicht ist es besser, wenn du es nicht weißt."

„Dominic." Sie schob seinen Arm weg. Er sah, wie der Puls an ihrer Kehle pochte. Sie war einfach atemberaubend. „Ich glaube, du hast recht. Du bist tot, du Unmensch. Du hast nicht mal mehr den kleinsten Funken Anstand im Körper, und das, was wir eben getan haben, zählt nicht."

„Ich habe versucht, dich zu warnen." Sein Herzschlag donnerte in seiner Brust, in seinen Ohren, in seinen Schläfen. „Ich hätte heute Nacht gar nicht erst kommen dürfen, Chloe. Ich wollte dir nicht so viel Leid zufügen."

„Dafür ist es jetzt ein bisschen zu spät, nicht wahr?", meinte sie ironisch. „Du hättest in das Fenster von jemand anderem fallen sollen." Sie zog die Decke hoch bis unters Kinn, als wäre sie sich eben erst ihrer Nacktheit bewusst geworden, dessen, was sie gerade getan hatten.

„Ich wünschte, das alles könnte anders sein", sagte er. „Wir müssen einfach unser Bestes geben."

„Was für ein Durcheinander", flüsterte sie.

„Chloe." Sie war wütend und traurig, und er konnte ihr keinen Vorwurf daraus machen. Sein Leben lag in Scherben. Er konnte ihr nichts bieten, schlimmer noch, er brachte sie in Gefahr.

„Mach dir keine Sorgen um mich, Dominic", sagte sie spitz. „Meine Truhe und meine Unterwäsche stehen dir jederzeit zur Verfügung. Du kannst meine Unterröcke tragen, wann immer dir der Sinn danach steht."

Ihre Entrüstung erschien ihm zugleich ungerecht und wohlverdient. Er hatte keine Zeit, sie so zu besänftigen, wie er es vielleicht gerne getan hätte, oder sie davon zu überzeugen, wie viel sie ihm bedeutete. Bevor er vom Bett glitt, blickte er sie ein letztes Mal an. Er war sich nicht sicher, aber er glaubte, dass sie möglicherweise Tränen in den Augen hatte. Hoffentlich würde sie nicht anfangen zu weinen! Dann würde er sicherlich schwach und bliebe bis zum Morgen an ihrer Seite.

„Steh nicht auf, Chloe."

„Nicht einmal, um dich aus dem Fenster zu schubsen?"

Er beugte sich hinab, um sie zu küssen. Wenigstens hatte sie ihren Humor nicht verloren – obwohl es vielleicht schmeichelhafter gewesen wäre, sich an sie zu erinnern, wie sie nackt und mit gebrochenem Herzen auf dem Bett lag, in dem sie sich geliebt hatten. „Versuche zu schlafen“, sagte er sanft.

„Geh zur …“

Er floh ins Ankleidezimmer und hielt nur kurz inne, um Ares den Kopf zu tätscheln, bevor er sich für den Abstieg stählte. Der Hund bewegte sich kaum, sondern folgte seinen Bewegungen lediglich mit feuchten braunen Augen, die ihn anzuklagen schienen. „Gütiger Himmel“, sagte er, „sogar mein eigener verdammter Hund hat sich gegen mich gewendet.“

Er kletterte auf das Fensterbrett und spürte die Abendluft auf seinem erhitzten Gesicht und an seinem Hals. Wenn Chloe auch nur einen Funken Verstand besaß, würde sie das Fenster hinter ihm vergittern, damit er nicht zurückkehren konnte, bis er ihr eine anständige Zukunft zu bieten hatte. Oder den Baum fällen, der ihm Eingang zu ihrem Zimmer verschaffte. Ihm jedenfalls gelang es einfach nicht, sich von ihr fernzuhalten.

Er schlang ein Bein über das Fensterbrett und tastete nach dem nächstgelegenen Ast. So seltsam es auch klingen mochte, aber seine erotische Begegnung mit ihr hatte ihm neue Energie geschenkt. Obwohl er förmlich vor enttäuschtem Verlangen brannte, war sein Lebensmut stärker, als es seit dem Angriff auf sein Leben der Fall gewesen war. Die innere Kraft, die er benötigte, um seinen Feind zu konfrontieren, war wieder vollkommen hergestellt. Er konnte jetzt all sein körperliches Verlangen in Rache umwandeln. Wie er mit seinem Herz fertigwerden sollte, war eine ganz andere Frage.

15. KAPITEL

Chloe hätte es wissen müssen: Wenn sie sich verliebte, würde sie das mit all der Impulsivität ihrer Familie tun. Natürlich musste sie sich von allen Männern auf der Welt ausgerechnet den aussuchen, der am allerschlechtesten für sie war. Und natürlich würde ihre Liebe nicht reibungslos verlaufen. Ganze dreißig Sekunden lang blieb sie sitzen, beklagte ihr Schicksal und fühlte sich wie betäubt von seinem Abschied und von dem, was zwischen ihnen vorgefallen war.

Dann sprang sie vom Bett auf und zog ihr gelbes Abendkleid an, um ihm nachzulaufen. Sie hatte noch nie zu der Sorte Frau gehört, die lange trauert. Es schien ihr unglaublich, dass sie mit solch brennender Leidenschaft zusammengekommen sein sollten und er dann einfach aus dem Fenster kletterte und sie unbefriedigt zurückließ. Sie konnte ihn nicht gehen lassen, ohne – etwas mehr. Mehr von ihm. Mehr von seinen Schikanen und den Schwierigkeiten, die er mit sich brachte. Ohne eine Versicherung, dass er zurückkehren würde oder dass ihm nichts geschehen würde, während sie voneinander getrennt waren.

Außerdem hatte er vergessen, das Teleskop mitzunehmen, das er bei seinem ersten Besuch in ihrem Zimmer gestohlen hatte. Auf dem Weg zur Tür hob sie es vom Boden auf.

Mit pochendem Herzen glitt sie auf den Flur hinaus und stahl sich durch das dunkle Haus nach unten, hinaus in die Nacht. Das feuchte Gras stach ihr in die nackten Füße, während sie um den Ententeich herum in den Garten ging. Dominic war eben auf dem Boden gelandet und erhob sich aus der Hocke, als sie bei ihm ankam.

„Gott im Himmel!“, rief er bei ihrem Anblick. „Willst du uns beide ruinieren?“

Sie streckte eine Hand aus. „Du hast das Teleskop vergessen.“

Mit sorgenvoll gerunzelter Stirn sah er sie an, nahm das Instrument und steckte es in seinen Hosenbund. „Danke."

„Du kannst so nicht weitermachen, Dominic. In einer – einer Wand zu leben ist nicht normal."

„Das ist mir durchaus bewusst." Aufgebracht fuhr er sich mit der Hand durch das schwarze Haar. „Ist dir eigentlich klar, was du mir antust? Jedes Mal, wenn ich dich sehe, bin ich versucht, all meine Pläne aufzugeben, um mein Leben wiederzuerlangen."

„Aber das kannst du nicht", sagte sie ruhig.

„Nicht, wenn ich meinen Onkel und die Männer, mit denen er zusammengearbeitet hat, zur Strecke bringen will. Ich kann nicht auf die Behörden vertrauen, das für mich zu erledigen. Ich habe keine Ahnung, wie viele Freunde er haben könnte oder wem er vielleicht als Nächstes etwas antut. Er hält sich nicht gerade an die Regeln."

In dieser Angelegenheit würde sie nicht erneut mit ihm streiten. Er war ebenso starrköpfig, wild entschlossen und ehrenhaft wie jeder ihrer Brüder. „Du kannst wenigstens irgendwelche Vorkehrungen treffen, um mich wissen zu lassen, dass es dir gut geht."

Er fasste sie an den Schultern. Das Mondlicht ließ die unnachgiebigen Kanten seines Gesichtes nicht weicher erscheinen. Sein Leid hatte Spuren hinterlassen und ihm eine attraktive Strenge verliehen. „Leider bin ich nicht in der Position, dir Briefe zu versprechen, Chloe. Ich habe dir einmal gesagt, dass es einen Mann gibt, dem ich vertraue. Sein Name ist Adrian Ruxley, Viscount Wolverton. Er ist der Mann, der mir dabei geholfen hat, meine eigene Beerdigung zu arrangieren. Wenn mir etwas zustoßen sollte, kannst du zu ihm gehen, aber *nicht* bevor ich getan habe, was ich tun muss."

„Wenn er dein Freund ist und du ihm vertraust, kann ich ihn vielleicht dazu überreden, dich zur Vernunft zu bringen."

„Versuche nicht, dich noch tiefer in meine Probleme zu

verstricken, als du es ohnehin schon getan hast. Werde lieber wieder zu der übermütigen Dame, die du warst, als ich dich zum ersten Mal sah. Wenn das alles vorbei ist, werde ich dir alles geben, was du willst."

„Ich bin schon lange nicht mehr übermütig, Dominic."

Mit einem plötzlichen Fluch ließ er sie los und richtete seinen Blick auf die Rückseite des Hauses. „Jemand kommt hierher", warnte er sie. „Verrate mich nicht."

„Was …"

„Sag nichts."

Chloe wirbelte herum. Sie erkannte sofort die zierliche Gestalt ihrer Tante, die gerade den Gartenweg entlangrannte. „Was soll ich machen?", flüsterte sie Dominic zu, der bereits den Rückzug angetreten hatte.

„Benutze deinen Verstand, Chloe", riet er wenig hilfreich, bevor er sich hinter einen Baum duckte.

„Siehst du ihn nicht?", rief ihre Tante. „Gleich dort, du dummes Ding! Hinter dem Baum."

„Wen nennst du hier dummes Ding?", fragte Chloe.

„Dich!"

„Ich sehe niemanden." Was nicht ganz gelogen war. Dominic war hinter den hohen Bäumen verschwunden, die das Eingangstor flankierten, und seine schlanke Gestalt verschmolz mit den langen Schatten.

Zu Chloes Überraschung ergriff Tante Gwendolyn ihren Arm und zog sie in die Richtung von Dominics Schatten. „Da! Dort drüben. Siehst du ihn jetzt?"

Was für ein Dilemma. Chloe hatte keine Ahnung, was sie tun sollte. Wenn sie zugab, dass sie Dominic sehen konnte, würde sie damit sein Geheimnis lüften. Wenn sie so tat, als wäre er nicht da, hätte ihre Tante guten Grund, sie ein dummes Ding zu schimpfen.

„Ich hole den Pastor", verkündete Tante Gwendolyn aufgeregt. Ihre silbrigen Locken waren zerzaust. „Komm mit. Nein. Jetzt, wo ich darüber nachdenke, bleib besser hier. Bewache ihn."

„Wen soll ich bewachen?"

„Den Geist!"

„Was für einen Geist?"

„Den Geist, der direkt vor dir steht."

„Wie kann ich ihn bewachen, wenn ich ihn noch nicht einmal sehe?", fragte Chloe.

In diesem Augenblick trat Dominic mit dramatisch wehendem Umhang vor. Er hielt sich im Schatten des Torhauses. „Madam", sprach er Tante Gwendolyn an, „sie kann mich weder hören noch sehen. Verschwenden Sie nicht Ihren kostbaren Atem."

Tante Gwendolyn blickte Chloe aus dem Augenwinkel an und murmelte: „Unglaublich."

Dominic neigte den Kopf zu einem ernsten Nicken. „Ziemlich."

„Sie armer, tragischer Mann – äh, Geist", sagte die ältere Frau besorgt. „Haben Sie Schwierigkeiten mit dem Übertritt auf die andere Seite?"

„Auf die andere Seite von was?"

„Ach, du liebe Güte", erwiderte Tante Gwendolyn nervös. „Mir ist noch nie der Gedanke gekommen, dass er vielleicht versucht hinaufzugelangen, wo er doch eigentlich hinuntergehen sollte." Sie räusperte sich. „Lord Stratfield, ich muss Sie warnen, dass ich eine verheiratete Frau bin."

Verständnislos sah Dominic sie an. Einen schrecklichen Augenblick lang dachte Chloe, er würde anfangen zu lachen. „Verheiratet?"

„Verheiratet wie in ‚meinem Ehemann treu ergeben'. Ich kann mich nicht mit Ihnen vereinen, Mylord."

„Mit mir vereinen?"

„Ich weiß, dass Sie den Ruf haben, Frauen aus der Gemeinde zu verführen“, verkündete Tante Gwendolyn mit zittriger Stimme. „Führen Sie mich nicht in Versuchung.“

„In Versuchung, was zu tun?“, fragte er ehrlich verwirrt.

„Es war gar nicht meine Tochter, nicht wahr?“, fragte Tante Gwendolyn mit einem Stöhnen der Erkenntnis. „Ich war es, die Sie suchten!“

Dominic trat zurück in die Schatten. Chloe konnte nur dankbar sein, dass das Tor ihres abendlichen Ausfluges wegen noch nicht verschlossen war. Er hatte die Möglichkeit, zu entkommen, bevor ihre Tante ihn wirklich zu fassen bekam und herausfand, dass er gar kein Geist war.

„Ich muss Sie jetzt verlassen, Madam“, verkündete er und wedelte theatralisch mit dem Umhang.

„Mich verlassen?“, rief Tante Gwendolyn. „Aber ich weiß noch immer nicht, warum Sie gekommen sind und welche Hilfe Sie sich von mir erhoffen!“

„Nun, ich …“ Chloe genoss den verwirrten Ausdruck auf seinem gut aussehenden Gesicht. „Ich muss gehen. Ich habe ohnehin bereits zu lange gezögert.“

Tante Gwendolyn hob eine Hand an den Mund. „Dann bedeutet das – Mylord, bitte sagen Sie mir, ob unsere Begegnung bedeutet, dass Sie nun Ihre Ruhe gefunden haben?“

„Ah, Madam“, erwiderte er, während er sich durch das Tor zwängte. Er warf Chloe einen ironischen Blick zu. „Das ist eine zu persönliche Frage, als dass ich sie Ihnen beantworten könnte.“

Er schlang den Umhang um sich und verschwand zwischen den Bäumen.

Tante Gwendolyn stand da und schüttelte ungläubig den Kopf. „Er ist verschwunden. Unser Geist ist verschwunden.“

Chloe hätte keine größere Erleichterung verspüren können. Da sie ihn nicht „gesehen“ hatte, musste sie natürlich so tun, als wäre sie vollkommen verwirrt. „Bist du dir sicher, Tante Gwendolyn?“, flüsterte sie und starrte in den Himmel, als wäre Dominics Seele auf mysteriöse Weise emporgeflogen.

Ihre Tante folgte ihrem Blick und runzelte die Stirn. „Ich glaube nicht, dass er in den Himmel aufgestiegen ist, meine Liebe“, erklärte sie irritiert.

Chloe blickte fragend auf den Boden. „Dann …“

Die Frau seufzte. „Offensichtlich ist er auch nicht nach unten gefahren, obwohl man verständlicherweise zu der Schlussfolgerung gelangen könnte, dass der Hades der passendste Aufenthaltsort für ihn wäre.“

Chloe hielt inne. „Wo, glaubst du, ist er hingegangen?“

„Es scheint, als wäre das Leben nach dem Tode komplizierter, als der menschliche Verstand begreifen kann, Chloe. Wo ist er hingegangen?“ Tante Gwendolyn streckte die Hände gen Himmel. „Er ist weder hierhin noch dorthin gegangen. In den unbekannten Äther.“

„Was für ein unbekannter Äther?“ Chloe konnte sich die Frage nicht verkneifen.

„Wenn ich das beantworten könnte, wäre er wohl kaum unbekannt, nicht wahr?“

„Vermutlich nicht.“

„Bah. Ich hätte nicht erwarten sollen, dass jemand mit deiner geringen Lebenserfahrung die Mysterien des Lebens versteht.“ Sie blickte Chloe durchdringend an. „Unter den gegebenen Umständen ist es vielleicht das Beste, wenn wir mit niemandem über diese Begegnung sprechen. Wir dürfen keiner Menschenseele sagen, dass wir ihn gesehen haben.“

„Aber ich habe ja gar nichts gesehen“, wand Chloe ein.

„Genau. Und wenn wir wollen, dass er erneut zu mir kommt, dann muss er das Gefühl haben, mir vertrauen zu können.“

Chloe blickte in den Wald, in dem Dominic sich vermutlich gerade versteckte. „Willst du ihn denn überhaupt wiedersehen? Es scheint recht beängstigend, sich mit einem Geist anzufreunden."

„Meine Liebe, wenn dies das Opfer ist, das ich bringen muss, um dich, Pamela und die anderen Damen aus der Gemeinde zu schützen, dann soll es so sein."

„Es soll unser Geheimnis bleiben", versprach Chloe beherzt.

„Sehr gut." Tante Gwendolyn blickte sich gründlich in dem ruhigen Garten um. „Ich muss zugeben, dass mich eines verwirrt, Chloe."

Chloes Herz begann wieder zu rasen. Hatte sie wirklich geglaubt, sie würde so einfach davonkommen? „Und das wäre?"

„Was hast *du* um diese Uhrzeit im Garten gemacht, meine Liebe? Was hat dich dazu veranlasst, herunterzugehen, wenn es nicht der Geist Seiner Lordschaft war?"

16. KAPITEL

Zwei Tage später schlenderte Lord Devon Boscastle die Stufen zu dem Herrenhaus seines Bruders Grayson in Park Lane hinauf. Es war das erste Mal, dass Devon seit seiner öffentlichen Schmach offiziell zu Hause willkommen geheißen wurde. Der vornehme erste Diener, Weed, führte ihn mit einem warmen Lächeln in den Salon.

Eine Armee von Angestellten war dabei, Vorbereitungen zu treffen, um das Haus für den Aufenthalt des Marquess auf seinem Landsitz zu schließen. Die Haushälterin, Mrs Soames, brachte Devon ein dickes Stück Himbeerkuchen und tupfte sich bei seinem Anblick Tränen aus den Augen. Ein paar Dienstmädchen schüttelten eifrig die Kissen auf, bevor er sich auf dem Sofa niederließ.

Das schwarze Schaf war offiziell wieder an den Busen der Familie zurückgekehrt. So lächerlich es auch schien, Devon spürte ein überwältigendes Gefühl von Dankbarkeit und Erleichterung darüber, zu Hause wieder willkommen zu sein. Diese Brut mochte sich manchmal schlecht benehmen, aber unter ihnen herrschte stets ein Gefühl von Akzeptanz und Herzlichkeit, und auch die schwersten Sünden wurden irgendwann vergeben.

Seine Schwester Emma rauschte einige Minuten später in den Raum, das lockige, rötlich goldene Haar aus dem fein geschnittenen Gesicht zurückgekämmt. Wenn irgendjemand ihm eine Gardinenpredigt halten würde, so war sie es, dachte er mit einem innerlichen Stöhnen. Emma, die holde Diktatorin, die die Gestalt einer Nymphe und die Gnadenlosigkeit eines Kriegsherrn besaß. Die junge Witwe hatte ihren Gemahl zu Grabe getragen und in Schottland eine eigene Akademie eröffnet, um ungezähmte junge Mädchen auf den gesellschaftlichen Pfad der Tugend zu bringen. Im Augenblick lebte sie bei Heath, bis sie sich entschieden hatte, wo sie sich auf Dauer niederlassen wollte.

„Devon“, sagte sie und verschränkte die Hände hinter dem Rücken, um ihn zu betrachten.

„Emma.“ Er stand auf, um sie zu umarmen. „Wie bezaubernd du aussiehst.“

„Ach, wirklich?“ Sie lehnte sich ein wenig zurück, um ihm prüfend ins Gesicht zu schauen. Seine Schmeichelei beeindruckte sie nicht im Geringsten. „Eine Warnung vorab, Devon. Gray hat den Familienrat einberufen, um über unsere Krise zu diskutieren. Schlachtpläne werden ausgearbeitet. Ein Angriff steht unmittelbar bevor.“

Seine blauen Augen umwölkten sich. „Ich dachte, ihr habt mir verziehen …“

„Nicht deinetwegen, Dummerchen.“ Sie schüttelte bekümmert den Kopf. „Es ist wegen Chloe. Was ein Mann mit seinem Ruf anstellt, ist eine Sache, aber bei einer jungen Dame ist das etwas vollkommen anderes. Grayson ist der Meinung, dass Chloe sich bestimmt weiterhin so skandalös benehmen wird, wenn sie nicht endlich in einer Ehe zur Ruhe kommt. Ich muss ihm da zustimmen.“

Devon betrachtete das Aquarell einer schottischen Landschaft über dem Kamin. „Bist du nicht ein einziges Mal in deinem Leben einer dummen Eingebung gefolgt, Emma?“, fragte er neugierig.

„Aber natürlich.“

„Was war es denn?“, neckte er sie. „Hast du in der Kirche Perlen getragen?“

„Warum“, fragte sie und verschränkte die schlanken Arme, „gehen eigentlich alle davon aus, dass ich ein Tugendapostel bin?“

Er zupfte an einer hellen Locke, die auf ihre Wange gefallen war. „Vielleicht, weil du es bist?“

Sie grinste. „Bei Gelegenheit sollte ich euch allen das eine oder andere über mich erklären. Ich glaube, ich könnte ganz

London schockieren, wenn ich meinem wahren Ich nachgeben würde."

„Tu das, Emma", sagte er, als ein Klopfen an der Tür ertönte. „Es ist beinahe schon wieder an der Zeit für einen neuen Familienskandal."

Lord Heath Boscastle blickte aus dem Fenster, während der Rest seiner Familie sich in dem kleinen Salon versammelte. Er wusste, warum er einberufen worden war, wusste, dass er in der Frage von Chloes Zukunft die entscheidende Stimme hatte. Warum bloß konnten die Dinge nicht wenigstens einmal so einfach sein, wie sie oberflächlich erschienen?

Insgeheim wünschte er sich, er könnte wie sein Bruder Devon glauben, dass Chloe einen anständigen jungen Mann kennengelernt hatte und die Zukunft für seine schöne Schwester rosig aussah.

Das erschien ihm doch ein bisschen zu simpel. *Schicke die eigensinnige junge Frau für ein paar Wochen aufs Land, und –* voilà! – *schon trifft sie genau den Aristokraten, von dem die Familie immer geträumt hat, und all ihre Dämonen sind gebannt.*

Es war möglich, aber nicht wahrscheinlich. Zumindest nicht für eine Boscastle.

Sein älterer Bruder Grayson, der Marquess of Sedgecroft, setzte sich auf das blaue Samtsofa. Seine Anwesenheit schien darauf hinzudeuten, dass die Sitzung gleich beginnen würde. Er erinnerte Heath stets an einen mittelalterlichen Prinzen – blond, zuversichtlich und tatendurstig. Drake und Devon, die beide dunkelhaarig und voller rastloser Energie waren, zogen es vor, zu beiden Seiten des Sofas zu stehen, als wollten sie die erste Gelegenheit nutzen, um auszureißen.

Alleine am Kamin, auf einem Lehnstuhl mit hohem Rücken, saß Emma, die verwitwete Viscountess Lyons, ein Notizbuch und einen Stift in der Hand. Heath machte sich um ihre Zukunft ebenso viele Sorgen wie um die von Chloe. Eine schöne junge Witwe war leichte Beute für den falschen Mann.

Emma blickte sich im Raum um. „Möchte deine Frau nicht zu uns stoßen, Grayson?“, fragte sie besorgt.

Grayson grinste ein wenig verlegen. „Sie hat sich noch nicht entschieden, ob sie sich mit gutem Gewissen einer familiären Verschwörung hinter Chloes Rücken anschließen kann.“

Drake lachte voller Anerkennung. „Nachdem Jane selbst zum Opfer einer ähnlichen Verschwörung geworden ist?“

Grayson tat, als wäre er beleidigt. Er und Jane hatten vor Kurzem nach einer Brautwerbung, die eher einem intellektuellen Schlagabtausch als zärtlichem Hofieren geähnelt hatte, geheiratet. Die schöne Marchioness mit den honigblonden Haaren war vermutlich die einzige Frau auf der Welt, die ihren Ehemann zur Räson bringen konnte. Und die er dafür liebte. „Willst du damit sagen, dass die Ehe mit mir so etwas wie eine Strafe ist?“

„Dein Bruder zu sein ist es jedenfalls“, erklärte Devon mit Nachdruck. „Wenigstens manchmal.“

Emma räusperte sich. „Können wir mit der fraglichen Angelegenheit weitermachen? Devon“, meinte sie und deutete mit dem Stift in seine Richtung, „bitte sage uns deine Meinung über Chloes jungen Verehrer.“

Devon zögerte, als befürchte er, es könnte Verrat an seiner jüngeren Schwester sein, wenn er diese Information mit seinen Geschwistern teilte. „Ich weiß nicht genau, was Chloe von ihm hält – sie war nicht ganz sie selbst, als ich sie zuletzt gesehen habe. Vielleicht ist das ein Zeichen für wahre Liebe.“

„Was denkst du über ihn?“, fragte Heath.

Devon zuckte mit den Schultern. „Ich kenne ihn nicht besonders gut. Justin und ich sind uns vor ein paar Jahren auf einer Jagd begegnet. Er schien ganz nett zu sein, nicht wahr, Drake?“

Drake schüttelte den Kopf. „Er war ein bisschen verwöhnt und arrogant, wenn ich mich recht erinnere.“

„Sprecht ihr über meinen Gemahl?“, fragte eine Frauenstimme von der Tür her. „Oder sollte es sich um einen seiner Brüder handeln?“

Grinsend blickte Heath zu seiner Schwägerin hoch. „Komm doch herein, Jane. Du wirst unsere Debatte durch neue Perspektiven bereichern.“

Die Marchioness of Sedgecroft betrat den Raum und schaute direkt zu ihrem Ehemann hinüber, der sich gemeinsam mit den anderen Herren beim Klang ihrer Stimme erhoben hatte. „Ich fürchte, meine Meinung wird nicht willkommen sein. Ich habe nie ein Geheimnis aus der Tatsache gemacht, dass ich von Anfang an dagegen war, Chloe aufs Land zu verbannen.“

„Nun gut“, erklärte Heath und führte sie am Ellbogen zu einem Stuhl. „Du wirst die einsame Stimme des Widerspruchs sein.“

Drake lächelte. „Die Stimme der Vernunft.“

Jane hielt inne und lachte. „Dann lasst mich gleich sagen, dass ich auf gar keinen Fall meine Zustimmung zu weiteren hinterhältigen und ungeschickten Taktiken vonseiten meines Mannes bezüglich des heiligen Sakraments der Ehe geben werde.“

„Ungeschickt?“, fragte Heath und konnte kaum ein Lachen unterdrücken.

„Hinterhältig?“ Grayson wirkte ehrlich gekränkt. „Ich ziehe den Gedanken vor, dass ich bewiesen habe, zu welchen Verzweiflungstaten ein verliebter Mann getrieben werden kann.“ Jeder der Anwesenden wusste, dass er darauf anspielte, wie er Jane mit einer List dazu gebracht hatte, ihn zu heiraten.

„Was uns wieder zurück zu unserem Thema führt“, sagte Emma. „Liebt dieser junge Mann Chloe? Ist er eine gute Partie?“

„Viel wichtiger erscheint mir“, warf Jane ein, während sie ihren rosa Rock um ihre Knie drapierte, „ob dies eine Partie ist, die einen heimlichen Ehevertrag rechtfertigt, der um Mitternacht in einer geparkten Kutsche abgeschlossen wird?“

Es herrschte nur einen Augenblick lang Schweigen, als die Familie sich daran zurückerinnerte, wie Grayson während der Zeit seiner überaus turbulenten Brautwerbung der gewitzten Jane gegenüber den Spieß umgedreht hatte.

„Liebling“, erwiderte Grayson mit einem Blick voller offensichtlicher Bewunderung, „beschwerst du dich etwa?“

Sie lächelte ihn strahlend an.

Bekümmert schüttelte Emma den Kopf. „Wenn ich in dieser Sache irgendetwas zu sagen habe, wird es keinen weiteren Anlass zu trauriger Berühmtheit geben. Sollen wir diesen mutigen jungen Mann einmal kennenlernen? Drake? Grayson?“

Grayson runzelte die breite Stirn. „Es kann in Chistlebury nicht viele Gelegenheiten geben, sich schlecht zu benehmen.“

„Wie geht gleich wieder das alte Sprichwort?“, fragte Jane ihren Ehemann. „Müßiggang ist aller Laster Anfang?“

Grayson lachte. „Warum siehst du mich an, während du das sagst?“

Sie lächelte wieder. „Erfahrung, mein Liebster.“

Drake blickte zu Devon hinüber. „Können wir mit der Entscheidung noch warten?“

„Dieser junge Mann hat bisher nicht offiziell um ihre Hand angehalten“, erklärte Emma. „Ich hoffe, die beiden haben sich nicht dazu entschieden, miteinander durchzubrennen.“

„Ich kann mich nicht daran erinnern, dass Chloe bei Stratfields Beerdigung irgendjemandem schöne Augen gemacht hat“, sagte Grayson nachdenklich.

„Nur weil sie nicht dort war, um zu kokettieren“, entgegnete Heath. „Ihr war an jenem Tag unwohl, wenn ich mich recht erinnere. Soweit ich weiß, hat man Stratfields Mörder immer noch nicht gefasst. Sir Edgar hat mir geschrieben, dass er den Verdacht hat, dass es ein unehrenhaft entlassener Soldat oder Matrose war. Seltsam. Diese ganze Sache ist überaus eigenartig und beunruhigend. Ich schätze, ich sollte dem Colonel meine Hilfe anbieten.“

„Bei der Beerdigung des armen Mannes kokettieren", wiederholte Emma. Allein der Gedanke empörte sie. „Ich hoffe nicht. Was ist nur während meiner Abwesenheit aus dieser Familie geworden?"

Grayson lehnte sich gegen die Sofalehne zurück. „Tante Gwendolyn meint, dass dieser St. John der begehrteste Junggeselle in der ganzen Gemeinde ist."

„Er ist vermutlich der einzige Junggeselle", wand Devon ein. „Das Dorf kann nicht mehr als fünfundzwanzig Einwohner haben."

„Vielleicht sollte ich einmal nach Chistlebury reiten und mich mit ihm bekannt machen", schlug Grayson vor.

„Du würdest ihn wohl eher wie eine Feldmaus verscheuchen", murmelte Jane. „Ich kann mich noch daran erinnern, wie du bei der Frühstücksgesellschaft im Pavillon Chloes armen Kavallerieoffizier mit deinem Geschrei verjagt hast."

Heath blickte zu Drake hinüber. „Was ist eigentlich aus diesem Lord Dingsbums geworden, der Chloe hinter der Kutsche geküsst hat?"

„Ich glaube, er hat über die ganze Sache Stillschweigen bewahrt", erwiderte Drake. „Unter den gegebenen Umständen schätzt er sich wahrscheinlich sehr glücklich, dass Grayson ihn nicht getötet hat."

„Ich schlage vor, dass wir noch zwei Wochen warten, bis wir über Chloes Schicksal entscheiden." Heath strich sich über die Oberlippe. „Bis dahin kann sich vieles ändern."

Grayson zuckte mit den Schultern. „Das klingt vernünftig."

Emma nickte. „Oft ist es das Klügste, zu warten – alles, wenn wir nur einen weiteren Skandal verhindern können. Das wäre unser Ende."

Grayson blickte durch den Raum zu seiner eleganten, grünäugigen Frau hinüber. „Das weiß ich nicht, Emma. Für mich war ein solcher Skandal der Beginn eines sehr glücklichen Lebens."

17. KAPITEL

Zwei ereignislose Tage waren vergangen, seit Tante Gwendolyn in ihrem Garten den Geist gesehen hatte. Chloes Tante war ihrem Wort treu geblieben und hatte das Geheimnis für sich behalten. Es war ihr jedoch nicht gelungen, ihre Neugier zu zügeln. Chloe hatte die Gute von ihrem Fenster aus mehrmals dabei gesehen, wie sie spätabends durch die Rosenbüsche schlich. Was ihre Tante mit Dominic vorhatte, wenn sie ihn erwischte, war ihr ein Rätsel. Die Ironie an der ganzen Geschichte war, dass sowohl sie als auch Chloe beide denselben schwer zu fassenden Teufel in die Finger kriegen wollten, um seinen ruhelosen Geist zu bändigen.

„Wenn du unseren Geist findest", flüsterte Chloe in die Dunkelheit, „richte ihm meine besten Wünsche aus, ja?"

Es war ihr nicht entgangen, dass Dominic sie wieder verlassen hatte, ohne ihr irgendetwas für die Zukunft zu versprechen. Selbst wenn es ihm gelang, seinen gefährlichen Plan in die Tat umzusetzen, konnte sie sich nicht sicher sein, wo sie danach stehen würden. Sie fragte sich, was ihre ungestüme gemeinsame Nacht ihm bedeutet hatte. Sein Körper mochte vielleicht geheilt sein, aber sein Geist war immer noch seinen inneren Dämonen ausgeliefert.

Würde sie feststellen müssen, dass ihre Beziehung auf nichts anderem basierte als der Verzweiflung eines Mannes und einer merkwürdigen Reihe von Ereignissen? Auf jeden Fall würde es nicht einfach, ihrer Familie zu erklären, wie die Verbindung zwischen Dominic und ihr begonnen hatte. Und sie konnte ihm nicht allein die Schuld dafür geben.

Es gab keine Garantie dafür, dass er sein Rachespiel überlebte – oder ihre zahlreichen anderen Befürchtungen sich diesmal nicht bewahrheiteten. Sie sagte sich, dass sie hätte froh sein müssen, weil er sich geweigert hatte, sie noch tiefer in seine gefährlichen Pläne zu ziehen. Schließlich wollte er sie so beschützen. Nichts davon änderte jedoch etwas an ihren Gefühlen für diesen Mann, der einen zur Raserei bringen konnte.

Es gab Zeiten wie heute, wo sie an ihrem Fenster stand und bereit war, zu schwören, dass sie spüren konnte, wie er sie beobachtete. Ihre Haut prickelte vor freudiger Erwartung.

Zu anderen Zeiten war das Gefühl, beobachtet zu werden, unangenehm, und sie fragte sich, ob Sir Edgar genau wie sie auf den abendlichen Wald hinausblickte, beide auf der Suche nach dem Mann, der durch ihre Gedanken spukte.

„Ich weiß, dass du dort bist, Dominic", sagte sie mit einem tiefen Seufzer, als sie die Vorhänge für die Nacht zuzog. „Ich hoffe, dein Feind ist sich dessen nicht genauso bewusst."

Durch die belaubte Böschung am Rande des Waldes vor neugierigen Blicken geschützt, fragte sich Dominic, ob es möglich war, dass Chloe ihn bewusst verspottete. Ahnte sie, dass er kurz davor war, in ihr Zimmer einzubrechen, ohne sich um die Konsequenzen zu scheren? Versuchte sie, ihn wieder zu sich zu locken, oder machte dieser idiotische St. John ihr im Dunkeln den Hof?

Wenn er die Gelegenheit dazu bekam, würde er dem Kerl die eine oder andere Lektion erteilen, weil er versucht hatte, Chloe zu verführen. Zwar hätte Dominic sie liebend gerne selbst verführt, aber jedem anderen Mann würde er dieses Privileg selbstverständlich untersagen. Vor allem nachdem sie sich ihm in jener Nacht hingegeben hatte. Sie gehörte nur ihm, und wenn er seine Angelegenheiten in Ordnung gebracht hatte, würde er dafür sorgen, dass die ganze Welt das wusste. Dann würde er nie wieder gezwungen sein, sie zu verlassen.

Er lächelte, als er sie durch das Teleskop betrachtete. Hinter den Spitzenvorhängen konnte er ihren Umriss erkennen. Ihre natürliche Anmut raubte ihm den Atem, und er fühlte sich zugleich schwach und kraftvoll. Er erinnerte sich wieder an ihre samtweiche Haut, ihr kehliges Stöhnen, als sie sich vereinigt hatten, ihren Duft, den verletzten Blick in ihren Augen, weil er sich dazu gezwungen hatte, den Raum zu verlassen.

Voller Bedauern senkte er das Teleskop. Zu einem anderen Zeitpunkt konnte er sich so lange quälen, wie er wollte. An diesem Abend jedoch erwartete ihn eine viel unangenehmere Aufgabe. Sir Edgar hatte in der letzten Zeit immer wieder spätabends die Gegend rund um das Anwesen erforscht, und Dominic fragte sich, warum.

Traf sein Onkel sich mit irgendjemandem? Oder hegte er den Verdacht, dass er beobachtet wurde? War ihm bewusst, dass das Haus, das er als sein Erbe eingefordert hatte, tatsächlich einen sehr umtriebigen Geist beherbergte? Vielleicht plante der Colonel sogar im Stillen seine Flucht. Er hatte in Indien Freunde und wertvolle Besitztümer; jahrelang konnte er dort bequem untertauchen.

Dominic überlegte, ob es besser war, ihn bei seinen nächtlichen Ausflügen zu verfolgen oder die Gelegenheit zu nutzen, um während seiner Abwesenheit seine privaten Papiere zu durchsuchen. Falls sein Onkel inzwischen ahnte, dass er bei der Durchführung seiner Pläne nicht den erhofften Erfolg gehabt hatte, würde er vielleicht sogar versuchen, Dominic erneut in die Falle zu locken.

Aber vielleicht hatte Sir Edgar auch angefangen, an Geister zu glauben.

Der Tag des Picknicks kam. Es war schönes Wetter, aber nicht besonders warm. Chloe zog ein himmelblaues Tageskleid aus Wolle an, dazu einen Paisleyschal mit Fransen und weiche Lederstiefeletten. Ihre Augen unter dem Strohhut mit den Bändern wirkten nachdenklich. Sowohl ihre Ängste als auch ihre närrischen Hoffnungen waren erwacht, sobald sie erkannte, dass das Picknick nicht weit von der verlassenen Mühle stattfinden würde, zu der Dominic ging, wenn er seinem Kerker entfliehen wollte. Natürlich würde er nicht bei einem Picknick in der Öffentlichkeit erscheinen. Sie hatte kaum eine Chance, ihn heute zu sehen.

Trotzdem hoffte sie auf ein Zeichen von ihm, als sie und ihre Familie unter dem Blätterdach der Eichen und Buchen entlangfuhren. Die Hecken waren voller wilder weißer Rosen. Endlich lagen die Dorfkirche und die mit Stroh gedeckten Häuschen hinter ihnen, und nur das angenehme Geräusch von Vogelgezwitscher wetteiferte noch mit dem Klappern der Kutschen und den angeregten Unterhaltungen. Zum ersten Mal wurde Chloe bewusst, dass sie London immer weniger vermisste, dass ihr eigenes ungezügeltes Wesen begonnen hatte, in dieser Umgebung unverhoffte Wurzeln zu schlagen.

„Chloe“, rief ihre Tante eindringlich, als sie über eine stabile Brücke zur Mühle fuhren, „halt die Augen offen, ja?“

Sie wandte sich um. „Aber ...“

Ihre Tante lächelte sie vielsagend an. Offensichtlich meinte sie, dass Chloe Ausschau nach einem gewissen lästigen Geist halten sollte. Als wäre Chloe nicht ohnehin schon von dem Gedanken besessen, nach dem geringsten Lebenszeichen dieses Unholds zu suchen. Hatte er nicht erwähnt, dass es hier Tunnels gab, dass unterirdische Gänge die Gegend durchzogen und versteckte Höhlen existierten, in denen früher Schmuggler ihre Beute versteckt hatten?

Vor Aufregung lief ihr ein Schauer den Rücken herunter. Versteckte er sich womöglich in den Tiefen der Erde unter ihr? Was für ein Gedanke, sich auszumalen, dass sie direkt über sein Versteck fuhr! Die Vorstellung, wie er in irgendeinem unterirdischen Labyrinth saß und plante, seinen Feind zur Strecke zu bringen, faszinierte sie. Nein, korrigierte sie sich rasch, auch ihr Feind und der ihrer gesamten Familie – wenn es stimmte, dass Sir Edgar in Brandons Tod verwickelt war. Der Gedanke an Dominic in der Unterwelt beschwor seltsam verführerische Bilder herauf. Von Hades und Persephone und ihrer Liebesaffäre in der Unterwelt. Was für eine beängstigende Idee, dass die Franzosen die verschlafenen Dörfer Großbritanniens aus unterirdischen Höhlen angreifen könnten! Sie war plötzlich froh über die Opfer, die ihre Brüder gebracht hatten, um das Land vor einer Invasion zu schützen.

Doch an einem milden Tag wie diesem, an dem die Stille der friedlichen Umgebung nur von heiteren Gesprächen und dem entfernten Hämmern eines Spechtes gestört wurde, vermochte Chloe sich beinahe selbst zu überzeugen, dass nichts davon stimmte. Ihr persönliches Dilemma hätte ebenso gut einem Traum entstammen können. Konnte ein Mensch so durch und durch böse sein wie Sir Edgar? Konnte ein Mann sein Land verraten, einen Mord begehen und einfach ruhig weiterleben, als wäre nichts geschehen? In ihrem Herzen kannte sie die Antwort.

Böses geschah jeden Tag, aber sie war jung und dachte lieber an das Leben als an Tod oder Traurigkeit. Sie hatte beide Eltern und ihren Bruder verloren. Während eines Ausflugs wollte sie nicht an derart beunruhigende Dinge denken.

Die Besucher des Picknicks, die sich aus dem größten Teil der besseren Gesellschaft von Chistlebury zusammensetzten, wetteiferten übermütig im Sackhüpfen und in einem Grimassenwettbewerb miteinander. Trotz ihrer Sorgen gelang es Chloe, sich zu amüsieren, und zu ihrer eigenen Überraschung begann sie sogar, sich zu entspannen, als sie und Justin sowie eine Gruppe junger Leute gewürztes Bier aus Silberbechern tranken und Trinksprüche mit übermütigen Komplimenten aufeinander ausbrachten.

Dann bemerkte sie, wie Onkel Humphrey mit gerunzelter Stirn aufblickte, weil ein eleganter Reiter die kleine Brücke zu der Wiese hinter dem Mühlteich überquerte. Sir Edgar war mit einem Lakaien angekommen, der sogleich mit den Pferden im Hintergrund verschwand.

Der große und düster-elegante Sir Edgar Williams sah Dominic aus der Ferne ähnlich genug, dass Chloes Herz vor Verlangen einen Sprung tat. Er war älter und beherrschter und weckte in ihr eine so unangenehme Erinnerung an Schmerz und Verlust, dass sie sich fühlte, als wäre ein kalter Schatten auf sie gefallen.

„Habe ich den Spaß verpasst?", rief er. Ohne auf eine Antwort zu warten, ging er zu dem Tisch, an dem sie mit Pamela, einer weiteren jungen Frau, Justin, seinem Bruder Charles und Justins ältlicher Tante saß.

„Wir wollten uns auf eine Schatzsuche nach Miss Redmonds Handschuh machen", erklärte Lord St. John mit einem freundlichen Lächeln. „Möchten Sie sich uns anschließen?"

Sir Edgar lachte und hob die schwarzen Brauen. „Wenn man bedenkt, welche Schurken ich in meiner Karriere zur Strecke gebracht habe, ist es wirklich verlockend, sich einem so frivolen Zeitvertreib hinzugeben. Wie sieht der vermisste Handschuh aus?"

„Er ist buttergelb mit winzigen Perlenknöpfen", antwortete Pamela.

Der Colonel blickte zu Chloe hinunter. In seinen verhangenen Augen war Unsicherheit zu entdecken. „Gibt es einen Preis für denjenigen, der den verlorenen Schatz findet?"

Charles hob die Hand. „Eine Flasche von dem berühmten Brombeerwein meiner Mutter."

„Und Miss Redmonds ewige Dankbarkeit", fügte Justin mit einem Grinsen hinzu und deutete auf die lachende junge Frau am Tisch hinter ihnen.

Die Jagd war zeitlich auf eine Stunde begrenzt: Der Nachmittag war kühl geworden, nachdem die Sonne hinter den

Bäumen verschwunden war. Chloe und Justin waren gemeinsam losgezogen, hatten sich jedoch getrennt, als er einer Eingebung gefolgt und an den Rand des Teiches getreten war, um zwischen dem Schilf nach dem Schatz zu suchen.

„Ich werde für Georginas Handschuh nicht meine Schuhe und Strümpfe ruinieren", rief Chloe ihm mit einem leichten Schauern nach. Ihr Schultertuch war zu dünn für die feuchte Kälte.

„Wir könnten den Brombeerwein ja zusammen trinken, Chloe", sagte er und zeigte das Grübchen in seiner Wange.

„Nur wenn du nicht ertrinkst, Justin."

„Ich werde nicht ertrinken."

Chloe runzelte die Stirn. Sie hatte nicht die Absicht, sich in das kalte, brackige Wasser oder in den überwucherten Wald zu wagen, um nach einem albernen Handschuh zu suchen. Irgendwo zwischen den hohen Traubeneichen hörte sie Pamela kichern, und die sorglose Freude dieses Geräusches zauberte ein Lächeln auf ihr Gesicht. Wenigstens genoss eine von ihnen den Nachmittag. Chloe hätte es auch getan, wenn nicht so viele dunkle Sorgen ihren Horizont verdüstert hätten. Sie vermisste Dominic und konnte sich nicht entspannen, solange sie nicht wusste, wo er war oder was er tat.

Ein paar Minuten lang beobachtete sie Justin, wie er durch das struppige Schilfrohr watete, bevor sie sich umwandte. Ihre Geduld war am Ende.

Die Mühle stand verlassen und verlockend hinter ihr.

„Der perfekte Ort, um dort einen Schatz zu verstecken", dachte sie laut.

18. KAPITEL

„Bist du hier?", flüsterte sie beinahe lautlos in der Dunkelheit der Mühle. Wenn jemand sie fragte, was sie tat, würde sie natürlich sagen, dass sie nach dem Handschuh suchte. Aber das war eine Lüge. Sie hoffte verzweifelt, einen Hinweis darauf zu finden, dass Dominic vor Kurzem hier gewesen war.

Es kam keine Antwort, kein Zeichen von ihm. Zerbrochene Bretter, etwas Seil, ein Pfosten und mehrere rostige Achsen zwangen sie dazu, sich vorsichtig einen Weg ins Innere der Mühle zu suchen. Der Saum ihres hellen Wollkleides war schon jetzt mit einer Rüsche aus Staub und Spinnweben verziert.

Dominic hatte keinen Hinweis auf seine Besuche an diesem gottverlassenen Ort hinterlassen.

„Wo bist du?", flüsterte sie.

Ein Rechteck aus Licht zeichnete sich neben ihr auf dem Boden ab: Die Tür zur Mühle wurde geöffnet. Sie wandte sich um, als hinter ihr eine raue, fordernde Stimme erklang.

„Haben wir gefunden, wonach wir gesucht haben?", fragte Sir Edgar in einem dramatischen Flüstern.

Sie wirbelte herum und versuchte, ihm nicht zu zeigen, dass er sie überrascht hatte und wie wenig es ihr behagte, mit ihm alleine zu sein. „Der Handschuh …"

„Ist er das?"

Er trat in die Mühle und bückte sich, um das Paar Handschuhe aufzuheben, das Chloe fallen gelassen hatte. „Diese hier sind blau und ein Paar. Ich dachte …"

„Ach, das sind meine", sagte sie verlegen. „Miss Redmonds Handschuh ist gelb."

„Sollen wir sie Ihnen wieder anziehen?", wollte er wissen, ganz der perfekte Gentleman. Er war stattlich und gepflegt, mit einer guten Haltung und galanten Manieren. Fragend hielt er ihre hübschen Handschuhe hoch und ihr entgegen.

„Nein.“ Sie hatte zu schnell geantwortet, aber sie wollte nicht, dass er sie berührte. Sie ertrug den Gedanken nicht, von den Händen angefasst zu werden, die vielleicht den Tod ihres Bruders verursacht und Dominic an Leib und Seele verwundet hatten. Mit dem Colonel an diesem Ort alleine zu sein, weckte in ihr den Wunsch, seiner Gesellschaft zu entfliehen.

Er blickte sich um. „Irgendjemand hat gesagt, dass es in dieser Mühle spukt. Man hat bei Nacht Lichter hier gesehen.“

Chloes Herz setzte einen Schlag aus. „Das hatte ich noch nicht gehört.“

Er blickte sie direkt an. „Glauben Sie an Geister?“

Worauf wollte er hinaus? „Vielleicht“, erwiderte sie. „Es gibt auf jeden Fall Menschen, die uns unser ganzes Leben lang verfolgen.“

Er lächelte und betrachtete sie genauer. „Eine provozierende Antwort.“

„Es war auch eine provozierende Frage.“ Sie entfernte sich lachend von ihm, die perfekte Verkörperung einer unbekümmerten jungen Dame. „Ich dachte, der Handschuh könnte hier …“ Sie hielt den Atem an. Der Boden hatte sich bewegt. Sie war sich vollkommen sicher. Die Diele unter dem kaputten Fenster hatte … sich gehoben. Großer Gott. Würde Dominic gleich wie ein Schachtelteufel aus dem Boden auftauchen? Hatte sie Sir Edgar zu seinem Versteck geführt? Nun, wenigstens wusste sie jetzt, dass er noch lebte und zu seinen üblichen gefährlichen Streichen aufgelegt war.

Sir Edgars wacher Blick folgte ihrem. „Was ist?“

„Eine … eine … eine Ratte, glaube ich.“

„Eine Ratte?“ Er wirkte belustigt. „Sind Sie …“

Sie schrie und stürzte sich in seine Arme, wobei ihr Handtäschchen ihn am Kinn traf. Ihr Gekreische brachte beinahe die staubigen Deckenbalken zum Einsturz. Der Colonel blinzelte überrascht, dann begann er zu lachen.

„Dort! Dort!“, kreischte Chloe und deutete entsetzt auf die entgegengesetzte Seite des Raumes.

Er fuhr herum.

„Sie ist weg“, flüsterte Chloe und drückte die Hände auf ihr Herz. „Oh, Gott sei Dank. Wie mutig Sie waren, Sir Edgar. Ich schwöre Ihnen, das Ding war riesig – mit brennenden roten Augen und langen gelben Zähnen.“

Er ergriff ihren Ellbogen. Offensichtlich gefiel es ihm, eine hilflose Frau zu retten. Vor der offenen Tür zur Mühle ertönten eilige Schritte, und Justin erschien mit seinem Bruder und Pamela. „Selbst ein kampferprobter Offizier wie ich hat Angst vor Ratten, meine Liebe“, gab der Colonel mit einem tiefen Lachen zu. „Sie sind ekelhafte Kreaturen, die im Dreck und in der Dunkelheit leben.“

Justin schwenkte den gefundenen Handschuh über seinem Kopf. Von seinen Stiefeln und seinen Kaschmirhosen tropfte Wasser auf den Boden. „Ich habe ihn gefunden! Ich wusste, dass ich Tom im Schilf gesehen habe. Kommen Sie und fordern Sie mit mir zusammen den Preis ein, Chloe!“

Sie wehrte sich nicht, als er sie von Sir Edgars Seite zog. Es kostete sie all ihre Willenskraft, sich nicht noch einmal zu der Diele umzudrehen, die sich bewegt hatte. Sie war sich vollkommen sicher, dass es keine Einbildung gewesen war.

Wusste Sir Edgar etwas? Er hatte nicht den Anschein erweckt, als hege er den Verdacht, Dominic könnte überhaupt noch leben. Wenn er es doch tat, musste er äußerst geübt darin sein, seine Gedanken zu verbergen. Chloe fragte sich, wie er wohl reagieren würde, wenn er erfuhr, dass sie sich mit dem Neffen eingelassen hatte – den er hatte töten wollen.

Sie zog die Handschuhe wieder an, ihre Fingerspitzen waren eiskalt. „Kommen Sie doch mit uns hinaus, Sir Edgar. Dieser Ort ist bedrückend.“

Hatte sie überzeugend geklungen? Sie glaubte zu sehen, wie er sich noch einmal umblickte, bevor er sich ihr zuwandte.

Pamela öffnete die Tür der Mühle, Licht flutete in den Raum und warf Schatten auf die unnachgiebigen Kanten von Sir Edgars Gesicht. Er lächelte Chloe an, aber zuvor hatte sie noch das harte Funkeln in seinen Augen gesehen.

Auch nach ihrer Rückkehr in das Sonnenlicht wurde ihr nicht wärmer. Sie fror innerlich. Es war nur eine Frage der Zeit, bis der Colonel die Wahrheit herausfand und etwas unternahm. Dominic musste sein tödliches Spiel möglichst bald zu Ende bringen.

Dominic öffnete langsam die Faust. Er spürte, wie auf den angespannten Muskeln seines Rückens der kalte Schweiß der Erleichterung ausbrach. Von seiner eingezwängten Position unter der Falltür im hinteren Teil der Mühle aus hatte er jedes Wort der Unterhaltung zwischen seinem Onkel und Chloe mit angehört. Er hatte gelauscht, während er innerlich vor Wut kochte.

Wenn Sir Edgar sie berührt oder auf irgendeine Weise bedroht hätte, wäre alles vorbei gewesen. Er wäre unter Dominics Hand gestorben, bevor ihm bewusst wurde, wie ihm geschah. Erst jetzt, wo Chloe fort und in Sicherheit war, ließ Dominic den Dolch los, den er die ganze Zeit über fest umklammert hatte. Das unangenehme Gefühl, als das Blut in seine Finger zurückströmte, half ihm, wieder zur Vernunft zu kommen.

„Ich kann nicht so weitermachen“, murmelte er, während er sich blind den Weg zurück durch den Kreidetunnel ertastete. Er würde bis zum Abend warten müssen, bevor er in sein Haus zurückkehren konnte. Ihm standen Stunden voller klaustrophobischer Ungeduld bevor, ohne zu wissen, was sein Onkel tat oder wo er war.

Und doch war Dominic noch nie so kurz davor gewesen, seine Rache zu vollenden, wie jetzt. Vor zwei Nächten hatte er Dokumente entdeckt, die in der Truhe des Colonels versteckt waren und neue Beweise für dessen Verbrechen enthielten, dafür, wie er rebellische Gurkhas dafür bezahlt hatte, Brandon und Samuel in einen Hinterhalt zu locken, und wie er Militärgeheimnisse an die Franzosen verkauft hatte. In seinem arroganten Glauben, dass er zu klug war, um je enttarnt zu werden, hatte Sir Edgar einige kompromittierende Details über seinen Verrat zu Papier gebracht: Hinweise auf die Identität der Agenten, die während des Krieges mit ihm zusammengearbeitet hatten, und Einzelheiten zu den Informationen, die er in Portugal verkauft hatte, während er noch in der regulären Armee gedient hatte.

Mit Adrians Hilfe hatte Dominic genug Beweise gesammelt, um die Lücken zu schließen und eine offizielle Untersuchung durch die Behörden anzustoßen. Es war an der Zeit, die Karten auf den Tisch zu legen.

19. KAPITEL

Sie hätte wissen müssen, dass es ihrer Tante nicht lange gelingen würde, Stillschweigen über den Vorfall im Rosengarten zu bewahren. Am Tag nach dem Picknick kam Chloe von einem Nachmittagsspaziergang mit ihrem Onkel nach Hause und fand im Salon wieder einmal einen einzigen Tumult vor. Das Klirren der Teetassen war neben dem aufgeregten Geplapper der Frauen kaum zu hören. Jede Matrone aus Chistlebury schien zu dieser Notsitzung erschienen zu sein.

„Meine Damen, bitte lassen Sie uns Ruhe bewahren", bat die vernünftige Witwe Roberts eindringlich. „Mit überbordender Fantasie fängt man keinen Geist. Und sie wird uns auch nicht dabei helfen, Geld für die Reparatur des Kirchturmes zu sammeln."

„Sollen wir ihm eine Falle stellen?", fragte eine Dame vollkommen ernst.

„Eine Falle?" Tante Gwendolyn schürzte die Lippen, nachdem Chloe mit einem missbilligenden Stirnrunzeln in den Raum gerauscht war.

Sie war stark versucht, die weichherzige Dame dafür zu schütteln, dass sie Dominic so impulsiv an ihre Freundinnen verraten hatte. Hoffentlich legte Sir Edgar diese Entwicklung als weibliche Hirngespinste aus, wenn er davon hörte. Würde er wirklich glauben, dass seine ältliche Nachbarin im Garten mit Dominics Geist gesprochen hatte?

Die rothaarige Lady Ellington schüttelte den Kopf. „Eine von uns müsste sich freiwillig melden, um als, nun ja, Lockvogel zu dienen."

„Ich mache es", bot Pamela mit dem Mund voller Honigkuchen und einem unschuldigen Ausdruck auf dem Gesicht an.

„Du wirst nichts dergleichen tun", widersprach ihre Mutter

entsetzt und wedelte eine Serviette in ihre Richtung.

„Warum nicht?", fragte Pamela. „Madame Dara hat doch gesagt, dass er mich will. Also wäre ich die logische Wahl für einen Lockvogel."

„Sie sind viel zu jung, um sich Gefahren auszusetzen", erklärte Lady Ellington. „Wir benötigen eine Frau mit genügend Lebenserfahrung, um dieser Seele Ruhe zu verschaffen."

Lady Wheaton, eine Baroness, die selbst fünf Töchter hatte, stimmte zu. „Dies ist ein gefährliches Unterfangen. Eine ältere Frau würde eher mit ihm fertigwerden, wenn er sich gegen sie wendet."

„Hat Stratfield ... versucht, zudringlich zu werden?", fragte Lady Ellington Gwendolyn.

„Ich habe Vorsichtsmaßnahmen getroffen, meine Lieben", erwiderte Gwendolyn recht selbstzufrieden.

Die acht anwesenden Damen lehnten sich gleichzeitig vor.

„Vorsichtsmaßnahmen?", flüsterte die Baroness.

Gwendolyn nickte. „Ich habe einen schützenden Kreis aus Salz um meine Füße gestreut, bevor ich mit dem Ritual begonnen habe."

Die Gruppe blickte erwartungsvoll zu Chloe, die die Augenbrauen hob. „Nun, sehen Sie mich nicht so an. *Ich* habe den Geist nicht gesehen", murmelte sie.

Das konnte man wirklich nicht als Lüge bezeichnen. Der Dominic, den Chloe kannte, war ein atmender Mensch aus Fleisch und Blut, der einen zur Raserei bringen konnte. Ein Mann, der in der Lage war, überaus fleischliche, irdische Gefühle in ihr zu wecken. An der Art, wie er von ihrem Leben Besitz ergriffen hatte, war auf jeden Fall gar nichts Flüchtiges.

„Wie sollen wir diese Falle stellen?", fragte Lady Wheaton. „Sollen wir alle dabei mitmachen?"

„Sollte der Pastor anwesend sein?"

„Wird es nötig sein, ihn anzulocken? Ich meine den Geist

von Stratfield und nicht den Pastor."

Ein erneuter Sturm von Geplapper brach los. Die Auswirkungen eines solch mutigen Opfers wurden in allen Einzelheiten diskutiert. Die Versammlung war nicht eben unglücklich, als sie zu der Schlussfolgerung gelangte, dass der Geist seine nächtlichen Verführungen sehr wahrscheinlich fortsetzen würde, bis man ihm Einhalt gebot.

Der genaue Schlachtplan für die Falle trat vorübergehend in den Hintergrund, weil zuerst lebhaft darüber diskutiert werden musste, wer wohl das nächste Opfer des Geistes sein würde, nun, da Pamela unter dem Schutz ihrer Mutter stand.

„Ich weiß nicht, warum er überhaupt zu Ihnen gekommen ist, Gwendolyn", bemerkte Lady Harwood ein wenig säuerlich.

Pamela sprang ihrer Mutter verteidigend zur Seite. „Zunächst einmal leben wir in einem Haus, das früher ihm gehört hat. Wir waren seine nächsten Nachbarn."

„Und wir haben seinen geliebten Hund unter unsere Fittiche genommen", fügte Tante Gwendolyn hinzu.

Die Damen blickten den massigen Hund an, der sich vor dem Kamin breitgemacht hatte, als wäre ihnen eben erst der Gedanke gekommen, das Tier mit seinem verruchten Herrn in Verbindung zu bringen. Vor ihren Augen schien der brave Ares plötzlich die bedrohliche Gestalt eines Höllenhundes anzunehmen.

„Glauben Sie, das Tier kommuniziert mit dem Geist des Viscounts?", flüsterte Lady Ellington hinter vorgehaltener Hand.

Tante Gwendolyn nickte. „Natürlich."

Lady Fernbrook verengte die Augen. „Warum bitten wir ihn nicht darum, uns das nächste Opfer seines Herrn zu zeigen?"

„Eine ausgezeichnete Idee", stimmte Tante Gwendolyn zu. Sie schloss die Augen und presste die Fingerspitzen in einer gebetsähnlichen Haltung aneinander.

In dem gemütlichen Salon wurde es so ruhig, dass nur noch

das Knacken der Kohle im Kamin zu hören war. Eine Fliege schwirrte gegen das Fenster. Dann war sogar das Insekt still, als wäre es von der herrschenden Spannung ergriffen worden.

„Ares“, hauchte Tante Gwendolyn so leise, dass Pamela Chloe belustigt mit dem Ellbogen knuffte. „Nimm Verbindung mit deinem Herrn auf. Frage ihn nach dem Namen derjenigen, bei der er als Nächstes Trost suchen wird.“

Ihre Nasenflügel bebten vor Erregung.

Der Hund hob ein Augenlid und blickte sich träge im Raum um. Sein Schwanz schlug beim Wedeln auf den Teppich.

„Zeige sie uns“, befahl Tante Gwendolyn und erhob die Stimme. „Zeige uns die Frau, die dein Herr aufsuchen wird, wenn sie sich in diesem Raum befindet!“

Natürlich geschah nichts.

Amüsiert verzog Chloe das Gesicht, als der faule Köter, der mit Sicherheit fünf Pfund zugenommen hatte, seit er auf Dewhurst Manor angekommen war, sich dazu herabließ, sich zu erheben, um sich am Hintern zu kratzen.

Chloe war stundenlang mit diesem Hund spazieren gegangen. Sie hatte das nutzlose Tier gebürstet und gestreichelt und ihm erlaubt, in ihrem Zimmer zu schlafen. Aber Tante Gwendolyn hatte Ares seit Tagen unter dem Tisch Wurstreste zugesteckt.

Jetzt stapfte der Hund geradewegs über den Teppich und steckte seine Schnauze zwischen ihre Knie.

Tante Gwendolyn räusperte sich und schob das Tier diskret an ihre Seite.

„Vielleicht sollten wir uns nun dem Thema des alljährlichen Maskenballes zuwenden?“, schlug Lady Ellington mit einem leicht spöttischen Lächeln vor.

Sir Humphrey äußerte seine Zweifel über die Existenz des Geistes von Stratfield an diesem Abend im Salon. Chloe und

Pamela spielten in der Ecke eine wenig aufregende Partie Pikee. Tante Gwendolyn versuchte erfolglos, wieder mit Ares zu kommunizieren, der wehmütig zur Tür blickte und den Kopf zwischen den Pfoten vergrub. Die übliche Zeit für seinen Abendspaziergang war längst verstrichen.

„Ich habe das Gefühl, als versuche er, uns etwas zu sagen", verkündete Gwendolyn, die vor dem Hund auf allen vieren saß.

„Wahrscheinlich: ‚Hilfe! Ich werde von einer Irren belästigt'", murmelte ihr Ehemann aus seinem Sessel. „Verdammt, Gwennie, steh doch bitte aus dieser erniedrigenden Position auf. Bist du dir sicher, dass das ein Geist war, den du neulich Nacht im Garten gesehen hast? Woher weißt du, dass es nicht der Hund war, der sich zwischen den Bäumen versteckt hat?"

Tante Gwendolyn blickte ihn eisig an. „Ich denke doch, dass ich einen Toten von einem Hund unterscheiden kann." Sie blickte an ihm vorbei zum Fenster. „Und wieder einmal spüre ich, dass bei dem armen Stratfield etwas im Argen ist."

Humphrey schnaubte. „Nun, zunächst einmal ist er tot. Wie viel mehr kann bei dem armen Teufel schon im Argen sein?"

„Achte auf deine Sprache, Humphrey!"

Er legte sein Buch nieder. „Ich gehe mit den Hunden spazieren."

Ares und die beiden Schäferhunde, die vor dem Feuer gedöst hatten, sprangen hellwach auf und rannten zur Tür. Chloe blickte vom Kartentisch auf. Ihr Gesicht erhellte sich.

„So spät am Abend, Humphrey?", fragte Tante Gwendolyn besorgt. „Glaubst du, das ist sicher?"

„Meine Familie lebt seit Jahrzehnten in Chistlebury, und der Mord am Viscount ist der erste seiner Art. Ich bezweifle, dass sein Tod mehr als eine Ausnahme war."

„Darf ich mitkommen, Onkel Humphrey?", rief Chloe ihm nach.

„Ganz sicher nicht!", erwiderte ihre Tante, noch bevor Humphrey Zeit hatte zu antworten. „Ich habe erst heute Morgen einen Brief von Heath und Emma aus London erhalten. Nachdem ich ihnen bereits geantwortet habe, um ihnen zu versichern, dass du hier eine friedliche Zuflucht vor deiner früheren, nun, nennen wir es einmal Art, Unglück anzuziehen, gefunden hast, fühle ich mich verpflichtet, dafür Sorge zu tragen, dass dies auch der Wahrheit entspricht."

„Also darf ich nicht gehen?", fragte Chloe enttäuscht.

„Es gibt nicht das Geringste in diesen Wäldern und der gesamten Umgebung, das eine junge Dame des Abends interessieren sollte."

„Abgesehen vom Geist des Viscounts", sagte Pamela leise hinter ihren Karten.

Sir Humphrey ließ die Hunde vorneweg laufen und schnuppern, als er einen Umweg von dem vertrauten Pfad durch den Wald nahm. Der Mond spendete nur wenig Licht, um ihn über den mit Farnen bewachsenen Weg zu leiten, der die Grenzen von Stratfields Anwesen markierte. Aber er war diesen hübschen, überwucherten Pfad schon oft entlanggegangen und benutzte seinen Spazierstock, um ab und an eine Brombeerranke aus dem Weg zu schieben. Er kannte den verborgenen Pfad wie seine Westentasche.

Er war Stratfield in der Vergangenheit mehr als einmal dort begegnet, zusammen mit Samuel, seinem hitzköpfigen jungen Bruder, der kein anderes Gesprächsthema kannte als sein bevorstehendes Abenteuer in Nepal. Humphreys Meinung nach hatte der tollkühne Narr den Tod gefunden, als er eine Handvoll gieriger Händler verteidigt hatte, die im Interesse des Britischen Empires die gesamte Welt ausgelöscht hätten. Er selbst hatte mehr als einmal versucht, Samuel davon zu überzeugen, eine andere Karriere einzuschlagen. Doch die Plakate, die Abenteuer und Reichtum versprachen, verführten unzählige junge

Männer dazu, sich der ehrbaren East India Company anzuschließen.

Samuel und seine beiden älteren Brüder, der verstorbene Michael und Dominic, waren aus vollkommen unterschiedlichem Holz geschnitzt. Dominic und Michael waren zurückhaltender gewesen und hatten jeden Aspekt ihres Lebens genau durchdacht. Humphrey hatte Dominic stets gemocht. Er konnte nicht recht glauben, dass der Viscount tot war.

Eigentlich glaubte er es überhaupt nicht.

Er blieb stehen und blickte sich um. Sein Nacken kribbelte. Ares untersuchte die Erde um einen Fuchsbau.

„Hast du irgendetwas Interessantes gefunden, Ares?" Nachdenklich stocherte er mit seinem Stock im Erdreich. „Diese Fliegenpilze wurden zertreten, nachdem wir vorgestern Abend hier waren. Seltsam, nicht wahr? Ich würde sagen, außer uns schleicht hier noch jemand herum."

Er hörte, wie hinter ihm Zweige raschelten. Eine schneidende Stimme rief: „Bleiben Sie genau da stehen! Ich habe ein Gewehr. Oh, Sie sind es, Sir Humphrey. Bei Hades, ich wünschte, Sie würden aufhören, mir immer wieder so einen Schrecken einzujagen. Ich habe von Sir Edgar Befehl, jeden zu erschießen, der unerlaubt das Anwesen betritt."

Sir Humphrey hob seinen Spazierstock und wandte sich um, um den irischen Wildhüter zu begrüßen, der auf Stratfield Hall arbeitete. „Ah, Finley. Sie sind genau der Mann, den ich zu treffen hoffte. Ich würde zu gerne ein paar Worte mit Ihnen wechseln."

20. KAPITEL

Eine weitere Woche verstrich. Chloe spürte, wie erneut dieselbe Unruhe von ihr Besitz ergriff, die sie nach dem Tod ihres Vaters und Brandons so niedergedrückt hatte. Die Welt begann langsam wieder grau auszusehen. Sie fühlte sich ruhelos und nervös, als wäre ihr Inneres nach außen gekehrt worden.

Sie hatte nichts von Dominic gehört.

War ihm bewusst, welche Sorgen sie sich um ihn machte? Wusste er, dass sie kurz davorstand, sich selbst auf die Jagd nach ihm zu machen? Wahrscheinlich dachte er überhaupt nicht an sie. Chloe hatte schon immer dazu geneigt, die dümmsten Entscheidungen zu treffen, und dementsprechend hatte sie nun ihr Herz an ein Phantom verloren, an einen Mann, in dessen Leben – oder in dem, was davon übrig war – es keinen Platz für Liebe gab.

Aber für den Rest der Welt ging das Leben weiter. Weil Chloe inmitten dieses schier unlösbaren Gefühlswirrwarrs steckte, nahm sie nur am Rande wahr, dass die Damen von Chistlebury sich mit Leib und Seele in die Vorbereitungen für ihren alljährlichen Maskenball gestürzt hatten. Die Versammlungshalle des Ortes wurde von Staub und Spinnweben befreit, der uralte Lüster poliert und mit frischen Kerzen bestückt, und Stühle wurden aus dem Lager geholt.

Wenn jemand sie fragte, erklärten die Gönnerinnen aus dem Dorf, dass sie darauf hofften, auf dem Ball Spenden zu sammeln, um das Dach des Schulmeisters zu flicken, für die kalte Gemeindekirche ein paar neue Kohlebecken zu kaufen und den Kirchturm zu reparieren.

In Wirklichkeit bot der Maskenball die perfekte Kulisse für all die Mütter, deren Töchter ohne die ersehnten Heiratsanträge von ihrem gesellschaftlichen Debüt in London zurückgekehrt waren und die ihren erfolglosen Nachwuchs nun auf dem Lande unter die Haube bringen wollten.

Da es in Chistlebury nur wenige heiratsfähige Männer gab, war der Ball zu einer Art von wildem Wettbewerb geworden. Dieses Jahr versprach das Ereignis noch stürmischer zu werden als sonst. Zum einen würde der begehrte Viscount Stratfield diesmal nicht anwesend sein. Zum anderen schien die bezaubernde Lady Chloe Boscastle die besondere Gunst des jungen Lord St. John zu genießen.

Und schlussendlich war soeben ein aufregender Neuankömmling auf dem Weg nach London in Chistlebury angekommen. Der Erbe eines Dukes, wie es hieß, der auf der Suche nach einem ruhigen Landhaus war. Die Tatsache, dass dieser faszinierende Abenteurer, Lord Wolverton, einen durch und durch skandalösen Ruf hatte, hinderte die Reihe der heiratsbesessenen Mütter nicht daran, ihn ganz oben auf die Liste derer zu setzen, die man beeindrucken musste.

Welche von ihnen wünschte sich nicht insgeheim, dass ihre Tochter Duchess wurde? Da ließ sich Lord Wolvertons undurchsichtige Vergangenheit als Söldner ohne viel Aufhebens unter die Orientteppiche seines Hauses in Mayfair kehren. Man konnte seine Taten in fremden Ländern durchaus als heroisch betrachten, wenn man so wollte, und den Gerüchten über seine Beziehungen zu Opiumhändlern und Piraten musste man schließlich keinen Glauben schenken.

Was sie betraf, so ignorierte Chloe die ganze Aufregung. Mittlerweile fand sie es recht anstrengend, sich überhaupt an einer zivilisierten Unterhaltung zu beteiligen, und nur sie kannte den wahren Grund für die Anwesenheit des Vicsounts im Dorf. Ihre Tante war über Chloes plötzliche Niedergeschlagenheit so besorgt, dass sie Grayson in London geschrieben hatte, um ihn um Rat zu bitten. Ja, die gesamte Familie wusste, dass Chloe seit einiger Zeit etwas launisch war, aber sie hatte bis vor Kurzem noch so glücklich gewirkt, und nun schienen sie und Justin nicht mehr so gut befreundet wie früher.

Am Tag des Balles wachte Chloe auf und beschloss, den ersten Menschen zu erwürgen, der sie fragte, ob sie sich besser fühlte. Sie ging direkt zum Ankleidezimmer und öffnete ihre Truhe, wie sie es jeden Morgen tat. Natürlich gab es kein Zeichen von ihrem schwer zu fassenden Dominic. Es war unmöglich, zu wissen, ob und wann sie ihn je wiedersehen würde.

Das Einzige, was ihre schlechte Laune ein wenig verbesserte, war, dass sie Brandons Code beinahe geknackt hatte. Sie hatte herausgefunden, welche Ziffern für A und E standen, und das würde ihr die Arbeit wesentlich erleichtern. Heath hatte die Kunst der Kryptografie auf der Universität erlernt und seiner Schwester beigebracht, dass die meisten Codes zu Kriegszeiten gar nicht so kompliziert waren, wie man allgemein erwarten würde.

Schließlich gab es mitten auf dem Schlachtfeld normalerweise nicht genug Zeit, eine Botschaft zu entschlüsseln. Die meisten der Chiffren basierten auf Mathematik und arbeiteten mit einer Zahlenreihe. Dennoch dauerte es ewig, bis Chloe herausgefunden hatte, dass die Ziffer 2 in der einen Reihe für h stand. In der nächsten Reihe, drei Ziffern weiter unten, war 2 zu j geworden.

Es benötigte eine gewisse geschärfte Wahrnehmung und methodische Fähigkeiten, um Muster zu erkennen, die andere nicht gesehen hätten. Sie freute sich nicht gerade darauf, Heath zu erklären, wie die Botschaft in ihren Besitz gekommen war.

Dominics Geheimnis hatte ihr Leben auf eine Weise komplizierter gemacht, die keiner von ihnen hatte voraussehen können. Der Tag verstrich langsam. Als der Abend hereinbrach, badete sie und zog ihr Kostüm für den Maskenball an, ein Kleid aus rosa Gaze mit silbernen Papierflügeln, in dem sie die Feenkönigin Titania darstellen sollte. Selbst das Kränzchen aus rosa Rosenblüten in ihrem Haar wirkte für ihr Empfinden irgendwie falsch. Sie fühlte sich nicht im Geringsten luftig oder verspielt. Am liebsten wollte sie irgendjemandem den Kopf abreißen.

Sie sah keinerlei Grund, sich auf den Ball zu freuen.

„Zieh doch heute dein skandalöses Korsett an", drängte Pamela sie, während die Zofe sie frisierte. „Vielleicht bekommst du dann bessere Laune."

Und Chloe tat es, entweder aus Protest dagegen, dass Dominic sie im Unklaren ließ, oder als Talisman, um ihn dazu zu bringen, zu ihr zurückzukehren. Sie konnte sich nicht entscheiden, welche der beiden Möglichkeiten zutraf.

„Nun gut", flüsterte sie, als Pamela und sie sich zusammen in die Kutsche drängten, um zur Versammlungshalle zu fahren. „Ich habe deinen Rat befolgt. Ich trage ein gewisses beschämendes Kleidungsstück unter meinem Kostüm, aber wage nicht, es irgendjemandem zu sagen."

Pamela, die als mittelalterliche Prinzessin verkleidet war, grinste in heimlicher Zustimmung. „Vielleicht gefällst du ja dem künftigen Duke."

Chloes Herz setzte ein paar Schläge aus. „Wovon redest du?"

„Von dem Schurken, von dem jede Frau in Chistlebury gesprochen hat, während du in deinen Turm eingesperrt warst, Rapunzel. Ehrlich, Chloe, wahrscheinlich ist er der letzte Mann auf Erden, den deine Familie sich für dich als Ehemann wünscht. Er hat einen ganz und gar sündigen Ruf, aber ich habe gehört, dass er umwerfend gut aussieht."

Sofort war Chloe auf der Hut, sie musterte ihre Cousine scharf.

„Er kommt auf den Ball?"

„Das habe ich jedenfalls gehört", flüsterte Pamela.

Chloe bekam eine Gänsehaut. Dominics Freund auf dem Ball? War es ein gutes oder ein schlechtes Zeichen, dass er auf einem Dorfball erscheinen würde? Sie fragte sich, ob er eine Botschaft von Dominic für sie hatte, ob es Neuigkeiten waren, die sie hören wollte, oder ob Lord Wolverton nur kam, um sich die Langeweile zu vertreiben. Chistleburys gesellschaftliches Leben konnte einen wirklich einschläfern.

Pamela knuffte sie. „Was wettest du, dass er mit dir tanzt?"

Chloe zog eine Grimasse. Vermutlich sprach das mal wieder für ihr hoffnungslos frivoles Wesen, aber das französische Korsett hatte ihre Laune tatsächlich ein wenig gebessert. Das Korsett und die Hoffnung, etwas von Dominic zu hören. „Vielleicht gefällst *du* ihm, und ich werde die Gouvernante eurer Kinder, um meiner eigenen Familie zu entfliehen."

„Ist das dein Ernst, Chloe?" Pamelas Augen weiteten sich. „Ich würde alles dafür geben, wenn Drake und Devon meine Brüder wären. Sie sind so männlich und beschützend."

„Nur wenn sie nicht gerade dein Leben ruinieren", klagte Chloe, doch dann begann sie, zum ersten Mal seit einer Woche zu lachen. „Es ist mir schon immer ein Rätsel gewesen, warum andere Frauen die Schurken so anziehend finden."

„Vermisst du deinen Verehrer aus London?", fragte Pamela voller Mitgefühl. „Bist du deswegen in letzter Zeit so traurig?"

Chloe war versucht, wieder zu lachen und sie zu fragen, welchen Verehrer sie meinte. Aber sie zuckte nur mit den Schultern und ließ ihre Cousine ihre eigenen Schlussfolgerungen ziehen. Plötzlich sehnte sie sich danach, die Versammlungshalle zu erreichen und ihr Korsett gewinnbringend einzusetzen. Sie hatten beinahe eine Ewigkeit draußen in der Kutsche gewartet, weil Tante Gwendolyn ihre Perücke nicht hatte finden können – sie war als die griechische Göttin Hera verkleidet – und Onkel Humphrey, der als Zeus kostümiert war, feststellen musste, dass Ares das zerstörte Haarteil unter dem Sofa versteckt hatte.

„Warum sollte der Hund meine Perücke stehlen?", fragte

Tante Gwendolyn besorgt, als die Kutsche sich auf den Weg machte. „Ist er wütend auf mich? War Ares in der Legende nicht Heras Sohn? Habe ich den undankbaren Köter nicht mit meiner besten Wurst gefüttert?“

Ihr Ehemann grunzte. „Ich vermute, er hat deine Perücke für einen Dachs gehalten. Er ist schließlich ein Jagdhund. Würdest du jetzt freundlicherweise von meinem Blitz heruntergehen? Mansfield hat den ganzen Tag daran geschnitzt.“

Die kleine Versammlungshalle, ein Ziegelbau am Rande des Dorfes, war von Kerzen erleuchtet, als sie am Ende einer Reihe anderer Fahrzeuge ankamen. Tee, Limonade, Kaffee und leichte Gerichte wurden im Erfrischungsraum angeboten, der in Wirklichkeit ein zugiger Saal war. Natürlich fror die Elite von Chistlebury und einem benachbarten Dörfchen in ihrer besten Abendgarderobe und ihren Familienjuwelen ganz erbärmlich, war aber bemüht, das nicht zu zeigen.

Der eigentliche Beginn der Veranstaltung war eine Katastrophe. Kaum hatte der Steward den Musikern auf der Bühne das Zeichen gegeben, anzufangen, schon erfüllten schwarze Rauchwolken den Ballsaal. Chloe rang nach Atem, und ihre Kehle war wie zugeschnürt, ebenso sehr aus Aufregung wie vom Einatmen der stechenden Dämpfe.

Sie fragte sich, ob Dominic und sein Freund irgendein aufsehenerregendes Spektakel geplant hatten. Würde Dominic wie Mephistopheles aus den wogenden Rauchwolken auftauchen? Obwohl sie Angst um ihn hatte, hoffte sie doch gleichzeitig, dass sein riskantes Versteckspiel irgendwie ein Ende fand. Sie würde sich nie wieder darüber beklagen, dass ihr Leben zu langweilig war.

Aber Dominic erschien nicht aus der Rauchwolke, ebenso wenig wie Sir Edgar oder Lord Wolverton. Offenbar wollten sich lediglich zwei jugendliche Witzbolde rächen, weil der Pastor sie in der Kirche öffentlich gerügt hatte. Daher hatten sie einige alte Laken durch den Schornstein in den Kamin gestopft und dann angezündet.

Als die Luft sich wieder geklärt hatte, wurde Lord Wolverton angekündigt, und Chloe konnte ihren ersten neugierigen Blick auf den geheimnisvollen Mann werfen, der Dominics Freund war. Er war unbestreitbar sehr attraktiv, als er in den Kniehosen, dem spitzenbesetzten Hemd, dem Hut und der schwarzen Samtmaske eines Straßenräubers aus dem siebzehnten Jahrhundert in den Ballsaal schlenderte. Sie war nicht im Geringsten überrascht, dass er sofort von den Damen des Dorfes umringt war. Seine plötzliche Popularität warf allerdings die Frage auf, wie es ihr gelingen sollte, ihn ein paar Minuten lang alleine zu erwischen.

Der Viscount löste dieses Problem, indem er auf einmal sehr diskret neben ihr auf der Tanzfläche erschien.

Chloe konnte nur bewundern, wie es ihm gelungen war, all den wild entschlossenen Drachen zu entfliehen und zu ihr zu kommen, ohne dabei irgendjemanden zu beleidigen. Einige Augenblicke lang sagte er nichts. Auch sie schwieg. Sie fühlte sich in seiner Gegenwart sofort sicher und behaglich. Er schien die Art von Mann zu sein, die nach ihren eigenen Gesetzen lebt, und diese Gesetze bedingten absolute Loyalität seinen Freunden gegenüber. Sie wusste, dass es einen Grund dafür gab, dass er sie aufgesucht hatte. Ihr Herz schlug schneller.

„Lady Chloe, ich habe von unserem gemeinsamen Freund viel über Sie gehört.“ Seine Stimme war tief und angenehm. „Verzeihen Sie mir, wenn ich Ihnen auf die Füße trete. Ich tanze alles andere als gut.“

„Der Erbe eines Dukes? Soll nicht gut tanzen …“ Sie hielt es keine Sekunde mehr aus. Es gelang ihr nicht, zu kokettieren oder sie selbst zu sein, während ihr Herz von schrecklicher Angst erfüllt war. Sie senkte die Stimme. „Bitte sagen Sie mir, dass Sie mich damit nicht auf schlechte Neuigkeiten vorbereiten wollen. Ist er hier? Hat er Sie geschickt, um mich zu holen? Geht es ihm gut?“

Bei seinem vergnügten Lachen wurde ihr schwindelig vor Erleichterung. „Ja. Ja. Und ja. Ist das alles, was Sie wissen wollen?“

Sie ließ ihren Blick über die Tanzfläche schweifen und betrachtete auf der Suche nach Dominic jeden kostümierten Gast, jedes maskierte Gesicht. „Wo ist er?“

Er lächelte mit sanftem Vorwurf. „Benehmen Sie sich nicht so auffällig, Lady Chloe. Er ist noch nicht bereit, sein Geheimnis mit irgendjemandem außer uns beiden zu teilen, selbst wenn er sein Versteckspiel bald wird beenden müssen. Und ich glaube, Dominic sehnt sich danach, dies alles hinter sich zu bringen.“

Sie nahm einen tiefen Atemzug und wandte ihre Aufmerksamkeit wieder seinem maskierten Gesicht zu. „Wann?“

„Irgendwann in den nächsten paar Tagen. Sie werden nicht in die tatsächliche Konfrontation verwickelt sein wollen.“

„Nicht verwickelt.“ Sie breitete ihre Röcke aus und sprach leise weiter, während sie einen nachlässigen Knicks ausführte. „Sie wissen nicht viel über meine Beziehung zu ihm, nicht wahr?“

Seine dunklen haselnussbraunen Augen funkelten gut gelaunt. „Ich weiß, dass er in Sie verliebt ist.“

Chloe kämpfte gegen die Freude an, die sie überkam. „Das hat er Ihnen gesagt?“

„Meine Liebe, das musste er mir nicht sagen. Warum, glauben Sie, bin ich hier?“

„Aber – nun gut, wenn Sie sein bester Freund sind, wissen Sie besser als sonst jemand, wie gefährlich es für ihn ist, seinem Onkel alleine entgegenzutreten. Sie unterstützen diesen wahnsinnigen Plan doch nicht etwa, oder?“

Er blickte sich über die Schulter, als wollte er sich vergewissern, dass es sicher für sie war, die Unterhaltung fortzuführen. Chloe bemerkte plötzlich, dass sie aus der Tanzfigur ausgebrochen waren und sich langsam und behutsam auf die Tür zubewegten, was vermutlich in dem Gewirr der überfüllten Tanzfläche unbemerkt blieb. „Natürlich unterstütze ich ihn."

Irritiert blickte sie sich um. Justin sah sie mit gerunzelter Stirn an, dann wandte er sich ab und schenkte seiner Tanzpartnerin ein Lächeln. Ihre Tante und die anderen Matronen beobachteten interessiert, wie Pamela mit Justins jüngerem Bruder Charles, einem ernsten Studenten der Rechtswissenschaften, tanzte. Der Einzige, der Chloe zu bemerken schien, war ihr Onkel.

„Ich werde mich um ihn kümmern", sagte Lord Wolverton ruhig, als er ihrem Blick folgte.

Sie sah erschrocken zu ihm auf. „Das ist mein Onkel! Wagen Sie es nicht, ihm etwas anzutun."

Sein Lachen ließ sie erröten. „Ich meinte damit, dass ich ihn ablenken werde."

„Warum?", flüsterte sie, die Stimme tief vor Aufregung, die Nerven zum Zerreißen gespannt. Wo versteckte Dominic sich? Was hatte er vor? Wann würde sie ihn sehen?

Der Tanz ging zu Ende, und noch bevor der nächste beginnen konnte, gab es einen Tumult am Ende des Saales. Eine Frau kreischte, und andere Gäste begannen zu lachen, als ein riesiges Schaf, das seiner kostümierten Schäferin entkommen war, mitten durch die Menge lief.

Belustigt schüttelte Chloe den Kopf und blickte wieder zu Adrian hoch. „Das ist genau, was uns fehlt, ein Bauernhof …"

Ihre Bemerkung verklang mit einem erstaunten Ächzen. Sie wusste sofort, dass es Dominic war und nicht der Viscount, der sie für den nächsten Tanz in seine starken Arme zog. Er trug haargenau das gleiche Kostüm eines schneidigen, maskierten Straßenräubers wie sein Freund, aber sie erkannte den Unterschied bis ins Innerste ihres Seins. Die Berührung keines anderen Mannes zeigte ihr so deutlich, dass sie nur ihm gehörte, und ließ sie derart vor sinnlicher Erregung erschauern.

Und seine Augen. Sie hätte diesen spöttischen, männlichen Blick, der sie dahinschmelzen und ihr Herz vor wilder Sehnsucht schneller schlagen ließ, überall wiedererkannt. Sie stolperte. Er fing sie auf, stützte sie, sein Mund streifte ihr Ohr. So nah bei ihm zu sein, raubte ihr die Kraft. Sie fühlte sich magnetisch von ihm angezogen, von seinem stählernen Körper, und nichts konnte die Macht mindern, die er auf sie ausübte.

„Chloe“, murmelte er, „es tut so gut, dich wiederzusehen.“

„Warum hier?“, flüsterte sie, und ihre Augen leuchteten vor Aufregung.

„Mein Onkel beabsichtigt zu kommen. Ich bin mir nicht sicher, ob er es zu seinem Vergnügen tut oder ob er sich hier mit jemandem trifft.“

Sie lachte leise, so glücklich darüber, ihn zu sehen, dass selbst ihr Feind ihr die Laune nicht verderben konnte. „Vielleicht ist es pure Langeweile – obwohl Chistleburys alljährlicher Maskenball kaum etwas ist, wo man zu seinem Vergnügen hingeht.“

Seine Augen verdunkelten sich. „Es sei denn, er wollte dich sehen.“

„Das bezweifle ich, Dominic.“

„Warum?“, neckte er. „Mir gelingt es auch nicht, dir fernzubleiben.“

„Du wusstest nicht einmal, dass ich hier sein würde.“

„Ach nein? Sollte die Belle von Chistlebury etwa zu Hause bleiben und Trübsal blasen?“

Sie hielt den Atem an und wartete, bis der Tanz sie einander wieder näher brachte, bevor sie ihm flüsternd antwortete. „In meinem Zimmer sind in letzter Zeit einige interessante Dinge geschehen, das solltest du am besten wissen.“

„Nicht wahr?“, bestätigte er leise. „Jetzt hör mir gut zu.

Rechts von dir ist eine Hintertür. Du wirst zuerst hinausschlüpfen, dann folge ich dir."

„Was ist, wenn man uns zusammen sieht?"

„Es wird so aussehen, als wärest du in die Garderobe gegangen, um deinen Fächer zu holen. Adrian wird mich in meiner Abwesenheit decken."

„Adrian?"

„Links von dir."

Aus dem Augenwinkel sah sie die schattenhafte Gestalt des Viscounts. Er hielt vor der Tür in der schwach beleuchteten Eingangshalle Wache. In der gleichen Kostümierung waren sich die beiden Männer von Größe und Körperbau her ähnlich genug, um als ein und dieselbe Person durchzugehen. Es sei denn, Sir Edgar hatte bereits den Verdacht, dass man ihm eine raffinierte Falle stellte. Chloe blickte sich auf der Suche nach Dominics Onkel in dem überfüllten Tanzsaal um.

Sie sah Dominic wieder an. Er blickte aufmerksam über ihren Kopf hinweg. Vermutlich beobachtete er die Tänzer, um den perfekten Augenblick für ihren Abgang zu finden. Er schien die Situation vollkommen unter Kontrolle zu haben – sie konnte sich nur wünschen, dass er all den Aufwand betrieben und Lord Wolverton in diese raffinierte Maskerade verwickelt hatte, nur um sie zu sehen. Sie wollte mit ihm alleine sein, wieder in seinen Armen liegen und all ihre Probleme vergessen. Sie wollte nicht daran denken, dass er dem Colonel vielleicht am Ende des Abends entgegentreten würde.

Sie spürte eine dunkle Vorahnung, als sie dem fragenden Blick ihres Onkels auf der anderen Seite des Raumes begegnete. Sicherlich hatte er Dominic in seiner Verkleidung nicht erkannt. Das war auf diese Entfernung schier unmöglich. Ihr Onkel starrte sie nur so an, weil Tante Gwendolyn ihm das Versprechen abgenommen hatte, sie im Auge zu behalten. Da. Endlich wandte er den Blick ab. Chloe bildete sich bestimmt nur ihrer Schuldgefühle wegen ein, dass er einen Verdacht hatte. Sie brannte vor Ungeduld, endlich mit Dominic alleine zu sein.

Das Herz donnerte ihr in der Brust, als die Tanzschritte sie näher an seinen stahlharten Körper führten. Sein glühender Blick drang bis in ihr Innerstes vor. „Was wirst du tun, wenn der Freund deines Onkels nicht erscheint?“, flüsterte sie.

„Ein paar Minuten mit dir verbringen. Ich habe es gehasst, dich in jener Nacht einfach so zu verlassen, und ich bin mir nicht sicher, ob der Colonel dich nicht beobachtet.“

„Mich beobachtet? Warum?“

„Zum einen bist du Brandons Schwester und hast ein Interesse daran, zu wissen, wie er ums Leben kam. Und zum anderen bist du verdammt begehrenswert.“

Eine Welle reinsten Glücks schwappte über sie. Sie wollte ihn an sich ziehen und seinen schönen Mund küssen, die Bänder seiner Maske aufknoten und sein Gesicht und sein dichtes Haar liebkosen, sich an der glühenden Hitze und der Kraft seines Körpers ergötzen. Er schien stärker zu sein denn je. Nun, er war wieder ganz. Ganz der ihre.

„Dachtest du, ich könnte mich von dir fernhalten?“, fragte er mit einer sanften, verführerischen Stimme, die sie erschauern ließ.

„Jedenfalls hast du es bisher ziemlich gut hinbekommen.“ Sie blickte ihm in die Augen. „Bist du jetzt wirklich dafür bereit, Sir Edgar entgegenzutreten?“

„Sag nichts mehr, Chloe.“

In ihrem Herzen kannte sie die Antwort ohnehin. Sie spürte, dass etwas Schwerwiegendes geschehen würde, dass er bereit war, das Risiko einzugehen. Ein eiskalter Angstschauer lief ihr über den Rücken und erstickte beinah die Freude, die sie bei seinem Anblick empfand. Dies war der Moment, für den er so gekämpft hatte. Der Moment, von dem sie gehofft hatte, dass er nie kommen würde, in dem er seinem schurkischen Onkel gegenübertreten und Vergeltung fordern würde.

Sein harter Blick begegnete ihrem. Er war entschlossen und zuversichtlich, dass er mit seinen Methoden Erfolg haben würde. „Jetzt. Zögere nicht. Blicke nicht zurück. Wende dich nach links, sobald du an der Garderobe vorbeikommst."

Sie hörte kaum, wie die Musik verstummte, so laut dröhnte der Puls ihr in den Ohren. Schlagartig entstand ein Strom zum Erfrischungsraum, der ihnen half, ihr Verschwinden zu decken. Sie reihte sich in den Strom der Gäste ein, die hinausliefen, um Limonade zu trinken oder bei einer Waffel zu kokettieren. Pamela winkte ihr über die Köpfe der Menschen hinweg fröhlich zu.

„Ich gehe meinen Fächer holen", sagte sie als Antwort auf den fragenden Blick ihrer Cousine.

Dominic war verschwunden. Wie oder wohin, konnte sie nicht erraten. Sie befolgte einfach seine Anweisungen und bemühte sich, dabei so natürlich wie möglich zu wirken. Nun, da er nicht mehr in Sichtweite war, fiel es ihr leichter, sich wieder auf ihre Umgebung zu konzentrieren, aber die Begegnung mit ihm hatte sie sehr aufgewühlt. Sie musste daran denken, was für ein gefährlicher Gegner Sir Edgar war, den man keinesfalls unterschätzen durfte – glücklicherweise war Dominic ihm aber mehr als ebenbürtig, beruhigte sie sich.

Nachdem sie sich durch die Menschenschlange vor dem Erfrischungsraum geschlängelt hatte, zwang sie sich, ruhig auf die Garderobe zuzugehen. Links von ihr gähnte ein dunkler, stiller und verlassener Gang … Plötzlich nahm Dominic ihre Hand und zog sie fort von den murmelnden Stimmen hinter ihnen. Beinahe im selben Augenblick sah sie, wie Adrian aus dem Schatten trat und sich unter die Menge mischte.

Das Wiedererscheinen des Viscounts blieb nicht unbemerkt. Lord Wolverton war schließlich die beste Partie auf dem Ball und wurde sogleich von jungen und älteren Damen umgeben, die ihn baten, ihnen von seinen Abenteuern zu erzählen.

Dominic grinste. „Schade, dass wir ihn nicht dabei beobachten können, wie er all die Wölfinnen abwehrt."

Chloe stupste ihn spielerisch. „Spricht da etwa jemand aus eigener Erfahrung?"

Er grinste zur Antwort, und bevor sie recht wusste, wie ihr geschah, hatte er sie in einen kleinen, dunklen Raum gezogen, der offensichtlich als Lagerraum genutzt wurde. Staubige Laken bedeckten die Möbel.

„Was ist mit meiner Tante und meinem Onkel?", fragte sie und blickte zur Tür.

„Ich kann dir versichern, dass Adrian sie gekonnt ablenken wird."

„Ist er darin ebenso gut wie du?"

Er lachte. „Vielleicht kannst du das am besten beurteilen."

„Warst du schon einmal hier drin, Dominic?", fragte sie.

„Nun ja. Das war ich tatsächlich."

„Mit einer anderen Frau?"

Er lachte und nahm die Maske und den Hut ab. „Ich habe mich vor einer Frau versteckt, wenn ich mich recht erinnere. Diese alljährlichen Bälle können für einen Junggesellen geradezu tödlich sein, kann ich dir sagen."

„Tödlich." Ihre Augen verdunkelten sich vor Sorge. „Musst du dieses Wort benutzen?"

„Eine schlechte Wortwahl, du hast recht", stimmte er zu und wandte sich wieder zu ihr um.

Sie blickte ihn an, ohne auch nur zu versuchen, ihre Gefühle zu verbergen. Es kostete sie all ihre Selbstbeherrschung, nicht die Arme um seinen Hals zu schlingen und ihn zu küssen, bis keiner von ihnen mehr Luft bekam. Das besitzergreifende Feuer in seinen Augen, die Erinnerung an die Nacht, in der sie sich geliebt hatten, überwältigten sie. An diesem Abend wollte sie ihm ihre Liebe beweisen, ihm zeigen, was sie fühlte. Von allen Männern, die sie je gekannt hatte, war er der einzige, der sie verstand und so akzeptierte, wie sie wirklich war, der das Feuer in ihrem Herzen anfachte, statt zu versuchen, es zu ersticken.

„Bei der Warterei auf dich habe ich abscheulich schlechte Laune bekommen, Dominic."

„Vielleicht kann ich dir bald beweisen, dass sich das alles gelohnt hat."

Sie sah das Funkeln spöttischer Zustimmung in seinen Augen. „Mach dich nicht über mich lustig", entgegnete sie. „Es ist grauenvoll, aber … ich … ich brauche dich." Sie bedeckte ihr Gesicht mit den Händen. „Oh, wie schrecklich es ist, das zuzugeben."

Einen Augenblick lang bewegte er sich nicht. Sie dachte und hoffte beinahe, dass sie die beschämenden Worte so leise gesagt hatte, dass er sie vielleicht nicht hatte hören können.

Verlegen senkte sie die Hände. Dominic hatte sie verstanden, sie konnte es an der Hitze sehen, die in seinen Augen aufflackerte, als er sie anblickte. Er verbeugte sich vor ihr, den Dreispitz in den Händen.

„Wenn das alles vorbei ist", versprach er ruhig, „wirst du mich nie wieder los."

Nach ihrem Eintreten hatte er bereits die Tür verschlossen, und jetzt schob er zur Vorsicht noch einen alten Eichenstuhl dagegen, um sicherzustellen, dass sie ungestört blieben.

Als er die Arme nach ihr ausstreckte, hatte sie Angst, ihre Beine würden ihr den Dienst versagen. Wie sollte sie es ertragen, ihn wieder gehen zu lassen? Das glühende Sehnen in seinem Blick entzündete all ihre Sinne.

„Ich habe nicht viel Zeit", sagte er. „Wenn mein Onkel nicht bald kommt, muss ich zum Haus zurückkehren. Es ist schon nach Mitternacht."

Ihre Gefühle, die sie so lange mühsam beherrscht hatte, drohten überzuschäumen. „Wirst du einen gläsernen Pantoffel auf der Treppe zurücklassen, damit ich eine Erinnerung an dich habe?"

„Chloe, bitte." Er strich über die kurzen Locken, die ihr Gesicht umrahmten.

„Ich werde nicht noch einmal an deinem Grab weinen, wenn du dich ermorden lässt, Dominic." Auf seinen fragenden Blick hin erklärte sie: „Als ich zum ersten Mal dachte, du wärest getötet worden, habe ich um dich getrauert. Ich habe mich deinetwegen in den Schlaf geweint, ohne auch nur zu wissen, warum."

„Es tut mir leid, dass du meinetwegen traurig warst", erwiderte er und zog sie an sich. „Ich werde es wiedergutmachen."

Ihre Blicke trafen sich und hielten einander fest.

„Ich will dich, Dominic."

„Aber ich habe dich nicht hierhergebracht, um …"

„Bitte", flüsterte sie. „Halte mich."

Sie gehörte ihm. Von dem Moment an, als er sie wieder in die Arme schloss, erkannte sie das als unumstößliche Wahrheit. Ihr ganzer Körper wurde warm und schmolz förmlich dahin. „Was wirst du tun, wenn du Sir Edgar begegnest?", flüsterte sie, während er geschickt ihr Kleid aufhakte. Die hauchdünnen Flügel ihres Kostüms fielen zu Boden, ihr rosa Gazekleid folgte rasch. Bebend ließ sie zu, dass seine fähigen Hände Besitz von ihrem Körper ergriffen, sie erforschten, für seine Invasion vorbereiteten. Aber gleichgültig, wie sehr sie ihn begehrte, sie konnte das alles nicht aus vollem Herzen genießen, wenn sie zugleich um sein Leben fürchten musste.

Sie zog ihm den Umhang von den Schultern. „Was werde ich tun?", sinnierte er und beobachtete, wie das Kleidungsstück zu ihren Sachen auf den Boden fiel. „Ich werde …" Er schob sie ein Stück von sich fort und hob die Brauen. Seine Augen hatten sich vor Verlangen verdunkelt. „Gütiger Himmel! Dieses skandalöse Korsett, Chloe. Ich hoffe, du hattest eine Vorahnung, dass du mich heute sehen würdest, und trägst das nicht für jemand anderen."

Jetzt war sie an der Reihe, ihn zu quälen. „Hm. Vielleicht."

Er lächelte langsam. „Ich habe mich schon immer gefragt, wie es an dir aussehen würde."

„Nun, jetzt weißt du es."

„Und deswegen werde ich es dir auch umgehend ausziehen", erklärte er rau, während er schon nach den seidenen Bändern griff, die sie in das steife Leinen mit den Fischbeinstäbchen schnürten.

Chloe unterdrückte ein Stöhnen. Kein Mann hatte sie je dazu gebracht, ihren eigenen Körper so zu schätzen. Ihre Brüste fühlten sich in dem Gefängnis ihres Korsetts geradezu unanständig prall an. Sie senkte den Blick, als er die Schnürung öffnete und ihr dann langsam die Chemise abstreifte.

Sie hörte sein scharfes Einatmen und blickte auf. Der Blick, den er ihr schenkte, fuhr wie ein Blitzschlag in die geheimsten Stellen ihres Körpers. Es war ein Blick, der sie als die Seine brandmarkte.

Er fasste sie an den Schultern und zog sie an sich. Voller sanfter Verzweiflung strich er mit den Händen über ihre blassen Arme und ihren Rücken, streichelte ihre Pobacken und die Kurven und Höhlungen ihres Körpers wie ein Künstler, der sein kostbarstes Werk zum Leben erweckte.

„Das alles sollte fur uns ganz anders sein, Chloe", sagte er mit einem reumütigen Lächeln. „Eine Frau wie du verdient es, dass man sie galant umwirbt, aber ich kann nicht anders. Weißt du, ich brauche dich auch."

„Es ist doch sehr galant, noch aus dem Grab heraus eine Frau zu umwerben. Manche Damen finden den Geist von Stratfield sehr aufregend."

„Deine Tante, zum Beispiel?", neckte er.

„Warte, bis sie herausfindet, dass du noch lebst."

„Vielleicht stelle ich mich besser einfach weiter tot.“

Sie hielt den Atem an, als er auf die Knie ging, um ihr die Strumpfbänder und Strümpfe auszuziehen. Mit einem sehnsüchtigen Seufzer ließ sie zu, dass er sie langsam auf das weiche Lager gleiten ließ, das sie mit ihrer Kleidung geschaffen hatten. Trotz all ihrer Versuche, den Augenblick leichtzunehmen, konnte keiner von ihnen wissen, wie seine Rache enden würde. Er drückte ihr einen warmen Kuss auf den Bauch, und sie ließ den Kopf nach hinten sinken, während die pure Freude sie durchströmte.

„Ich will dich nicht verlieren, Dominic.“

Der schwarze Samtumhang unter ihr fühlte sich kühl auf ihrer nackten Haut an. Dominic stand über ihr und zog rasch den Rest seiner eigenen Kleidung aus. Chloe ergötzte sich an der kantigen Schönheit seines Körpers, an der athletischen Grazie seiner Muskeln und Sehnen, die ihn durch und durch maskulin und aggressiv erscheinen ließen. Sein Körper war voller Kraft und Männlichkeit, von den breiten Schultern bis zu den schmalen Hüften und den muskulösen Schenkeln.

„Wenn du mich so ansiehst, Chloe“, sagte er mit einem bösen Lächeln, „weiß ich nicht, ob ich die Kraft habe, dich zu verlassen.“

„Dann bleib“, bat sie und stützte sich auf die Ellbogen hoch. „Meine Brüder werden dir helfen.“

„Von all den Männern auf der Welt sind deine Brüder bestimmt die ersten, die verstehen, warum ich so handeln muss! Jetzt berühre mich mit deinen kühnen Händen, Chloe, wie du es in meinen Träumen so oft getan hast.“

Sie zog sich auf die Knie hoch und murmelte: „Dominic.“

Er erbebte, als sie begann, seinen nackten Körper zu liebkosen, als sie die heilenden Wunden auf seiner Brust nachfuhr und sich die Muskeln und Sehnen seiner Oberarme und seines Rückens einprägte. Er fühlte sich warm an und so hart wie poliertes Holz. Sein Herz klopfte unter ihren Fingerspitzen. Der Gedanke, ihm zu gehören, faszinierte sie. Ganz für sich wollte sie ihn, wollte ihn noch einmal in sich spüren.

Sie dachte daran, wie leicht sie sich in ihn verliebt hatte, wie unerträglich es für sie sein würde, zu sehen, wie er wieder verletzt wurde.

Sie legte die Arme um seine Taille und flüsterte: „Ich lasse dich nicht gehen, bis du mich verführt hast, Stratfield."

Er lächelte zu ihr hinunter.

„Ich meine es ernst, du Straßenräuber. Bleib stehen und zeig, was du hast!"

Wieder einmal staunte Dominic darüber, dass eine so zarte Frau einen solchen Kampfgeist in sich trug. Sie hatte keine Ahnung, wie sie ihn gerettet hatte. Wenn Chloe nicht gewesen wäre, hätte er jede Hoffnung verloren, jeden Glauben daran, dass das Leben noch etwas Gutes für ihn bereithielt.

Sie hatte ihn nicht verachtet, als er sie mit unverdienter Grausamkeit behandelt hatte, als er sich kaum besser benommen hatte als ein Tier. Er hatte ihre Loyalität nicht verdient, aber sie hatte seine Maske aus Schmerz und Wut durchschaut und den Mann dahinter gesehen. Als er zum Angriff ausgeholt hatte, hatte sie sich ihm entgegengestellt und ihn wieder zur Vernunft gebracht.

Er liebte die gegensätzliche Mischung aus Mut und Sanftheit, die sie so einzigartig machte. Und er liebte die Art, wie sie ihn berührte. Sobald sie die Handflächen auf seinen Bauch drückte und mit den Fingerspitzen die feste Haut streichelte, setzte sein Denken aus, er konnte nur noch fühlen. Es kostete ihn all seine Selbstbeherrschung, sie nicht zu bitten, die Hände weiter unten auf seine Männlichkeit zu legen. In schamlosem Genuss bewegte er die Hüften. Der Duft ihrer Haut entzündete seine Sinne. Wie, um Himmels willen, konnte die Frau, die ihn so hilflos machte, ihm gleichzeitig so viel Kraft geben?

„Chloe“, sagte er. Er wölbte den Rücken und spannte die Schultern an, sein Verlangen nach ihr brachte sein Blut zum Kochen. „Wir haben nicht genug Zeit, und ich brauche dich so sehr.“

Sie lächelte nur und drückte dann leidenschaftliche Küsse auf seinen Körper. Als ihre weichen Lippen seine Männlichkeit streiften, verkrampfte sich jeder Muskel in ihm, als hätte er Schmerzen. Flüssiges Feuer durchströmte ihn, er konnte kaum atmen. Ihn beherrschte ein Verlangen, wie er es nie zuvor gekannt hatte. Als ihre Zunge sich weiter vorwagte, ihn mutiger erforschte, fühlte sie sich an wie eine Flamme. Er war wie benommen, sein Körper bebte. Die Leidenschaft lag in ihrer Natur. Die Frau, die er liebte, war eine geborene Verführerin.

„Chloe“, murmelte er mit rauer Stimme, während er sie anhob, um ihren wundervollen Mund zu küssen. Den anderen Arm legte er um ihre Taille, um sie zu stützen. „Chloe“, flüsterte er, den Mund in ihr weiches schwarzes Haar gedrückt. „Mein Gott, was machst du mit mir?“

Sie bäumte sich auf und schmiegte sich an ihn. Er zog sie noch enger an sich und küsste sie hungrig, bevor er ihre prallen Brüste mit den Handflächen umfasste. Tief stöhnte sie auf und lehnte sich nach hinten, bot sich ihm einladend dar.

Er war auf ihr, berührte sie überall. Mit einer Hand liebkoste er ihre Brustknospen, mit der anderen drückte er ihre Schenkel weit auseinander. Sein Herz raste, als er die Härchen auf ihrem Venushügel streichelte. Wie Honig schmolz sie unter seinen Fingern, voller Triumph erkannte er, wie bereit sie für ihn war.

„Dominic“, flüsterte sie und bewegte die Hüften gegen seine Finger. „Ich glaube, mir bleibt gleich das Herz stehen.“

Er spürte unglaubliche Macht und Freude. Ihretwegen hätte er sich vielleicht eine feinere Umgebung gewünscht, aber was ihn anging, so war es ihm egal. All seine Aufmerksamkeit galt

Chloe, die sich verführerisch auf dem dunklen Umhang rekelte, die Schenkel weit für ihn gespreizt, die blauen Augen wie berauscht vom hilflosen Begehren. „Was möchtest du?", flüsterte er und neckte sie. „Wenn es dir zu viel wird, könnte ich …"

„Wenn du es wagst …"

Er hatte nicht die Absicht aufzuhören. Das konnte er nicht. Aber er würde dies so weit hinauszögern, wie er nur konnte. Wieder und wieder brachte er sie an die Grenze und genoss das atemlose Keuchen, das aus ihrer Kehle drang. Er ließ seine Finger über ihre empfindsamste Stelle tanzen, küsste und liebkoste sie, bis sie vor Sehnsucht, ihn in sich zu spüren, weinte.

Sie schrie auf, als er die Hände unter ihren Po gleiten ließ, um in sie einzudringen. Er war so erregt, dass er sich kaum noch beherrschen konnte. Hastig drückte er die Handflächen auf den Umhang und konzentrierte sich darauf, seine Bewegungen zu kontrollieren. Ihre feuchte Hitze brachte ihn schier um den Verstand. Sie bäumte sich unter ihm auf und presste sich bebend an ihn. „Tu es", bat sie heiser. „Jetzt!"

Mit quälender Selbstbeherrschung drang er langsam in sie ein. Sie öffnete sich ihm vollkommen, gab sich ihm ganz und gar hin. „Ich könnte so sterben", verkündete er mit zurückgeworfenem Kopf. Dann begann er sich zu bewegen.

Er liebte die Art, wie ihr Körper ihn willkommen hieß, und das Gefühl, sie bis zum Äußersten zu dehnen und zu erfüllen. Auf keinen Fall würde er sich drängen lassen, egal, was ihn hinterher erwartete. Dazu bedeutete sie ihm zu viel, war es ihm zu wichtig, ihr Vergnügen zu schenken.

Voller Lust sah er, wie sie die Augen schloss, den Hals bog, wie sie bei seinem unerbittlichen Angriff auf ihre Sinne erzitterte. Jede Bewegung war wie ein Test für seine Selbstbeherrschung, jeder ihrer Seufzer entflammte ihn weiter. Er spürte den genauen Augenblick, in dem sie den Gipfel erreichte, ihn noch fester umklammerte, bis auch er von dem Gefühl überwältigt wurde und das Verlangen ihn mitriss. Die Welt schien zu explodieren, als er sich in sie ergoss.

Noch nie in seinem Leben hatte er etwas Vergleichbares erlebt. Es schien ihm unglaublich, dass ihre Vereinigung solch ungezügelte Freude bedeutet hatte. Er rollte sich auf die Seite und zog sie mit sich, küsste sie leidenschaftlich und tief. Chloe zitterte ein wenig, entgegnete aber aufs Köstlichste seine Liebkosung. Er zwang sich, das Verlangen zu ignorieren, das sich erneut in seinen Lenden regte. Zwischen ihnen ging es nicht nur um reine Lust, er wollte mehr von ihr.

„Chloe, meine Liebste“, flüsterte er und streichelte ihr Gesicht. „Ich will dich nicht verlassen.“

Sie erstarrte, und ihre blauen Augen glänzten unter Tränen. „Dann bleib.“

Er strich ihr die schwarzen Locken aus der Stirn. „Du hast keine Ahnung, wie sehr ich mir wünsche, dass ich das könnte, wie du mich in Versuchung führst. Sei stark. Wenn mein Onkel enttarnt ist, wird mein Leben wieder normal werden, und nichts wird mich noch von dir fernhalten können.“

„Außer vier arroganten Brüdern und einer Schwester, die vor Schreck in Ohnmacht fällt, wenn jemand beim Abendessen auch nur ein Messer fallen lässt.“

Er grinste. „Ich helfe dir, dein Kostüm wieder anzuziehen. So, wie sich das anhört, ist es eine gute Übung für mich, meinen Mörder zu stellen, bevor ich deiner Familie entgegentrete.“

In tiefem Schweigen kleideten sie sich fertig an. Dominic war nur allzu bewusst, dass sie länger fort gewesen waren, als klug war, dass er stets sein Zeitgefühl verlor, wenn sie zusammen waren. Sie hat sich verändert, seit ich sie zum ersten Mal gesehen habe, dachte er bei sich. Aber auch er hatte sich verändert. Das Exil, das ihre Brüder ihr aufgezwungen hatten, war ganz sicher nicht das, was sie sich vorgestellt hatten.

Und nun musste er seine Aufmerksamkeit wieder seinem

Onkel zuwenden. Sir Edgar hatte Kontakt zu einem Mann in London oder aus der Umgebung Londons gehabt. Das hatte Dominic der Geschwindigkeit entnommen, mit der er Briefe mit diesem Unbekannten gewechselt hatte.

Die Identität des Mannes kannte Dominic nicht. Der Colonel schien seine Botschaften zu verbrennen, sobald er sie gelesen hatte. Aber Dominic hatte einen halb verkohlten Brief im Kamin gefunden, in dem es hieß, dass er für Sir Edgar eine große Geldsumme bei seiner Bank abgehoben hatte.

Beabsichtigte der Kerl, zu fliehen oder einem Komplizen aus der Vergangenheit Schweigegeld zu bezahlen? Plante er einen weiteren Mord?

Vielleicht würde Dominic es nie erfahren. Aber er würde nicht zulassen, dass sein Onkel noch irgendjemandem Schaden zufügte.

„Chloe", sagte er zögerlich und umschloss ihre sanft gerundeten Schultern mit beiden Händen. „Ich will, dass du so bald wie möglich nach London zurückkehrst oder dahin, wo deine Brüder gerade sind."

„Glaubst du, sie werden mir da irgendeine Wahl lassen?"

Sein Blick verdunkelte sich vor Sorge. „Überzeuge Heath davon, dass du zurückkehren musst."

„Und nun bitte ich dich, mir die magischen Worte mitzuteilen, die die eisernen Pforten seines Herzens öffnen und ihn dazu bringen werden, mir zu gestatten, nach Hause zu kommen!"

Dominic presste den Mund zu einer dünnen Linie zusammen. „Sag ihm, dass er dich nach Hause holen muss. Du kannst ihn überzeugen."

„Das bezweifle ich."

„Verdammt noch mal, versuche es. Wenn der Verrat meines Onkels bekannt wird, gibt es einen Skandal. Geh besser jetzt."

„Skandale kümmern mich nicht, Dominic. Ich sorge mich

um dich und darum, was passiert, wenn du dem Mann gegenübertrittst, der Brandon getötet hat. Ist es dir je gelungen, seinen Brief zu entschlüsseln?"

Er blickte sie irritiert an. „*Seinen* Brief?"

„Ja, der Brief oder das Brieffragment, das du in meinem Zimmer vergessen und dir dann zurückgeholt hast. Es war die Handschrift meines Bruders. Ich kann nicht sagen, ob die Nachricht für dich oder für Samuel bestimmt war."

Er schüttelte ungläubig den Kopf. „Woher weißt du das?"

„Ich habe Brandons Handschrift erkannt, und, nun, ich habe eine Kopie angefertigt, um den Brief zu entschlüsseln. Er scheint sich auf irgendetwas zu beziehen, was der Colonel geplant hat. Ich werde dir die Übersetzung geben, wenn ich damit fertig bin."

„Du bist eine erstaunliche Frau, Chloe."

„Und es wird mir erstaunlich schlecht gehen, wenn dir irgendetwas zustoßen sollte. Warum erlaubst du mir nicht, dich bei der Konfrontation mit Sir Edgar zu unterstützen?"

„Nein."

„Soll ich einfach danebensitzen und nichts tun?"

„Wenn Adrian und mir etwas zustößt, wird es an dir sein, deine Brüder mit der Sache zu betrauen."

Ihr Herz setzte einen Schlag aus. „Was hast du vor?"

„Ich will meinen Onkel davon überzeugen, das Richtige zu tun."

„Und wenn er sich weigert?"

„Ich werde tun, was ich tun muss."

Sie riss sich los. Ihre blauen Augen wirkten gleichzeitig wütend und traurig. Bei einer anderen Frau hätte das Feenkostüm mit den Flügeln luftig und ätherisch ausgesehen. Aber Chloe ähnelte eher einer römischen Göttin, die gerade einen Krieg anzetteln wollte. Sie erschien ihm eher stark als unwirklich. Ihre Zerbrechlichkeit war nur oberflächlich. Sie war die Art von

Frau, die irgendein sauertöpfischer alter Earl liebend gerne verwöhnt, verhätschelt und an seinem Arm herumgezeigt hätte. Bei dem Gedanken wurde Dominic übel. Er wollte sie nicht an einen anderen Mann verlieren. Er wollte triumphieren und sie für sich selbst einfordern.

Ein letztes Mal zog er sie von der Tür weg und nah zu sich hin. „Ich werde kommen und dich holen“, versprach er mit funkelnden grauen Augen. „Auf die eine oder andere Art. Küsse nie wieder jemanden hinter Kutschen oder in Eingangshallen. Bleibe mein auf ewig. Ich werde kommen.“

Sie biss sich auf die Unterlippe. Ihr Gesicht war blass. Er hatte das eigenartige Gefühl, dass sie ihn ohrfeigen wollte. „Wenn du zurückkommst“, flüsterte sie und zog einen ihrer ziemlich ruinierten Flügel hoch, „sorge nur dafür, dass du kein Geist bist.“

21. KAPITEL

Als Chloe wieder aus dem Zimmer kam, stellte sie fest, dass der Empfangssaal immer noch voller Menschen war, die nicht tanzen wollten und es vorzogen, bei einem Glas Limonade einen Plausch zu halten. Die Musikanten hoben gerade zu einem neuen Stück an, aber nach dem, was sie eben mit Dominic erlebt hatte, verspürte Chloe keinerlei Bedürfnis, im Tanz herumgewirbelt zu werden. Sie fühlte sich ohnehin schon ziemlich benommen. Stattdessen sehnte sie sich danach, alleine zu sein, um über das nachzudenken, was zwischen ihnen geschehen war. Sie musste sich beruhigen – und bereit sein, falls er sie brauchte, um die Sache mit seinem Onkel zu Ende zu bringen.

Vielleicht hätte sie sich mehr Gedanken um den Verlust ihrer Tugend und ihrer Zukunft als gefallene Frau machen sollen. Aber das tat sie nicht. Was geschehen war, war geschehen. Sie wollte sich nur eine Weile hinsetzen und jedes dekadente Detail noch einmal durchleben, bevor sie damit begann, sich Sorgen zu machen, was ihm zustoßen könnte. Würde dies der Abend sein, an dem er Sir Edgar endlich entgegentrat? Was würde er tun, wenn der tatsächlich einen Verbündeten hatte, der ihm wartend zur Seite stand? Was, wenn Dominic und sein Freund versagten? Bei dem Gedanken schnürte sich ihr die Kehle zu.

„Nun“, murmelte eine Frau, die Chloe von hinten anrempelte, „meine Mama sagt, dass es keine tugendhafte Frau mehr im Dorf gäbe, wenn es nach dem Geist von Stratfield ginge.“

Chloe seufzte wehmütig und rückte die Flügel an ihren Schultern zurecht. Wenn es nach ihr ginge, wären Dominics Tage als Geist bald für immer zu Ende, und er würde seine Laster nur noch bei einer einzigen Frau ausleben.

„Ich glaube nicht, dass es überhaupt einen Geist gibt“, verkündete ein übellauniger Herr laut. „Ich glaube, das Ganze ist nichts als ein weibliches Hirngespinst. Was meinen Sie dazu, Lady Chloe?"

Chloe wandte sich zu dem unbekannten roten Gesicht um. Sie kannte nicht einmal den Namen des Mannes. Er war einer von Justins Bekannten, und dabei fiel ihr ein, dass sie den ganzen Abend nicht mit Justin getanzt hatte. Er hatte sie vollkommen ignoriert. Nicht dass es ihr etwas ausmachte. Sie hatte nicht einmal darüber nachgedacht, bis …

„Ah, da bist du also, Chloe." Sie blickte auf und sah ihren Onkel, der aus dem Erfrischungsraum kam und sich durch die Menge drängte. „Ich hatte mich schon gefragt, wohin du verschwunden bist."

„Ich war hier", sagte sie vage und blickte an ihm vorbei.

„Hier?"

„Nun." Oh, wie sie es hasste zu lügen! „Ich wollte meinen Fächer holen. Ich dumme Gans. Er hing die ganze Zeit über an meinem Handgelenk."

Seine sanften Augen blickten sie nachdenklich an. „Du dumme Gans."

„Ja." Ihr Puls raste. „Ich dumme Gans."

„Hatte Lady Dewhurst Erfolg dabei, den Geist zu bannen?", fragte ein weiterer Gast grinsend.

Sir Humphrey wandte sich von Chloe ab, um zu antworten, und sie verspürte eine tiefe, wenn auch vorübergehende Erleichterung. Zwar hatte er vielleicht bemerkt, dass ihre Antwort seltsam gewesen war, aber er würde sie nicht weiter bedrängen. Chloe war dankbar dafür. Sie hasste es, jemanden anzulügen, der so freundlich zu ihr gewesen war wie ihr Onkel.

Er legte eine Hand auf ihren Arm. „Lass mich dir ein Glas Limonade holen, Chloe. Du wirkst ein wenig erhitzt."

Gütiger Himmel. Wenn er nur wüsste, warum. So freundlich war er auch wieder nicht, dass er akzeptieren würde, was sie und Dominic getan hatten. Sie wäre lieber gestorben, als ihm Leid zuzufügen und ihren einzigen Verbündeten in diesem Haushalt zu enttäuschen.

„Limonade wäre großartig, Onkel …"

Sie erstarrte. Gerade hatte sie bemerkt, dass Sir Edgar aus der Garderobe kam. Er trug schwarze Abendkleidung und ein strahlend weißes Leinenhalstuch, offensichtlich hatte ihm niemand mitgeteilt, dass dies ein Maskenball war. Vielleicht aber hielt er es auch für unter seiner Würde, in einem Kostüm zu erscheinen. Andererseits, dachte sich Chloe, war seine ganze Persönlichkeit nur eine Fassade. Er war ein herzloser Mörder, der sich als Ehrenmann verkleidete, ein Gentleman mit den Instinkten der Gosse.

Ihr Herz schlug heftig, während sie beobachtete, wie Sir Edgar sich in dem Raum umblickte und nacheinander jedes der maskierten Gesichter studierte. Hatte er herausgefunden, dass Dominic noch lebte? Dass er heute hier war? Oder war sein geheimnisvoller Freund bei ihm? Es schien nicht sehr wahrscheinlich, dass der Colonel seine geheimen Geschäfte an einem Ort wie diesem abwickeln würde. Falls er in die Richtung der Abstellkammer ging, in der sie Dominic zurückgelassen hatte, sollte sie dann versuchen, ihn aufzuhalten?

Sie spürte, wie ihr Onkel ihren Arm fester umklammerte. Verwirrt blickte sie zu ihm auf.

„Lass uns diese Limonade holen, Chloe", sagte er ruhig.

Sie nickte und schaute Sir Edgar nach, wie er im Ballsaal verschwand. Eine schlanke Gestalt im Umhang, die in einer Ecke stand, hatte seine Aufmerksamkeit geweckt. Ihr wurde heiß, als ihr bewusst wurde, dass Lord Wolverton die Maskerade wieder aufgenommen hatte. Der Viscount blickte sie unverwandt an und nickte kaum merklich, dann lächelte er freundlich zu der Traube plappernder Damen hinab, die ihn umgab.

War dieses Nicken seine Art, ihr mitzuteilen, dass Dominic wieder versteckt und in Sicherheit war? Ja. Auch er musste Sir

Edgar gesehen haben. Er hätte nicht dort gestanden und auf so unerhörte Weise mit all diesen Frauen kokettiert, wenn er um das Wohlergehen seines Freundes gefürchtet hätte.

Sie konnte nur beten, dass der Rest von Dominics Plänen ebenso gut aufging.

Beruhigt wandte sie sich wieder ihrem Onkel zu. „Limonade, ja, genau das brauchen wir."

Er starrte sie einige Sekunden lang an, bevor er sie in den Erfrischungsraum führte. „Es tut gut, zu sehen, dass du wieder glücklich bist, Chloe. Wir alle haben uns in der letzten Woche Sorgen um dich gemacht. Dieser Tanz scheint dir unendlich gutgetan zu haben."

Sie tanzte nicht noch einmal mit dem Viscount. Er war den Rest des Abends von weiblichen Bewunderern umgeben, was sie als gutes Zeichen wertete. Sicherlich hätte er nicht so entspannt gewirkt, wenn der Verbündete des Colonels angekommen wäre. Sir Edgar hatte sich gerade mit dem Pastor unterhalten, als Chloe den Ball verlassen musste.

Weder sie noch Lord Wolverton machten einen weiteren Versuch, miteinander ins Gespräch zu kommen. Es wäre nicht klug gewesen, Aufmerksamkeit darauf zu ziehen, dass es eine Verbindung zwischen ihnen gab. Sie kannte ihn nicht, sie hatte sein Gesicht noch nicht einmal ohne Maske gesehen, aber er war ein Mann, dem es spielend gelang, dass Frauen sich in seiner Gegenwart beschützt, verteidigt und sicher vor jeder Gefahr fühlten.

Vielleicht lag das daran, dass er sein Leben damit verbracht hatte, für andere zu kämpfen. Er war der letzte Mann auf Erden, den man als künftigen Duke erkannt hätte, sein Aussehen und Benehmen schienen die Gerüchte zu bestätigen, die über ihn in Umlauf waren. Manche dieser wilden Erzählungen mussten wahr sein.

Und doch konnte sie nicht umhin, ihn zu mögen. Er war ein Mensch, der einem sofort Vertrauen einflößte, und wenn Dominic nur einen einzigen Verbündeten hatte, so war sie froh, dass es Adrian Ruxley war.

Sie riss sich von seinem Anblick los und stellte fest, dass Justin direkt hinter ihr stand. Zum ersten Mal, seit sie ihn kennengelernt hatte, lächelte er nicht, als ihre Blicke sich begegneten, und er wirkte auch nicht jung und sorglos. Ein Angstschauer lief ihr den Rücken hinunter. Er wirkte so ungewohnt ernst.

„Es ist also wahr", sagte er und schüttelte missbilligend den Kopf.

Chloe blinzelte. Sie schien in der letzten Zeit so viele Geheimnisse zu hüten, dass sie langsam den Überblick verlor. „Was ist wahr, Justin?", fragte sie vorsichtig.

„Sie sind in ihn verliebt."

„Äh – in ihn?"

„Ja." Er schnaubte wie ein verwöhntes Kind und nickte in die Richtung des Viscounts. „Versuchen Sie nicht, es zu leugnen."

Chloe blickte sich beschämt um. Justins Stimme wurde lauter. Glücklicherweise standen sie alleine da. „Ich habe ihn heute zum ersten Mal gesehen."

„Was es nur noch schlimmer macht", platzte er heraus, und der Turban seines Sultanskostüms rutschte ihm in die Stirn. „Ich habe Sie verteidigt, Chloe, als alle mich davor gewarnt haben, dass Sie eine schamlose Herzensbrecherin sind."

Ein paar Gäste hatten begonnen, zu ihnen hinüberzublicken. Chloe zog in Erwägung, ihn hinter die Topfpalme zu schieben. Hatte sie nicht schon genug Sorgen, ohne dass Justin einen öffentlichen Eifersuchtsanfall bekam?

„Ich habe keine Ahnung, wovon Sie sprechen, Justin."

Er schob sich den mit Edelsteinen bestickten Turban aus den Augen. „Ich habe Sie gesehen, Lady Chloe Boscastle. Ich habe gesehen, wie Sie sich mit diesem künftigen Duke davongeschlichen haben."

„Nur zu Ihrer Information – Lord Wolverton hat mich lediglich in die Eingangshalle begleitet, als ich dort meinen Fächer holen ging."

„Ha! Sie beide waren lange genug fort, um sonst was zu treiben."

„Hören Sie auf, sich wie ein Kleinkind zu benehmen", ermahnte Chloe ihn leise. „Ich bin nicht mit Lord Wolverton spazieren gegangen." Was die reine Wahrheit war. Sie war mit Dominic unterwegs gewesen, und wenn Justin sich nicht beherrschte ...

Der bedrohliche Schatten eines Mannes fiel zwischen sie und rettete Chloe davor, Justin einen wohlverdienten Tritt zu geben. Die Unterbrechung wäre vielleicht willkommen gewesen, wenn es nicht ausgerechnet Sir Edgars Gegenwart gewesen wäre, die Chloe davor bewahrte, in aller Öffentlichkeit gewalttätig zu werden. Sie hätte sich sehr viel lieber hundert Wutausbrüchen von Justin gestellt als diesem widerwärtigen Mann.

„Ein Streit unter Liebenden?", fragte der Colonel mit einem ironischen Lächeln. „Soll ich den neutralen Beobachter spielen?"

Chloe warf Justin einen mörderischen Blick zu. Vielleicht konnte sie aus seinem Anfall ja einen Vorteil ziehen. Solange Sir Edgar hier war, konnte er Dominic nichts tun. „Es war nur ein Missverständnis."

„Darauf wette ich", murmelte Justin, aber offensichtlich war er Gentleman genug, um es dabei zu belassen. „Dann werden Sie beide mich jetzt entschuldigen?", fragte er und trat einige Schritte zurück. „Ich glaube, meine Mutter ruft nach mir."

Sir Edgar blickte mit einem resignierten Seufzer zu Chloe hinunter. „Nun, dies ist nicht London, nicht wahr, meine Liebe?

Diese Landtölpel verstehen nichts von der feinen Kunst gesellschaftlicher Etikette. Ich nehme an, Sie sind es gewohnt, Herzen zu brechen."

Chloe beobachtete Justin, wie er schnurstracks auf eine andere Dame zuging und sie zum Tanz aufforderte. Der Schwachkopf würde offensichtlich nicht lange an einem gebrochenen Herzen leiden. Nun, sie hatte schon immer gewusst, dass sie ein wenig zu wild für ihn war.

„Beabsichtigen Sie, in der nächsten Zeit nach London zu reisen, Sir Edgar?", fragte sie unschuldig und mied seinen Blick. Sie konnte sich einfach nicht dazu überwinden, ihm ins Auge zu blicken. Ihr schauspielerisches Können war nicht gut genug, um ihre Verachtung für ihn zu verbergen.

Er schüttelte den Kopf. „Leider muss ich länger auf dem Anwesen meines Neffen bleiben, als zunächst abzusehen war. Ich habe festgestellt ..."

Plötzlich verstummte das Gelächter und Gerede um sie herum. Der Steward wollte gerade die Preise für die besten Kostüme verleihen. Gäste strömten nach vorne, Chloe und Sir Edgar wurden in unterschiedliche Richtungen gedrängt.

Entschuldigend zuckte er mit den Schultern, als sie voneinander getrennt wurden. Sie spürte tiefe Erleichterung und hoffte, dass er an ihrem Benehmen ihm gegenüber nichts Verdächtiges bemerkt hatte. Die Vorstellung, unbeschwert mit dem Mann zu plaudern, der Dominic beinahe erstochen hatte, war mehr, als sie ertragen konnte. Sie hätte ihn mit ihren eigenen Händen umbringen können.

Die Gäste klatschten begeistert über jedes vorgestellte Kostüm. Chloe sah, wie ihr Onkel auf sie zukam, wobei er seinen Blitz dazu benutzte, sich einen Weg zu bahnen. Lord Wolverton stand in entspannter Pose am anderen Ende des Ballsaals, eine breite Schulter lässig an die Wand gelehnt. Chloe bemerkte, wie er erst in ihre Richtung blickte und dann zu Sir

Edgar, als versuche er, sie beide im Auge zu behalten.

Ja, es war ein gutes Gefühl, einen Freund wie den Viscount in Sichtweite zu haben, selbst wenn es stimmte, dass er einen ganzen Sommer auf einem chinesischen Piratenschiff verbracht hatte. Dennoch, solange er hier war und sie beschützte, konnte er Dominic nicht helfen. Besorgt runzelte sie die Stirn.

Würde er Dominic zur Seite stehen, wenn der den letzten Teil seines Plans in die Tat umsetzte? Selbst wenn der Viscount nur im Hintergrund die Fäden zog, musste er doch zumindest daran beteiligt gewesen sein, Sir Edgars Sturz zu planen.

Wie würden sie es anstellen? Plötzlich hatte Chloe einen Kloß im Hals. Dominic hatte sehr darauf geachtet, ihr keine Details zu verraten. Sie hielt den Fächer eng umklammert. Solange er nur wohlbehalten zu ihr zurückkam, war sie beinahe froh, nichts Genaues über seine Rachepläne zu wissen.

So leise wie ein Geist schlich Dominic sich in die dunkle Schlafkammer seines eigenen Hauses. Er hatte keinen Augenblick zu verlieren. Ihm blieb höchstens eine Viertelstunde, wenn er ganz sicher sein wollte. Die Dienstboten hatten sich in den Gesinderaum zurückgezogen. Er kannte ihre Gewohnheiten bis hin zu dem exakten Zeitpunkt, wo der Lakai in der langen Galerie die Kerzen löschte, bevor er sich zur Ruhe begab.

Adrian würde alles tun, was nötig war, um Sir Edgar im Auge zu behalten, aber Dominics Onkel war kein Narr. Seit einer Woche hatte er die Dienstboten über Dominics Freundschaft zu Adrian ausgefragt, darüber, wann sie sich zuletzt getroffen und worüber sie gesprochen hatten. Es war offensichtlich, dass der Colonel Adrians Aufenthalt in Chistlebury voller Misstrauen beobachtete. Doch für heute bestand Adrians Hauptaufgabe darin, dafür zu sorgen, dass Chloe kein Leid geschah. Obwohl Dominics Geliebte in Liebesdingen dazu neigte, ein wenig übereilt zu handeln, war sie glücklicherweise sehr vernünftig, wenn es um ihr Überleben ging.

Der geheimnisvolle Komplize war doch nicht auf dem Ball erschienen. Vielleicht war Dominics Verdacht falsch gewesen oder die Veranstaltung nicht intim genug für ein solches Treffen. Aber vielleicht ahnte sein Onkel auch, dass er verdächtigt wurde, und wollte einen harmlosen Eindruck erwecken, indem er einem gesellschaftlichen Anlass beiwohnte. Wahrscheinlich hatte er seinen Kontaktmann davor gewarnt, zu kommen.

Dominic würde diese Angclegenheit den Behörden überlassen, die für Betrug zuständig waren.

Er breitete die blutige und zerrissene Uniformjacke seines Bruders auf Edgars makellos weißem Kissen aus. Aus der kleinen Urne in seiner Hand streute er eine Spur aus weißem Sand hinaus in die Galerie bis zu seinem Porträt an der Wand. Es war Sand aus Nepal, den Samuels getreuer Diener für den Gedenkgottesdienst geschickt hatte. Er fragte sich, ob Edgar erkennen würde, was das Ganze bedeuten sollte. Es war ein Fehdehandschuh, eine Kriegserklärung.

Die leere Urne stellte er vor dem Geheimgang auf den Boden, der zu der unheimlichen Gruft führte, in der Dominic sich über einen Monat versteckt hatte.

Sollte das Schicksal ihm freundlicher gesonnen sein als in der Vergangenheit, würde dies die letzte Nacht sein, die er in seinem dunklen Versteck verbrachte. Und wenn das Schicksal ungnädig war? Dann würde es nur seine letzte Nacht sein.

Er schlüpfte durch den Spalt in der Wand und wartete, bis seine Augen sich an die Dunkelheit gewöhnt hatten. In diesem Punkt war er dem Colonel gegenüber im Vorteil. Dominic konnte sich inzwischen innerhalb von Sekunden in der Dunkelheit orientieren. Er kannte die Höhe jeder einzelnen Stufe, jede Biegung in den alten Schmugglergängen. Er wusste, wo Mörtel und Dreck bei einer Erschütterung einstürzen würden und wo er den Kopf einziehen musste.

Wirklich, Dominic kannte jedes Detail seiner geheimen Hölle ganz genau. Er hatte dem Bösen ins Auge geblickt und überlebt, wie jemand, der das Feuer durchschritten hatte und daraus vernarbt und zugleich gestärkt wieder hervorgegangen war.

Bis er Chloe begegnet war, hatte er sich nicht einmal die Zeit genommen, um herauszufinden, was die Ereignisse für sein Leben bedeuteten. Sie war zu der Brücke zwischen dem Mann geworden, der er früher gewesen war, und dem, der er in Zukunft zu sein hoffte.

Ein Mann, der auf ihre Brüder zugehen und diese davon überzeugen konnte, dass er ihrer würdig war. Innerlich zog er eine Grimasse bei dem Gedanken, ihnen seinen Fall vorzutragen und die Einzelheiten seines Brautwerbens zu erklären. Egal, wie er es in Worte fasste, er würde dabei wie ein rechter Halunke aussehen. Heath würde seine Verteidigung durchlöchern, wenn Dominic es nicht sogar selbst tat.

Nein, der Geist von Stratfield war kaum die Art von Mann, der man freiwillig seine Schwester zur Frau gab. Natürlich würde vollkommen zu Recht behauptet werden, dass er Chloe ruiniert hatte. Nun, sie hatte ihn auch ruiniert. Sie hatte ihn für jede andere Frau verdorben, und sobald er frei war, würde er, wenn nötig, Berge versetzen, um sie einzufordern. Sein Blut schien immer noch von der Vereinigung mit ihr zu singen. Heute Abend hatte sie nichts vor ihm zurückgehalten. Dennoch wünschte er sich, dass sie mehr Zeit gehabt hätten.

Er zog seinen schwarzen Samtumhang aus und warf ihn über das Skelett, das an der Wand lehnte. Der grinsende Totenschädel war während des größten Teils der Zeit, in der er sich versteckt hatte, Dominics stummer, wenn auch nicht eben angenehmer Gefährte gewesen.

„Hier, mein Freund, du siehst aus, als ob du frierst."

Obwohl er nur mit dem Rüschenhemd aus weißem Batist, den Kniehosen und den Schaftstiefeln eines schneidigen Straßenräubers bekleidet war, spürte Dominic die Kälte seines Verstecks an diesem Abend nicht. Chloe zu lieben hatte ihn belebt und ihn mit neuer Energie versorgt. Die strahlende Wärme ihres Wesens war immer noch bei ihm.

Er hob seinen Degen und verbeugte sich tief vor dem Skelett mit dem Umhang. „Lieber Knochenbaron, dies wird entweder das letzte Mal sein, wo wir zusammen sind, oder ich werde dir bald auf ewig Gesellschaft leisten. Hilf mir, wenn du kannst. Wenn ich überlebe, so gebe ich dir mein Wort, dass ich deine Überreste an einem Ehrenplatz zur Ruhe betten werde."

22. KAPITEL

War es nur Einbildung, oder warf Onkel Humphrey ihr mehr fragende Blicke zu als sonst? Chloe hatte das unschöne Gefühl, dass er mit ihr sprechen wollte. Sie hatte auch das Gefühl, dass es für sie kein angenehmes Gespräch sein würde.

Dementsprechend ergriff sie sofort die Flucht in ihr Zimmer, als sie das gemütliche alte Haus erreicht hatten. Während sie die knarrende Treppe hinaufeilte, spürte sie, dass ihr Onkel sie von unten aus der Eingangshalle beobachtete.

Was stimmte nicht? Hatte er gesehen, wie sie sich beim Ball mit ihrem maskierten Straßenräuber davongeschlichen hatte? Wenn dem so war, konnte er nur vermuten, dass sie eine Verabredung mit Lord Wolverton gehabt hatte, und sie konnte ganz wahrheitsgemäß beteuern, dass das nicht stimmte. Schließlich hatte sie den Mann erst heute auf dem Ball kennengelernt, und er war wieder in den Ballsaal zurückgekehrt, um ihr Intermezzo mit Dominic zu decken.

Es sei denn, Onkel Humphrey hegte einen anderen Verdacht. Er war ein intelligenter Mann. Am oberen Ende der Treppe zögerte sie und war versucht, zu ihm hinunterzublicken. Sie konnte ihre Tante und Pamela im Salon lachen hören. Die beiden waren in Hochstimmung, weil Tante Gwendolyn mit ihrem Kostüm den ersten Platz gewonnen und Pamela in Justins Bruder Charles einen glühenden Verehrer gefunden hatte.

Nur was konnte ihr Onkel entdeckt haben? Brandons verschlüsselte Nachricht? Nein. Das hätte ihn nicht so nachdenklich gestimmt, beschloss Chloe, als sie die Schulter gegen die verzogene Tür legte und drückte.

Die Tür war bereits offen, sodass sie förmlich in das Zimmer flog und dabei über den regungslosen warmen Körper stolperte, der auf dem Boden lag. Blind ließ sie sich auf ein Knie herunter, denn dummerweise hingen ihr die Flügel im Gesicht und verdeckten ihr die Sicht.

„Dominic?“, flüsterte sie hoffnungsvoll, im Wissen, dass er es natürlich nicht sein konnte.

Ares sprang auf und gab ihr einen nassen, nach Schweinefleisch duftenden Kuss auf den Mund.

„Igitt. Du hast wieder Wurst gefressen.“ Sie wischte sich mit den behandschuhten Händen über die Lippen. „Ich nehme nicht an, dass wir Gesellschaft haben?“

Der Hund stapfte hinter ihr her, als sie aufstand und direkt ins Ankleidezimmer ging, um vergeblich nach einem Zeichen zu suchen, dass Dominic vielleicht gekommen war oder ihr eine Nachricht hinterlassen hatte.

„Er war nicht hier“, murmelte sie. „Ich werde mich mit seinem dicken Hund trösten müssen.“

Sie zog ihre Truhe ans Fenster und setzte sich mit einem nachdenklichen Stirnrunzeln darauf. Wie konnte es ihm nur gelingen, diese Schlacht alleine zu gewinnen? Nein, nicht alleine. Mit der Hilfe seines besten Freundes. Sie konnte nur beten, dass die beiden so klug waren, wie sie selbst glaubten.

Mein Onkel unterrichtete früher einmal Angelos Technik in Venedig. Er brachte mir alles bei, was ich über das Fechten weiß.

Dominics Worte fielen ihr wieder ein, als sie das Kinn nachdenklich auf die Fensterbank lehnte. Sie unterschätzte seine Kraft und Entschlossenheit nicht, aber Sir Edgar hatte die Instinkte eines Mörders und keinerlei Gewissen. Wenn Dominic ihn in die Ecke drängte, würde sein Onkel bis auf den Tod kämpfen. Das würden beide Männer. Sie legte die Arme auf die Fensterbank und setzte sich auf der Truhe zurecht, um im Wald und auf Stratfield Hall nach einem Zeichen von ihm Ausschau zu halten.

Was erwartete sie?

Ein Feuerwerk? Ein ehrenhaftes Duell vor dem Ententeich

im Morgengrauen? Dominic war inzwischen meisterhaft darin, sich in den Schatten zu bewegen. Sehr wahrscheinlich würde er Rache an einem ungestörten Ort üben. Chloe beschloss, dass sie beim ersten Anzeichen von Schwierigkeiten irgendeine Ausrede erfinden würde, um direkt zum Herrenhaus zu gehen. Ganz bestimmt würde sie sich nicht einfach damit abfinden, zu warten und nichts zu wissen!

Ares machte es sich an ihrer Seite für die gemeinsame Nachtwache gemütlich. Die ganze Nacht hindurch schlief sie immer wieder für ein paar Minuten ein, dann wachte sie mit klopfendem Herzen auf und beobachtete erneut das Anwesen.

Der Morgen brach an, und nichts hatte sich verändert. Es gab auf Dominics Land keinerlei Anzeichen von Unruhe. Die Sonne ging über den vertrauten Steinen von Stratfield Hall auf, die jedes Geheimnis, das sie vielleicht bargen, hüteten.

Sie streckte die verkrampften Glieder aus und erhob sich steif von der Truhe. Es war Sonntagmorgen. Sie sagte sich, dass die Ruhe bedeuten musste, dass alles gut war.

Für Chloe war etwas Beruhigendes an dem vertrauten Durcheinander, das sie erwartete, als sie wenig später in den Salon der Familie kam. Ares hatte offensichtlich einen von Tante Gwendolyns Schuhen gestohlen und versteckt. Tante Gwendolyn, die einen Federhut, ein graues Seidenkleid und eine perlenbestickte Pelerine trug, schickte alle Dienstboten und ihren Ehemann auf die Jagd.

„Du hast mehr Schuhe als jede andere Frau, die ich je kennengelernt habe", murmelte Onkel Humphrey. „Von dem Geld, das sie an dir verdient haben, sind alleine in Chistlebury drei Schuhmacher in Rente gegangen. Warum ist dieser bestimmte Schuh so wichtig?"

Sie rückte eine ihrer Hutfedern zurecht. „Vielleicht ist dieser fehlende Schuh eine Botschaft von Ares' Herrn. Der Hund wurde vielleicht aus einem bestimmten Grund instruiert, ihn vor mir zu verstecken."

„Eine Botschaft von seinem Herrn?" Sir Humphrey blickte Chloe entgeistert an. „Glaubst du, Stratfield hat nach seinem Tod damit angefangen, Frauenschuhe zu tragen?"

„Vielleicht gibt er mir ein Zeichen", erklärte Tante Gwendolyn.

„Ein Zeichen?" Ihr Ehemann schüttelte verwirrt den Kopf. „Mit deinem Schuh?"

„Ja. Ein Schuh könnte ein okkultes Zeichen für den nächsten Schritt sein, den ich Stratfields Meinung nach machen muss, um ihm zu helfen."

Sir Humphrey hob die Hände. „Ich wünschte bei Gott, er würde mir helfen. Ein okkultes Zeichen. Ein Schuh."

Pamela steckte den Kopf ins Zimmer. „Wir werden zu spät zur Kirche kommen. Beeilt euch doch alle!"

Chloe lächelte. Pamela war sonst immer eine Langschläferin, der jede Ausrede recht war, um sonntags nicht in die Kirche gehen zu müssen. Dieser plötzliche Sinneswandel konnte nur bedeuten, dass Liebe in der Luft lag. Ihre Cousine hoffte vermutlich, Charles in der Kirche zu sehen, um die Romanze voranzutreiben, die bei dem Ball am vorangegangenen Abend ihren Anfang genommen hatte. Bei dem Gedanken verspürte sie stechende Eifersucht. Chloe würde nie eine normale Brautwerbung erleben, bei der ihr Liebster sie von einer Kirchenbank aus wie ein Mondkalb anstarrte.

Nein, dachte sie wehmütig. Ihre eigene Brautwerbung bestand darin, dass ein Mann, als Straßenräuber verkleidet, sie für ein geheimes Stelldichein davonzog. Mittlerweile allerdings hatte das Ganze durchaus begonnen, einen rosigen Schimmer der Verklärung anzunehmen. Sie konnte kaum glauben, dass sie miteinander getanzt und sich mit solcher Verzweiflung geliebt hatten. Und doch konnte sie immer noch das Gewicht von Dominics hartem Körper auf sich spüren, seine Hände in ihrem Haar und auf ihrem Gesicht.

„Wir suchen nach dem verschwundenen Schuh deiner Mutter“, teilte Sir Humphrey seiner Tochter mit. „Die fehlgeleitete Frau weigert sich, das Haus ohne ihn zu verlassen.“

„Ich habe ihren Schuh noch vor ein paar Minuten auf der Treppe gesehen“, verkündete Pamela.

„Zeigte er nach oben oder nach unten?“, fragte ihre Mutter.

Pamela zuckte mit den schmalen Schultern. „Was macht das schon für einen Unterschied? Beeil dich doch, Mama.“

Chloe ging zum Fenster hinüber und blickte nach draußen. Wo war Dominic jetzt? Sie hätte wütend auf ihn sein sollen, weil er sie in diese Situation gebracht hatte. Selbst wenn sie sich dazu entschloss, ihre Brüder um Hilfe zu bitten, gab es keine Garantie, dass eine Botschaft, die sie jetzt schickte, rechtzeitig ankam, um ihn zu retten. Die Konfrontation mit Edgar hatte vielleicht schon stattgefunden, bevor sie London überhaupt verlassen hatten.

„Kommst du, Chloe?“

Beim Klang der Stimme ihres Onkels blickte sie sich um. Sie beide waren nun alleine im Zimmer, und Chloe konnte hören, wie die Kutsche vor dem Haus vorfuhr.

„Ja. Ich bin gleich da.“

„Ist vor dem Fenster irgendetwas Interessantes?“, fragte er ruhig.

Sie rang sich zu einem matten Lächeln durch. „Es sieht nicht so aus. Hat Tante Gwendolyn ihren Schuh gefunden?“

Er runzelte besorgt die Stirn. „Du hast heute Morgen wirklich den Kopf in den Wolken. Pamela hat uns gerade eben gesagt, dass der Schuh auf der Treppe ist. Hast du es nicht gehört?“

Mit abgewendetem Blick ging sie an ihm vorbei. Ihr war bewusst, dass er sie besser kannte als jeder andere im Haus. Nach der vergangenen Nacht und mit den Gedanken bei Dominic, musste sie mehr als nur ein wenig geistesabwesend wirken. „Komm. Lass uns unseren Seelen zuliebe die Predigt des Pastors ertragen.“

Er berührte sie sanft an der Schulter, als sie an ihm vorbeiging. „Chloe, meine Liebe, wenn du je Hilfe benötigst, ich bin immer für dich da.“

Onkel Humphrey, verwickelt in ein Netz aus Falschheit und Mord? Chloe wandte sich ihm lächelnd zu, voller Bedauern, dass ihr Geheimnis wie eine Mauer zwischen ihnen stand. „Danke. Du warst ohnehin schon freundlicher zu mir, als ich es je verdient habe.“

Die Gemeinde von St. Luke's Church saß wie in Trance da. Offensichtlich hatten die Leute sich noch nicht von dem aufregenden Maskenball des vergangenen Abends erholt. Natürlich war es nichts Ungewöhnliches, während einer Predigt ein kleines Nickerchen zu machen. An jedem beliebigen Sonntag wurde das wüste Hämmern des Pastors auf seine Mahagonikanzel von sündigen Schnarchgeräuschen aus den eichenen Kirchenbänken begleitet.

Chloe fand es unmöglich, sich überhaupt auf Pastor Grimsby mit seiner dünnen, spitzen Nase und seinen Schnallenschuhen zu konzentrieren, obwohl sie die Vermutung hatte, dass seine Predigt über die Tugend an sie gerichtet war.

Nun, dafür war es jetzt zu spät, dachte sie ohne Bedauern.

Sie spielte mit einem der Onyxknöpfe an ihrem Handschuh herum, denn die Zeit verging im Schneckentempo. Irgendwo im hinteren Teil der Kirche fiel ein kleiner Junge beim Streit mit seiner Schwester von der Bank und wurde von seiner Mutter lautstark dafür geohrfeigt. Himmel, was war, wenn sie ein Kind von Dominic empfangen hatte? Wenn so etwas passierte, würden ihre Brüder ihn persönlich zum Altar eskortieren – ein weiterer Skandal im Hause Boscastle, Grayson würde ihr den

Hals umdrehen. Allein der Gedanke, dass Dominic sich vermutlich nicht wehren würde, beruhigte sie ein wenig.

„Stimmt etwas nicht?“, flüsterte Pamela, als sie gemeinsam zum Gebet niederknieten.

Chloe blickte auf. Ihr war eben erst bewusst geworden, dass weder Lord Wolverton noch Sir Edgar dem überlangen Gottesdienst beiwohnten, aber das hätte sie wohl nicht überraschen sollen. „Warum fragst du?“

„Du seufzt und zappelst die ganze Zeit herum.“

Chloe senkte den Blick. Es stimmte wirklich etwas nicht mit ihr. Hier saß sie nun auf den Knien in einer ruhigen, mit Efeu bewachsenen Pfarrkirche, den Kopf fromm gebeugt, und betete für die Seele eines Mannes, der sie vor weniger als vierundzwanzig Stunden in einer Abstellkammer auf dem Boden verführt hatte.

Sie hätte um Vergebung bitten sollen. Oder darum, dass ihre Familie nie herausfand, was sie getan hatte.

Aber nein. Sie betete, dass Dominic nicht losging und sich wirklich töten ließ, sondern weiterlebte, um sie erneut zu verführen. Und ihr eine anständige Zukunft anzubieten.

Er hatte doch gesagt, dass er zu ihr zurückkommen würde, nicht wahr?

Sie setzte sich auf den Knien um. Vor lauter Sorge – und weil sie letzte Nacht ja kaum geschlafen hatte – war ihr ein wenig kalt. Wie lange konnte Pastor Grimsby noch mit dem Gebet fortfahren? Er musste inzwischen jede Sünde mindestens zweimal erwähnt haben.

„Chloe.“ Pamela stupste sie, als das Gebet endlich zu Ende ging und sie wieder ihre Plätze einnahmen. „Soll ich dir etwas sagen?“, flüsterte sie.

Ja. Sie wollte wissen, dass Dominic auf sie wartete, wenn sie nach Hause kamen, und dass Sir Edgar für all das Böse bezahlen würde, das er angerichtet hatte. Allerdings musste sie befürchten, dass ihre Cousine ihr wohl kaum befriedigende Auskunft geben konnte.

„Was?“, flüsterte sie zurück.

„Ich habe mir dein Korsett ausgeliehen.“

Chloe setzte sich ein bisschen gerader hin und betrachtete ihre Cousine aus den Augenwinkeln. „Oh? Ist ein weiterer Tanz geplant?“

„Nein.“ Pamelas samtig weißes Gesicht errötete kleidsam unter den Sommersprossen. „Ich trage es jetzt gerade.“

„Du böses Ding“, neckte Chloe.

„Es war deine Idee.“

„Meine?“

„Erinnerst du dich nicht mehr? Du hast vorgeschlagen, dass ich es zur Kirche tragen soll. Habe ich es richtig an?“

„Es ist etwas schwer, das unter der Jacke zu beurteilen, Pamela.“

„Oh. Natürlich.“ Pamela zappelte noch ein bisschen, dann fuhr sie flüsternd fort: „Soll ich dir noch etwas sagen?“

„Warum nicht? Alles ist interessanter als diese Predigt.“

„Justin wird die Seymour-Erbin heiraten. Sein Bruder hat es mir gestern Abend gesagt. Es tut mir leid, Chloe.“

„So ist das Leben, Pamela.“

„Bist du gar nicht traurig?“

„Nicht wegen Justin. Ich kann mir nicht vorstellen, einen Mann zu heiraten, der mit dem Fuß aufstampft, um seinen Willen durchzusetzen. Das ist ein bisschen so, als würde man sich mit seinem ersten Pony verloben.“

„Mir ist noch etwas eingefallen“, flüsterte Pamela.

Tante Gwendolyn zog eine Grimasse. „Seid doch ruhig, Mädchen.“

„Was?“, flüsterte Chloe ihrer Cousine zu.

Ein allerletztes Mal für heute schlug Pastor Grimsby laut mit der Faust auf die Kanzel. Und die Gemeinde stieß einen kollektiven Seufzer der Erleichterung aus.

„Alle Frauen in der Gemeinde hatten gehofft, dass Lord Wolverton heute zur Kirche erscheinen würde, damit sie sehen können, wie er bei Tageslicht aussieht." Pamela machte eine Pause. „Ich vermute, er hat Wichtigeres vor."

Chloe zwang sich, zu lächeln. Wichtigeres. „Das nehme ich auch an."

Der Himmel war bedeckt, als der Gottesdienst zu Ende ging. Das Krächzen der Krähen auf den fernen Feldern grüßte die Gemeindemitglieder, die ins Freie strömten. Chloes Laune hatte sich bei Pamelas beiläufiger Feststellung schlagartig verschlechtert, und die Worte bildeten einen verstörenden Refrain in ihren Gedanken.

Ich vermute, er hat Wichtigeres vor.

Was konnte Adrian an einem ruhigen Tag wie diesem Wichtigeres vorhaben? Er konnte Dominic nicht dabei helfen, Sir Edgar herauszufordern. Diese Begegnung würde im Dunkeln stattfinden und nicht an einem friedlichen Sonntagmittag, wenn praktisch das ganze Dorf einträchtig über den Kirchweg spazierte, an den schiefen Kreuzen auf dem Friedhof vorbei hin zu den geparkten Kutschen.

Tante Gwendolyn sprach immer noch mit jedem, der etwas über die Bedeutung ihres verlegten Schuhs erfahren wollte.

Chloes Herz flatterte. Wie albern sie sich benahm. Warum ließ sie zu, dass Pamelas gedankenlose Bemerkung sie so verstörte? Dominic würde die Konfrontation mit dem Colonel nicht an einem Sonntagvormittag inszenieren, wenn jeder ihn sehen und hören konnte ... Bloß waren alle hier versammelt. Niemand war da, um zu bezeugen, was auf Stratfield Hall geschah.

Sie starrte die verschiedenen Menschengrüppchen an, die sich alle vor der Kirche auf dem Fußweg versammelt hatten.

Dienstboten und Adelige, Alt und Jung.
Sir Edgar war nicht dabei.

„Es passiert genau jetzt“, sagte sie und blickte zur Hauptstraße. „Während ich hier stehe wie ein Dummkopf und meiner Tante zuhöre, wie sie über ihren spukenden Schuh redet. Sie stehen sich genau in diesem Augenblick gegenüber.“

Ihr Onkel war plötzlich an ihrer Seite. Sein Gesicht war ernst. „Was ist los?“

„Ich …“ Sie schüttelte den Kopf. Ihr ungutes Gefühl kämpfte gegen das Versprechen an, das sie Dominic gegeben hatte. „Ich darf es dir nicht sagen.“

„Sag es mir“, drängte er. Seine Stimme war sehr leise. „Ich weiß, dass er lebt, falls es das ist, was du vor mir zu verbergen versuchst.“

„Was?“, flüsterte sie, plötzlich blass.

„Ich weiß, dass Stratfield den Anschlag auf sein Leben überlebt hat, und ich glaube zu wissen, wer ihm den Tod wünscht. Was ich nicht weiß, ist, wie du dazu kommst, Kontakt mit ihm zu haben, Chloe. Deine Tante hat dich mit Adleraugen beobachtet, nur in deinem Zimmer warst du ungestört. Wie ist es dir gelungen, dich von dort aus mit dem Mann anzufreunden?“

Unglücklich blickte Chloe auf die Reihe von verwitterten Kreuzen auf dem Friedhof. „Es scheint unmöglich, nicht wahr?“

„Wie?“

„Nun, er fiel sozusagen da hinein.“

„Fiel?“

„Hmmm.“

„In … dein …“

„In die Truhe aus London mit meiner Wäsche. Jetzt kennst du alle schmutzigen Einzelheiten. Es war keine Absicht von ihm. Und auch keine Absicht von mir. Eigentlich saß ich gerade in meinem Zimmer und kümmerte mich um meine eigenen Angelegenheiten. Ich war auf dem Weg der Besserung …"

„Natürlich", sagte Sir Humphrey und schlug sich mit der Hand gegen die Stirn. „Ich hätte es wissen müssen. Es war nicht Devon, oder? Es war Stratfield. Du … oh, wie konntest du nur, Chloe?"

„Müssen wir den ganzen Tag hier stehen und über mein Benehmen diskutieren?", fragte sie. „Dominic ist in diesem Augenblick bei seinem Onkel."

Er nahm ihren Arm. „Du hast recht. Ich werde dich auf dem Weg nach Hause weiterschelten."

Hastig marschierte er mit ihr an Pamela und ihren Freundinnen vorbei, die Chloe alle mitfühlend anlächelten. Chloe konnte nur annehmen, dass die Mädchen davon ausgingen, dass sie wieder in Schwierigkeiten geraten war und …

„Warum nehmen wir nicht die Kutsche, Onkel Humphrey?"

„Weil deine Tante in ihrem spukenden Schuh nicht eine Meile weit laufen wird. Darum. Und weil ich eine Abkürzung kenne, die uns viel Zeit sparen wird."

„Sollten wir ihr nicht wenigstens sagen, dass wir gehen?", fragte Chloe mit einem besorgten Blick über die Schulter.

„Und damit ihren dramatischen Auftritt stören?" Sir Humphrey schüttelte den Kopf. „Wir werden dem Kutscher Bescheid sagen, dass er sie und Pamela nach Hause bringen soll. Warte hier."

„Aber …"

Chloe blieb alleine auf dem Fußweg stehen, als er auf die Reihe wartender Kutschen zueilte. In der Ferne konnte sie die Spitzen der Bäume sehen, die Stratfield Hall umgaben. Natürlich würde Dominic die Details seiner Rache bis hin zur genauen Uhrzeit durchgeplant haben.

Er konnte dem Colonel nicht bei Nacht entgegentreten, da die Dienstboten dann vielleicht etwas gehört hätten und ein Pistolenschuss in der Stille der Nacht weit tragen würde. Er hatte stattdessen einen Sonntagvormittag gewählt, während alle in der Kirche waren.

„Nun gut", sagte Sir Humphrey und schnappte ein wenig nach Luft, als er wieder zu ihr trat. „Wir sollten gehen, bevor jemand kommt und sich uns anschließen will."

Chloe schritt eilig neben ihm einher. „Was werden wir unternehmen?"

Er presste die Lippen zusammen. „Du wirst gar nichts unternehmen, junge Dame. Mir scheint, als hättest du schon mehr als genug getan. Mir schaudert bei dem Gedanken, wie ich das alles deiner Tante erklären soll, geschweige denn dem Rest deiner Familie."

Chloe wurde kalt bis in die Knochen. „Musst du es ihnen wirklich sagen?"

„Ich fürchte, dieses Mal bist du zu weit gegangen, Chloe. Ein Kuss hinter einer Kutsche ist eine Sache."

„Du könntest mir ebenso gut eine Schlinge um den Hals legen", verkündete sie trübsinnig. „Oder mich auf einen Frachter werfen und in die Kolonien verschiffen."

„Ich bezweifle, dass sie in den Kolonien etwas mit dir anfangen könnten."

„Onkel Humphrey", bat sie verzweifelt, „ich dachte, du würdest mich verstehen. Ich habe nur getan, was ich tun musste."

Er entwurzelte eine Gruppe Fliegenpilze mit seinem Spazierstock. „Du hättest mich um Hilfe bitten können, Chloe."

„Er hat es mir nicht erlaubt."

„Aber er hat dir erlaubt, ihm zu helfen?"

„Das wollte er auch nicht. Aber als ich das mit Brandon herausfand …"

„Brandon?"

„Dominic glaubt, dass Sir Edgar Brandon und Samuel in Nepal töten ließ, weil sie herausgefunden hatten, dass er britische Militärgeheimnisse an die Franzosen verkauft hat. Ihr eigener Vorgesetzter hat den Hinterhalt arrangiert."

„Großer Gott."

„Er scheint kein Gewissen zu haben, Onkel Humphrey."

„Dominic", sagte er und schüttelte betrübt den Kopf. „Jetzt nennen wir den Geist also schon beim Vornamen, ja?"

„Wie hast du herausgefunden, dass er noch lebt, Onkel Humphrey?"

„Sein Wildhüter Finley und ich haben die Köpfe zusammengesteckt. Ich hatte bereits seit einiger Zeit den Verdacht, dass hinter Stratfields Tod mehr steckte, als es schien. Finley und ich hatten beide das Gefühl, dass nicht nur ein einfacher Wilderer im Wald herumspukt."

„Spuken ist das richtige Wort."

„Nachdem Finley und ich uns unterhalten hatten, stellte er spätabends im Haus einige Nachforschungen an. Er wusste, dass sein Herr noch lebt, aber er hätte ihn um nichts in der Welt verraten."

„So wie sein Onkel es getan hat", murmelte sie.

„Ja." Er warf ihr einen zornigen Blick zu. „Was keine Entschuldigung und auch keine Erklärung dafür ist, dass du dich mit ihm eingelassen hast."

„Nein, das stimmt."

Chloe war ein wenig außer Atem, weil die beiden mittlerweile beinahe durch das hohe Gras rannten. Gleichzeitig versuchte sie sich selbst davon zu überzeugen, dass Dominic nicht um sein Leben kämpfte, während sie Onkel Humphrey Rede und Antwort stehen musste.

„Ich dachte, wir beide verstehen uns, Chloe. Ich dachte, du wärest auf dem Weg der Besserung."

„Das dachte ich auch, Onkel Humphrey."

Er grunzte. „Und wie genau sollte es dir dann helfen, einen Mann in deinem Zimmer zu verstecken?"

23. KAPITEL

Die ganze Nacht hindurch hatte Dominic ein Katz-und-Maus-Spiel mit dem Colonel getrieben. Er hatte einen geheimnisvollen Hinweis nach dem anderen hinterlassen und so eine Spur von seinem Schlafzimmer zu dem Geheimgang in der langen Galerie gelegt, dann weiter durch die engen Tunnels unter dem Haus bis hin zu dem unterirdischen Verlies, in dem er seine Rachepläne geschmiedet hatte.

Jetzt, an diesem ruhigen Sonntagvormittag, würde er das Spiel zu Ende bringen. Das Anwesen war menschenleer, allein die schwarzen Schwäne, die über den See glitten, blieben noch als Zeugen für das, was geschehen würde. Die Nachbarn waren zur Kirche gefahren, der langatmige Pastor hatte soeben mit seiner Predigt begonnen.

Chloe zappelte wahrscheinlich gerade auf der Kirchenbank herum, vielleicht kokettierte sie sogar mit diesem Idioten St. John, um sich die Langeweile zu vertreiben. Dominic hatte durch das Teleskop beobachtet, wie sie mit ihren Verwandten in die Kutsche gestiegen war. Das Gefährt war noch nicht wieder zurückgekehrt, zumindest also konnte er in der Gewissheit handeln, dass sie bei ihrer Familie in Sicherheit war.

Adrian hielt im Torhaus Wache.

Edgar war jetzt so nah, dass Dominic seinen Atem hören konnte, die Erschütterung seiner vorsichtigen Schritte auf der verborgenen Treppe, die zu Dominics Räuberhöhle führte.

„Verdammt, wo bist du?“, murmelte sein Onkel in der stickigen Leere. „Komm heraus, und zeig mir dein Gesicht. Lass dies im Freien geschehen.“

„Warum?“, rief Dominic leise hinauf. „Warum, wo du doch seit Jahren im Dunklen daran gearbeitet hast, so viele Leben zu zerstören?“

Er hörte, wie der Colonel zögerte, spürte, wie er die gähnende Dunkelheit unter sich erforschte, um Dominics genaue Position zu ermitteln. „Was ist das für ein Unsinn, Dominic? Warum versteckst du dich vor mir?"

„Ich verstecke mich nicht, Edgar. Ich warte nur darauf, dass mein Gast eintrifft."

„Warum?"

„Um dir die Gelegenheit zu geben, dich zu rechtfertigen und das zu leugnen, von dem wir beide wissen, dass es die Wahrheit ist."

Edgar zögerte. „Ich leugne nichts."

„Stelle dich, sonst werde ich das für dich erledigen."

Der Colonel ließ ein gezwungenes Lachen hören und kam einen Schritt weiter nach unten. „Eine Pistole ist so viel effektiver als ein Dolch." Er hob langsam die rechte Hand, und der Lauf einer Duellpistole glänzte in der Dunkelheit auf. „Ich hätte sie schon beim ersten Mal verwenden sollen."

Bedächtig erhob Dominic sich aus seiner kauernden Position in einer Ecke des Raumes. „Aber wie effektiv ist eine Pistole, wenn die Sicherung blockiert wurde, Edgar?", fragte er langsam.

Edgars Stimme bebte vor Wut. „Ich hatte meine Pistolen eingeschlossen ..."

„In meinem Schreibtisch. Hast du vergessen, dass du hier nur ein Gast bist? Im Übrigen ein äußerst unwillkommener Gast."

In Panik hielt Edgar ihm die Pistole vors Gesicht und drückte den Abzug, nur um die Waffe dann auf die Treppe zu schleudern, weil sie nicht funktionierte.

„Du bist wahnsinnig, Dominic. Wer außer einem Irren würde sich in den Wänden seines eigenen Hauses verstecken? Ich sollte dich wegsperren lassen. Schließlich hast du deinen eigenen Mord inszeniert, um die armen Frauen aus dem Dorf im Schlaf zu verführen. Du bist offensichtlich verrückt."

„Zweifelsohne bin ich das. Vielleicht ist das eine Familien-

eigenschaft, die wir jedoch beide teilen."
„Geh zur Hölle."
Dominic lachte über die unbeabsichtigte Ironie in den Worten seines Onkels. „Wo, glaubst du, sind wir gerade?"
„Ich hätte dir in jener Nacht das Herz herausschneiden sollen."
„Um es in einem Kästchen unter deinem Kissen aufzubewahren?" Dominics Stimme klang beinahe unbeteiligt. „Wer war auf dem Weg hierher, um dich zu treffen, Edgar? Wer hat dir geholfen, dein Land zu verraten?"
Der Colonel antwortete nicht.
„Ich weiß, warum du meinen Bruder und Brandon hast töten lassen."
Edgar hielt inne. „Sie wussten es auch, aber das hat ihnen nicht weitergeholfen."
„Wie viele Menschen waren darin verwickelt?"
„Warum? Glaubst du, du kannst mit deinen Boscastle-Freunden zusammen die Welt erobern? Dein Bruder dachte, Brandon Boscastle würde ihn beschützen, und doch sind sie beide gestorben."
Dominic ließ sich von Edgars Hohn nicht verunsichern. Er wusste, dass sein Onkel noch dafür bezahlen würde. Die Erwähnung der Familie Boscastle bestärkte ihn nur noch in seinem Entschluss, seinen Onkel vor Gericht zu bringen.
„Ich hatte gehofft, du würdest dich selbst stellen, Edgar."
„Ich sähe uns beide lieber tot."
„Na gut. Hier!" Dominic warf einen Degen durch die Luft. „Fang. Das wird unsere letzte Lektion sein. Erinnerst du dich noch an unsere Übungskämpfe? Ich musste mit verbundenen Augen gegen dich antreten. Es war eine ausgezeichnete Vorbereitung für das Fechten im Dunkeln."
Laut fluchend hob Edgar unwillkürlich die Hand, um den Degen am Griff zu fangen. „Glaubst du wirklich, du kannst

mich besiegen?“ Mit vorsichtiger Anmut kam er die restlichen Stufen hinunter. „Ich habe dir alles beigebracht, was du über das Fechten weißt. Ich kenne jede einzelne deiner Schwachstellen.“

Dominic zog seinen Degen. „Man kämpft sowohl mit dem Geist als auch mit dem Körper. Hast du mir das früher nicht immer gesagt?“

„Es schmeichelt mir, dass du dich noch daran erinnerst.“ Der Colonel bewegte sich mit einer Geschmeidigkeit, die sein Alter Lügen strafte, eröffnete mit einem geraden Stoß und löste sich dann nach innen aus der Bindung. „Das Traurige daran ist, dass ich seit deinen Schultagen noch weitere Techniken erlernt habe.“

„Zeige sie mir.“

Edgar umkreiste die schattenhafte Gestalt vor ihm. In Paris war er früher einmal *Maître d'Armes* gewesen. Dominic vermutete, dass er zu diesem Zeitpunkt auch seine Beziehungen nach Frankreich geknüpft hatte. „Samuel dachte auch, er könnte mich besiegen. Weißt du, wie genau er gestorben ist?“

Dominic ließ sich nicht beirren. Was sein Onkel auch sagen mochte, nichts konnte jetzt seine Konzentration stören. Nur für diesen einen Augenblick war er aus dem Grab zurückgekehrt. Seit Wochen hatte er in diesem stickigen Loch gesessen und sich alles genauestens ausgemalt. Er hatte jede Bewegung geplant, die er ausfuhren würde, sich auf jede Eventualität vorbereitet.

Nicht einmal die abscheuliche Beschreibung vom Schicksal seines Bruders, wie Samuel in den Hinterhalt gelockt und brutal getötet worden war, konnte ihn ablenken. Edgars Schmähungen prallten an ihm ab wie Regentropfen an einem Stein.

„Weißt du, wie sein Körper aussah, als man ihn fand, Dominic?“, fragte der Colonel, während er mit einer Finte angriff.

Dominic verlagerte sein Gleichgewicht und stieß zu. „Vielleicht solltest du dir lieber Gedanken darüber machen, wie du aussehen wirst, wenn wir miteinander fertig sind.“

Zum Kampf trug Edgar nur Stiefel, Hemd und Hosen. Er hatte die ganze Nacht nicht geschlafen. Seit Stunden war er Hinweisen gefolgt, die genau das bestätigten, was man in dem rückständigen Dorf Chistlebury die ganze Zeit über behauptet hatte.

Stratfield spukte in seinem eigenen Haus. Seine Seele würde keine Ruhe finden, bis er seinem Mörder entgegengetreten war.

Natürlich wussten die Tölpel aus dem Dorf nicht, dass Dominic nie zur Ruhe gebettet worden war. Es war Edgar unmöglich gewesen, der Beerdigung beizuwohnen, weil er sich zur Zeit des Mordes angeblich in Wales aufgehalten hatte. Wenn er bei dem Begräbnis erschienen wäre, hätte das verdächtig ausgesehen, und er hatte dummerweise angenommen, dass sein Neffe die Stiche, die er ihm versetzt hatte, auf keinen Fall überlebt haben konnte.

Aber der sture Bastard hatte sich geweigert, zu sterben, anders als seine beiden Brüder, die sich auf sehr zuvorkommende Weise hatten ins Grab befördern lassen. Michael bei einem Unfall, mit dem Edgar nichts zu tun hatte, Samuel durch die Meuchelmörder in Nepal, die für einen Colonel der East India Company gerne saubere Arbeit geleistet hatten.

Mitten im vom Krieg verwüsteten Spanien, in Coruña, hatte Samuel, zu dem Zeitpunkt nur ein unerfahrener Botenjunge, herausgefunden, dass sein Onkel Militärgeheimnisse an die Franzosen verkaufte.

Samuel und sein frecher junger Freund Lord Brandon Boscastle waren ihm eines Morgens in eine kleine Dorfkirche gefolgt und hatten ihn gesehen, wie er sich mit einem spanischen Priester unterhalten hatte, der heimlich für die Franzosen arbeitete.

Noch am selben Tag hatten die beiden Männer Edgar um eine Erklärung dafür gebeten, warum er sich heimlich mit einem Priester getroffen und sich mit ihm auf Französisch unterhalten hatte.

In einem Geniestreich hatte er seinen Neffen an die katholische Tradition der Familie erinnert. Er praktizierte seinen Glauben nicht offen, er war sogar zur Anglikanischen Kirche übergetreten, um Soldat werden zu können, aber in einem Augenblick der Schwäche hatte er gedacht, dass ein paar Gebete wohl nicht schaden konnten. Samuel musste das verstehen, er war schließlich sein eigener Neffe, und die Familie war lange katholisch gewesen.

Es war eine glaubhafte Erklärung.

Samuel und Brandon hatten die Geschichte allem Anschein nach für bare Münze genommen und nie wieder nachgefragt. Ein paar Jahre später, als er wütend seinen Posten in der Armee niedergelegt hatte, um eine besser bezahlte Stelle bei der ehrbaren East India Company anzutreten, baten die beiden abenteuerlustigen Männer darum, sich wieder seinem Regiment anschließen zu dürfen.

Damals hatte er nicht den leisesten Verdacht gehegt, dass die scheinbar kindlichen jungen Soldaten vom britischen Geheimdienst dazu beauftragt worden waren, ihm nachzuspionieren. Sie sollten Beweise dafür sammeln, dass er den Franzosen Informationen verkauft hatte, nachdem er bei der Beförderung, die er verdient zu haben glaubte, übergangen worden war.

Ein junger, unerfahrener Aristokrat, der Wellingtons Wohlwollen gewonnen hatte, hatte den Posten bekommen, den Edgar sich für sich selbst erhofft hatte. All die Jahre, in denen er so gewissenhaft für die Armee gearbeitet hatte, zählten nichts.

Aber durch Dominics Tod war Edgar jetzt kurz davor, alles zu bekommen, was er verdient hatte. Einen Titel, Land, Reichtum. Verdammt, für diesen Lohn hatte er sein eigen Fleisch und Blut ermordet.

Es störte ihn nicht im Geringsten, dass er Stratfield noch ein zweites Mal töten musste.

24. KAPITEL

Chloe und ihr Onkel waren innerhalb von zwanzig Minuten an dem verwitterten steinernen Torhaus von Stratfields Anwesen angekommen. Während sie noch versuchte, wieder zu Atem zu kommen, betrachtete sie das elegante elisabethanische Haus. Es schien eine zu friedliche Kulisse für die gewaltsame Konfrontation zu sein, von der sie befürchtete, dass sie gerade im Inneren stattfand. Hinter den Fenstern war keine Bewegung zu sehen, aus den Schornsteinen stieg kein freundlicher Rauch auf … nirgendwo war ein Anzeichen von Leben oder Tod. Ihr Herz fühlte sich schwer wie Blei an.

„Was sollen wir tun?“, fragte sie ihren Onkel, als sie probeweise gegen das schwere, schmiedeeiserne Tor drückte und feststellte, dass es zugekettet war.

„Du wirst gar nichts tun“, erwiderte Sir Humphrey, „außer hier im Torhaus zu warten, während ich drinnen nachsehe.“

„Aber das Tor ist verschlossen.“

Sir Humphrey schlug mit seinem Spazierstock gegen die Eisenstäbe. „Finley! Machen Sie sofort auf! Finley, es ist dringend – Sie müssen mich hereinlassen.“

Die Tür des Torhauses ging auf, aber die schlanke Gestalt von Adrian Ruxley trat heraus und nicht Dominics drahtiger irischer Wildhüter. „Beruhigen Sie sich, Sir Humphrey“, sagte er, als er auf das Tor zuging. „Sie machen ja genug Lärm, um die Toten aufzuwecken.“

Chloe begegnete seinem zuversichtlichen Blick, und ihre Stimmung erhellte sich schlagartig. Er wirkte so unbesorgt. Bedeutete das, dass es Dominic gut ging? War die Tortur endlich vorüber?

„Lord Wolverton“, erklärte Sir Humphrey eindringlich, „ich glaube nicht, dass Sie hier stehen und Witze machen würden, wenn Sie den Ernst der Lage erkannt hätten."

„Ich verstehe", erwiderte der Viscount voller Respekt.

Sir Humphrey unterzog den Mann, der vor ihm stand, einer gründlichen Musterung. „Und warum sind Sie dann in diesem Augenblick nicht bei Lord Stratfield?"

Adrian nahm einen schweren Messingschlüssel aus der Westentasche. „Ich habe ihm das Versprechen gegeben, mich nicht einzumischen."

„Ich auch", sagte Chloe kaum hörbar. Sie blickte an ihm vorbei zum Haus. „Aber verdammt, er scheint zu glauben, dass er unsterblich ist", murmelte sie. „Nur weil er ein Mal von den Toten auferstanden ist, heißt das noch nicht, dass er das noch einmal tun kann. Man nennt so etwas ‚das Schicksal herausfordern'."

„Diesmal ist es etwas anderes." Adrian blickte sie genau an. Sie beide kannten unterschiedliche Seiten von Dominic, unterschiedliche Stärken und Schwächen. „Dominic ist nicht im Nachteil. Er hat diese Begegnung ebenso genau vorausgeplant wie Sir Edgar seine brutalen Morde."

Chloe versuchte, in diesen Worten Trost zu finden. An Adrians Vertrauen in Dominics Fähigkeiten war wirklich etwas Tröstliches. Vielleicht war dies eine männliche Eigenschaft, die sie nicht verstand. Sie wollte seinen Glauben und seinen Mut teilen, aber sie war überzeugt davon, dass sie so lange nicht ruhig atmen könnte, bis sie Dominic mit ihren eigenen Augen wiedersah.

„Und es ist mir egal, was wir ihm versprochen haben", verkündete sie, als das Tor aufging, um ihnen Einlass zu gewähren. „Sie müssen wenigstens sicherstellen, dass er wirklich keine Hilfe braucht. Der Colonel ist ein äußerst verzweifelter Mann. Ihm wird bewusst werden, dass er nichts mehr zu verlieren hat, nun, da sein Verrat aufgedeckt ist. Er wird bis auf den Tod kämpfen …"

„Ich habe Stratfield kein derartiges Versprechen gegeben“, erklärte Sir Humphrey fest entschlossen. „Treten Sie zur Seite, Lord Wolverton. Es ist meine Pflicht, meinem Nachbarn in Zeiten der Not hilfreich zur Seite zu stehen.“

Adrian zögerte und blickte nachdenklich zum Haus hinüber, bevor er beiseitetrat, um Sir Humphrey durch die Tür des Torhauses eintreten zu lassen. In seinem Blick war genügend Unsicherheit, um Chloes Bedürfnis, etwas zu unternehmen, erneut anzufachen. Es war noch nicht ausgestanden. Der Viscount hätte nicht so ausgesehen, wenn es vorbei gewesen wäre.

„Sei vorsichtig, Onkel Humphrey.“ Chloes Herz schmerzte aus Liebe zu ihm. Dann wandte sie sich Lord Wolverton zu. „Ich ertrage den Gedanken nicht, dass einem von beiden etwas zustößt.“

Einige Augenblicke lang betrachtete Adrian prüfend ihr Gesicht, dann schüttelte er geschlagen den Kopf. „Ich werde gehen und Ihren Onkel beschützen. Aber wenn Dominic glaubt, dass ich mein Versprechen gebrochen habe, werde ich mir das bis ans Ende meiner Tage anhören müssen.“

„Danke“, sagte Chloe und blickte an ihm vorbei auf das Haus. Sie musste hineingehen und in der Nähe bleiben, falls Dominic Hilfe benötigte.

Adrian berührte ihr Handgelenk. „Finley ist verschwunden. Er sollte eigentlich das Torhaus bewachen, aber er war ein bisschen zu lange fort. Als Sie und Ihr Onkel kamen, dachte ich, er wäre es.“

Sie blickte in sein Gesicht hinauf. „Vielleicht kann ich ihn finden.“

„Dominic will nicht, dass Sie sich in Gefahr begeben.“

„Ich auch nicht“, erklärte ihr Onkel nachdrücklich. „Mir wäre es lieber, wenn du im Torhaus wartest.“

„Ich komme sehr gut zurecht. Tu, was du tun musst.“

Warten. Nein, sie konnte nicht warten. Jedenfalls nicht draußen, ganz untätig. Sie konnte wenigstens Finley suchen und ihn zu den anderen schicken, um zu helfen. Sie hatte zwar kein besonderes Verlangen danach, Sir Edgar ins Auge zu blicken und ihm ihre Rolle in der ganzen Sache zu offenbaren, aber sie musste verhindern, dass er je wieder irgendjemand wehtat, den sie liebte.

Und sie liebte Dominic.

In ihrem Sonntagskleid rannte sie auf das Haus zu, die steinerne Treppe vor dem Eingang hinauf und in die mit dunklem Eichenholz getäfelte Eingangshalle. Wie ruhig das Haus wirkte. So leer und still wie eine Gruft.

„Finley?", flüsterte sie und wirbelte herum, als sie hörte, wie die Haustür sich knarrend öffnete.

Hinter ihr war niemand.

Vorsichtig trat sie an den riesigen kalten Kamin und beugte sich hinab, um verstohlen einen geschwärzten Schürhaken aufzuheben.

„Wer war das? Wer ist da?"

Keine Antwort.

Sie ging behutsam zurück in die Mitte des Raumes und unterdrückte einen Aufschrei, als sie auf dem Teppich über die braune Wollmütze eines Mannes stolperte. Ihr wurde übel, als sie auf die kleine Blutlache daneben starrte.

Es war die Mütze des Wildhüters. Chloe konnte sie nicht ansehen, ohne Finleys ledrige Züge vor sich zu sehen, sein wirres rotes Haar, sein zögerliches Lächeln. Was war nur mit ihm geschehen? Hatte er versucht, Dominic zu helfen?

„Wo sind …" Sie spürte, wie etwas Hartes, Muskulöses kraftvoll gegen ihr Bein drückte, und wirbelte mit hoch erhobenem Schürhaken herum. Sie blickte auf den massigen braunen Hund hinunter, der an dem Teppich schnüffelte.

„Ares, nicht du … doch, du! Du warst an der Tür. Komm

mit. Verdien dir die Würste, die du die ganze Zeit frisst. Hilf mir, Dominic und Finley zu finden."

Der Hund führte sie durch den Gang, um die Ecke und in die Bibliothek. Sie sah kein weiteres Blut, aber ihr kam der Gedanke, dass es vielleicht mehr Geheimgänge in dem Haus geben könnte, als Dominic ihr gezeigt hatte.

Die logische Wahl dafür wäre die Bibliothek, wo ein Mann stundenlang unbeobachtet allein sein konnte. Die Tür stand bereits offen. Der Raum roch angenehm nach Brandy und alten, ledergebundenen Büchern. Es war ein anheimelnder Zufluchtsort. Die schweren Vorhänge waren geschlossen, um das Tageslicht auszuschließen.

Auf dem Boden lagen Papiere verstreut. Ein Stuhl war umgefallen, als hätte es ein Handgemenge gegeben.

„Dominic?", fragte sie leise. „Finley, sind Sie hier drin?"

„Such sie", befahl sie und umklammerte den Schürhaken mit den behandschuhten Händen.

Nicht der Kamin, dachte sie. Der Hund ging geradewegs am Kamin vorbei, ohne stehen zu bleiben. Sie beobachtete, wie er direkt auf ein Eckregal zuging und dann verschwand.

Das Paneel stand weit offen. Sie folgte dem Hund in die dunkle Öffnung, alle Sinne in Alarmbereitschaft.

„Dominic?", flüsterte sie und blickte in die stickige schwarze Leere.

Eine raue, schwielige Hand schloss sich um ihren Knöchel. Sie schrie auf und fiel mit dem Schürhaken nach vorne, bis sie sich die Schulter an einem Balken stieß und ihr Gleichgewicht wiederfand.

Ares heulte jammervoll in den Schatten. Unter ihr, am unteren Ende von drei hölzernen Stufen, stöhnte ein Mann. Sie ließ sich auf die Knie herunter und zog das Halstuch aus seinem Mund, mit dem er geknebelt worden war.

„Finley", rief sie entsetzt, als er sein ramponiertes Gesicht zu ihr umwandte. „Was ist passiert? Wo ist Lord Stratfield?“

„Mein Messer ist dort drüben in der Ecke. Schneiden Sie meine Hände und Füße frei, damit ich Ihnen helfen kann. Sir Edgar hat mich dabei entdeckt, wie ich herumgeschnüffelt habe, und hat mich überrascht. Das wird nicht noch einmal passieren.“

Sie stieg die Treppe herunter und tastete in dem Schmutz nach seinem Messer. „Wo ist Lord Stratfield?“

„In den Schmugglerhöhlen. Ich saß hier hilflos herum und hörte seine Bewegungen. Beeilen Sie sich, Lady Chloe. Schneiden Sie fester. Sie tun mir schon nicht weh.“

25. KAPITEL

Die beiden Männer, Onkel und Neffe, umkreisten einander in der Dunkelheit. Beide verließen sich auf ihre Intuition, ihre Ausbildung und ihren Überlebensinstinkt. Mehr als eine Dekade war vergangen, seit sie im Fechtsaal gegeneinander gekämpft und sie zu ihrem Vergnügen gemeinsam Raufbolde durch die Straßen von Soho gejagt hatten. Die Regeln des korrekten Fechtsports spielten dieses Mal keine Rolle, sie fochten, indem sie sich nur auf ihre Reflexe und ihre Körperkraft verließen. Früher hatte Dominic versucht, seinen Onkel mit seinen Fähigkeiten zu beeindrucken, in der Hoffnung, sich bis zum Ende einer Lehrstunde ein Wort des Lobes oder einen Trinkspruch zu verdienen.

Jetzt kämpfte er mit nur einem Ziel und mit einem Feuer, das in seinem Herzen loderte. Er wollte den Mann herausfordern, den er bewundert hatte und der ihre Blutsbande auf die kaltherzigste Art verraten hatte, die man sich nur vorstellen konnte.

Den Augenblick, in dem sein Onkel anfing, unvorsichtig und müde zu werden, spürte er eher, als dass er ihn sah. Edgar hatte mit einer Bewegung angegriffen, die als der letzte Stoß bekannt war, und Dominic hatte das vorausgeahnt und sein Heft geschickt nach rechts gedreht, um sich zu schützen.

„Nicht schlecht, Dominic“, murmelte Edgar, „aber ich muss doch fragen, ob das alles ist, was du auf Lager hast?“

Seine Klinge kam wie aus dem Nichts und schnitt ein dünnes Stückchen Haut von Dominics Kehle. Die dicke Schicht Spitze von dem Straßenräuberkostüm verhinderte wahrscheinlich, dass er tiefer traf.

Zumindest lenkte der Stoß den Colonel lange genug ab, um Dominic Gelegenheit zu geben, sich in die Position für seinen eigenen letzten Stoß zu begeben. Er ignorierte das Blut, das in einem warmen Rinnsal seinen Hals herunterlief.

Ohne Gnade schritt er vor, den Oberkörper zum Sprung geduckt. Jetzt konnte er die Verzweiflung seines Gegners spüren, seine Erkenntnis, dass er besiegt war.

„Du warst schon immer mein Liebling, Dominic“, sagte der Colonel. Sein Atem kam unregelmäßig.

„Deine Zuneigung hat mich in die Hölle geschickt.“

„Es ist nicht zu spät ...“

Dominic zögerte nicht. Mit dem linken Fuß zuvorderst griff er an. Er spürte, wie seine Klinge Haut, Muskeln und Sehnen von Edgars Schulter durchstach, hörte den hilflosen Fluch, der seinem Onkel entfuhr. Es war kein tödlicher Treffer, aber er würde Edgar kampfunfähig machen. Dominic trat zurück. Schweiß brannte ihm in den Augen, er senkte den Arm.

„Für Samuel. Für Brandon. Jetzt können die Behörden entscheiden, wie sie mit dir verfahren wollen. Du musst für deine anderen Verbrechen büßen. Sei froh, dass ich dich nicht umgebracht habe. Ich habe darüber nachgedacht.“

Schweigend stand er da und sinnierte über das, was geschehen war. Er hatte Edgar töten wollen. Im letzten Augenblick hatte ihn irgendetwas davon abgehalten – ein wenig Menschlichkeit, die offensichtlich noch in ihm steckte.

In diesem Moment hörte er ein leises Knacken der schweren Dielen über ihm. Edgar ließ seinen Degen fallen und sank nach hinten in die knochigen Arme des Skeletts, das an die Wand gekettet war. Durch den Aufprall wurde eine der Handschellen aus dem verrotteten Holzbalken gerissen.

Dominic zündete eine Kerze an und blickte ohne Mitleid auf die makabere Szene. Sein Onkel sank auf die Knie und zog das grinsende Skelett mit sich in den Dreck. Bei dem Anblick wurde Dominic übel. Von all dem, was ihn so weit gebracht hatte, wurde ihm übel. Er hatte getan, was er tun musste, und jetzt fühlte er sich ausgelaugt. Er musste unbedingt von hier fort.

Schon hatte er sich zur Treppe gewandt, da hielt er bei dem

seltsamen Geräusch, das hinter ihm ertönte, ein letztes Mal inne. Mit ungläubigem Blick sah er sich um.

Jetzt, wo das Skelett befreit worden war, erklang in der Wand das hohle Klirren einer Kette, die sich löste, gefolgt von dem Klicken eines rostigen Scharniers, das an der Decke aufsprang.

„Eine Falle“, stellte er fest und beobachtete in ungläubigem Entsetzen, wie eine hölzerne Falltür eine erdrückende Ladung Steine auf seinen Onkel herunterregnen ließ. Steine und Mörtel flogen überallhin und füllten das Loch mit Staubwolken. Der Dreck stach Dominic in den Augen und verstopfte seine Nase, während er aus Angst, dass die ganze verdammte Höhle einstürzen könnte, die Flucht ergriff.

Der Staub legte sich wie ein Leichentuch über die Szene in der Gruft. Die Balken, die die restlichen Wände stützten, schienen stabil zu sein.

Von Steinen erdrückt, lag Sir Edgar auf dem Boden vergraben, nur sein Degen glänzte noch im Staub. Auf der letzten Stufe verlangsamte Dominic seinen Schritt, um seinem stummen Gefährten, dem Knochenbaron, einen letzten Gruß zu entbieten.

„Nun, jetzt sind wir beide endlich frei, guter Freund, aber es scheint mir nicht rechtens, dich in einer so würdelosen Position hier zurückzulassen. Nicht, nachdem wir so viele Vertraulichkeiten miteinander geteilt haben. Du hast dir wenigstens ein anständiges Begräbnis verdient, weil du dir meine Leidensgeschichte so geduldig angehört hast. Das habe ich dir versprochen.“

„Und da komme ich ins Spiel.“ Ein Lichtstrahl drang aus dem Spalt in der Wand nach unten. Oben stand Finley und spähte mit einem erleichterten Grinsen zu seinem staubbedeckten Herrn herunter. „Wie es aussieht, haben Sie eine Leiche, die fortgebracht werden muss, Mylord.“

Dankbar blickte Dominic zu dem zerschrammten Gesicht des irischen Wildhüters hinauf. „Finley, du kommst wirklich zur rechten Zeit! Sei vorsichtig mit dem Skelett, ja? Der arme Kerl hat lange genug gelitten. Und was meinen Onkel betrifft, nun, er wird nie wieder jemandem Schmerzen zufügen."

26. KAPITEL

Chloe und Finley hatten gerade die Bibliothek verlassen, als ein tiefes Donnern aus den Wänden des Hauses dröhnte. Es war ein markerschütterndes Geräusch, wie das warnende Stöhnen der Hölle, die losbrach. Chloes Herz schien stehenzubleiben, als sie die scheinbar endlose Treppe zur langen Galerie hinaufrannte. Finley überholte sie, doch Ares blieb an ihrer Seite.

Sie waren nicht alleine.

Hinter ihr kehrten gerade die Dienstboten von Stratfield Hall aus der Kirche zurück. Ihre Karren klapperten durch das geöffnete Tor. In ein paar Minuten stünden sie wieder bereit, um die Befehle ihres Herrn entgegenzunehmen. Die Haushälterin würde sich die Schürze umbinden und Sir Edgar fragen, ob er das Mittagessen im Speisezimmer oder lieber in seinem Arbeitszimmer einnehmen wollte.

Es sei denn, Sir Edgars Tage an Dominics Tisch waren vorüber. Chloe gönnte sich am oberen Ende der Treppe keine Pause, um wieder zu Atem zu kommen. Sonnenlicht strömte durch die Fenster der Galerie. Aber die Stille fühlte sich beunruhigend an, noch schlimmer als das Donnern, das ihr vorangegangen war. Der Eingang zu Dominics Versteck stand weit offen und wirkte alles andere als einladend.

Sie rannte darauf zu.

Doch sie war nicht alleine.

Hinter ihr strömten Dominics gut ausgebildete Dienstboten in einer Woge entrüsteter Vorahnung die Treppe hinauf, als spürten sie, dass etwas im Haus nicht stimmte. Hatte der Mörder wieder zugeschlagen? Warum sonst stand das Tor noch offen, und warum war Finley nirgends zu finden?

Würden sie Sir Edgar erstochen in demselben Bett auffinden, in dem ihr früherer Herr gestorben war? Der Butler und die

Lakaien übernahmen die Befehlsgewalt über die ungewöhnliche Armee. Die Hausmädchen, die Staubwedel und Mops schwangen, bildeten die Nachhut. Und dann erhob sich über dem besorgten Geflüster eine herrische Stimme.

Die kleine Gestalt Lady Dewhursts, angetan in einem Federhut und einer perlenbestickten Pelerine, bahnte sich einen direkten Weg zu Chloe. Ihre Tochter Pamela folgte ihr nach Atem ringend, begleitet von ihrem verwirrt aussehenden Liebsten Charles.

„Tante Gwendolyn!", rief Chloe und stählte sich, als sie den grimmigen Ausdruck auf dem Gesicht der Frau sah. Sie hatte ganz sicher nicht gewollt, dass ihre Tante die Wahrheit auf diese Weise herausfand. „Was machst du hier?"

Gwendolyn spähte Chloe über die Schulter. „Ich sollte dich und meinen Gemahl dasselbe fragen. Wo ist der Schurke?"

„Von welchem Schurken redest du?"

„Spiel mir nicht die Unschuldige, junge Dame. Ich bin nicht dumm. Ich habe Pamela gefragt, was alle vor mir geheim halten, und genau deswegen bin ich hier."

Chloe blickte hilflos zu Pamela hinüber, die hinter dem Rücken ihrer Mutter wieder begonnen hatte, eine ihrer unverständlichen Pantomimen aufzuführen.

„Du bist also hier, weil ... weil ... weil ich Pamela mein skandalöses Korsett geliehen habe?"

Tante Gwendolyn wirbelte herum, um die Figur ihrer Tochter zu betrachten. „Was für ein Korsett?"

Pamela schüttelte den Kopf. „Ich habe keine Ahnung, wovon ihr redet."

Vorsichtig trat Chloe näher an den Eingang des Verstecks. Adrian und ihr Onkel wären nicht so lange dort drinnen geblieben, wenn Dominic verletzt gewesen wäre.

Es sei denn, sie bedeckten seine Leiche oder kümmerten sich erst einmal um seine Wunden. Oder sie mussten doch noch den Colonel überwältigen und …

Chloes Kopf war voller unaussprechlicher Bilder. Dominic würde siegen. Dieses Mal war er seinem Onkel gegenüber im Vorteil. Schließlich hatte er wochenlang Zeit gehabt, sich vorzubereiten und Pläne zu schmieden. Er hatte ihr versprochen, zu ihr zurückzukommen, und er war in jedem Fall ein Mann, der zu seinem Wort stand. Er war entschlossen, ihr Teufel, die andere Hälfte ihrer bösen Seele.

Sie erstarrte, weil sie schwere Schritte aus dem Inneren des Ganges hörte. Furchtsam wirbelte sie herum und sah nichts mehr außer der Gestalt, die ins Licht hinaustrat.

Eine beängstigende Sekunde lang erkannte sie ihn nicht.

Ihr Mund öffnete sich zu einem tonlosen Lachen. Seine große, schlanke Gestalt war mit einer dicken Schicht aus weißem, körnigem Staub bedeckt. Ein geisterhaftes Leichentuch von Kopf bis Fuß. Sein Haar, seine Augenbrauen, seine Wangen, die Schultern und Ärmel seines spitzenbesetzten Straßenräuberhemdes, die schwarzen Kniehosen und Schaftstiefel.

Aber er war es, heil und in Sicherheit, und er kam auf sie zu, während sie dastand und wie versteinert war von seinem Anblick und der Bedeutung des Ganzen.

„Gott sei uns gnädig!“, kreischte ein Küchenmädchen vom unteren Ende der Treppe. „Er ist es leibhaftig – der Geist von Stratfield!“

Tante Gwendolyn legte die Arme um Pamela, die Federn auf ihrem Hut bebten. Verstohlen ließ Chloe den Schürhaken zu Boden gleiten.

Stille fiel über die Galerie. Niemand bewegte sich. Niemand wagte es, noch zu sprechen. Chloe begann zu lächeln. So staubbedeckt, wie er war, sah er wirklich wie ein Geist aus, der eben dem Grab entstiegen war.

Dann fiel Dominics spöttischer Blick auf Chloes Gesicht, und das reine Feuer der Leidenschaft flackerte in seinen entschlossenen grauen Augen auf. Sie war sich nicht einmal der Tatsache bewusst, dass sie sich bewegte, dass sie auf ihn zuging. Er war zurückgekehrt. Er hatte sein Wort gehalten, und plötzlich war alles auf der Welt wieder gut. Wilde, reinigende Freude stieg in ihr auf.

Plötzlich mussten neue Probleme bewältigt und Konsequenzen überdacht werden. Sie hielt an.

Wenn sie zu ihm ging, würden es alle wissen, würden alle erkennen, dass sie eine Liebesbeziehung hatten. Und dass die kokette junge Dame aus London dieses Mal in die schlimmsten, bösesten Schwierigkeiten ihres Lebens geraten war.

Und damit würden sie alle recht haben.

Dominic machte es Chloe unmöglich, so zu tun, als wären sie kein Liebespaar, und darauf zu warten, bis sie alleine waren, um sich zu umarmen. Er ging geradewegs auf sie zu und zog sie in seine Arme. In diesem Moment brauchte er das Gefühl, ihre Wärme und ihre Zustimmung zu spüren, und er musste ihr versichern, dass alles, was er ihr versprochen hatte, auch eintreten würde. Voller Staunen und Erleichterung blickte sie in sein Gesicht hinauf, und ihre schönen blauen Augen leuchteten unter Tränen.

„Es ist vorbei“, sagte er und neigte den Kopf, um sie zu küssen. „Heirate mich, Chloe Boscastle. Werde meine Frau.“

Bei dieser unerwarteten Entwicklung schnappten Lady Dewhurst und ihre Tochter einhellig nach Luft. Die versammelte Dienerschaft von Stratfield Hall, die sich offensichtlich nicht darüber im Klaren war, ob Dominic nun ein Mensch oder ein Geist war, beobachtete die Szene in sprachloser Faszination.

Keinem von ihnen schenkte Dominic auch nur das geringste bisschen Aufmerksamkeit. Er war zu sehr damit beschäftigt, die Frau zu küssen, die ihm all die Kraft geschenkt hatte, die Frau, die der einzige Grund dafür war, warum er so lange überlebt hatte, ohne den Verstand zu verlieren.

„Chloe", sagte er und fuhr mit seinen großen Händen ihre zarten Gesichtszüge nach. Seine Berührung war sanft und doch zugleich leidenschaftlich und beschützend. Er war voller Bewunderung und Sorge gewesen, als Finley ihm erklärt hatte, wie sie ihn geistesgegenwärtig in der Bibliothek gefunden und ihn fürsorglich befreit hatte.

Dominic liebte Chloes ungestüme, sture Seite, und er liebte den Teil von ihr, der verletzlich und ein wenig vom Leben überfordert war und ihr bereits so viele Schwierigkeiten eingehandelt hatte. Er bedauerte lediglich, dass er sie nicht schon vor Jahren kennengelernt hatte, als er noch einen besseren Eindruck auf ihre Familie gemacht hätte. Ja, den verschworenen Boscastle-Clan auf seine Seite zu ziehen, würde auf jeden Fall seine nächste große Aufgabe sein. Vermutlich wäre das die schwerste Prüfung, die er je bewältigt hatte.

„Dominic", flüsterte sie an seinem Mund, „wage es nicht, mir je wieder so etwas anzutun."

Er lachte. Seine Stimme war tief und heiser. „Ich glaube, das steht vollkommen außer Frage."

Ihre blauen Augen funkelten verlegen und belustigt. „Dir ist hoffentlich klar, dass wir ein Publikum haben?"

Er sah kurz auf, und erst in diesem Augenblick wurde ihm bewusst, welchen Eindruck er auf die erstaunten Beobachter auf der Galerie machen musste. „Carson, steh nicht da und glotz mich an wie ein Karpfen. Hol mir Badewasser und etwas Frisches zum Anziehen."

Der erstaunte Lakai blinzelte. „Aber … aber … Sie …"

„Sie glauben immer noch, dass du ein Geist bist", flüsterte Chloe und unterdrückte ein Kichern.

Dominic lächelte zu ihr hinunter und zog sie noch enger an sich. „Ich schätze nicht, dass ich sie so lange in diesem Glauben lassen kann, bis wir beide hier draußen sind?"

Chloe blickte aus den Augenwinkeln zu ihrer Tante. „Es scheint mir nicht sehr wahrscheinlich. Du wirst ihnen wohl alles erklären müssen.“ Sie zögerte. „Wo ist mein Onkel? Und Adrian?“

Sanft nahm Dominic ihr Gesicht in die Hände. Er hatte nur für diesen Augenblick gelebt, dafür, zu dieser starrköpfigen Frau zurückzukehren, die er liebte. Die unsagbare Erleichterung in ihren Augen war der einzige Lohn, den er brauchte, der Beweis, dass er richtig gehandelt hatte.

Jetzt war er an der Reihe, sie zu schützen, ihr auf eine angemessenere Art den Hof zu machen und ihr zu beweisen, dass er sie nicht nur als Geist lieben konnte.

„Chloe“, sagte er zärtlich und legte die Hände auf ihre Schultern. „Ich würde dich gerne ewig weiterküssen und all diese Leute fortschicken, aber es sieht so aus, als müsste ich mir nun, da ich erneut zum Leben erwacht bin, wieder das standesgemäße Benehmen eines Gentlemans aneignen.“

Sie seufzte, als sie auseinandergingen. „Wenn es sein muss.“

Er streckte die Schultern. Nun, da seine Leiden vorüber waren, würde es ihm körperlich wehtun, sie auch nur außer Sichtweite zu lassen. Er hatte zugesehen, wie sein Feind gestorben war, und vielleicht hätte er mehr Reue dabei empfinden sollen. Auf jeden Fall hoffte er, dass er solchem Unheil nie wieder ins Gesicht blicken musste, aber den Colonel zu konfrontieren war die einzige Möglichkeit gewesen, wie er mit sich selbst leben und das Gedächtnis seines Bruders ehren konnte. Jetzt konnte er nach vorne blicken. Er wollte die Vergangenheit aus seinen Gedanken verbannen und sich auf das Gute in seinem Leben konzentrieren, auf Chloe.

Voller Bedauern wandte er sich von ihr ab. Ihre Tante betrachtete ihn mit einem ziemlich bedrohlichen Gesichtsausdruck. Adrian und Sir Humphrey waren gerade aus dem Geheimgang getreten, klopften sich den Staub von den Kleidern und diskutierten dabei ausgerechnet über die politische Situation in China. Finley folgte ihnen nach. Er trug das Skelett mit dem Umhang in den Armen und verursachte so einen weiteren kollektiven Aufschrei des Entsetzens bei den Menschen, die in der Galerie versammelt waren.

Dominic unterdrückte das Bedürfnis, den Kopf in den Nacken zu werfen und laut zu lachen. Wie würde er erklären, was im Dorf geschehen war? Er hatte nicht so weit vorausgedacht. Nur zu gut konnte er sich vorstellen, welche Gerüchte bald über den Geist von Stratfield, seinen knochigen Begleiter und die berüchtigte junge Dame aus London kursieren würden.

„Hör auf", flüsterte Chloe und biss sich auf die Lippe.

„Hör auf womit?", fragte er.

„Hör auf zu … zu grinsen."

„Ich habe nicht gegrinst."

„Oh doch, das hast du."

„Ich habe versucht, nicht zu lachen."

Tante Gwendolyn, die sich offensichtlich wieder von ihrem Schrecken erholt hatte, nahm es auf sich, Dominic entgegenzutreten. „Nun, Mylord, jetzt zeigen Sie sich endlich, und Sie wirken sehr viel irdischer als beim letzten Mal, als ich Sie gesehen habe."

Er lächelte sie zerknirscht an. „Lady Dewhurst, ich versichere Ihnen, dass es eine Erklärung dafür gibt."

„Es wird eine Erklärung geben müssen."

Chloe legte die Hand auf den Arm ihrer Tante. „Tante Gwendolyn, bitte versteh doch, dass wir dich nie täuschen wollten."

„Mich täuschen? Wovon redest du?"

Chloe senkte die Stimme. Der Butler hatte sich inzwischen wieder so weit unter Kontrolle, dass er die restlichen Dienstboten anwies, ihre Pflichten aufzunehmen, aber ein paar Bedienstete zögerten noch auf der Treppe und warfen dem Skelett in Finleys Armen ängstliche Blicke zu.

„Ich meine", erklärte Chloe leise, „als wir dich in jener Nacht im Garten im Glauben gelassen haben, Dom… äh, Lord Stratfield wäre ein Geist."

„Ein Geist?", wiederholte Tante Gwendolyn spöttisch. „Ich habe keine Minute daran geglaubt."

„Wodurch habe ich mich verraten?", fragte Dominic. Seine Stimme war herzlich, als er die ältere Frau ansprach.

Tante Gwendolyn musterte ihn aus zusammengekniffenen Augen. „Es stimmt, zunächst habe ich wirklich daran geglaubt, aber dann fiel mir am nächsten Tag auf, dass rund um mein Pfefferminzbeet große Fußabdrücke waren. Aus meinem Haushalt darf niemand meine Kräuter pflücken, wenn ihm sein Leben lieb ist. Plötzlich habe ich mich daran erinnert, wie gerne Sie immer Pfefferminzblätter gekaut haben, Mylord."

Dominic grinste wieder.

„Ich beschloss, Sie nicht zu verraten", fuhr Tante Gwendolyn fort, „obwohl ich nicht so verständnisvoll gewesen wäre, wenn ich gewusst hätte, dass Sie sich mit meiner Nichte eingelassen haben."

Dominic schenkte ihr sein charmantestes Lächeln. „Dann verzeihen Sie mir meine kleine Maskerade?"

Tante Gwendolyn erwiderte das Lächeln nicht. „Ich habe Ihnen noch gar nichts verziehen, Mylord. Es bleibt abzuwarten, was genau und wie viel ich Ihnen Ihrer Meinung nach vergeben soll, und selbst wenn ich mich dazu entschließen sollte, Ihnen zu verzeihen, so befreit Sie dies noch nicht von Ihrer Verantwortung Chloes Familie gegenüber und von der Frage, ob sie Ihnen verzeihen wird oder nicht." Sie hielt inne, um durchzuatmen. „Natürlich immer angenommen, es gibt etwas zu verzeihen, wovon ich, dem Kuss nach zu schließen, den Sie meiner Nichte eben gegeben haben, ausgehe."

„Gütiger Himmel", sagte Chloe. Ihr wurde bewusst, dass der Weg vor ihnen eine Herausforderung darstellen würde.

Dominics Lächeln verblasste. „Ich bin mir nicht ganz sicher, was Sie eben gesagt haben, Madam, aber ich nehme nicht an, dass es etwas Gutes für mich bedeutet."

Lady Dewhurst blickte ihre Nichte ernst an. „Dies ist nichts, worüber wir in der Öffentlichkeit sprechen sollten. Du wirst jetzt sofort mit uns nach Hause kommen, Chloe, damit dein Onkel und ich entscheiden können, was wir mit dir anfangen."

Dominic richtete sich auf. Seine Augen waren dunkel. „Was meinen Sie damit?"

„Ich meine", erklärte Tante Gwendolyn, „dass Chlocs Familie über ihre Zukunft entscheiden muss."

„Dann bitte ich um das Recht, bei der Entscheidung berücksichtigt zu werden", verkündete Dominic.

„Dürfte ich eine Meinung äußern?", fragte Chloe aufgebracht.

„Nicht in der Öffentlichkeit", entgegnete ihre Tante. „Ich glaube nicht, dass die Welt schon bereit für deine Meinungen ist."

Darüber musste Dominic beinahe lächeln, hielt sich jedoch zurück, da er nicht wollte, dass Chloes Tante ihn für respektlos hielt. „Verzeihen Sie mir, Madam", sagte er, „aber meine Fähigkeit, den Regeln der feinen Gesellschaft zu folgen, ist während meines … Rückzugs ein wenig eingerostet. Natürlich gibt es ein Protokoll, an das man sich in solchen Dingen halten sollte."

Eigentlich wusste er darüber nicht das Geringste. Bisher war er noch nie leidenschaftlich verliebt gewesen. Und noch nie war er so vollkommen von einer jungen Frau verzaubert worden, dass er freudig einen öffentlichen Tadel in Kauf genommen hätte und auf die Knie gefallen wäre, um ihre Hand zu erbitten. Er mochte gar nicht darüber nachdenken, dass es sich bei der fraglichen jungen Frau auch noch um eine Boscastle handelte. Nur der Himmel allein wusste, was das für ihn bedeutete.

Ja, er hatte gewusst, dass er die Konsequenzen dafür tragen

musste, dass er Chloes Liebhaber geworden war. Er war bereit, sich all dem zu stellen. Nur hatte er den Gedanken bisher verdrängt. Jetzt war es an der Zeit, all seine dumme Überheblichkeit beiseitezuschieben und sein früheres Leben wieder aufzunehmen. Er konnte nicht mehr in Chloes Schlafzimmer klettern oder sie von Bällen entführen, um sie bis zur Besinnungslosigkeit zu lieben.

Das würde schwerer sein, als ihm bewusst gewesen war.

Zum einen war er nicht bereit, auch nur einen Tag lang auf Chloe zu verzichten.

Zum anderen wollte er ihrer Familie keine Gelegenheit geben, sein vorangegangenes Benehmen unter die Lupe zu nehmen und zu beschließen, dass er keine erstrebenswerte Partie für sie war. Es war sehr gut möglich, dass Chloe ein Kind von ihm erwartete. Er wollte sie verwöhnen und beschützen, mit ihr an seiner Seite ein neues Leben beginnen.

Kurz gesagt hatte er eine neue Herausforderung gefunden, um seine Entschlossenheit auf die Probe zu stellen – und er konnte nur hoffen, dass er ebenso erfolgreich darin sein würde, den braven Heiratskandidaten zu spielen, wie den verführerischen Geist.

Chloe war so erleichtert darüber, Dominic in Sicherheit zu wissen, dass sie sich nicht einmal beschwerte, als ihre Tante sie und Pamela aus der Galerie scheuchte. Beim letzten sehnsüchtigen Blick zu ihrem Liebhaber sah sie, wie er Finley gerade dabei half, den Knochenbaron auf den Orientteppich zu betten. Wer außer einem Mann, den man tot geglaubt hatte, hätte sich mit den Überresten eines anderen Mannes angefreundet, der auf so schreckliche Weise gestorben war?

Es war ein ziemlich herzzerreißender und zugleich lächerlicher Anblick, zu sehen, wie Dominic das Skelett voller Respekt in einer friedlichen Pose arrangierte und dann aufblickte, um ihr zuzuzwinkern. Sie und Pamela hatten angefangen, ein wenig respektlos zu kichern, was Tante Gwendolyn anscheinend den Eindruck vermittelte, als wären sie beim Anblick des Skeletts mit dem Umhang unzurechenbar geworden.

„Wie schrecklich, so etwas an einem Sonntagmittag sehen zu müssen!", rief die Frau. „Zu meiner Zeit wäre eine junge Dame nie solchen Gräueln ausgesetzt worden."

Chloe und Pamela grinsten einander an, als sie die Treppen hinuntergeführt wurden. Chloe hätte an dieser Stelle darauf hinweisen können, dass ihre Tante es gewagt hatte, einem sehr aufsässigen Geist gegenüberzutreten, ohne sich das Geringste dabei zu denken. Allem Anschein nach trug jeder in der Familie den für die Boscastles so typischen Mut in sich, egal ob männlich oder weiblich, jung oder alt.

„Danke, Tante Gwendolyn", sagte sie impulsiv, als sie die Kutsche erreichten, die draußen auf sie gewartet hatte. Plötzlich wurde Chloe bewusst, wie schön und verzaubert Dominics Anwesen im Sonnenschein wirkte. In den Gärten gab es einige versteckte Lauben und sprudelnde Fontänen, schattige Spazierwege und sogar ein Labyrinth, in dem Kinder endlos spielen konnten.

„Danke wofür?", fragte Tante Gwendolyn misstrauisch, während sie ihren Hut zurechtrückte.

„Für deine wundervolle Gastfreundschaft. Weil du mir erlaubst, in deinem Haus zu wohnen, und weil du mir die Chance gegeben hast, mich zu bessern."

Tante Gwendolyn schnaubte. „Hör damit auf, Chloe. Ich bin nicht so närrisch, wie du und dein Onkel zu denken scheinen. Du hast dich ebenso wenig gebessert wie Stratfield."

„Bist du böse auf mich, Tante Gwendolyn?", fragte Chloe unschuldig.

Ihre Tante runzelte die Stirn. „Das werde ich deinen Brüdern überlassen, die vermutlich nie wieder mit mir sprechen werden, nachdem sie erfahren haben, was unter meinem Dach geschehen ist."

Pamela blickte Chloe voller Mitgefühl an. „Müssen wir ihnen denn unbedingt etwas davon sagen?"

„Ich weiß nicht, wie wir das Unausweichliche umgehen können", erwiderte ihre Mutter.

Chloe wusste es auch nicht, obwohl sie auf der kurzen Fahrt nach Hause angestrengt darüber nachdachte. Natürlich würde bald jeder wissen, dass Dominic nicht tot war. Seine Geschichte würde in London eine Sensation kreieren, und die Rolle, die sie dabei gespielt hatte, würde einen neuen Skandal verursachen.

Ja, ihr war durchaus bewusst, dass sie sich früher oder später dem Unausweichlichen stellen musste, aber sie hatte nicht erwartet, dass das Unausweichliche in der einschüchternden Gestalt ihres älteren Bruders Heath bereits im Salon auf sie wartete.

Sie hätte eigentlich ahnen können, dass einer ihrer Brüder angekommen war, zumal jedes Dienstmädchen des Hauses im Salon war und so tat, als mache sie Ordnung, während er dasaß und eine veraltete Zeitung überflog. Objektiv betrachtet erkannte Chloe seine Anziehungskraft durchaus. Er war eine eindrucksvolle, athletische Erscheinung, dabei elegant und stets höflich. Seine fein geschnittenen Züge und die von dichten Wimpern umrahmten blauen Augen brachten regelmäßig Frauenherzen zum Schmelzen.

Aber für sie war er einfach nur ihr Bruder Heath, das geheimnisvollste Mitglied der Familie und vermutlich ihr Richter mitsamt Geschworenen in einer Person. Und dort saß er nun, ebenso ruhig und Ehrfurcht gebietend, unbeweglich und undurchschaubar wie die Sphinx von Gizeh.

„Chloe." Er legte seine Zeitung neben sich und erhob sich aus dem Stuhl, um sie anzublicken, die Hände hinter dem Rücken verschränkt.

Ihr Herz begann, heftig zu schlagen. Wusste er es? Wie *viel* wusste er? War er wütend? Wie wütend? Seine tiefblauen Augen verrieten nie etwas, es sei denn, er wollte es so. Sein Befehlshaber hatte einmal gesagt, dass man Heath glühende Kohlen auf die Fußsohlen legen konnte, ohne dass sich sein Gesichtsausdruck veränderte. Sie musste daran denken, wie er während seiner kurzen Gefangenschaft von den Franzosen gefoltert worden war.

„Was für eine Überraschung, Heath!"

„Ja. In der letzten Zeit scheinen Überraschungen an der Tagesordnung zu sein, nicht wahr?" Er wandte sich um, warf den zahlreichen Dienstmädchen einen flüchtigen Blick zu und sagte: „Ich weiß Ihren Eifer durchaus zu schätzen, aber würden Sie bitte ein anderes Mal wiederkommen? Ich wäre gerne ein wenig mit Lady Chloe alleine."

Chloe spürte einen kalten Schauer, als sich das Zimmer leerte. Die Mädchen waren zutiefst betrübt, gehorchten aber. „Überraschungen?", wiederholte sie. Auf keinen Fall würde sie sich von ihm aus der Fassung bringen lassen.

„Ich weiß es, Chloe."

„Du weißt ..."

Er bedeutete ihr, sich auf das Sofa zu setzen. Seine Stimme war unbewegt, überhaupt wirkte er so ruhig, dass sie ihn am liebsten mit einer Buchstütze geschlagen hätte. „Erzähl mir, wie es passiert ist."

„Wie was passiert ist?"

Er lächelte schwach. „Hatte ich erwähnt, dass ich gerade von einem sehr angenehmen – und erhellenden, wenn auch kurzen – Treffen mit einem alten Freund von mir komme? Lord Wolverton. Ich glaube, ihr seid miteinander bekannt."

„Ich glaube, er mag Dominic."

Sein Lächeln wurde breiter. „Ja. Tun wir das nicht alle? Unser lieber wiederauferstandener Stratfield. Also, erzähl mir, wie es passiert ist.“ Er machte es sich wieder auf seinem Sessel bequem. „Setz dich, Chloe. Du wirkst so unbehaglich, wenn du da stehst. Setz dich hin, und erkläre mir die Situation.“

Sie stählte sich. „Ich kam aufs Land. Ich habe mich in einen Viscount verliebt und nehme an, dass wir heiraten werden, wenn Grayson mich nicht wieder verbannt oder ihn verscheucht. Was gibt es sonst noch zu wissen?“

„Nun, zunächst einmal ist da die Tatsache, dass er sich in das Zimmer meiner Schwester ein und aus geschlichen hat. Und dann dein Verschwinden von einem Ball mit einem geheimnisvollen, maskierten Gast. Nicht zuletzt dein Umgang mit einem“, Heath hob resigniert die Hände, „mit einem Geist.“

„Nun“, sagte Chloe. So impulsiv hatte Heath sich schon ewig nicht mehr verhalten. Vielleicht noch nie in seinem Leben. Das machte ihr vermutlich mehr Sorgen als alles andere. „Das klingt alles sehr viel schlimmer, als es in Wirklichkeit …“

„Wie machst du das nur, Chloe?“, fragte Heath und hob eine dunkle Augenbraue. „Deine Fähigkeit, dich stets in die kompromittierendsten Situationen zu manövrieren, die man sich nur vorstellen kann, ist wahrhaft erstaunlich. Bleibst du nachts wach, um neue Streiche auszuhecken?“

„Das ist eine Beleidigung.“

„Ich meine es ernst, Chloe.“

„Wann tust du das nicht?“

„Wie, zur Hölle, ist es dir gelungen, deinen Ruf in so kurzer Zeit so vollkommen zu ruinieren?“

Sie ließ sich auf einen Sessel fallen und ergab sich in ihr Schicksal. „Also gut. Ich werde dir alles erzählen. Meine eigentliche Sünde bestand darin, das Fenster offen zu lassen, damit Devon hereinklettern kann.“

„Und?“

„Und? Stattdessen ist Dominic hereingeklettert.“

„Und?“

„Ich hatte Mitleid mit ihm."

„Du hattest Mitleid mit ihm", wiederholte Heath langsam. „Ist das alles?"

„Hm. Vielleicht war da noch ein bisschen mehr."

„Ein bisschen mehr?" Heath betrachtete einen Fleck an der Decke. „Der Himmel steh mir bei! Jetzt weiß ich, worüber Grayson sich beschwert hat, bevor er verheiratet war. Diese Familie steuert auf den Ruin zu. Du, Devon, und wer weiß schon, was Drake so treibt? Was gibt es sonst noch, Chloe? Wie weit hast du dich mit Stratfield eingelassen?"

„Ich bin mir nicht ganz sicher, was du meinst."

„Ich hingegen bin mir *ganz* sicher, dass du mich verstehst."

„Das tue ich wirklich nicht."

„Vielleicht wird die Reise nach London deinem Gedächtnis auf die Sprünge helfen."

„London? Aber warum? Tante Gwendolyn kann mich hier sehr gut gebrauchen. Ich könnte ihr dabei helfen, Spenden zu sammeln, und – ich habe keine passenden Kleider für London." Ihr gingen beinahe die Ausreden aus. „Die Saison wird schon fast wieder vorbei sein, bis ich eine anständige Garderobe habe."

„Es kann sehr gut sein, dass das Leben, so wie du es kennst, in Zukunft für dich vorbei ist, meine Liebe", sagte Heath wenig mitfühlend.

„Was willst du mit diesen abscheulichen Worten andeuten?"

„Dein Aufenthalt in Chistlebury sollte eigentlich dazu dienen, dich von neuen Versuchungen fernzuhalten."

Chloe sah, wie Ares mit der Schnauze die Tür aufstieß und in der Hoffnung auf einen Spaziergang mit wedelndem Schwanz zu ihr blickte. „Und das hat er dann auch getan. In Chistlebury vergraben. Das haben meine Freunde gedacht."

„Um Himmels willen, Chloe."

„Ich glaube, mir gefällt die Art nicht, wie du das sagst, Heath."

Er beugte sich vor, um zu beobachten, wie der Hund in den

Raum stapfte und zu Chloes Füßen auf den Boden sank. „Ich habe mich der Stimme enthalten, als dein Exil beschlossen wurde. Ich dachte, du wolltest dich ernsthaft bessern."

„Das wollte ich auch. Wirklich, Heath, nichts von alledem war meine Schuld."

„War es Stratfields Schuld? Soll ich ihn zum Duell herausfordern? Freund oder nicht, wenn er dir Unrecht getan hat, soll er auch dafür bezahlen."

Chloe sank auf die Knie und zog Ares an sich.

Sie fragte sich, ob Dominic etwas dagegen haben würde, mit ihr durchzubrennen, um die Konfrontation mit ihrer Familie zu vermeiden. Diese Aufregung würde ihm so kurz nach seinem eigenen Drama vielleicht nicht behagen, aber andererseits hatte er keine Ahnung, wie unerträglich es war, sich der Inquisition der Boscastles zu stellen.

„Heath, ich würde gerne wenigstens noch eine Woche bleiben, um mich von den neuen Freunden, die ich hier kennengelernt habe, zu verabschieden."

„Nein", sagte er mit schwer zu deutender Stimme.

Sie starrte ihn an. „Warum nicht?"

„Weil du innerhalb von einer Woche wieder in einen neuen Skandal verwickelt sein wirst."

„Ich weiß nicht, wie das gehen sollte."

„Ich auch nicht. Es scheint unmöglich, aber die Tatsache ist, dass es dir irgendwie gelingen wird." Er hielt inne und blickte mit gerunzelter Stirn auf den Boden. „Dieser Hund ist fett, Chloe. Jemand sollte ihn auf Diät setzen und dafür sorgen, dass er regelmäßig Bewegung bekommt."

„Ich muss meine Sachen packen", murmelte sie.

„Deine Besitztümer werden schon zusammengepackt, noch während wir uns hier unterhalten. Die Kutsche wird uns morgen abholen."

Sie stand auf und stemmte die Hände in die Hüften. „Ich kann

Dominic nicht verlassen, ohne ihm zu sagen, wo ich hingehe."

Heath war unbeeindruckt. „Stratfield ist ein sehr fähiger Mann und darf dir, wann immer er möchte, auf anständige Art und Weise Besuche abstatten. Wenn er dich finden will, wird ihm das auch gelingen. Ich werde ihn von unserer Entscheidung in Kenntnis setzen."

„Hat Adrian dir gesagt, dass Dominic sein Leben aufs Spiel gesetzt hat, um den Mann zu vernichten, der Brandon und Samuel getötet hat? Zählt sein Mut denn gar nicht?"

„Ich hätte ihm gerne dabei geholfen. Jeder von uns hätte ihm geholfen. Er hätte nicht den einsamen Helden spielen müssen."

„Willst du damit sagen, dass er mich nur sehen darf, wenn er euch vorher um Erlaubnis bittet?"

„Ganz genau", bestätigte Heath. „Wenn er sich schon nicht den Regeln der Gesellschaft unterwerfen will, muss er sich zumindest den Wünschen unserer Familie beugen."

Chloe stöhnte innerlich bei dem Gedanken, dass Dominic sich irgendetwas unterwerfen sollte. „Nur dass du es weißt: Er hat mich bereits gefragt, ob ich ihn heiraten will, und ich habe den Antrag ohne jede Einschränkung angenommen."

Entspannt lehnte sich Heath zurück. „Wie schön für dich, Chloe. Jetzt geben wir deinem Liebsten noch die Gelegenheit, den Rest deiner Familie von sich zu überzeugen, und dann werden wir sehen, ob *wir* ihn auch annehmen." Er lächelte. „Ohne jede Einschränkung."

Chloe verbrachte ihre letzte Nacht in Chistlebury in ihrem leeren Ankleidezimmer und blickte aus dem Fenster hinaus zu Dominics Anwesen hinüber. Das Haus war feierlich hell erleuchtet. Den ganzen Tag über waren Gäste angekommen und wieder gegangen, manche in kostbaren Kutschen und andere auf Pferden. Sie fragte sich, ob seine ehemalige Geliebte, Lady Turleigh, unter ihnen war und wie Dominic reagieren würde, wenn sie reumütig vor seiner Tür stand und ihn um Verständnis bat.

Chloe hoffte, dass die Frau einen Blick auf den Knochenbaron werfen und dann kreischend im Wald verschwinden würde.

Eine Handvoll Kies prallte gegen das Fenster.

Überrascht lehnte sie sich über die Fensterbank und blickte nach draußen. „Dominic?", flüsterte sie hoffnungsvoll.

Der Mann, der unten stand, ließ den Kies fallen, den er gerade hatte werfen wollen. „Nein. Ich bin es, Justin."

„Justin?" Sie spähte zu der blonden Gestalt herunter, die unter dem Baum stand. „Was, zur Hölle, tun Sie hier? Wie sind Sie an Heaths Wachen vorbeigekommen?"

„Einer der Dienstboten hatte Mitleid mit mir und hat mich in den Garten geschmuggelt." Er trat ins Mondlicht. „Pamela hat mir gesagt, dass Sie morgen früh abreisen, Chloe. Ich wollte Ihnen nur sagen, dass mir das alles leidtut."

Sie seufzte. Auf seine etwas lästige Art und Weise war er wirklich sehr nett. „Mir tut es auch leid, Justin."

Er sah aus, als wäre er sich nicht sicher, was er als Nächstes sagen sollte. „Was werden Sie in London tun?"

„Unglücklich sein und all meine Sünden bereuen."

„Ich würde Sie bitten, mich zu heiraten, aber meine Eltern haben eine andere Partie für mich im Sinn."

„Oh." Chloe hoffte, dass sie enttäuscht klang. Sie sah keinen Grund dafür, ihm mitzuteilen, dass sie seinen zögerlichen Antrag auch nicht angenommen hätte, wenn er ihr auf einem Silbertablett dargebracht worden wäre. „Ich nehme an, wir werden mit der Zeit beide darüber hinwegkommen." Er wirkte so glücklich darüber, so leicht davongekommen zu sein, dass sie am liebsten laut gelacht hätte.

„Ich denke, das werden wir. In ein paar Jahren vielleicht."

Ein paar Minuten traf es wohl eher.

Er blickte über die Schulter zum Herrenhaus hinüber und senkte die Stimme. „Man fragt sich beinahe, ob der Messias zurückgekehrt ist, bei den ganzen Leuten, die Stratfield besuchen." Er zögerte. „Ich finde, er sollte Sie heiraten."

„Das finde ich auch, wenn meine schreckliche Familie sich nicht einmischt."

Eine weitere tiefe, belustigte Stimme mischte sich in die Unterhaltung ein. „Deine schreckliche Familie wird sich wieder einmischen, fürchte ich. Lord St. John, ich bin Chloes Bruder. Würde es Ihnen etwas ausmachen, sich sofort von diesem Gelände zu entfernen?"

Justin lief tiefrot an. „Natürlich nicht, Mylord. Ich wollte nur Lebewohl sagen. Auf keinen Fall wollte ich respektlos gegenüber Ihrer Familie erscheinen. Ich ..."

„Gute Nacht, Lord St. John", sagte Heath. In seiner angenehmen Stimme schwang stählerne Entschlossenheit mit. „Wie schade, dass wir uns nicht unter ... angemesseneren Umständen kennengelernt haben."

Chloe trommelte mit den Fingerspitzen auf die Fensterbank, während Justin eilig davonlief und mit jedem Schritt neue Entschuldigungen stammelte. Ihr eingeengtes Leben hatte also wieder begonnen.

„Julia", rief Heath grinsend zu ihrem „Balkon" hinauf. „Ich schlage vor, du schläfst ein bisschen, bevor wir morgen unsere Reise antreten."

Chloe wachte mitten in der Nacht auf und blickte sich im Zimmer um. All ihre Sachen waren in Truhen verpackt worden, mit Ausnahme ihres Tagebuchs, das sie niemandem anvertraute, und ihres Korsetts.

Das skandalöse Kleidungsstück hatte sie ihrer Cousine Pamela vererbt.

Sie zündete eine Kerze an und öffnete ihr Tagebuch auf

der Seite, auf der sie Brandons Brief abgeschrieben hatte. Den Eintrag hatte sie mit einem roten Satinband markiert. In den letzten paar Tagen hatte sie sich nicht auf die Arbeit konzentrieren können, obwohl sie den Schlüssel, den Brandon benutzt hatte, inzwischen beinahe geknackt hatte.

In der nächtlichen Stille kam ihr plötzlich eine Inspiration, ohne dass sie sich auch nur darum bemüht hatte. Die Worte waren entsetzlich klar und deutlich. Sie nahm ihren Stift und begann langsam mit der Übersetzung.

… und so verbleibe ich in dem Glauben, dass Du tun wirst, was getan werden muss. Ich bete zu Gott, dass wir nicht tot sind, bevor dieser Brief Dich erreicht. In diesem Land voll grausamer Schönheit kommt der Tod so schnell wie ein Schatten. Ich vertraue in jedem Fall darauf, dass Deine Klugheit Dich schützen wird, denn er hat die Absicht, Dich zu töten, und ich weiß nicht, wann oder auf welchem Wege. Nutze die Informationen, die ich Dir im Vorangegangenen gegeben habe.
Brandon

Chloe schloss das Buch. Ihre Kehle schmerzte. Ihr war, als könnte sie Brandons Stimme hören. Sie spürte seine Anwesenheit ebenso deutlich wie zu seinen Lebzeiten.

„Es war eine Warnung, Brandon“, flüsterte sie. „Ich fürchte, sie kam zu spät.“

Am nächsten Morgen erwachte sie früh und kleidete sich an. Sie verließ ihr Zimmer mit einer Abschrift des Briefes in der Hand. Im Salon fand sie Heath, der gerade in einem Buch über ägyptische Artefakte las.

„Dies ist eine Abschrift von einem Brieffragment, das man in Brandons Sachen gefunden hat. Dominic besitzt das verschlüsselte Original.“

Heath runzelte die Stirn, als er das Stück Papier überflog. „Hast du das angefertigt?“

„Ja.“

„Weiß Stratfield, was da steht?“

Chloe schüttelte den Kopf. „Ich glaube, wir sollten es ihm zeigen, bevor wir abreisen.“

„Ich werde ihm die Übersetzung gleich schicken.“ Er blickte zu ihr auf. „Durch einen Boten, Chloe.“

„Tyrann.“ Sie beobachtete ihn dabei, wie er das Stück Papier zusammenfaltete und in seine Tasche steckte. „Was denkst du?“

„Ich würde gerne den Rest des Briefes sehen, bevor ich darüber ein Urteil fälle.“

27. KAPITEL

Dominic war am folgenden Tag früh aufgestanden, um einige längst überfällige Briefe an seine Anwälte und seine persönlichen Kontakte in London zu schreiben. Sein Onkel hatte bereits einiges von seinem vermeintlichen Erbe für Möbel sowie für eine Zuckerplantage in Antigua und seine Besitztümer in Indien ausgegeben. Dominics Sekretär würde alle Hände voll zu tun haben, dieses Durcheinander zu entwirren.

Dabei waren geschäftliche Angelegenheiten eigentlich das Letzte, was ihn gerade interessierte. Nach dem Frühstück und einer Rasur beabsichtigte er, sofort nach Dewhurst Manor zu fahren, um Chloe zu besuchen, und das ganz sicher nicht, indem er durch ihr Fenster kletterte. Er würde formvollendet über die Türschwelle treten und ihr seine Aufwartung machen. Eigentlich hatte er gehofft, sie am Abend zuvor noch zu sehen, aber eine ganze Reihe von Freunden und Bekannten hatte ihn heimgesucht, und er war gezwungen gewesen, sie alle willkommen zu heißen.

Hoffentlich plante Chloe keine große Hochzeit. Er hatte lange genug auf die Erfüllung seiner Wünsche gewartet und wollte sie so schnell wie möglich zur Frau. Ihre Familie von seinen guten Absichten zu überzeugen, war eine andere Sache.

Er legte seinen Stift nieder, als ein Lakai an der Tür zu seinem Arbeitszimmer erschien. „Mylord, ich habe Ihre Botschaft nach Dewhurst Manor gebracht, wie Sie es wollten, aber Sir Humphrey sagte, dass die junge Dame zu seinem Bedauern abwesend ist.“

Dominic stand auf und runzelte die Stirn. „Abwesend? Ist sie vielleicht im Dorf? Oder auf einem Spaziergang?“

„Anscheinend hat man sie nach London gebracht, Mylord.“

„London? Hat sie eine Nachricht für mich hinterlassen?“

„Soweit ich weiß, nicht. Aber ihr Bruder hat eine Botschaft hinterlassen. Ich wurde angewiesen, Ihnen dies zu geben." Er reichte Dominic einen versiegelten Brief. „Soll ich hier warten, um Ihre Antwort zu überbringen?"

„Nach London? Nein. Bitte gehen Sie."

Er öffnete den Brief. Unwillkürlich bereitete er sich auf schlechte Nachrichten vor.

Stratfield,
das letzte Mal, als ich Dich sah oder zumindest glaubte, Dich zu sehen, war bei Deiner Beerdigung. Während ich Dir zu Deiner Wiederauferstehung gratuliere, verurteile ich zugleich, dass Du meine Schwester verführt hast. Wir sollten uns wiedersehen, auf meinem Grund und Boden und unter meinen Bedingungen.

Im Übrigen lege ich das Fragment von Brandons Brief bei, das meine Schwester entschlüsselt hat. Was für ein tüchtiges Paar Ihr beide doch im langweiligen Chistlebury wart.

Ich hoffe, dass uns allen keine weiteren Überraschungen mehr bevorstehen.
H. B.

Mit einem reumütigen Lächeln faltete Dominic den beigefügten Brief auf – die Übersetzung von Brandon Boscastles verschlüsselter Nachricht – und las ihn. Es war eine unmissverständliche Warnung, und er konnte nicht umhin, sich zu fragen, ob sie an Samuel, ihn selbst oder jemand vollkommen anderen gerichtet war.

Nachdem Edgar tot war, machte es vermutlich keinen Unterschied mehr. In jedem Fall kreisten Dominics Gedanken um ein dringenderes Problem – eine ungeplante Reise nach London, um sich dort seinem endgültigen Urteil zu stellen.

Zu seiner Überraschung gelang es ihm mit Leichtigkeit, sich wieder in die Rolle des Gentlemans zu finden. In den Ritualen und Traditionen seines alten Lebens war etwas Tröstliches, ebenso wie in der vertrauten Ordnung der Dinge. Er freute sich sogar regelrecht auf den ganzen Zirkus der feinen Gesellschaft mit all ihren Frivolitäten. Zumindest vorübergehend. In seinem Herzen würde er immer ein Rebell sein, ein zurückhaltender Mensch, der die Gesellschaft einiger weniger wahrer Freunde einer überfüllten Festlichkeit vorzog. Er beschloss, dass er dankbar sein musste, dass noch nicht der gesamte *ton* von seinem Überleben erfahren hatte.

Doch zunächst einmal war es an der Zeit, hier in London seine aristokratischen Manieren auszuprobieren, egal, wie eingerostet sie waren. Noch nie zuvor hatte er sich einer ganzen Familie beweisen müssen, noch dazu einer Familie, die so einschüchternd war, wenn man sie beeindrucken musste. Er hatte keine Ahnung, wie er den Boscastles seinen kurzen Ausflug in die Hölle erklären sollte, ohne dabei wie ein Verrückter zu klingen, oder wie er ihnen verdeutlichen konnte, wie Chloe ihm dabei geholfen hatte zu entkommen. Ihre Brüder hatten die Wahrheit verdient. Sie würden nichts Geringeres von ihm erwarten – und er hatte nicht die Absicht, zu lügen.

Er hoffte nur, dass er den Boscastle-Clan davon überzeugen konnte, sein Augenmerk auf die Zukunftspläne zu lenken, die er geschmiedet hatte, und nicht auf jenes brutale Kapitel in seiner Vergangenheit.

Ein Diener führte ihn durch die weitläufigen Gänge im Stadthaus des Marquess of Sedgecroft bis zu einem privaten Arbeitszimmer, wo Grayson Boscastle mit dem Rücken zur Tür hinter einem riesigen Rosenholzschreibtisch saß. Sedgecroft war ihm stets als geselliger und fähiger Mann erschienen. Seine Neigung zu Ausschweifungen war offensichtlich durch seine Ehe mit Lady Jane Welsham kuriert worden.

Grayson hob den Kopf im selben Augenblick, in dem Dominic in der Tür erschien. An seinem unverhüllt feindseligen Gesichtsausdruck war nichts Geselliges, ebenso wenig wie an der Art, wie er sich wie ein angriffsbereiter Löwe aufrichtete.

„Stratfield", sagte er. Sein Blick war so anheimelnd wie ein gefrorener See.

„Wie geht es Ihnen, Sedgecroft?"

„Sehr viel besser als Ihnen, wie es aussieht."

Ah, dachte Dominic belustigt, als er sich im Raum umblickte und Heath und seine Schwester Emma auf strategisch positionierten, zueinander passenden Stühlen entdeckte, die zu beiden Seiten von Graysons Schreibtisch standen. Das also hatte Chloe mit der Spanischen Inquisition gemeint. Er fragte sich, wann sie die Daumenschrauben auspacken würden. Man musste sich die drei nur ansehen. Unter ihren Basiliskenblicken hätten die meisten Männer sogar zugegeben, den Papst verführt zu haben.

„Wo sind Drake und Devon?", fragte er laut. „Bereiten sie die Streckbank für mich vor, oder probieren sie noch die Henkersroben an?"

„Sie halten vor der Tür Wache", erwiderte Grayson trocken und trommelte mit den langen Fingern auf den Schreibtisch.

„Für den Fall, dass jemand versucht, die Folterkammer zu betreten, oder damit ich nicht fliehe?"

„Beides."

Er fühlte sich weniger unbehaglich, als er erwartet hatte. Vielleicht gab es nach seinen vergangenen Qualen einfach nicht mehr viel, was ihn schrecken konnte. Und bestimmt begehrte er Chloe genug, um durchs Feuer zu gehen, um sie für sich zu gewinnen. Oder vielmehr am Erschießungskommando vorbei, dachte er ironisch. Der Groll, der in diesem Zimmer gegen ihn in der Luft lag, hätte genügt, um ganz London niederzubrennen.

„Lady Lyon, nehme ich an", murmelte er und verbeugte

sich vor Emma. „Es ist mir eine Freude, Sie endlich kennenzulernen." Er wandte sich um, um den eleganten, hochaufgerichteten schwarzhaarigen Mann zu seiner Linken zu betrachten. „Und wie geht es dir, Heath?"

Grayson starrte ihn nach wie vor an. Sein fester Mund war geschürzt, als unterdrücke er eine unhöfliche Bemerkung. Emma, eine sehr zierliche Frau mit rotblondem Haar, räusperte sich, arrangierte ihr Schultertuch neu und durchbohrte ihn dann mit dem verstörendsten Blick, der je in seinem Leben auf ihn gerichtet worden war. Es war eine Mischung aus Freundlichkeit und tiefer Enttäuschung, wie bei einer Lehrerin, deren Lieblingsschüler etwas unaussprechlich Böses getan hatte und die sich jetzt fragte, wie sie damit umgehen sollte.

Und Heath, sein Freund – oder war er inzwischen ein ehemaliger Freund? –, musterte ihn unumwunden, und der Blick aus diesen typischen blauen Boscastle-Augen bohrte sich bis in seine Seele. Zwar las Dominic keine mörderische Wut darin, aber die kühle, abschätzige Distanz verunsicherte ihn sehr.

„Heath", sagte er noch einmal und brach damit das Schweigen, das zweifelsohne ein Teil der Foltermethoden war, die dazu dienten, seine Verteidigungen zu schwächen. „Es ist lange her."

„Etwas zu lang, wie es scheint." Heath hob die Augenbrauen. „Du warst viel beschäftigt, seitdem wir uns das letzte Mal gesehen haben. Erst hast du dich ermorden lassen, und dann hast du in deinem eigenen Haus gespukt, um gar nicht erst von deiner dramatischen Wiederauferstehung zu reden ..."

„Und davon, dass du unsere Schwester ruiniert hast", unterbrach Grayson, den Heaths ironischer Kommentar offensichtlich ungeduldig gemacht hatte.

Emmas höfliche Stimme gab dem Gespräch eine neue Wendung. „Und – bevor wir es vergessen – davon, dass er den Mann zur Strecke gebracht hat, der Brandon und Samuel ermordet hat. Sie haben ihr Leben bei dem Versuch verloren, einen Verräter dingfest zu machen. Dominic hat das seine riskiert, um diese Aufgabe zu vollenden."

„Danke, Emma", murmelte Heath. „Das wirft mit Sicherheit ein anderes Licht auf Dominic als das des Lebemannes und Schurken, nicht wahr? Dominic, ich habe der Familie die Einzelheiten von Brandons Mord so dargelegt, wie ich sie verstanden habe. Es war ein wenig komplizierter, die Rolle zu erklären, die du und Chloe in dieser Sache gespielt habt."

Tiefes Schweigen fiel über die Versammlung. Eine hohe Standuhr mit Löwentatzen schlug in einer Ecke des Raumes die Uhrzeit. Grayson blickte weg, als versuche er, seine Gefühle zu beherrschen. Nur Heath hielt den Blick weiterhin auf Dominic gerichtet, als wäge er die Situation ab.

„Sie hätten uns verständigen können", murmelte Grayson. „Wir hätten Ihnen geholfen."

„Ohne Chloe darin zu verwickeln", fügte Emma bekümmert hinzu. „Gütiger Himmel, was wäre gewesen, wenn ihr irgendetwas Schreckliches zugestoßen wäre? Was, wenn dieser verrückte Waliser sie in die Finger bekommen hätte, als sie alleine war?"

Dominics Augen blitzten aufgebracht. Die Geschwister konnten nicht ahnen, wie tief ihre Anschuldigungen ihn verletzten. Oder wie er und Adrian Chloe ständig beobachtet hatten. Es hatte schon beinahe an Besessenheit gegrenzt. Und wenn ihm nur ein Mal der Verdacht gekommen wäre, dass sein Onkel die Absicht hatte, ihr Schaden zuzufügen, so hätte Dominic sich sofort zu erkennen gegeben und sein Spiel beendet. Glücklicherweise hatte ihre eigene Klugheit sie daran gehindert, irgendein Risiko einzugehen. Er schuldete ihr unendlich viel und liebte sie so sehr.

„Niemals hätte ich Chloe in Gefahr gebracht. Ich hatte nicht die Absicht, sie in meine Pläne zu verwickeln. Aber als ich sie kennengelernt habe …" Er zuckte hilflos mit den Schultern und glaubte, ein belustigtes und mitfühlendes Funkeln in Heaths Augen zu entdecken. Wie konnte er nur erklären, dass es ihm von Anfang an unmöglich gewesen war, Chloe zu widerstehen? In jenen frühen Tagen seiner Genesung war er in seinem Handeln nur den primitivsten Überlebens- und Racheinstinkten gefolgt, fast wie ein Tier. Wenn er Chloe nicht getroffen hätte, hätte er sich vielleicht nie von seinem Schmerz und seiner Wut erholt. Er durfte nicht zulassen, dass sie für ihre Rolle bei seiner Erlösung bestraft wurde.

„Ich weiß nicht, wie es passiert ist, aber ich bin bereit, die gesamte Verantwortung dafür zu übernehmen. Chloe hat nichts Falsches getan."

Grayson schnaubte. „Und Schneeflocken schmelzen nicht in der Sonne. Hören Sie zu, Stratfield, Chloe wurde nach Chistlebury geschickt, um dort zu lernen, sich zu benehmen. Verglichen mit dem Skandal, in den Sie beide verwickelt sind, wirkt ihr ursprünglicher Fehltritt – dieser Kuss hinter der Kutsche – geradezu lächerlich unschuldig."

„Dann war es vielleicht von Anfang an übertrieben, sie ins Exil zu schicken", wandte Heath nachdenklich ein.

In diesem Augenblick öffnete sich die Tür. Graysons Frau Jane, die Marchioness of Sedgecroft, trat ein paar Schritte in den Raum hinein. Ihr honigblondes Haar war kunstvoll aufgesteckt und umrahmte ihr Gesicht in weichen Wellen. „Ist das eine geschlossene Gesellschaft, oder darf jeder mitmachen?"

„Komm doch herein, Jane", sagte Heath und erhob sich zugleich mit Grayson, um sie zu begrüßen.

Sie schenkte Dominic ein warmes Lächeln. Es schien beinahe so, als habe sie Verständnis für seine Situation. „Seid alle gewarnt. Ich bin auf Chloes Seite."

„Ohne alle Fakten zu kennen?", forderte ihr Ehemann sie neckend heraus.

„Ganz genau“, erwiderte Jane, die von seinen strengen Worten unbeeindruckt blieb. „Ich unterstütze sie schon aus Prinzip.“ Sie blickte den gut aussehenden Marquess mit einem gespielten Stirnrunzeln an. „Und ebenso sehr auch wegen meiner vergangenen Erfahrungen mit den hinterhältigen Methoden des ältesten Mitglieds dieser Familie. Damit bist du gemeint, Grayson.“

„Mein geliebter Advokat des Teufels“, sagte Grayson und schenkte ihr einen Blick voller Herzlichkeit und Bewunderung.

„Irgendjemand muss ja ein wenig Sinn für Gerechtigkeit in diese Familie bringen“, erklärte Jane.

„Ich bin stets gerecht“, widersprach Heath lachend.

Emma blickte zu ihm hinüber. „In der Liebe ebenso wie im Krieg?“

„Ich glaube nicht, dass Heath je verliebt war“, verkündete Grayson beiläufig. „Oder, Heath?“

Heath lächelte geheimnisvoll in die Runde. „Meine Privatangelegenheiten oder mein Mangel an Privatangelegenheiten stehen hier nicht zur Debatte. Nimm dir doch einen Stuhl, Dominic. Es hat keinen Sinn, so zu tun, als wollten wir dir körperlichen Schaden zufügen.“

„Warum nicht?“, fragte Grayson düster.

Jane ging zum Schreibtisch ihres Mannes hinüber. „Weil er Chloe liebt und weil sie ihn liebt und weil ich vermute, dass ihre Beziehung zueinander bereits außerhalb deiner Kontrolle liegt.“ Ihre Stimme war sanft und mehr als nur ein wenig verständnisvoll. „Habe ich recht, Lord Stratfield?“

Er lächelte sie an. „Lady Sedgecroft, Sie haben mir ins Herz geblickt.“

Grayson zog eine Grimasse. „Nun, Sie haben verdammt noch mal Glück, dass ich es Ihnen nicht entfernt habe. Setzen Sie sich an den Schreibtisch, Stratfield, und nehmen Sie sich etwas zu trinken. Mein Sekretär wird in einer Stunde mit dem

Vertrag hier sein. Heath möchte mit Ihnen unter vier Augen einiges zu Sir Edgar besprechen.“

Dominic fühlte sich unendlich erleichtert. Und natürlich wollte er sich nicht setzen. Er wollte Chloe sehen und sie in sein Stadthaus holen. Es war zwar sehr viel kleiner und weniger beeindruckend als das Londoner Haus des Marquess, dafür aber sehr viel persönlicher und für das, was er im Sinn hatte, viel besser geeignet. Zwar machte er sich nicht mehr ganz so viele Sorgen um sie, dennoch war er immer noch unruhig. Er wünschte sich, Chloe stets in Sichtweite zu wissen. Einige der Ängste, die er entwickelt hatte, würden ihn vermutlich den Rest seines Lebens begleiten.

Seine Erfahrungen hatten ihn ohne Zweifel zu einem neuen Menschen gemacht, und er konnte nur hoffen, dass diese Veränderung zugleich auch eine Verbesserung war. Chloe zur Frau zu haben wäre in jedem Fall eine gewaltige Verbesserung gegenüber seinem früheren Leben. Wo war sie jetzt? War sie von ihrer Familie bestraft worden? Hatten ihre Geschwister sie dazu gebracht, sich für ihre Liebe zu schämen? Er ertrug den Gedanken nicht, von ihr getrennt zu sein. Sie musste irgendwo in diesem Haus versteckt sein. Er blickte zu der hohen Stuckdecke hinauf. Wie er Chloe kannte, so lauschte sie mit einem Ohr auf dem Boden dieser Unterhaltung, dessen war er sich sicher.

Bei dem Gedanken musste er lächeln.

„Wo ist sie?“, fragte er Grayson.

„Sie ruht sich gerade in ihrem Zimmer aus“, erwiderte der Marquess.

„Wann darf ich sie sehen?“

Grayson zuckte mit den Schultern. „Sobald der Vertrag unterzeichnet ist – ich nehme ohnehin nicht an, dass ich einen von euch beiden daran hindern könnte.“

28. KAPITEL

Chloe war vollständig bekleidet auf dem Himmelbett eingeschlafen. In der Nacht zuvor war sie zu rastlos gewesen, um Ruhe zu finden, zu sehr von der Hoffnung erfüllt, dass Dominic sie in letzter Minute vor dem Schicksal erretten würde, sich ihrer Familie zu stellen.

Als sie in der Dämmerung endlich aus dem Bett aufgestanden war, hatte sie es sich auf ihrer Chaiselongue bequem gemacht und den Geräuschen der erwachenden Stadt gelauscht. Karren und Droschken klapperten über das Kopfsteinpflaster, Kühe wurden zum Markt geführt, Straßenverkäufer plauderten, während sie ihre Waren ausbreiteten, Händler riefen sich gegenseitig etwas zu. Das wundervolle Durcheinander der Stadt, ihres Londons, und doch … nun, wer hätte gedacht, dass sie ein langweiliges Dorf namens Chistlebury so sehr vermissen könnte?

Sie hatte sich angekleidet und war dann vor Erschöpfung eingeschlafen, nachdem das Dienstmädchen ihr Tee und zahllose Briefe von alten Freunden und Bewunderern heraufgebracht hatte. Etwa eine Stunde später öffnete sie die Augen und stellte fest, dass Heath, Drake, Devon und Grayson um ihr Himmelbett saßen und geduldig warteten, bis sie aufwachte.

Gegen die Kissen gelehnt, setzte sie sich auf und blickte nacheinander in jedes ihrer gut aussehenden Gesichter. Die vier waren sich so ähnlich, und doch war jeder für sich vollkommen einzigartig. Sie seufzte. „Vier Ecken hat mein Bett. Vier Teufel sitzen an meinem Kopf.“

Heath lachte. „Teufel, denen du viel bedeutest, möchte ich hinzufügen.“

„Und dieser Teufel mag es gar nicht, wenn du ihn nicht ins Vertrauen ziehst“, sagte Devon sanft.

Sie drückte ihr Gesicht in das Kissen. „Teufel oder Engel,

was macht das schon? Es hätten fünf sein sollen."

Sie meinte Brandon. Den abenteuerlustigen Bruder, den sie verloren hatten und um den sie erst jetzt richtig trauern konnten. Die Wahrheit hatte etwas Heilendes, ganz egal, wie schmerzhaft es war, ihr ins Auge zu blicken. Die Familie konnte stolz auf Brandons Mut sein. Die fehlenden Puzzlestückchen seines jungen Lebens konnten nun an den richtigen Platz gestellt und als Ganzes betrachtet werden. Sein Tod war immer noch ungerecht, aber wenigstens wussten sie jetzt, warum er gestorben war und wer die Schuld daran trug. Am vergangenen Abend hatten sie gemeinsam über Brandons verschlüsselten Brief und seine Hingabe gesprochen und geschworen, dass er nie in Vergessenheit geraten würde.

„Ich möchte wieder zurück", verkündete sie und blickte wieder nacheinander jeden einzelnen ihrer Brüder an.

Drake schüttelte den Kopf. „Chistlebury wird nie wieder so sein wie früher. Die Zeitungen berichten bereits darüber."

„Ich werde auch nie wieder dieselbe sein", erklärte Chloe. „War Dominic schon hier?"

„Ich glaube", erwiderte Grayson vorsichtig, „es wäre vielleicht eine gute Idee, wenn du ihn einen Monat lang nicht siehst oder", bei dem panischen Blick in Chloes Augen hielt er abrupt inne, „oder vielleicht auch nicht. Ich hatte keine Ahnung, dass du so starke Gefühle für ihn hegst."

„Ist Leidenschaft nicht auch eine Familieneigenschaft?", fragte sie und sah ihm geradewegs in die Augen.

Grayson schüttelte den Kopf. „Das kann ich nicht leugnen. Aber Chloe, findest du nicht, dass du wenigstens ein Mal unseren Rat befolgen solltest, wenn es um deine Verehrer geht?"

„Du hast in der Vergangenheit schon das eine oder andere Mal eine schlechte Wahl getroffen", fügte Drake hinzu. Seine blauen Augen wirkten eher belustigt als tadelnd.

„Ihre allererste Liebe war unser alter Butler", sagte Devon

amüsiert. „Der arme Kerl konnte kaum das Silber polieren, ohne dass Chloe ihm an den Beinen hing.“

„Emma möchte, dass du dich mit einem deiner glühendsten Verehrer im Garten triffst“, verkündete Grayson sanft. „Er …“

Chloe richtete sich im Bett auf. „Nein. Ganz entschieden nein. Keine Verehrer.“

„Er ist ein alter Freund der Familie“, sprach ihr ältester Bruder weiter. „Ja, wir wissen, dass du deinem geliebten Geist von Stratfield den Vorzug gibst, aber dieser Mann …“

„Er ist alt“, widersprach Chloe. „Ihr wollt, dass ich ein Fossil heirate. Er ist wirklich alt.“

Drake grinste. „Uralt.“

„Eigentlich ist er schon beinahe wie eine dieser ägyptischen Mumien“, meinte Devon mit einem vielsagenden Grinsen. „Er hat all seine lebenswichtigen Organe in Einmachgläsern mitgebracht.“

Mit gerunzelter Stirn musterte Chloe ihre vier betont unschuldig dreinblickenden Brüder. „Welche Farbe haben seine Augen?“

Heath zuckte mit den breiten Schultern. „Es war schwer, das hinter den dicken Brillengläsern zu erkennen.“

„Wenigstens hat er noch alle Zähne“, meinte Grayson.

Drake nickte. „In der Tat. Er beschwerte sich darüber, wie teuer es war, sie anfertigen zu lassen.“

„Ist Chloe schon bereit, nach unten zu kommen?“, rief Jane aus der Tür. Offensichtlich wusste sie nichts über die Unterhaltung, die gerade im Raum stattfand.

Chloe schwang sich aus dem Bett. „Würdest du mir bitte packen helfen, Jane? Ich brenne durch. Ich werde dir meine neue Adresse schicken, sobald ich eine habe. Falls Dominic sich die Mühe macht, mich zu suchen, werde ich eine angemessene Zeit darauf warten, dass er mich zurückholt.“

Jane rauschte in das Zimmer. Sie schien von den vier Männern, die sie angrinsten und von denen einer ihr Ehemann war, nicht im Geringsten eingeschüchtert zu sein. „Wovon redet sie? Habe ich irgendetwas verpasst?“

„Der ältliche Verehrer im Garten“, erwiderte Drake, während er verzweifelt versuchte, ernst zu bleiben.

„Welcher ältliche Verehrer?“, fragte Jane verwirrt.

„Der, dem ich auf die Gartenbank geholfen habe.“ Grayson zwinkerte ihr zu. „Der, dessen Hand gezittert hat, als er den Ehevertrag unterschrieb.“

Jane starrte ihn irritiert an. „Ach, der – oh, Grayson, werde doch endlich erwachsen.“ Sie nahm Chloes Hand. „Erinnerst du dich an das, was in Brighton passiert ist?“

„Als mein abscheulicher Bruder Grayson dich hereinlegte, indem er dich im Glauben ließ, dass er dich zu seiner Mätresse machen wollte? Ja, ich erinnere mich. Ich glaube, es war eine Erfahrung, die ich nie vergessen werde.“

„Und ich hatte zu dem Zeitpunkt nur eine wahre Freundin, eine Frau, die den Mut hatte, den Zorn ihrer Familie zu riskieren, indem sie mir die Wahrheit sagte.“

Chloe seufzte.

„Ja“, fuhr Jane fort, „das warst du, und jetzt werde ich dir im Gegenzug auch einen Gefallen erweisen – im Garten wartet kein ältlicher Verehrer auf dich. Es ist dein Dominic.“

„Dominic? Im Garten?“ Chloe rannte ans Fenster und schob die schweren Damastvorhänge zur Seite. „Ich kann ihn nirgends sehen. Ist er noch in einem Stück?“ Panisch wandte sie sich zu ihren Brüdern um. „Was habt ihr ihm angetan?“

Heath erhob sich von seinem Stuhl. „Sagen wir einfach, dass er dieser Familie nie wieder Schwierigkeiten bereiten wird.“

„Wir haben mit dir ja schon alle Hände voll zu tun“, verkündete Grayson unverblümt.

Chloe lächelte glücklich. Ihr Dominic war hier, unten im Garten. Ihr war zugleich nach Lachen und nach Weinen zumute. „Ach, sieh nur, wie ein Esel das andere Langohr schilt!“ Während sie noch einen prüfenden Blick in den Spiegel warf, beugte sie sich schon herunter, um in ihre Schuhe zu schlüpfen. Sie war zu glücklich, um sich Sorgen darüber zu machen, was die anderen von ihr dachten, und zu versessen darauf, Dominic zu finden, um ihnen ihres albernen Scherzes wegen lange böse zu sein. Sie wären nicht ihre Brüder gewesen, wenn sie sie nicht geneckt hätten. Der arme Dominic. Jetzt hatte er einen Vorgeschmack auf die Foltermethoden bekommen, die sie jahrelang erlitten – und auch praktiziert – hatte.

Sie blieb an der Tür stehen und umarmte Jane impulsiv. „Einen Augenblick. Hatte einer von euch nicht einen Ehevertrag erwähnt?“

„Ich weiß nicht“, erwiderte Heath. „Haben wir das?“

„Geh einfach“, drängte Jane sie.

Devon rief Chloe noch etwas nach, als sie das Zimmer verließ. „Immerhin ist es uns nicht gelungen, ihn abzuschrecken. Ich würde sagen, das ist ein gutes Zeichen.“

Chloe brach in Gelächter aus und hob den Überrock ihres pfirsichfarbenen Seidenkleides an, um die Treppen hinunterzurennen.

Emma begegnete ihr auf halber Höhe. „Gütiger Himmel, Chloe! Haltung, bitte. Der gut aussehende Mann im Garten möchte doch nicht von der Frau niedergemäht werden, die er heiraten will.“

Chloe lachte wieder. Ihr war so leicht ums Herz wie schon lange nicht mehr. „Haltung? Ich werde euch allen zeigen, was Haltung ist!“

29. KAPITEL

Der Anblick von Dominic, wie er alleine im Garten stand, raubte ihr den Atem. Inzwischen hatte es angefangen zu regnen, und Regentropfen glitzerten in seinem kurzen schwarzen Haar und auf den Schultern seines schwarzen einreihigen Fracks. Als er ihre Schritte auf dem Kies hörte, wandte er sich um. Er wirkte erleichtert, als ihre Blicke sich begegneten.

Einen Augenblick lang bewegte sich keiner von ihnen. Chloe stellte hingerissen fest, wie anziehend er in seinen engen grauen Hosen und den schwarzen Stiefeln aussah. Jeder Zoll ganz der Gentleman? Nein, nicht ganz. Dieser Mann hatte noch eine andere Seite. Wenn sie ganz ehrlich war, hatte er auch ein Gutteil eines Barbaren an sich, und Chloe wusste nicht so recht, ob wirklich all seine Dämonen zur Ruhe gekommen waren.

Aber wie er so dastand, erinnerte er sie wieder an den Mann, in den sie sich an jenem ersten regnerischen Tag verliebt hatte. Und nun war er hier, und sie war mehr denn je überzeugt davon, dass es auf der ganzen Welt keinen zweiten Mann wie ihn gab.

Sie versuchte, langsamer zu gehen, nicht ganz so eifrig zu erscheinen. Wirklich, sie bemühte sich sehr, etwas Haltung zu wahren. Nur – und das war schon immer ihr fataler Fehler gewesen – sie *konnte* sich nicht sittsam und damenhaft betragen, wenn so viel auf dem Spiel stand, und am Ende rannte sie einfach in seine ausgebreiteten Arme und lachte voll Ausgelassenheit, als er sie mühelos in die Luft hob.

Er küsste ihr Gesicht und ihren Hals und fuhr mit den Fingern durch ihre schwarzen Locken. „Chloe, ein paar Minuten lang hatte ich Angst, du würdest nicht kommen. Ich dachte, du hättest deine Meinung geändert."

Sie blickte in sein männliches Gesicht. Mittlerweile war er nicht mehr ganz so erschreckend hager, aber er wirkte immer noch etwas gefährlich und sehr eindringlich … bis er lächelte. Seine grauen Augen betrachteten sie sanft und neckend zugleich. „Ich habe darauf gewartet, dass du in mein Ankleidezimmer fällst."

„Sag nicht, dass du enttäuscht bist."

Sie beugte den Hals, um sich noch einmal küssen zu lassen. „Vielleicht ein bisschen."

Er trat ein wenig zurück, um sie anzulächeln. „Ah. Die Dame ist einem Eindringling in ihrem Bett also nicht abgeneigt?"

Chloe seufzte und strich einen Regentropfen vom Kragen seiner Jacke. „Ich fand das alles schrecklich beängstigend und aufregend."

„Aufregend? Einen halb toten Mann zwischen deinen Spitzenunterhosen zu finden?"

„Nicht einfach irgendeinen Mann, Dominic. Ich bin ziemlich eigen darin, wen ich in mein Ankleidezimmer einlade."

„Das möchte ich allerdings auch hoffen."

Sie brauchte einen Augenblick, bis sie erkannte, dass er sich nur mit Mühe beherrschen konnte. Er hatte das Gesicht zum Himmel gewandt, als genieße er den kalten Regenschauer. Sie spürte, wie ihre Augen sich mit Tränen füllten. Es war erst das zweite Mal, dass sie ihn draußen im Tageslicht sah. Vermutlich musste er viel Geduld haben, bis er die endlosen Tage in der Dunkelheit vergessen hatte.

„Chloe." Er blickte sie an. Jetzt hatte er sich wieder unter Kontrolle und war mehr mit sich selbst im Reinen als je zuvor. „Glaubst du, du kannst den Gedanken ertragen, unsere Kinder in einem Haus aufzuziehen, in dem es spukt?"

„Solange es nicht dein Geist ist, der spukt", neckte sie ihn. „Ist der Skandal in Chistlebury schon abgeflaut?"

„Wohl kaum", erwiderte Dominic, „obwohl Sir Edgars Tod

von den Behörden als Unfall klassifiziert wurde. Wie es scheint, wurde er von einer Ladung Steine erschlagen, während er die versteckten Geheimgänge von Stratfield Hall erforschte."

„Und der berüchtigte Geist von Chistlebury?"

„Ah, ja. Meine Wiederauferstehung ist immer noch das Hauptgesprächsthema im Dorf. Nachdem ich der Kirche eine großzügige Spende versprochen habe, hat allerdings sogar der Pastor beschlossen, über gewisse Ungereimtheiten bei der Erklärung meines scheinbaren Ablebens hinwegzusehen."

„Kannst du mit Sicherheit sagen, dass der Skandal hinter uns liegt?"

Er lachte teuflisch. „Ich fürchte, dieser Skandal wird uns ewig anhaften. Die Legende des Geistes von Stratfield wird in den kommenden Jahren nur noch weiter wachsen."

„Willst du mir damit sagen, dass sich sein böses Benehmen weiter verschlechtern wird?"

„Nicht direkt. Aber die Menschen werden schwören, dass man Stratfields Geist sah, wie er sein eigenes Skelett durch die Galerie trug."

Chloe lächelte. „Ich habe ihn mit eigenen Augen auf dem alljährlichen Maskenball gesehen. Dort war er als Straßenräuber verkleidet. Er ist ein recht lebendiger Geist."

Dominic zog sie an sich. „Die genauen Hintergründe und Einzelheiten werden mit der Zeit in Vergessenheit geraten. Vielleicht wird man unsere Geschichte ausschmücken. Aber eine Tatsache wird unbestritten bleiben: Ganz egal, ob er nun ein Sterblicher oder ein Geist ist, Viscount Stratfield hat sich in eine äußerst wundervolle junge Dame aus London verliebt."

Einige Stunden spater kehrte er beschwingt zu seinem Stadthaus zurück. Dort warteten tausend verschiedene Verpflichtungen auf ihn. Der Abend war vergangen, bevor er recht wusste, wie. Und immer noch häuften sich auf seinem Schreibtisch die Papiere: offizielle Erkundigungen nach Samuel, ein Brief vom Vorstand der East India Company und immer neue Kondolenzbriefe, da die Geschichte von dem Mordkomplott gegen ihn in der Stadt langsam die Runde machte. Inzwischen hatte die Nachricht von Edgars Verrat mit Sicherheit auch jene geheimen Kontaktpersonen erreicht, die mit ihm zusammen England verraten hatten. Wenn sie sich nicht schon längst zerstreut und versteckt hatten.

Er horchte auf, als die Schlafzimmertür hinter ihm quietschend aufging. Kaum zu glauben, dass es bereits Mitternacht war. Eine Pistole lag unter dem Durcheinander auf seinem Schreibtisch – würde er sie brauchen?

Die Geräusche in seinem Londoner Haus waren schwerer einzuordnen als die auf seinem Landsitz, aber an den vorsichtigen Schritten hinter ihm war etwas, das all seine Sinne vibrieren ließ …

In freudiger Erwartung.

Der würzige Duft von Chloes Seife drang verführerisch durch den Raum und weckte den sinnlichen Eroberer in ihm. Dominic hätte ihren Duft überall erkannt und sprach stets aufs Neue darauf an. Er hörte, wie ihr seidengefütterter Mantel zu Boden glitt. Ein Schauer rohen Verlangens lief ihm über den Rücken. Was für eine köstliche Überraschung!

Mit einem zufriedenen Lächeln lehnte er sich zurück. „Ich hoffe sehr, dass du nicht alleine bei Nacht ausgegangen bist, Chloe."

„Jane hat mich in der Kutsche hergebracht."

Er stand auf und blickte aus dem Fenster. Die Marchioness winkte ihm fröhlich aus der Kutsche zu, doch noch bevor er darauf reagieren konnte, verschwand das Gefährt mit dem Wappen an der Tür in den Straßen Londons.

Mit einem ungläubigen Lachen wirbelte er zu ihr herum. „Und wie beabsichtigst du, heute Nacht wieder nach Hause zu kommen, ohne dass ich dich dorthin begleite?"

„Gar nicht."

„Dann – hast du vor, die Nacht hier zu verbringen?"

Sie kam auf ihn zu. Ihre blauen Augen funkelten – verführerisch, verrucht. „Was ist los, Stratfield? Ist es denn nur dir gestattet, als ungeladener Gast zu erscheinen?"

Dominics Herz begann, wie wild zu schlagen. Ein Blick in ihr Gesicht reichte, um zu erkennen, dass ein Abend allein mit Chloe in dieser Stimmung das Risiko mehr als wert wäre, sich später vor ihren Brüdern rechtfertigen zu müssen. Er konnte ihr nicht widerstehen, würde ihr für den Rest ihres gemeinsamen Lebens nichts abschlagen können. „Werden deine Geschwister nicht außer sich vor Sorge sein, wenn sie feststellen, dass du fort bist?"

„Hmmm." Sie begann, mit geschickten Fingern sein frisches weißes Leinenhemd aufzuknöpfen. Ihm wurde heiß vor Erregung. „Jane hat mir versprochen, sich um sie zu kümmern."

Seine Sinne waren von ihrem leichten Duft erfüllt. Wie er ihre Berührung liebte. „Sie ist eine sehr mutige Frau, diese Jane."

Chloe lächelte ihn an. Ihre Stimme war gefühlvoll und belegt. „Man muss schon mutig sein, um in meine Familie einzuheiraten."

„Ich glaube, das wusste ich."

„Wenn nicht, ist es jetzt zu spät. Ich liebe dich, Dominic."

Er legte die Hände um ihre Taille und zog ihren zarten Körper an sich. Es war zu spät. Dominic hatte sein Herz an dem Tag an Chloe verloren, an dem er sie aus der Pfütze befreit hatte. Er hatte auf der Stelle gewusst, dass er sie wollte, dass er ihr den Hof machen würde, wenn es ihm je gelang, sein Leben wieder in Ordnung zu bringen. Aber er hatte nicht geahnt, dass seine Fantasien sich auf so unglaubliche Weise erfüllen würden, dass er sich so tief in sie verlieben würde.

„Ich sehe wieder deine dunkle Seite", flüsterte sie und legte die Arme um seinen Hals. „Versteck dich nie wieder vor mir."

Er fuhr mit den Händen über ihren Rücken und presste sie noch fester an sich. Er stöhnte leise, als ihre vollkommenen Kurven sich an seine harten Konturen schmiegten. „Das ist nicht sehr wahrscheinlich, Chloe ..." Er erbebte, als sie zurücktrat, um sein Hemd fertig aufzuknöpfen.

„Hör auf, dir Sorgen zu machen, Dominic. Jane ist sehr klug."

„Das ist Heath auch."

„Und wie soll er uns bestrafen? Indem er uns zwingt, morgen früh zu heiraten? Gut! Dann muss ich mir von Emma vielleicht keine Lektionen mehr über das richtige Verhalten einer Braut anhören oder über Gästelisten brüten und ... Was machst du da?"

„Ich habe deinen Ratschlag befolgt und aufgehört, mir Sorgen zu machen." Er löste die Haken ihres Kleides, zog es bis zu ihrer Taille herunter und umfasste ihre zarten Brüste durch die Chemise. Sobald er sie gegen das Bett drängte und küsste, schien Chloe sich nicht mehr daran zu erinnern, worüber sie gerade gesprochen hatten.

Dominic erging es nicht anders. Sie war wirklich zur perfekten Verführerin geworden mit ihrem vollkommenen Körper, ihrem Mut und ihrer Neugier. Ein Schauer überlief ihn, als sie mit den Fingerspitzen sanft die schreckliche Narbe auf seiner Brust nachzeichnete. Ihre Berührung hatte ihn stets erregt, aber dass sie selbst die Initiative ergriffen hatte, entzündete ihn regelrecht. Die Anziehungskraft, die sie auf ihn ausübte, war von Anfang an seine Schwäche und zugleich seine Stärke gewesen.

Sie küsste seine Brust, leckte und biss ihn sanft, und er begann zu zittern. Im sanften Licht sah sie unglaublich begehrenswert aus. Ihr zarter rosa Mund schimmerte von seinen Küssen, das Kleid hing ihr um die Taille und ließ ihre aufregende Unterwäsche sehen. Ihre Lippen fühlten sich auf seiner Haut warm und feucht an. Sein Herzschlag beschleunigte sich. Er legte sie auf das Bett und nahm mit einem tiefen, hungrigen Kuss von ihrem Mund Besitz.

„Chloe, meine Liebste“, sagte er, während er lässig ihre Chemise und ihre Strumpfbänder abstreifte. „Ich bin so froh, dass du beschlossen hast vorbeizukommen.“

Innerhalb von Sekunden hatte er sie entkleidet.

Die Sinnlichkeit ihres Lächelns entfesselte eine urtümliche Kraft in seinem Inneren. Sie drückte die Schultern tiefer in die Kissen und sah dabei ebenso herausfordernd wie hingebungsvoll aus. „Zieh dich aus, Stratfield.“

„Hast du irgendetwas Besonderes vor?“

„Ich habe alles vor.“

„Ich verstehe.“

Er zog Hemd und Hosen aus und erlaubte ihr, ihren Blick über seinen nackten Körper wandern zu lassen. Das ungezügelte Verlangen in ihren Augen erregte ihn ungemein. Als sie sich auf dem Bett aufsetzte und begann, seinen Bauch zu küssen, wurde er so von Lust ergriffen, dass er unfähig war, sich zu bewegen; er konnte sich nur noch dem Gefühl ergeben und es genießen.

Ihr Mund wanderte tiefer. Zunächst konnte er nur vor Freude stöhnen. Als ihre Lippen sich um seine harte Männlichkeit schlossen, umfasste er ihre Schultern und drängte sich ihr entgegen. Sie ließ ihre Zunge kreisen, neckte und liebkoste ihn. Das Gefühl erschütterte ihn bis ins Innerste.

Niemals hatte er geglaubt, wegen einer Frau zu weinen. Doch nun vergoss er Tränen: Tränen der Freude, der puren Lust. Er nahm ihr Kinn in die Hände. „Wer hat dir das überhaupt beigebracht?“, fragte er.

„Audrey Watson“, flüsterte sie und blickte ihn aus ihren blauen Augen provokativ an.

„Audrey – *die* Audrey Watson?“

„Also hast du in Chistlebury von Kurtisanen gehört?"

Dominic grinste. „Ich habe von dieser speziellen Kurtisane gehört. Warum, zur Hölle, hat sie dir Unterricht gegeben? Mir ist zu Ohren gekommen, dass sie nur ein oder zwei Schülerinnen pro Jahr auswählt."

„Das hat sie nicht." Chloe wirkte verlegen. „Ich habe in Brighton gelauscht, als sie meiner Schwägerin eine Lektion in der Kunst der Verführung erteilte."

„Deiner Schwägerin?", fragte er ungläubig. „Jane, die elegante Lady Sedgecroft, die sich gegen ihren Ehemann durchgesetzt und dich hierhergebracht hat?"

„Ja. Eben diese. Jane, meine liebe Verbündete."

Verwundert schüttelte Dominic den Kopf. Er spürte sein wildes Herzklopfen im ganzen Körper. Chloe war seine ganze Welt, sie war die Flamme, die ihm in der Dunkelheit Hoffnung geschenkt hatte. Und sie war eine starke Frau mit einem leidenschaftlichen Wesen, und der Gedanke, sein ganzes Leben mit ihr zu verbringen, raubte ihm den Atem.

Er drehte sie auf den Rücken. Sein Bedürfnis nach ihr wurde stärker, wuchs mit jedem Augenblick. Behutsam fuhr er über ihren Körper, ihre runden Brüste und die rosigen Knospen, dann ließ er die Hände tiefer gleiten, um ihre Beine auseinanderzudrücken. Er streichelte die zarten Innenseiten ihrer Schenkel, genoss schamlos das Privileg, sie zum ersten Mal in seinem Bett zu haben. Er würde sie bis zum Sonnenaufgang lieben. Sein Körper war heiß und hart.

Schon wenn er Chloes glatte, warme Haut und ihre vollendeten Kurven nur ansah, durchströmte ihn die Lust. Ihr Begehren steigerte seinen eigenen Hunger, bis das Blut wie wild durch seine Adern rauschte. Er wollte, dass sie verletzlich, offen und hilflos war, so wie jetzt. Er wollte alles mit ihr tun, was man sich in seinen wildesten Fantasien nur vorstellen konnte. Das Vergnügen, das sie ihm schenkte, schärfte sein Verlangen bis zu einem Punkt, den er nie zuvor erreicht hatte.

Quälend langsam ließ er seine Hand zum Zentrum ihrer Weiblichkeit gleiten und presste den Daumen kurz auf ihre empfindsamste Stelle. Er spürte, wie ein Beben sie durchlief, und neckte sie erbarmungslos mit federleichten Berührungen, bis sie sich gegen seine Hand presste. Sie gab sich ihm vollkommen hin und war sinnlicher denn je.

„Chloe", sagte er heiser, „ich liebe dich so sehr." Er neigte den Kopf und saugte sanft an ihren Brüsten. Sie antwortete ihm mit einem kehligen Stöhnen, bei dem sich jeder Muskel in seinem Körper erwartungsvoll anspannte.

Er musste sie nehmen, sonst würde er verbrennen. Doch er würde nichts überstürzen. Er wollte sie so wild machen, wie sie nur sein konnte. Sie sollte sich so sehr nach ihm sehnen, dass sie ihm alles geben würde, wonach er verlangte.

Einer Frau wie Chloe durfte man sich nie allzu sicher sein. Man musste sie erfreuen, verwöhnen und sie an Leib und Seele verführen.

„Dominic, ich glaube … ich werde …"

Es erregte ihn, zu sehen, wie sie die Beherrschung verlor, wie sie sich bewegte, wie ihre Stimme tief und heiser wurde. Er biss die Zähne zusammen, als sie unter seiner Hand den Gipfel erreichte, aber weiterhin im fieberhaften Verlangen zitterte. Immer schneller bewegte er die Finger, ließ sie auch jetzt nicht los. Er brachte sie noch zweimal zum Höhepunkt.

Endlich legte er sich auf sie. Sein eigenes Verlangen war zu stark geworden, um es noch zu beherrschen. Sie flüsterte seinen Namen, streckte sich ihm ungeduldig entgegen. Er hielt ihre Hände über ihrem Kopf fest und blickte ihr in die Augen. Sie biss sich auf die Unterlippe.

„Was machst du mit mir, Dominic?"

„Was auch immer ich möchte. Hast du vielleicht irgendwelche Einwände?"

Sie schloss die Augen und atmete zittrig durch. „Nicht die geringsten."

Mit einem triumphierenden Lächeln ließ er sich in sie gleiten. Sie war so feucht und warm, dass er beinahe sofort explodierte. Kraftvoll begann er sich zu bewegen.

„Dominic."

Sie hielt die Luft an. Wieder stieß er zu, immer härter, bis sie kaum noch atmen konnte. Sie drängte ihm entgegen, nahm ihn tiefer und tiefer in sich auf. Während sie ihn zu einem leidenschaftlichen Kuss zu sich herabzog, umfasste sie seine Hüften mit den Beinen, zog ihn näher an sich heran. Kaum konnte er sich noch beherrschen. Er verlor sich in ihr, während er die Hüften in einem unnachgiebigen Rhythmus bewegte.

Noch nie hatte er sie so sehr gebraucht wie jetzt. Sie hieß ihn nicht nur willkommen, sondern ermutigte ihn, umhüllte ihn so vollkommen, dass er meinte, gleich sterben zu müssen. Das hier war eine Elementarkraft, ein Sturm, der außer Kontrolle geraten und doch mit der ganzen Natur in Einklang war, ein wunderschönes Wüten.

„Was für eine wundervolle Frau du bist, Chloe", flüsterte er heiser.

„Deine Frau", erwiderte sie flüsternd.

Ihre Stimme, die vor Freude rau war, drängte ihn dazu, sich schneller zu bewegen. Stöhnend vor Lust warf er den Kopf zurück und stählte sich für einen Höhepunkt, der direkt aus seiner Seele zu kommen schien. In diesem Moment spürte er, wie sie unter ihm Erfüllung fand.

Er hörte ihren süßen Freudenschrei, als er sich in sie ergoss. Sie sah so wunderschön aus, schenkte sich ihm so bereitwillig, dass er Himmel und Erde in Bewegung gesetzt hätte, um sie zu halten. Er liebte sie so sehr, dass es ihm sogar Angst machte, und doch war ihm der Gedanke, sein Leben ohne sie zu verbringen, unerträglich.

Sie lächelte zu ihm hoch. Feuchte schwarze Locken umspielten ihre Wangen. Ihre leuchtenden blauen Augen versicherten ihm, dass sie seine Liebe teilte. Sie waren füreinander bestimmt. Chloe zu finden war das Gute, das die Tragödie von Brandon und Samuels brutalem Tod mit sich gebracht hatte.

„Da hast du eine ordentliche Lektion in der Kunst der Verführung gelernt, Chloe Boscastle", sagte er sanft. „Erinnere mich daran, dass ich mich später bei Audrey dafür bedanke."

Chloe fand nicht einmal die Kraft, seine Neckerei zu erwidern. Die dunkle Leidenschaft und die Liebe in seinen Augen lähmten sie. Sie spürte seine brennenden Blicke bis ins Innerste ihres Seins. Er machte kein Geheimnis aus seinem Verlangen und seinen Gefühlen, und selbst jetzt konnte sie spüren, wie hungrig ihr Begehren noch war. So war es eben zwischen ihnen, und so würde es immer sein. Ein Blick von Dominic, und sie schmolz dahin.

Er war anders, als er bei ihrer ersten Begegnung gewesen war. Er hatte sich verändert. Das hatten sie beide. Er hatte sein Leben für das riskiert, woran er glaubte, sie hatte ihren Ruf riskiert, weil sie an ihn glaubte. In dieser Nacht konnte sie den Unterschied sogar an der Art spüren, wie er sie liebte. Seine Erfahrungen hatten ihn stärker und selbstsicherer gemacht. Nie wieder würde er den vollkommenen Gentleman spielen, der ganz nach den Regeln der Gesellschaft lebte. Sie würden beide immer ein wenig rebellisch und wild sein. Aber nur bei Dominic fand Chloe endlich Frieden von ihrem eigenen ruhelosen Wesen und den Anfällen von Schwermut, unter denen sie in den letzten Jahren immer wieder gelitten hatte. Aber sie hatten das Glück verdient, das sie erwartete.

„Du bist so nachdenklich, Chloe", sagte er ruhig und drehte sich auf die Seite, um sie anzusehen. „Ich habe dir doch nicht wehgetan, oder? Eine Zeit lang habe ich vollkommen die Beherrschung verloren."

Sie seufzte zufrieden und schmiegte sich an ihn, als könnte sie für immer in seinen Armen liegen. „Mir geht es gut, Dominic. Schlafen wir heute Nacht hier?"

Er schenkte ihr ein reumütiges Lächeln. Sein Verlangen nach ihr war noch lange nicht befriedigt, er hätte sie sofort wieder nehmen können. Das Wissen, dass sie bald Tag und Nacht an seiner Seite sein würde, verstärkte seinen Hunger nur noch. Als sie begann, seinen Körper mit ihren Händen zu erforschen, hielt er den Atem an.

„Du schläfst überhaupt nicht hier, Chloe. Jedenfalls nicht heute Nacht."

Schlagartig hielt sie inne. „Warum nicht?"

„Meine liebe Verführerin, weil ich deiner Familie erst heute Morgen das Versprechen gegeben habe, dich zu beschützen, und ich fürchte, bis jetzt habe ich das schändlich vernachlässigt."

Sie umfasste seine Hüften mit den Händen. Ihre blauen Augen verengten sich. „Willst du mich wirklich zwingen fortzugehen?"

Der Besitzanspruch in ihrer Berührung ließ ihn vor Hitze erschauern. „Ich fürchte, ja."

„Jetzt gleich?"

Mit einem durchtriebenen Lächeln lehnte sie sich einladend in die Kissen zurück, um zu erproben, wie viel Macht sie über ihn hatte. Ihre Kehle war wie zugeschnürt, als er ihren verführerischen Körper aus halb geschlossenen Augen betrachtete. Welcher Mann hätte nicht auf ihre üppige Sinnlichkeit angesprochen?

Er glitt auf sie und küsste ihre Brüste, ihren bebenden Bauch, ihren Venushügel. Er spürte, wie sie sich gegen diese neue Invasion wehrte, die Hüften vom Bett hob, aber er war schneller und drückte sie mühelos mit einer Hand nach unten. Mit der anderen Hand drängte er ihre Schenkel auseinander und blies sanft über ihre geheimste Stelle. Chloe erbebte und vergrub ihre Finger in seinem Haar. Ihre Erregung berauschte ihn. Als seine Zunge sie fand, entfuhr ihr das süßeste Stöhnen, das er je gehört hatte.

Ihr Geschmack und ihr wollüstiges Keuchen machten ihn hungrig nach mehr. Er vergrub sein Gesicht zwischen ihren Beinen, drückte ihre Knie weiter auseinander und liebkoste sie genüsslich.

„Dominic", sagte Chloe mit erstickter Stimme und wand sich vergeblich unter der Hand, die sie nach unten drückte.

Sanft knabberte er an ihrer verborgenen Knospe, ließ seine Zunge über sie hinwegtanzen. Chloe war wieder auf das Bett zurückgesunken und drückte das Gesicht in die Kissen. Ihr ganzer Körper bebte vor Lust, bis zu dem Augenblick, als er sie zum Höhepunkt brachte und sie sich in hilfloser Hingabe gegen sein Gesicht bäumte.

„Gott steh mir bei, Chloe", murmelte er. Wenn er sie nicht bald nach Hause brachte, würde ihre Familie vor der Tür stehen und ihre sichere Rückkehr fordern.

Sie setzte sich auf. Sie wirkte benommen und zerzaust, ihre schwarzen Locken hingen feucht um ihr Gesicht. „Was hast du gerade mit mir gemacht?"

Er grinste zu ihr hoch. „Hat es dir nicht gefallen?"

„Was glaubst du, du Teufel?"

Er richtete sich auf. Sein Körper schmerzte vor unerfülltem Verlangen. „Es ist verdammt noch mal gut, dass ich heute noch arbeiten muss. Ich werde nach dieser Erfahrung ganz sicher nicht schlafen können."

„Willst du mich wirklich nach Hause bringen?", fragte sie.

„Ich werde dich sicher bis zur Tür geleiten." Er glitt vom Bett herunter, um sich die Hose wieder anzuziehen. „Zieh dein Kleid an, Chloe."

„Was ist, wenn ich mich weigere?"

„Dann werde ich dich so, wie du bist, über die Schulter werfen müssen und es deinen Brüdern überlassen, dich wieder anzukleiden.“

Sie warf ein Kissen nach ihm. „Das ist sicher eine sehr geeignete Methode, um unseren guten Ruf wiederherzustellen, wenn du mich mit nacktem Hintern durch die Straßen von London trägst.“

Doch weniger als eine Stunde später erfüllte Dominic sein Versprechen, sie nach Hause zu bringen, und Chloe stand vollständig angezogen vor ihm auf der Treppe zu Graysons elegantem Stadthaus. Da er offensichtlich an Situationen gewöhnt war, die den durchschnittlichen Dienstboten zutiefst schockiert hätten, blinzelte der Butler der Boscastles nicht einmal.

Ebenso wenig wie Heath, der mit einem Buch in der Hand aus der Bibliothek herbeischlenderte, um seine Schwester zu begrüßen. „Ah, Chloe. Unser schwarzes Schaf ist endlich zu Hause.“ Er blickte an ihr vorbei zu der dunklen Gestalt, die wie ein Wächter hinter ihr stand. „Danke, Dominic.“

Dominic nickte. Er sah in Heaths Augen Anerkennung dafür, dass er sie zurückgebracht hatte. „Es tut mit leid, wenn du dir Sorgen gemacht hast.“

„Das habe ich eigentlich gar nicht. Ich wusste, dass sie bei dir ist und du sie beizeiten wieder zurückbringen würdest. Bleib doch noch ein wenig. Es gibt da ein paar Dinge, über die ich gerne unter vier Augen mit dir sprechen würde.“

Chloe betrachtete ihren Bruder entrüstet. „Woher wusstest du, wo ich bin? Hat Jane mich verraten?“

„Natürlich hat Jane nichts dergleichen getan“, antwortete die Marchioness selbst von der Mitte der Treppe. „Ich würde dich nicht einmal unter schlimmster Folter verraten. Der Kutscher hingegen ist immer ein fürchterliches Plappermaul.“ Sie rauschte in einem silbergrauen Negligé und perlenbestickten Pantoffeln die restlichen Stufen herunter. „Also, Chloe, wie war dein Besuch bei der lieben Tante Rosemary?“

Chloe lächelte verstohlen, als sie sich an Heath vorbeidrückte. „Das arme Ding war ganz erschöpft von meiner Gesellschaft. Sie bat mich, zu gehen, damit sie sich ausruhen kann.“

Dominics Augen weiteten sich. Das schamlose kleine Weibsstück machte sich tatsächlich vor der ganzen Welt über sein Durchhaltevermögen lustig. Als hätten Heath und Jane keine Ahnung, wer „Tante Rosemary“ war und was genau Chloe getan hatte, um das arme alte Ding so zu ermüden. Er würde ihr beim nächsten Mal zeigen, was Überanstrengung bedeutete.

Janes Augen tanzten vor Vergnügen. „Komm doch hinauf, und erzähl mir von deinem Besuch. Habt ihr auch Congreve-Raketen abgeschossen?“

Chloe unterdrückte ein Kichern. „Mindestens eine“, verkündete sie schalkhaft, als sie ihrer Schwägerin die Treppe hinauf folgte.

Dominic blickte Heath ungläubig an. „Bedeutet dieser Satz etwa das, was ich befürchte?“

Heath versuchte, nicht zu lachen. „Wahrscheinlich müsstest du da eher Grayson fragen.“

„Ja.“ Dominic schüttelte ungläubig den Kopf. „Worüber wolltest du mit mir sprechen?“

Heaths Belustigung verschwand schlagartig. „Komm mit in die Bibliothek, Dominic. Dort können wir ungestört reden.“

Dominic blickte sich interessiert in dem Raum um. Geschnitzte Rosenholzregale mit Türen aus Messinggitter erstreckten sich bis zu der gewölbten Decke hinauf. Löwen und rundliche Putten schmückten den vergoldeten Stuck. Ein runder Spiegel mit einem Goldrahmen im griechischen Stil hing über dem Kamin. In dem reich geschmückten Marmorkamin darunter prasselte ein kleines Feuer.

Nachdenklich betrachtete er den Mann, der ihm gegenüber

auf einem Lehnstuhl saß. Dieser Raum passte sehr viel besser zu dem energiegeladenen Marquess of Sedgecroft als zu seinem ruhigeren, zurückhaltenden Bruder. „Ich nehme an, dass du einige Fragen über Brandon an mich hast. Ich werde dir so viele Informationen geben, wie ich kann, aber ich fürchte, ich weiß nur wenig mehr als das, was ich dir bereits gesagt habe."

Heath schien nicht überrascht zu sein. „Ja, es sind noch viele Fragen zu beantworten. Aber vielleicht nicht von dir. Du hast deinen Teil dazu beigetragen, Dominic, und das ziemlich erfolgreich, wie ich zugeben muss."

Dominic blickte ins Feuer. „Manchmal schien es mir, als wäre ich am Rande des Wahnsinns, so sehr war ich davon besessen. Ich konnte an nichts anderes mehr denken außer an Rache." Und an Chloe, fügte er in Gedanken hinzu, nur konnte er das nicht sagen.

„Aus gutem Grund", sagte Heath. „Und oft braucht es einen Mann, der von einer guten Sache besessen ist, damit die Gerechtigkeit ihren Lauf nehmen kann."

„Doch ab hier wirst du übernehmen", riet Dominic und spielte dabei auf Heaths Verbindungen zum britischen Geheimdienst an. Hatte Heath seine Kommission noch? Er fragte nicht nach, weil er vermutlich ohnehin nur eine ausweichende Antwort erhalten würde. Und war seine eigene Rolle in dieser Angelegenheit wirklich beendet? Er hoffte es. Ab heute wollte er den Rest seines Lebens in Frieden verbringen.

Heath zuckte mit den Schultern. „Ich weiß nicht, ob ich bei einer offiziellen Untersuchung mit einbezogen werde. Persönlich habe ich zwar noch Fragen, auf die ich gerne eine Antwort hätte, aber ich bin mir nicht sicher, ob ich von offizieller Seite her benötigt werde. Und auch wenn ich Brandon sehr nahestand, ich wusste nicht, wie gefährlich sein Spionageauftrag wirklich war. Ich nehme an, er wollte sich ohne die Hilfe seiner Familie beweisen."

Dominic fasste in seine Westentasche. „Ich weiß es zu schätzen, dass du mir Chloes Übersetzung von Brandons verschlüsselter Botschaft geschickt hast."

„Ich würde sehr gerne das Original sehen", erwiderte Heath und lehnte sich mit ausgestreckter Hand vor. „Ist es das?"

„Ja. Ich muss zugeben, dass ich im Fechten besser bin als im Dechiffrieren."

„Und das ist verdammt noch mal unser aller Glück", verkündete Heath nachdrücklich, als er den Brief in seine Tasche steckte.

Dominic hielt inne. „Wo, glaubst du, ist die andere Hälfte dieser Botschaft? Das Ende klang recht Unheil verkündend. Je mehr ich darüber nachdenke, umso mehr wird mir bewusst, dass die Warnung jedem von uns gelten könnte."

„Allerdings", erwiderte Heath.

„Mein Onkel kann nicht alleine gearbeitet haben."

„Nein. Das ist das Beunruhigendste an der ganzen Sache. Vielleicht befinden sich die Männer, die ihm geholfen haben, noch im Militärdienst. Einer meiner Vorgesetzten glaubt, dass es jemanden geben könnte, der bezeugen kann, dass Edgar Informationen mit einem französischen Soldaten ausgetauscht hat, und zwar in …"

Heath hielt mitten im Satz inne, als sich die Tür hinter Dominic öffnete. Es war Grayson, der nur mit Hemd, Hosen und Stiefeln bekleidet war und eine Flasche Brandy in der Hand hielt. Er wirkte angenehm überrascht, als er die beiden Männer alleine antraf.

„Haben wir uns eine kleine Verschnaufpause gegönnt? Keine schlechte Idee, wenn man bedenkt, wie die Frauen dieser Familie dazu neigen, über unser Leben zu bestimmen." Er blickte Dominic direkt an. „Ein Schicksal, an das du dich wohl gerade erst zu gewöhnen beginnst."

„Gieß Dominic einen Brandy ein, Gray", sagte Heath lächelnd. „Er benötigt ein paar Minuten in männlicher Gesellschaft, um sich für die kommenden Wochen zu stärken."

„Die kommenden Wochen?" Dominic nahm das Glas Brandy, das der Marquess aus dem lackierten chinesischen Kabinett geholt hatte. „Gibt es irgendeine Art von geheimer Initiation in die Familie, vor der Chloe mich noch nicht gewarnt hat?"

Die beiden anderen Männer lachten. „Die Hochzeitsvorbereitungen", erklärte Grayson, als er sich setzte.

Offensichtlich trank Heath nicht. Stattdessen nahm er eine Zigarre aus der Jackentasche. „Emma ist ganz in ihrem Element und plant jede Einzelheit. Ich nehme an, das macht dir nichts aus."

„Da solltest du wohl lieber Chloe fragen", antwortete Dominic, ohne nachzudenken. „Was mich betrifft, so würde ich sie genauso gerne auf einer Wiese heiraten." Er wirkte ein wenig verlegen, weil ihm klar wurde, dass er den beiden gerade eröffnet hatte, wie sehr er Chloe zur Frau wollte, ganz egal, was er dafür tun musste.

Grayson wirkte nicht im Geringsten erstaunt. Vielleicht hatte seine faszinierende Jane ihn so verzaubert, dass er Dominic verstand. Heaths Reaktion war schwerer zu deuten. Er schien seine Gefühle nicht gerne zu zeigen.

„Nun", sagte Heath, „ab dem Augenblick, an dem Emma angefangen hat, sich mit der Hochzeit zu beschäftigen, ist es völlig gleichgültig, was Chloes oder deine Wünsche sind."

Dominic lachte. „Sollte ich jetzt Angst bekommen?"

„Du solltest um dein Leben rennen", gestand Grayson.

„Wo wir gerade vom Davonrennen sprechen", warf Heath ein, während er seine Zigarre anzündete, „wo, zum Teufel, ist Wolverton hin verschwunden? Ich habe erst vor ein paar Tagen erfahren, dass er in England ist, und jetzt hat er sich in Luft aufgelöst."

Diese Bemerkung machte Dominic bewusst, was für eine kleine Gruppe Männer seinen Stand ausmachte. Sie gingen auf dieselben Schulen und zu denselben gesellschaftlichen Anlässen, zu Taufen, Hochzeiten und Begräbnissen. „Er ist abgereist, um Frieden mit seinem Vater zu machen. Es dürfte eine interessante Wiedervereinigung werden, wenn man bedenkt, dass der alte Duke Adrian seit Jahren als Bastard bezeichnet. Er versprach, rechtzeitig zur Hochzeit wieder hier zu sein."

„Wir sollten alle davonrennen", witzelte Grayson. „Auf einen langen Jagdausflug nach Schottland gehen und erst eine Stunde vor der Zeremonie zurückkehren."

„Ich frage mich, wer von euch beiden mich zuerst zum Onkel machen wird", sinnierte Heath.

Graysons breites Grinsen verriet ihn.

„Du Teufel", sagte Heath lachend und senkte seine Zigarre.

„Ich habe nichts gesagt." Grayson schüttelte ernst den Kopf. „Selbstverständlich bewahre ich die Geheimnisse der Familie – und Janes Arzt hat gesagt, dass es noch zu früh ist, um sich ganz sicher zu sein."

Als Dominic sich erhob, um zu gehen, stellte er mit einem Blick auf die Uhr voller Überraschung fest, dass zwei Stunden vergangen waren. Es war ein seltsam angenehmes Gefühl, in die eng verbundene Familie Boscastle mit all ihren Freuden und all ihrem Leid aufgenommen worden zu sein. Es weckte Erinnerungen an die beiden Brüder, die er verloren hatte. Und er musste sich grinsend eingestehen, dass er diese Männer seltsamerweise beeindrucken und sich ihnen beweisen wollte. Er würde nicht den Rest seiner Tage ein unverantwortlicher Lebemann sein, nicht mit Chloe an seiner Seite. Und jetzt war sie für kurze Zeit zu Hause, bis sie endgültig zu ihm kam. Hier war sie sicher und geborgen, bis er übernahm.

„Gute Nacht euch beiden."

„Haben wir dich abgeschreckt?", fragte Heath.

„So leicht gelingt euch das nicht. Aber …“ Dominic zögerte an der Tür. „Nun, ich weiß, ich sollte das eigentlich nicht fragen, Grayson. Ich habe den schrecklichen Verdacht, dass ich weiß, was die Antwort sein wird – aber kennst du zufällig den Ausdruck ‚Congreve-Raketen abfeuern‘?“

EPILOG

Chloe ertrank in einem Meer aus Frauenkleidung. Sie stand bis zu den Knien in den Promenadenkleidern, Schultertüchern, Korsetts und Unterröcken, die den Fußboden ihres Schlafzimmers bedeckten. Irgendwo in diesem beschämenden Durcheinander aus modischem Überfluss hatte sie ihr Tagebuch verloren. Ihre skandalösen Beichten durften keinesfalls in die falschen Hände geraten, wo sie doch kurz davorstand, eine respektable, verheiratete Frau zu werden.

Es war der Tag vor ihrer Hochzeit, und die Schneiderin hatte gerade das Haus verlassen, nachdem sie noch eine letzte Änderung an Chloes Hochzeitskleid vorgenommen hatte – und das nur, weil Emma, die holde Diktatorin, beschlossen hatte, dass der Besatz aus belgischer Spitze an dem tief ausgeschnittenen Oberteil schief saß.

„Um Haaresbreite“, murmelte Chloe. „Wem wäre das schon aufgefallen?“

Und mitten in dem Tumult wegen der Änderung hatte sie ihr Tagebuch mit all seinen unaussprechlichen Geheimnissen verloren.

Jane steckte den Kopf in das Zimmer. „Dein Dominic ist unten, Chloe. Wollt ihr für eine Stunde in den Park gehen?“

„Warum sollten wir in den Park gehen?“, fragte Chloe. „Mein Zimmer ist ein regelrechter Dschungel. Wir könnten tagelang hier umherwandern, ohne von irgendjemandem entdeckt zu werden. Wir …“

Sie wandte sich vom Kleiderschrank ab, weil ihr bewusst wurde, dass Jane bereits wieder gegangen war, wahrscheinlich, um sich unten zu Emma zu gesellen und sich um ein weiteres wichtiges Detail des kommenden Tages zu kümmern.

Sie fasste in die unergründlichen Tiefen ihres Kleiderschrankes. „Wo bist du nur?“, murmelte sie. „Da vergraben, wo niemand außer mir dich finden kann, hoffe ich."

„Nun, das ist wahrlich ein Anblick für müde Augen", sagte Dominic und lehnte sich lässig mit dem Ellbogen gegen den Türpfosten.

Chloe sprang auf die Beine. „Emma bringt dich um, wenn sie dich hier oben erwischt!"

„Sie hat mich aber nach oben geschickt."

„Emma? Das muss ein Irrtum sein."

„Nein." Dominics Augen funkelten belustigt. „Ich bin mit Graysons Schneider und seinen Assistenten zum Hintereingang hereingekommen. Ich glaube nicht, dass sie mich erkannt hat."

Chloe beäugte seine muskulöse Gestalt, makellos in einen doppelreihigen Frack aus feinster Wolle und enge Hosen gehüllt. Sein kurzes schwarzes Haar war aus dem kantigen Gesicht zurückgekämmt. Würden seine teuflischen grauen Augen immer so einen irritierenden Effekt auf ihr Herz haben?

„Wie konnte sie dich nicht erkennen?"

Er zuckte mit den Schultern. „Ich hatte einen Stapel Kisten auf den Armen und habe mich dahinter versteckt. Was hast du überhaupt auf dem Boden gesucht? Noch einen halb toten Mann in einer Truhe?"

„Ich suche nach meinem Tagebuch, wenn du es unbedingt wissen musst."

„Warum?"

„Warum?"

Er trat in das Zimmer und schloss die Tür hinter sich. „Ich könnte dir beim Inhalt behilflich sein, wenn du beabsichtigst, das Original noch einmal zu schreiben."

Chloe wurde blass. „Ich hoffe sehr, dass du mir damit nicht das sagen willst, was ich befürchte. Hast du mein Tagebuch, Dominic?"

„Natürlich nicht, Liebling." Er grinste träge. „Aber ich erinnere mich an ein paar der interessanteren Einträge, falls dir das weiterhilft."

„Du Fiesling! Du kannst es nicht gelesen haben."

Sein tiefes Lachen machte sie schaudern. „Lass mich kurz nachdenken. Ah ja. ‚Mein fataler Fehler ist meine Unfähigkeit, sittsam zu sein. Kein anständiger Mann würde mich wollen. Ich bin mir sicher …'"

Sie schnaubte. „Du hast es gelesen!"

„Es war ziemlich süß."

Süß. Chloe konnte nur ihrem Glücksstern danken, dass er nicht ihre späteren Einträge gelesen hatte, in denen sie beschrieben hatte, wie sehr sie sich zu ihm hingezogen fühlte.

„Wolltest du an jenem Tag im Regen wirklich, dass ich dich verführe?", fragte er und zog sie in seine Arme.

Sie wehrte sich. Er zog sie enger an sich. Die warme Kraft seiner Arme umhüllte sie. Ein erwartungsvoller Schauer durchströmte sie, und ihr Atem ging schneller. Noch einen Augenblick, und sie würde sich nicht mehr daran erinnern, dass sie wütend auf ihn war, weil er ihre geheimsten Gedanken gelesen hatte.

Er knabberte an ihrem Ohr. „Wie gut, dass ich kein wirklich anständiger Mann bin."

„Warum bist du überhaupt hier heraufgekommen, Dominic?", fragte sie.

„Ich wollte dir etwas geben."

„Was?", fragte sie. Sie war trotz allem neugierig.

Er senkte den Kopf. Seine Augen glühten vor Liebe, und er küsste sie mit solch brennender Leidenschaft, dass sie ihr Tagebuch vollkommen vergaß. War sie wütend auf ihn? Es war einerlei. Wichtig war nur, dass dies der Mann war, dem sie am kommenden Morgen ewige Treue geloben würde.

Sie legte den Kopf auf seine Schulter und lauschte den Stimmen auf dem Flur. Sie hatte sich noch nie in ihrem Leben so sicher und so im Reinen mit sich selbst gefühlt.

„Die Hochzeit sollte eine ruhige Angelegenheit werden“, sagte Emma eher hoffnungsvoll als überzeugt.

„Bei dieser Familie?“, lachte Jane. „Ich hoffe, du hast nicht die Absicht, darauf zu wetten.“

„Ich wäre am Boden zerstört“, erklärte Emma. „All meine alten Freunde sind zu diesem Anlass wieder in die Stadt gekommen. Chloe sieht in ihrem Kleid aus wie ein Engel. Dominic ist ein gut aussehender Halunke, und sie lieben sich. Beim Hochzeitsfrühstück wird sich die Köchin selbst übertreffen, und der Kuchen ist ein wahres Meisterwerk.“ Sie hielt inne, um durchzuatmen, wobei sie sich anhörte, als hätte ihre Zofe ihr das Korsett zu eng geschnürt. „Kann überhaupt noch irgendetwas schiefgehen?“

Dominic blickte Chloe in die Augen und lächelte.

„Nicht für uns“, versprach er ihr. „Dein Hochzeitskleid könnte ebenso gut aus Sackleinen sein. Das Hochzeitsfrühstück könnte wie Staub schmecken und der Kuchen in sich zusammenstürzen, bevor er auch nur angeschnitten ist. Es wird nichts an dem ändern, was wirklich zählt. Von jetzt an wird alles gut werden.“

Er war so anders als damals bei ihrer ersten Begegnung. Seine Ruhelosigkeit war gezügelt, die Rachegedanken waren aus seinem Herzen verschwunden. Er war immer noch ihr dunkler, leidenschaftlicher Dominic, der Mann, mit dem sie für immer zusammen sein würde, aber seine bösen Geister waren gebannt. Sie erwiderte sein Lächeln und nahm seine Hand. „Für mich ist alles gut, seit ich dir begegnet bin.“

– ENDE –

Jillian Hunter
Frivole Geheimnisse einer Lady
Band-Nr. 25539
7,95 € (D)
ISBN: 978-3-89941-879-8
384 Seiten

Elizabeth Hoyt
Mylady spielt gefährlich
Band-Nr. 25456
6,95 € (D)
ISBN: 978-3-89941-744-9
400 Seiten

Elizabeth Hoyt
Mein sündiger Engel
Band-Nr. 25519
7,95 € (D)
ISBN: 978-3-89941-842-2
384 Seiten

Elizabeth Hoyt
Wild wie mein Verlangen
Band-Nr. 25590
7,99 € (D)
ISBN: 978-3-86278-315-1
384 Seiten

Gaelen Foley
Der Lord und die unschuldige Verlockung
Band-Nr. 25490
6,95 € (D)
ISBN: 978-3-89941-797-5
496 Seiten

Gaelen Foley
Eine tollkühne Lady
Band-Nr. 25585
7,99 € (D)
ISBN: 978-3-86278-307-6
384 Seiten

Loretta Chase
Ein skandalös perfekter Lord
Band-Nr. 25533
7,95 € (D)
ISBN: 978-3-89941-870-5
400 Seiten

Loretta Chase
Eine verführerisch unnahbare Lady
Band-Nr. 25570
7,99 € (D)
ISBN: 978-3-89941-973-3
352 Seiten

Die Zeit vergeht.
Die Liebe bleibt!
So packend wie noch nie, schöner denn je:
Die neuen CORA HISTORICAL Romane warten darauf, von Ihnen erobert zu werden.
Jetzt Probelesen unter www.historical.de
HISTORICAL
Deborah Simmons
Verzaubert im Labyrinth der Liebe
HISTORICAL GOLD
Loretta Chase
Ein verlockend beherrschter Earl
HISTORICAL GOLD EXTRA
GAELEN FOLEY
Mein verruchter Marquess
HISTORICAL – die Nr.1 in der Geschichte der Liebe.
für nur € 4,30
Bestseller Autoren auf 320 Seiten.
für nur € 5,50
Feurige Leidenschaft. Verbotene Gefühle.
für nur € 6,95
HISTORICAL EXKLUSIV
Kapitäne der Herzen
HISTORICAL MYLADY
PERLEN DER LIEBE
HISTORICAL
Lords & Ladies
Mutige Männer. Schöne Frauen. Entflammte Herzen. Der günstige Sammelband.
für nur € 5,95
Adelige Herzen. Große Gefühle. Einzigartig in Deutschland.
für nur € 4,30
Das Beste aus der Welt des Adels.
für nur € 4,95
Alle Preise inklusive der gesetzlichen Mehrwertsteuer.
HISTORICAL – mehr starke Helden und historische Liebesabenteuer im Zeitschriftenhandel oder unter www.historical.d